第二屆國文科教學研討會論文集

張高評◆主編

第二屆國文教學及語言學論文集

文學院院長　　任世雍先生致辭

　　首先向江主任、張主任、以及在兩位主任領導下的中文系同仁、同學致敬，謝謝你們規劃、籌備研討會的辛勞，同時也向各位主持人、主講人、以及參與研討會的同仁致上最誠摯的謝意。謝謝你們犧牲了家庭，犧牲了週末，參與知識的激盪、心得的交流。

　　大一國文看似好教卻又不好教。教的好話，認為理所當然，少有人鼓掌。教不好的話，一竿子打倒中文系，還說大學教授連高中老師都比不上。果真如此嗎？其實也不是盡然，今年四月我去彰化師大主持博士生口試時，就碰到一件非常感人的事。彰化師大有一位電腦系的教授，特地抽空迎接前來專題演講，當年教他大一國文老師，迎送之間全程參與，自承受大一國文影響甚深。

　　我們的大一國文，和中國大陸的、日本的不太一樣。他們是有教養部或是素質部專責承包，而我們這兒則是由中文系一肩承擔。於是教學態度不盡相同。譬如說，有些研究做的好的，就不太願意投入；有些做過行政主管的則不屑投入；一些資格老的則是倚老賣老不想碰觸。所以，我們在討論這一個課題之前，先要修正自己教學態度。

　　其實國文教學與英文教學、華語教學一樣的，都是專業教學，不可等閒視之。優質的教學不僅是掌控中國的文字、文句、文法。就宏觀、廣義的角度而言，更豐富了歷史、文化、民情的素養。就窄義的角度而言，則是引導我們鑑賞我國古代、現代文學。果能如此，便也厚殖了生命發展的潛力。成功的人除了自身的專業，最重要的還是國文的素養。

　　本次研討會就議程的內容來看非常豐富，但似未觸及評測、補救教學、優才教學，或許下次研討會可以考慮排入，最後祝大會成功。

I

中國文學系系主任　江建俊先生致辭

　　歡迎各位來自不同院校的學者專家，到我們成大中文系參加一天半的會議，此次「國文科教學教法研討會」總共提出了十六篇論文。這十六篇文章，我把它歸納，所涉及的主題非常廣泛，舉凡文學表現的時間、空間；視覺、聽覺；場景的動與靜；還有取境的抽象或具象；文意的現代或傳統；視野的宏觀與微觀，論題的新變與化成，間涉理論與實踐、形式與內容，既括形、音、義，或義理、考據、詞章兼顧，或涉及文字跟圖像，或暢述辭彙的運用及章法的表現，各擅勝場。

　　迎接新世代，中文系肩負傳承與弘揚中華文化的重責大任，而在教者和受教者之間，有角色互動的緊密關係，有 E 世代和 K 世代心志間的落差，如何來調適，這些問題都在十六篇論文中，作者透過實際教學，精心的提煉出來。其中還應用主客、遠近、本末、體用等概念來展開其議論，綱舉目張，舉一反三，無盡的思理由之衍繹出來，我想這些精密的文章對大家以後的教學將有很大的啟發。

　　最近我們接到華視致電要求轉播我們在鳳凰文學獎中得獎的動畫，還有一家數位公司要把我們的期刊論文放在他們的網路裡面。所以由成大中文系所主辦的數位博物館實有許多附加價值，其實在座的專家，都可以去開發它。我們透過國科會、教育部的或相關學術機構的建教合作計畫，可以帶動國文教學的深化與廣化。中文系面臨著經濟、科技掛帥的當代，如何結合科技，讓教學更加生動活潑，期使大一國文成為新鮮人的最愛，應在教法及教材上尋求更生動化、多元化，運用多媒體教學，乃當務之急。

　　成大中文系的數位博物館廣為收集各方面的資訊，進入到交流的平台，大家都可以漫遊其中，按圖索驥，去搜覽自己想要的資料，以後我們的國文教學，將非常的豐富與便利，也愈加多采多姿。

本學期開學時，中文系與航太系合辦迎新活動，航太系主任邀我講幾句期勉的話，我藉題發揮道：航空太空系是「太空人」，中文系是「時際人」。這其實是科技跟人文的對話，中文系絕對不能抱殘守缺，要推陳出新，廣開門路，結合各種科技的資源來拓展我們的思維，比如你要研究中國古書中的「氣」，你得結合醫學、心理學、宗教學、哲學、天文學、物理學、訊息學等相關學門的知識始為功。

　　這一天半的時間，希望大家除了在議場上知無不言，言無不盡的把自己的經驗、思考提出來，彼此琢磨切磋外，私底下還可以像魏晉名士般的就理論理，另闢論壇。大家交換心得，如果有寶貴的學術資訊，也不吝提供，讓我們的數位博物館更加的完善。待四年有成，就可以公諸於社會大眾來檢索運用，算是成大中文系對學術界的一點回饋吧！

跳脫陳窠，打造未來（代序）

　　由於種種的歷史因緣，台灣各大學的中國文學系，無異中國文化系，辭章、義理、考據必須兼顧，並非專治文學一門。泛覽的典籍太多，旁涉的課題太雜，於是以博通爲難能，以專業爲可貴，經國濟民淪爲口號，學以致用流於空談。

　　大概專家學者難能可貴，因此多堅守自身專業，不肯屈就通識課程，及大一國文。上述課程爲必修，不能沒有人教導；於是長期以來，大多由年輕的講師、助理教授擔當。大一國文與通識課程，既部訂爲必修，其重要、不得輕忽，可以想見。優良教師不屑教，資深教授、副教授不願教，傳統文化的博大精深如何能獲得發揚？文學的美感，哲理的思辨，又如何能守先待後，圓滿傳授？由於外系學生對中文系優良師資始終緣慳一面，未能親聆教誨；於是以眼見爲憑，以耳聞爲斷，大一國文被看成缺乏專業；通識課程則被視爲營養學分，相繼慘遭減學分，改選修。國文與通識教學的敷衍塞責和錯誤設計，造成其他外系外院對我們整體評價不高，嚴重影響了我們的美好形象。這種隱憂，已經潛藏三、四十年。如果優良教師、資深教授都能投入大一國文及通識的教學行列，以身作則，領導群倫，以淵博的學養，發揚傳統文化的精髓，那麼十年、二十年之後，將有豐碩的回饋與良善的反響。

　　中文系的畢業生能做什麼？除了教書以外，還能有什麼發展？筆者擔任系務期間，學生家長普遍關心這些問題。我的回答是：中文系畢業生的出路，有無限可能；因爲中文系的養成訓練，兼顧辭章、義理、考據、經濟，學成後滿腹經綸，左右逢源。中文人豐厚的學養，就像一部超高效能的電腦，選擇教學，只發揮集體功能之一，而不是唯一。長久以來，大家誤把「之一」當作「唯一」，好比把超高效能的電腦，功能只局限在上網買機票，上網量體溫上，未免暴殄天物，浪費資源。筆者以爲：中文人的畢業出路，大抵有

三個途徑：其一，學術研究；其二，文學創作；其三，結合前二者，進行學以致用；而且，中文人的最大、最佳出路，最美好的遠景，應該是「學以致用」——走實用、應用的路。可惜，一般大學中文系的課程，對於「學以致用」，並未用心規劃，遑論具體推動。科技大學、技術學院雖紛紛成立「應用中文系」，卻又漠視深厚學養，只強調形而下的「應用」，既缺乏主體性，只能淪為其他學科的附庸與代工。《論語‧學而》稱：「君子務本，本立而道生」，這句話值得參悟。從一般大學到技職體系的語文教育，衍生上述偏差，主要跟教材之規畫，及教法之策略有關。

　　在倡導功利，注重消費導向的時代，國文科的教材教法應該與時俱進，發揮知識經濟的優勢，因時乘勢，創造輝煌。在這關鍵的時刻，國文教學有必要因應與轉型，以便跳脫陳窠，打造未來；因循苟且，隨波逐流，畢竟不是面對問題的態度。於是三年前由本系王三慶教授草擬專題構想，向教育部提出「國文科數位教學博物館」計畫，以五大企圖作為訴求：其一，調整靜態的室內國文教學型態；其二，生動趣味的多樣化聲光教學；其三，無遠弗屆的數位對談；其四，提供學生自由揮灑的創作與評論的虛擬空間；其五，不受時程限制的課外學習與指導。希望能藉本計畫之執行，確實提昇大學之基礎教育。如今，本計畫已執行第三年，先後聘請陳郁夫、羅鳳珠、賴溪松、須文蔚、顧力仁諸數位網路專家學者，蒞系專題演講，現身說法。同時，本計畫為輔導國文教學，已完成文字法庭、歷史重演、山水詩情、長短句、紅樓情色，以及旅遊文學等六個文學動畫。今年度擬依《大學文選》再接再厲，製作更多動畫，建構更多資料，提供學界或一般學習者上網瀏覽。同時配合本校一年一度「鳳凰樹文學獎」，舉辦全校學生「文學動畫獎」徵稿，已有六支得獎動畫貼在本博物館網頁上，歡迎大家上網瀏覽。將古典文學這樣的美人，跟電腦數位科技這般新貴，配對聯姻，繪製出像迪士尼《花木蘭》、《梁山伯與祝英台》般之動畫，促使文學數位化、實用化、

生活化，是我們企盼的目標。很希望文學院的同學，可以跟工學院資訊系、電機系的同學跨院合作，完成動畫傑作，文學的應用化就不是夢。

　　國文教學的內涵，不外教材與教法，教材好比劇本，教法就是演技。演技優秀，劇本不佳，英雄將無用武之地；劇本不錯，演技遜色，那演員就該檢討缺失，增益其所不能。《禮記‧學記》所謂「長善救失」，可以用在教學方法的相互切磋上。本博物館極重視國文科之教材與教法，除協助本系《大學文選》建置若干教學資料庫，彙編教學研究參考資料外，又先後召開兩次學術研討會，藉校內外學者專家相互觀摩切磋，分享彼此之教學經驗，齊心關注國文科之教材與教法。本學期第二次研討會，於十月四日舉行，關心國文教學的校內外專家學者，濟濟一堂，提出許多真知灼見，激盪出不少的智慧火花。這難能可貴的風雲際會，令人印象深刻；因緣際會展現的真知灼見，當下激盪之智慧火花，都值得珍視和愛惜。為了讓這些成果與學界分享，我們決定出版研討會論文集。在知會論文作者，斟酌提問，增修定稿之後，爰誌感想如上。心願只有一個：希望國文教學的同道，在教材與教法上，跳脫陳窠，打造未來，共創美好的遠景。

　　本研討會論文集，共收論文十六篇，大多偏重教學方法的探究，絕大部分志在點亮光明，金針度人，其共同特色多在跳脫陳窠，指引未來。其中有關主題教學之論文較多，如許長謨〈神髓莫輕忽〉、陳永瑢〈改變學生學習文學觀念的一堂課〉、劉滌凡〈創造與批判思維在小說教學上的運用〉、仇小屏〈論「時間」章法在新詩中的運用〉、潘麗珠〈古典詩歌教學之課程設計〉、方中士〈文學的歷史記憶—談國文教學的歷史教育價值〉、王祥齡、劉梅琴〈中國古典詩中視覺意象的媒體再現〉，分別從詞構語法、文學觀念、小說、新詩、古典詩歌、文字學方面切入，以示範教學方法。其次，則強調創意教學，有三篇提倡數位教學，如張娣明〈尋找國文科教

學在 E 世代的生命力〉、胡明強、李美蓉、周虎林〈文字學導向學
習系統網站建置與學習成效影響之評估〉、藍日昌〈數位學習的發
展趨勢〉；其餘，則李壽菊〈「大一國文」的定位與教學策略—鳥
瞰格局教學法〉、姚振黎〈知識管理之國文創意教學析論〉、沈翠
蓮〈直接和間接教學策略在大學國文教學的應用〉，以及劉滌凡論
文，又分別從鳥瞰格局，知識管理、直接間接、創造批判諸策略，
提出其創意教學法式。另外，有三篇論文憂心國文教學之困境，進
而表述因應之道者，如李玲珠〈國文教學的人本化和通識化〉、邱
德修〈大一國文〈學記〉「學學半」新證〉，傅正玲〈現代文化情
境國文教學的思考—以輔英科技大學「中國語文能力」教材為例〉，
都能正視問題，進而尋求解決之方。

　　本博物館先後聘用楊碧樺、李惠湘、宋敏菁、詹閔傑四位專任
助理，協助計畫之執行，與學術活動的完成，感謝他們的協助。本
論文集能順利出刊，除向贊助經費的教育部致謝外，感謝她對提昇
大學基礎教育的苦心，尤其感激論文作者的熱心撰述，撥冗參加研
討。在此還要感謝本系主任、老師、辦公室同仁，以及同學的配合
和協助。《易繫辭上》云：「二人同心，其利斷金；同心之言，其
臭如蘭」，此中有深意焉。

張高評　　序於成功大學中文系
　　　　　二○○三‧十二‧三十一

目　次

神　髓　莫　輕　忽
－大學國文教學之詞構與語法問題

成功大學　許長謨

摘　要

在當前的大學國文教學中，課程的時數或重要性已大不如前，但教材的取向已能更廣面更現代。在教學媒體、教學器材更精進多樣、也更方便的新環境裏，教學法仍有相對應的改進及提升。但在選材廣化之外，有一向最被忽略的教學內容-語法文法-並沒有太多進步。

語法文法的問題是語文問題的神髓。在深入分析句義時，語法正確的掌持就是樞紐。惜乎目前有關語法文法的研究或討論，若不是在外語或語言學專業的會議或論文中，就是在國民教育層級的多語比較中。大學國文的領域中頗為少見。

本論文採用「宏觀」（macro-）角度，以現有大學院校國文選的相關資料為材料，以語彙語法問題為研究的主要標的。綜合檢討這些缺失的原因，以四段陳述：首段論語文角色之於語文學習的重要今都屬第一語言；次段談詞彙與詞構問題；參段談「主題」和「主語」分辨；第肆段則闡明語法表達的基本形式。本研究乃意圖為這些缺失原因加以探討，並提供解決之道。

關鍵詞：大學國文、詞彙、語法、主題式、詞類、句子成份

壹、緒論：問題、方法與預期

　　在台灣當前的大學國文教學中，課程的時數或重要性已大不如前。在「大學自主」的不同校園生態中，有許多學校的「大一國文」甚至已失去舞台，或併入「通識教育」中。但另一方面，仍能維持正常教學的學校，在自編教材方面，卻因此更能面對新環境，使取向更廣面、更現代，如成大[1]、彰師大[2]等自編大學國文文選，已跳脫幼獅版原有之內容架構，選入比例不少、不同時代的不同文體。在教學媒體、教學器材更精進多樣、也更方便的新環境裏，教學法料必有相對應的改進及提升。但在古典文學或現代文學的選材廣化之外，有一向最被忽略的教學內容　語法 – 既沒有受到新的重視，在教材和教法上，也沒有太多進步。

　　語法(文法)的問題，也包括詞彙詞法句法等內容，是語文問題的神髓。在吾人深入分析句義時，語法正確的掌持就是樞紐。惜乎目前有關語法文法的研究或討論，若不是在外語或語言學專業的會議或論文中，就是在國民教育層級的多語教學比較裏。大學國文教學的領域中頗為少見。

---

[1] 成大中文系編，《大學文選》。台南：成大，2001。
[2] 彰師大國文系編，《大學國文精選》。台北：五南，1997。

　　本文將選取部分現有大學院校的國文文選做為分析的材料，一部分以傳統幼獅版的傳統內容，一部分也採用後起的多元式教材，做為分析標的。但由於篇章既多且有所出入，引此本報告的研究途徑（Research Approach）不打算以總集歸納為法，只依問題取向隨機舉用適當例證以證成觀點，而不講究全面普遍的例句對比。囿於各版本內容差異實在太大，故而舉例則多選擇十餘篇多所交集的重要篇章，不夠周延而全面，實不得已。

　　然而，語法問題的檢討，實應上溯及現有高中國文各版本對語法教學設計的特色及缺失，以正源頭，但這顯非一文力所能及。故於此綜論大學國文的問題，以求拋磚引玉。吾人若檢討大學國文的語彙語法諸多缺失，其原因不外：語言角色、授課時數、古今語彙、文學體式、語法認知和文化差異等方面，而語彙語法教習方面應重視的問題則有：構詞問題、古今詞意、一字多音、主語省略、主題式語法、對偶的慣性、語意認知的含混、乃至於詞品和詞類分析時的誤解等等。

　　由於現有研究極少以大學國文為標的，聚焦於語法問題的更難見到，許多面向都缺乏討論的基礎。因此，本研究採用較「宏觀」（macro-）的角度，先揭示諸多語法問題的方向，這樣的做法或無助於許多隱微卻又重要角度的釐清，但還期待接續者能後出轉精。因為，語文歷時共時的複雜，使大一國文背負了許多原罪。若能為這些缺失原因揭舉而帶引出更多的討論，進而切磋出解決之道，也是美事。

貳、天高雲闊自家樓：文不論古今都屬第一語言

　　當前大學國文選文除了傳統詩詞戲曲或古典散文外，已開始添加一些現代文類。但詩文不論古今，在當前台灣語文環境中，它在本質上依

然屬於「第一語言」（First Language）的特質。第一語言由於和使用者有較親密的環境接觸，因此學習時也比較多元浸潤，使用者由於有深層的內化能力，「語言能力」（Linguistic Competence）和「語言表現」（Linguistic Performance）都容易操持掌握，但反之卻也容易使一般的教師與學生忽略了深層解構中語法和語意問題的客觀認知。

一、

　　古典詩文在許多語彙的結構和詞意的使用上，有異於現代語文，但整體而言，第一語言的問題仍存在。許多教師授課時大多重視罕難字的音讀、生難詞解釋、整句翻譯等。上焉者更能做章法修辭或文學的賞析。但往往都有意無意的將箇中一個頗重要的環節遺漏了--語法問題。

　　會有上述原因，主要還在於每個單元的教學時間有限，文章難度又高，故而教者多將有限的時間大部分用在處理作者，題解、歷史資料等問題上；再兼顧及語音及詞義直接的解釋，時間幾乎已被耗盡。自然而然，詞彙語法問題的處理，就淪為非必要的過程。

　　對第一語言而言，重在「習得」（Acquisition）。語法的解說，重要性先天上不如「第二語」（Second Language）和「外國語」（Foreign Language），重視語言形式的表達，與策略教學。吾人也並非期待教學中，教師一定要勻撥出特定的時間，單獨進行語法教學。因為這樣做，往往會形成反效果，更會中斷文學賞析活動的連貫性。但教師若觀念清楚，適當切入，也一定能成功的引導。

　　上述所述的原因之外，教師在語法專業的不足，則是一個不爭的現實。就因為絕大多數的師生平時就是「母語者」（NS, Native Speaker），比較能夠直接掌握漢語文義表達的內涵，使多數教師忽略在語法方面自我充實的重要。爾來，教育部要求各大學之中學國文科教育學程，要將

「語言學概論」一科 2-4 學分列爲必修，這是個進步的做法。但成效如何，仍待評估。

　　若我們延伸觀察，中小學國語文的語法教學，情況也好不到哪裡去。[3]國小國語科教材補充或教師手冊中，都會列入詞彙語法的單元。[4]但設計的內容普遍不佳，實施者也寡。國中高中時更是每下愈況。雖然原因已昭然，但若要徹底改善，實際的教學行政機制已難做有效的引導，則各層級國語文教學者的自覺和自進，或許是唯一的希望。

二、

　　既然漢語是當前國文教學的第一語言，漢語的辭彙語法特質又爲何？是我們需要先探討的。

　　台灣現行的語言，除了漢語語系，還有十餘種南島語（Austronesian）語言。暫不論這些非漢語語言，[5]區別於世界較通行的語言，漢語語言（含華、台、客等）的特殊性，大抵爲「非拼音文」（Unalphabetism）、「聲調語言」（Tone Language）、「孤立語」（Isolating Language）三大特質。前二者所依據的是「書面語」型態和語音的「超音段」（Supra-segmental）的特質，與語彙語法關係較遠。而孤立語的特色，則是以語彙結構爲基礎，這影響了詞序和語法的安排，需要我們更清楚的認知。

　　「孤立語」在一般的定義，是指用不變的根詞和不同的詞序，來表示語法關係。由於漢語是使用「詞根」（Root）作爲孤立語的主幹，又

---

[3] 相關著作並不多，具指標性的著作如：黃錦鋐《國文教學法》(台北：三民，1997)並未論及；劉崇義《國語文教與學論集》(台北：萬卷樓，1998)書中僅在一部分論及幾個語法單元。較詳盡的研究，近期可參考：林士敦《中學語法教學》(台北：萬卷樓，2003)
[4] 如句型練習、造詞造句、或一些語法相關的遊戲、活動等。
[5] 如成大《大學文選》(成大中文系編，2001)所選之〈賽夏族矮人祭歌歌詞〉。

5

稱「詞根-孤立語」（Root-Isolating）。[6]因為其句法關係是由實詞結合功能詞，即虛詞（Function Word），按一定的詞序（Word Order）來結合。其詞彙構成比較獨立，多由簡單的自由語素（Free Morpheme）構成，這種多詞素詞的構成法與其句法功能無關，所以孤立語又常被稱之為「分析型語言」（Analytic Language）。這和屈折語（Inflected language）如英語、黏著型語言（Agglutinative language）如日語、南島語等不同。黏著型語言在語言句法關係是由前、中、後綴等成分和詞根的緊密結合來表示，而屈折語的語法關係是用詞性及構詞的屈折變化（Inflexion）來表示。其詞綴和詞基或詞根的結合非常緊密，詞綴因而成為詞的部份。當然，上述三種語言的分類，在某種程度上說，都有某程度的交集，也就是說，漢語也有屈折語或黏著型的型態。

　　正因為漢語在語法形式上，比較簡單，也難精確辨析，故也被稱之為「無形式語言」（Formless Language）。早期許多西方語法學家甚至不承認漢語語法具有精確性，並認為它沒有被準確分析的可能。當然，這種以西方語法分析為基礎的誤解，如今已漸漸被語言學界破除。因為所有的語言，標準語或方言，實在都有其嚴整的語法型態結構。但諷刺的是，這誤解如今反存於許多本國語族的國語文教師中。

三、

　　大學國文選文的內容，正因為是古今語文的交會，又是語文和「文學」（Literature）交會的最精奧處，所以語法的問題本就是最複雜。但若我們以第一語言的角色予以處理，則幾個大方向是可以掌握的。本文囿於字限，擬於以下幾個關鍵的語彙語法問題來討論：詞構問題（含古

---

[6] 孤立語另有一種「詞幹-孤立語」(Stem-Isolatin)。如薩摩亞語。

今詞意、一字多音）；主語問題（含主語省略、主題式語法)和語法表達形式(如對偶慣性、詞品和詞類析辨）等三項問題來究論。

叁、一瓦一磚成渡頭：詞彙與詞構問題

　　語言是一套由聲音和意義相結合的有機符號系統。而詞彙是語言中能夠獨立運用的最小的符號。它是對現實現象進行分類和定名的工具，[7]也是人類意義表達最重要的載體。因此，語文研究或教學時，詞彙都是最重要的基本單位。

　　漢語屬國文教學的第一語言，平日可以掌握的總詞彙，可高達十萬以上。據此，即令有古詞或難詞，藉著第一語言原有詞彙的熟悉度，古詞難詞的學習或認知，通常還算容易掌握。

　　現代漢語的詞彙，除了外來詞（含譯詞）、方言詞、新詞外，大多數詞彙來自古代。這些詞經歷了長期的演變，仍保有古詞原保留的完整義涵。當然，由於時間的遞移，今日所用的詞彙或表達的方法與古漢語所使用的的語音、語彙或詞法的規範形式已不相符，甚者有不少的差異或矛盾，[8]如引申、通假或「反訓」，[9]這些都須要我們特別注意。

　　吾人可由大學國文的一些選文中，看出以下一些特殊的詞構演化。

---

[7] 參看葉斐聲、徐通鏘著，《語言學綱要》(台北：書林，1993)，第五章第一節。
[8] 語言學術語可稱「時代錯誤」(Anachronism)。
[9] 如「快」之訓「苦」，「亂」之訓「治」、「今」之訓「故」、「廢」之訓「置」、「存」之訓「徠」等。反訓一詞最先由郭璞提出，其主要成因大約是因為詞義變遷、音轉、引申假借等。學者贊成或反對者均有之。參見陳新雄《訓詁學》(台北：學生，1999)，pp..172-196。

一、單／複音節化與古／今詞

　　由西方語言學觀念重新檢視漢語詞彙的觀念，要有一番「破」和「立」。要「破」的是傳統以「字」[10]為單位的習慣；而要「立」的是，西方語言學「音素」（Phoneme）、「詞素」（Morpheme）、「詞」（Word）、「詞組」（Word Group）意義和「字」觀念的對應。[11]

　　古文多屬單音節詞（Monosyllabic Word），一個「字」可詮釋一個獨立意義來，但當時也已經有許多雙音節詞（Disyllabic Word）。這些雙音節詞大多是人、地或物的專名。如：

　　「庖羲」（〈古者庖羲氏章〉）、「斯螽」（〈七月〉）、「函陵」（〈秦晉殽之戰〉）

　　形式上，有的是結構已經很完整的複合詞（Compound Word），如：

　　「莞爾」（〈漁父〉）、「愀然」（〈范滂傳〉）、「海濱」（〈管晏列傳〉）、「建國」（〈郭有道碑文並序〉）

　　但也有許多擬聲詞（Onomatopoeic Word）或非狀聲的聯綿詞，如：

　　「怦怦」（〈九辯〉）、「汶汶」「憔悴」（〈漁父〉）、「蹢躅」（〈秋水〉）

　　這些詞或詞組都可獨立運用，教學時須謹慎區分。然而實際上卻有許多難以區分的狀況，尤其在區別複合詞或詞組時。這時，須要看其構成成分間之關係是否緊密而定，若構成的兩個「字」（先視之為詞素）組合很緊密，組合後意思已不等於兩個意義的直接相加，而新生他義，我們稱之為詞；否則那還是詞組。

　　但這樣的區辨是有歷時（Diachronic）的問題的。因為許多「詞」

---

[10] 「字」，是書面語(Written Language)的成分，英文可譯為 graph 或 character。

[11] 幾多藉西方理論詮釋漢語的著作，如葉斐聲、徐通鏘，《語言學綱要》(台北：書林，1993)；程祥徽、田小琳，《現代漢語》(台北：書林，1992)等。

再被使用初期，都是「詞組」，時間遞移，使該詞內容擴大或縮小而成特定意義之詞，如：

「五官」（〈天論〉）、「倉廩」（〈牧民〉）、「敬業」（〈學記〉）…

這等古今語詞的演變，傳統中文系是訓詁學的工作，語言學則分屬語彙學、詞源學及語意學的工作，國語文教學者也需要能分辨。

二、詞義的引申、假借、異化

漢語語詞多由單音節構成，但雙音節詞也與時俱增。詞義則由本義、引申義、衍生引申義不斷的繁衍。再有經由假借（借音）、訓讀（借義）和比喻義不斷增長。而方言變體及外來新詞，也都是值得注意的問題。

因此，詞或詞組因時代差異而詞義轉移，這是詞義範圍的增減或改變。一般而言，詞義會擴大，如：

「縵」[12]（〈學記〉）、「江河」[13]（〈秋水〉）、「熏」[14]（〈七月〉）、「取」[15]（〈秦晉崤之戰〉）、「牧」[16]（〈牧民三章〉）…

詞義也會縮小，如：

「墳」[17]（〈馬致遠秋思〉）、「穀」[18]（〈秋水〉）、「君子」（〈學記〉）

---

[12] 縵，說文說：「繒無文也。」後引申為絲繒的代稱。

[13] 江、河原都是專名，只代表今天的長江、黃河。

[14] 說文：「熏，火煙上出也。」

[15] 取，原意是捕摘左耳引申到取他人財地物。

[16] 說文：「牧，養牛人也。」左傳昭七：「牛有牧。」都是用本義。詞意後擴大到伺養其他牲畜或管理人民。

[17] 墳，原指大防，今專稱墓。

[18] 穀，原指百穀之總名。

「宮」[19]（〈七月〉）（〈為徐敬業討武曌檄〉）、「春秋」（〈進學解〉）…

詞義的縮小或擴大，是廣義的「引申」，但一般的引申其實不易分辨範圍大小，只是敘義有些許差異或轉移，如：

「賞」[20]（〈漢書藝文志諸子略〉）、「誅」[21]（〈為徐敬業討武曌檄〉）、「朝」[22]（〈秦晉殽之戰〉）、「朋」（〈學記〉）、「走」（〈秋水〉）…

　　在詞義的變遷時，上述本義、引申及假借義，會形成「一詞多義」。一詞多義類似「歧義」（Ambiguity）或「多義」（Polysemy）。但語詞也有「一義多詞」的現象，其起因多是因為：時間流變、地區殊用、求雅避諱、翻譯詞或簡略詞等因素所造成。訓詁學和詞彙學中多有談及，此不詳論。

　　但古今文中的「虛詞」，亦即「功能詞」，也是一個研究的重點。除了語法意義外（以下將再論及），該字詞由實詞轉成虛詞，時代應該都很久遠。這個漸然改變，由單音節詞轉為雙音節詞的歷程，也是個重要的課題。

三、殊聲辨義

　　四聲辨義又稱殊聲別義，是利用聲調的差異，來區分漢語相同的一個詞彙其中蘊含的不同意義，這是漢語一種特有的現象。好處是減少了大量新文字的產生，但卻也加重了個別字的字義承載，使後世產生了大

---

[19] 宮，原指室。後專指皇宮之屬。

[20] 賞，原為財貝之賞，亦可指賜爵以賜有功。

[21] 誅，討也。原意是言責，但嚴者可指殺戮。

[22] 朝，本意指旦，後改變意義為「向、見、朝廷、朝代等」。

量的破音字。吾人雖不能斷定殊聲別義是否自古即已有，[23]但在唐代以前，這方法已相承積習。

國文教學，最直接且立即需要解決的是文字的音讀問題。漢字的總數《說文》9353 字到《廣韻》兩萬六千餘字、《集韻》及以後的韻書字書字數更多。現在教育部和中研院待解決的異體字總數將超過十萬字以上。但趨勢仍不可能停止。[24]

當然，合適的教材本應提供適當的音讀供師生使用。但現實上，古文的難字太多，許多教材都忽略了這項工作。將任務還給教師自行備課，也還合理。只是在直接由字辭典上尋找時，許多字「多音」的現象，常使得許多人難判究裏，最後常選擇第一個音字交差。

多音的原因不外異讀，如破音字、古今字、文讀音或翻譯語等。教師除了要能正確選音外，明瞭「殊聲辨義」也是另一項要務。「殊聲辨義」又稱「四聲辨義」，它是利用漢語四個聲調的差異，來區隔同一個字詞的意義，這是漢語特有的現象。顏之推認為魏晉起已有用這方法，但也有人認為應該是在四聲發現之後的事。這種方法相承積習，確實減省許多新字詞的被創造。四聲中，以去聲殊異的數量最多，翻開《廣韻》去聲部分，隨意翻閱，就有太多的異讀。[25]

在大學國文文選中，四聲別義的例子不勝枚舉，如：

「重」（〈七月〉）、「泥」（〈漢書藝文志諸子略〉）、「興」（〈秦晉殽之戰〉）、「比」「聞」（〈學記〉）、「應」（〈三國志諸葛亮傳〉）、「濟」（〈秦晉殽之戰〉）（〈進學解〉）、...

---

[23] 周祖謨則以為遠自後漢已經開始。見其〈創始之時代〉一文，收於《文字聲韻訓詁論集》（北大，2000，52-60）

[24] 2002 年 5 月 20 日聯合報「台中縣民愛改名 現代倉頡難為」（記者楊克華豐原報導），報載台中縣民越來越愛改名，且好改用冷僻生澀名字。台中縣戶政人員二年來已為其縣民造了六萬多字，宛如現代「倉頡」。

[25] 可參考胡楚生，《訓詁學大綱》（台北：華正，2002），pp..39-46。

　　由於四聲的變化，不只是詞義的不同，也常成為語法的關鍵。此外，有一些字在現代華語中已不能分辨，但在一些較古的方言仍能清楚的區別。如：

　　「化民**易**俗/強而弗抑則**易**」（〈禮記學記〉）、

　　「猶復包藏禍心/匡復之功」（〈駱賓王_為徐敬業討武曌檄〉）、…

都同時出現在同一文中。因此，教學者不應該等閒視之。

四、詞類（Part of Speech）問題

　　這一部分我們先論詞彙系統，事實上詞彙學和語法學可以做區別。也就是說，詞彙學的研究重點，和語法學對詞的分類，不是同一角度。一般而言，詞彙學分類可據：（a）詞的作用角度分基本詞彙和一般詞彙；（b）詞的構成角度分為單純詞和合成詞；（c）詞的語義角度包括基本意義、感情色彩和語體風格三方面；（d）詞的語音角度分單音詞和多音詞；（e）從詞的來源角度分古語詞、新詞、術語、方言詞、借詞等；（f）詞的使用頻率的角度分常用詞彙和非常用詞彙。[26]除了上述六種分類外，第七種是從語法為詞做區分。平時我們把詞歸成名詞、動詞、形容詞、副詞等，這其實是屬於語法範疇。這等歸類，使我們對語法問題能進行分析辨識。由於漢語屬第一語言，已入我們語言結構深層，多數人會正確無誤的使用而不能分析，甚至有人乾脆否定自己有語法。認知詞的語法分類，當然是認知語法的第一步。

　　詞須先分出「詞類」（Parts of Speech）。詞類是以詞在語法上所表現出來的特徵為標準。通常它和詞的詞彙意義、句法特徵或變化標誌有關。

---

[26] 參考許長謨，〈台灣閩南語詞彙語法概論〉（九十一年教育部鄉土語言教學支援人員高雄區研習講義集，2002）。

　　詞類用於語法的意義裡，已不是指個別詞的切確內涵。吾人可以將內涵意義懸殊的詞彙，歸成一種屬於語義（語彙）的大範疇，如「人物、動作、植物」等；但也可以將具有相同詞彙意義的詞，因相同的語法特點，組合成「詞類」，如「主詞、動詞、受詞」等。

　　以「詞類」做範疇的詞，其句法特徵通常表現在詞與詞間組合的句法功能。語言結構中，非常重視橫向的「組合關係」（Syntagmatic）和縱向的「聚合關係」（Paradigmatic）。聚合關係就是指各種詞類的集合；將這些集合運用於橫向組合關係中。合乎語法的則「組合」來就是規則；反之，不按規則就常常難以組合成正確的語文表達。漢語中固然有許多既彈性、又富深意的語例，可以超越一般規則[27]，但吾人仍應由基礎功夫去分析歸納，才能有較正確的理解。例如古文中常出現「（惟）A 是B」的句式：

　　唯器是適（〈進學解〉）道謀是用（〈梓人傳〉）

　　唯馬首是瞻、唯婦言是聽、唯命是從、唯利是圖、唯我獨尊、唯才是用、唯大論是弘...

　　延伸到現代漢語，仍可據以創造出新成語，如：

　　唯主義是從、唯你是問

　　若以句法歸納之，則「（惟）A 是 B」的句子可以更精確約化為「唯N 是 V」，而 N 應為受詞（賓語）。否則，與下列相似的句法容易混淆：

　　唯君圖之（〈秦晉崤之戰〉）

　　唯我能也（〈秋水〉）

　　詞類組合後，產生的結構關係有其一定規律。古漢語到今漢語之間，用詞會不同，句式也有減有增，但大抵上不會矛盾。現代漢詞的句法功能，指的是某種類詞擔任/不擔任短語或句子成分時的規則組合。

---

[27] 如「可以清心也」可以依序做出五組句子；「吃好米」依排列也可以有六種組合。

如名詞不能作補語、副詞不能作賓語、或類詞可否重疊變化等。

詞類的總數有多少，中西方界定都有爭執，如 8 個到 15 個都有。語法學家也常將詞分為「實詞」和「虛詞」兩大類。前者又稱「成分詞」（Content Word），表示實在的意義，既能夠做為短語或句子的成分，也能夠獨立成句。通常實詞包括了名詞、動詞、形容詞、數詞、量詞、代詞等。而虛詞指的是：不表示實在意義，也大多不作短語或句子的成分，用途只在表示語法關係。包括：副詞、助動詞、介詞、連詞等。[28]然而現實中，實詞或虛詞的分法在句法分析中，例外不少。古文中，實詞與虛詞的分界、包括詞類的使用，反較現代漢語來得清楚。[29]西方許多語言學家研究漢學，也都從古文語法入門。

漢語由於屬於「孤立語」，因此書面語新詞出現時，許多人不認為詞像歐語般有定類。所以，一味的要求要去了解詞類（Parts of Speech）其實仍無助於句子的直接分析。漢語分析時，不論古今語，都要進入到「句子成分」（Parts of Sentence）去進行，也就是要以「主語/謂語」、「賓語/補語」、「定語/狀語」及「外位語/獨立語」[30]的分際去做析解，才能比較切實正確。比如，吾人見到一個形容詞，須先了解其「屬性」（Attribute）/「謂語性」（Predicative Adjective）之差別。若是前者，分析時為「定語」；後者則可為「謂語」，如：

一抔之土｜未乾（〈為徐敬業討武曌檄〉）

至精｜無形（〈秋水〉）

詞類和句子成分的其他差異還很多，還應該注意的角度也不少。下一單元會再詳細論及「句子成分」的重要。

---

[28] 感嘆詞和擬聲詞因為特性與上者多相同，故也常被列為虛詞。

[29] 如「之、乎、也、者、焉、哉、蓋、然」等用語。

[30] 參見劉蘭英等編，《語法與修辭上》（台北：新學識，1993）。pp..124-194。

肆、迴向旋樞起首望[31]：主題和主語分辨

在古文語法的分析上，許多人都知道以下的規則：「否定句或疑問句裏的賓語代詞需要和動詞相對調。[32]」但對其餘的問題則少有人能這麼具體的陳述。端緒因為太多，本文只擬由一個最關鍵的點切入，即：句子分析時的主語(或主題)問題探討起。

在分析「句子成分」時，「主語」（Subject）和「謂語」（Predicate）是兩個主要軀段。謂語甚為複雜，分析時須費許多心力。在漢語中，可做為主語的詞類主要為「名詞」[33]與「代名詞」。但也有用動詞、形容詞當作主語。甚而一般的詞組也都可以做為主語內容，可說是範圍寬廣。

主語的問題看似不大，但正處於樞紐地位；分析時往往差之毫釐，失之千里。加上漢語的主語問題頗特殊的地方有：主語省略、與代詞的關係、主題式語法三種，故本文需專節闡述。

一、主語省略

一般形式較單純的句子幾乎都是由主語和謂語所構成的。主語是句子之主體，既可能是主事者，也可能是被描述或被解釋的對象。一般人區分句子，如敘事句、有無句、表態句或判斷句等，大多是以謂語的中心成分做為依據。但若由主語的角色來看，則除了上所言的情形外（一般詞為主語、句子為主語），還有一種「虛主語」的型態。看看下列三個句子的比較：

（a）「下雨了」：英語說"It is raining."法語說"Il pleut."

---

[31] 「旋樞」取譬用北斗七星的前兩星：天旋天樞，代表主語關鍵的地位。

[32] 如：「不論人之不己知」〈論語憲問〉。

[33] 含「時間名詞、方位名詞、處所詞」等。

（b）「現在九點鐘」英語說"It's nine o'clock."法語說"Il est neuf heure."

（c）「有三個蘋果」英語說"There are three apples."法語說"Il y a trois pommes."

這三種表達中英語法語的 it/il 或 there/il y a，中文都不能指陳或翻譯出明確的主語內涵。它們和一般無性的「它」的代名詞不同。[34]

漢語中，沒有規定句子中一定要有主語，故而可以直接陳述謂語，或以「時間名詞」或「方位名詞、處所詞」來當主語[35]，也有直接用「是」或「有」作為起句開頭。古文型態也類似，如：

七月流火．九月授衣（〈七月〉）

時維九日，序屬三秋（〈滕王閣序〉）

（春日載陽，）有鳴倉庚　（〈七月〉）

有聲如牛（〈秦晉殽之戰〉）

主語假若不出現，除了可能是「虛主詞」外，還有「隱主詞」[36]或非主謂句的可能。「隱主詞」大多在漢語的「連動」「兼語」式中出現；而非主謂句則大多是由動賓結構的片語所構成。古文中非主謂句的情形很多，正可以表現了文辭的模糊性或緊縮性。如：

出絳柩（〈秦晉殽之戰〉）

共立勤主之勳，無廢大君之命（〈為徐敬業討武曌檄〉）

抵排異端，攘斥佛老（〈進學解〉）

事實上，無主謂句的主詞之所以未見的原因，有的是因為該主詞在文境（Context）之前已出現；有的是因意義極明顯而被略除；也有的是因為排比或對偶、或行文求精練的原因而被省略。吾人應當注意分辨。

---

[34] 這種主詞又稱為 pleonastic（冗言重複的）或 expletive（附加的填補的）。

[35] 也有學者將此歸納為主題式語法，以下將再論及。

[36] 「隱主詞」在英文中常常會在「不定詞句子」中出現。

主語省略在漢語中極為常見，這帶來了增加了文學的聯想和精練，但也阻礙了表達的精確性。教學時也增添一些困難，因為教學者需要多花費功夫來做主語的辨析和填補。下一個單元將繼續說明。

二、主語與代詞

由於漢語表達，在語法的詮釋上，常借重上下文的連結；區分「句子成份」的規則又多彈性，以致於句法間的邏輯性較不顯著。在行文間，當第一個主詞出現時，隨後而接的句子，往往因為其他名詞的加入，造成「主語」的錯亂；加上作者常主觀的使用代詞「其」，使得讀者往往須先揣摩文義，或借助註解，再反身來為「合理的」語法做解釋。如此，造成了不必要的「歧義」（Ambuguity）。多數情況下，或許不影響全文的理解，但偶也會令人迷惑。

這樣的例子不少，如：

> 大學始教，皮弁祭菜，示敬道也；宵雅肆三，官<u>其</u>始也；入學鼓篋，孫<u>其</u>業也；夏楚二物，收<u>其</u>威也；未卜禘，不視學，游<u>其</u>志也；時觀而弗語，存<u>其</u>心也；幼者聽而弗問，學不躐等也。此七者，教之大倫也。（〈禮記學記〉）

上述七事用了五個「其」，指的應該是受教學生，但這些主要的受事者卻不曾在文段中出現。又如〈漢書藝文志〉中論儒家：

> 儒家者流，<u>蓋出於司徒之官，助人君順陰陽明教化者也</u>。游文於六經之中，留意於仁義之際，祖述堯舜，憲章文武，宗師仲尼，以重<u>其</u>言…

「儒家」一詞出現後，48 個字以後用代詞「其」做反身，雖然表達文意清楚，但也看出漢語行文時主語掌握的困難度。否則，如下文：

17

泰山之陽，汶水西流；其陰，濟水東流。陽谷皆入汶，陰谷皆入濟。當其南北分者，古長城也。…（姚鼐〈登泰山記〉）

　　試想，此段中的「當其南北分者」的「其」字應如何解較妥當？是「泰山」？「泰山之陽」？「汶水」？「汶水陰」？「濟水」？「陽谷」？「陰谷」？

　　再看看〈左傳秦晉崤之戰〉一段裡的記載：

　　…以其無禮於晉…君知其難也…又欲肆其西封…失其所與…吾其還也…

　　其中所使用的「其」字，除最後一字詞性明顯不同外，前四字或做所有格代詞，或當主語或賓語代詞；語意上和上文的承接關係也不確定。這些例子，顯示出漢語表達時主語與代詞間相應的自由和困難。[37]

三、主題式語法[38]

　　從句式分析的程序上說，判斷句子是主題式與否，按理說是第一部。但因論理架構的鋪陳，本文在此說明。

　　除了上述主語的問題外，漢語中也同日語一樣的「主題式」語法[39]。日語表達主題式語法時，常會用「お」做句式結尾，但漢語就沒有這種特徵。事實上，漢語句子的主語不容易認定，趙元任等前賢已注意到。因為漢語主謂語（S-P）間之語意關係，並不完全是施事者與其行為的

---

[37] 代詞中，「之」與「焉」都是重要的問題，但於此不論。
[38] 「主題式」語法的提出，是布拉格學派在語言學上的貢獻，即捷克語言學家馬泰休斯 1947 年提出了句子的實際切分說，即是將句子分成"表達出發點"和"表述核心"，就「位格」的詞語而言，即"主題"（Theme）和"述題"（Rheme）。
[39] 「主題式」語法，一般稱為「主題和述題」（Topic and comment）。

關係，而卻含有許多「主題」（談話的話題）與「評論」（有關話題的解釋）的關係。趙甚至估計：國語裏主語表達施事者而謂語表達其行爲的句子（連含有被動意義的句子都算在內），也只不過是佔句子總數的百分之五十左右而已。所以他主張用「主題與評論」來分別代替施事者與行爲，等同於「主語和謂語」。[40]

　　湯廷池先生曾爲文探討過這問題，他認爲趙的主張確能簡化主語的辨認，使趨於用詞統一。但他還是以爲「主題」、「主語」，與「施事者」是可以獨立而並存的概念：

> 主題與評論是屬於「交談功用」上的概念：主題表示交談雙方共同的話題，評論表示在這個主題下所做之陳述或解釋。就交談功能而言，主題常代表舊的已知的訊息，而評論則傳遞新的重要的訊息。而主語與謂語則屬於「句法關係」的概念，因此句子的主語固然可以成爲交談的主題，動詞的賓語、介詞的賓語、甚至表時間或處所的狀語也都可以成爲主題。...」[41]

　　這樣子由「語意功能」的角度來區辨「T-C」和「S-P」是很清楚的。只是在書面語中，爲了簡要記事，不見得都能夠這麼清楚的分別。湯對「施事者」的補充也極明白，可供我們參考：

> 「施事者」是指名詞的「語意功能」而言。...國語的主語在語意上所能扮演的角色，除了施事者以外，還有「起因」、「工具」、「受事者」、「感受者」、「客體」、「處所」、「時間」、「事件」等。因此，

---

[40] 見趙元任著，《中國話的文法》，（丁邦新譯，台灣：學生，1994)第二章 2.10(完整句謂語）。

[41] 湯廷池在其〈主語與主題的畫分〉（《漢語詞法句法論集》。（台北：學生書局，1988。pp. 73-78）一文中也曾探討過這問題。

無論是主語或主題的語意都不限於施事者，擔任其他語意功能的名詞也都可以成為主語或主題。…既然主題、主語、施事者是可以獨立而並存的概念，就似乎不應該把三者混為一談，而應該加以區別才對。

湯也提及主語與主題，在語意與句法功能上有七點明顯的區別：

1. 主語與謂語助詞或形容詞之間，在語意上有一定的選擇關係；主題與謂語動詞或形容詞之間則無。

2. 謂語動詞可以決定主語，卻不能決定主題。

3. 主語名詞可以把句中指稱相同的名詞改為代名詞、反身代名詞、或整個加以刪略，也可以由於改為被動而在句子中移動。主題名詞則除非同時兼充主語，否則，不具有這種句法功能。

4. 主題名詞必須在指稱上是「有定」或「泛指」的，因為只有「有定」，或「泛指」的人或事物才可以做為談話的主題。主語名詞不一定是「有定」或「泛指」的，「有指」名詞（即只有說話者知道所指者究竟何人、何物、何事，而聽話者卻不知道）也可以當主語。

5. 主題名詞經常出現於句首；主語名詞則不一定出現於句首。但主語名詞卻不一定出現於句首，因為如果主題與主詞同時出現，那麼兩者出現的次序一定是主題在先，主語在後。

6. 主語名詞與所屬句子之間有一定的句法關係；主題名詞雖然在大多數情形下都可以分析為來自句子的主語、賓語、或狀語等，但是也有些主題名詞獨立於句子組織之外，不與句子裏面的任何成分發生句法上的關係。

7. 主題名詞常可以在前面冠上「說到」、「至於」、「關於」等；主語名詞經過變形而離開句首的位置以後也常可以在前面加上「被」、

「歸」、「由」等。[42]

　　這樣的分析，實在精允。我們再參酌曹逢甫先生的論點，應可更清楚「S-P」「T-C」的區辨的方法：[43]

　　1.主題總是據主題鏈首位。

　　2.主題可以由四個停頓語氣詞「啊（呀）、呢、嘛、吧」之一，將其與其它分句隔開。

　　3.主題總是定指（Definite）或泛指（Generic）。

　　4.主題是語段概念，常常可以將其語意範圍擴展到一個句子以上。

　　5.主題在主題鏈中控制同指名詞組代名化或刪略。

　　6.除非主題同時也是句子的主語，不然主題與被動轉換、反身代詞轉換、使令式轉換等句法過程無關。

依此，主題的成分大概可以分為以下六類：

　　1.名詞片語（Noun Phrase）

　　2.句子（Sentence）

　　3.有主題的句子（Sentence with a Topic）

　　4.副詞（Adverb）

　　5.動詞片語（Verb Phrase）

　　6.介詞片語（Prepositional Phrase）

　　當然，要區別主語式和主題式未必能夠如此斬截，但吾人如果不能區分它們的相異處，文句解釋起來，往往會勉強而主觀。事實上，許多吾人耳熟能詳的名言佳句都屬此。如：

　　南|連百越，北|盡山河。（〈為徐敬業討武曌檄〉）

---

[42] 見前著，pp..75-79.

[43] 見謝天蔚譯，1995,《主題在漢語中的功能研究—邁向語段分析的第一步》曹逢甫（Tsao, F. F.）原著 1979，*A Functional Study Of Topic In Chinese The First Step Towards Discourse Analysis.* 北京：語文出版社。

老者|安之，朋友|信之，少者|懷之。(〈論語公冶長〉)

業|精於勤，荒於嬉。行|成於思，毀於隨。(〈進學解〉)

　　判別主題式或主詞式時，也常常要注意主詞式之後的謂語到底是主動或被動，往往也左右了語句的翻譯，如：

　　一抔之土未乾，六尺之孤何託？(〈為徐敬業討武曌檄〉)

　　前一句屬主詞式無誤，「未乾」是形容詞做謂語。而後一句則較棘手，「何託」若翻成被動形式的「(被)託何人」，則為主語句；反之，直接用主題句解釋亦無不可。

　　但是，如果我們不能清楚的區別主題式和主語式時，則有些句子就會有天壤之別的翻譯：

　　民可使由之，不可使知之。(〈論語‧泰伯〉)

若依主題式來看，其意思頗有專制的意味：

　　「民|可使由之，(民|)不可使知之。」。

相反的，若照主語式來解釋，則是何等的民主：

　　「民可(，)使由之；(民)不可(，)使知之。」

　　因此，漢語語文之講授，不論是什麼階層，主題式語法不可不知。但一般論語法的專書，卻幾乎都罕有提及，因此也缺乏對古文的探討，殊不可惜。

伍、千江萬水向東流--語法表達基本形式

　　瞭解了上述詞彙與主題主語的問題後，在教學與賞析時，更應該清楚正確的語法表達形式。論語法表達形式的面向當然不少，例如口語/書面語、敘述/議論/抒情等，但一般人較忽略的是以下兩項：

一、詞類析辨和句子成份

上曾言及：對於句子的分析，許多人直接由主詞、動詞、副詞或形容詞等詞類入手，往往無法正確掌握句子原意。西方中世紀以後，八個詞類逐漸為大家所接受：名詞、代詞、冠詞、分詞、動詞、副詞、前置詞、連接詞。這語法範疇，即使數量及其性質，看法一直有分歧，但已漸漸成為傳統，直到今天。

上述的觀念為「詞品」或「詞類」（Part of Speech），是一種語法意義的分類。一般而言，文章或語句是由各種詞彙所構成，詞彙可以說是語句和文章的基本單位。這些單位就其形態或功能來說，各有其面貌與特性。因此，在語法的層次上，為了方便稱謂，便將各種詞彙區分為不同的品類。

漢語是孤立語，書面語經過長時期的引申或假借，詞類不容易被固定，常需要借助上下文來確立詞類意義。印歐語系的詞類區別標準，大多是基於詞彙的形態和詞彙的功能，多用句尾的屈折形式完成。但漢語幾乎沒有這種形態變化，所以詞類只有依據詞彙的「功能」。詞類的分類本身並不是目的，而是為了方便於語法的分析與說明。

因此，面對漢語字詞時，毋人固然需要先區分詞義的本義、引申或假借義，也要能正確的判斷該字詞在文句中的詞類。但這樣的判斷必須要先建立在「句子成份」（Part of Sentence）的整體分析上。

參照印歐語系語法，漢語的「句子成份」在近代諸多語法學家的研究接續下，漸漸構成以下六種做為句子分析的主要成份：主語/謂語、賓語/補語、定語/狀語。[44] 扣除主題式語句或某些特殊句式的可能性後，上述這六種成份可以構成一個完整的現代漢語的句子，但不一定每種都

---

[44] 另有「獨立語」、「同位語」兩種成分，可以不必併入以上六種並論。

會用到，有些是可有可無的。以下分別介紹：

　1. 主語和謂語

如前言，主語和謂語是句子組成的直接要素。主語是指句子陳述的對象，表示「誰」或是「什麼」。可以由名詞、代名詞、動詞、形容詞或其詞組構成，也可以由主謂式主語來當主語。其位置一般都放在句子之前，但有時候也會倒裝。[45]

謂語則在一個完整句子的後一部分對前一部分加以陳述說明「是什麼」或「怎麼樣」。其構成的類型多爲：動詞、形容詞或其詞組構成。偶也有以名詞及名詞詞組或主謂式謂語來當做謂語。這些謂語的位置通常放在主語之後，而在倒裝句時，則可以放在前面。

大學國文選文多數選自古文，古文主語、謂語的觀念則與現代漢語差異不大。分析時如能先予區分，則較能掌握文意，如：（主謂語以"|"分割）

群賢|畢至。（〈王羲之蘭亭集序〉）

百歲光陰|一夢蝶。（〈馬致遠秋思〉）

我|嘗聞少仲尼之聞而輕伯夷之義者（〈莊子秋水〉）

名一藝者|無不庸。（〈韓愈進學解〉）

儒家者流|蓋出於司徒之官。（〈漢書藝文志〉）

上所舉的五例，或以一般名詞、或名詞詞組、或名詞片語、或代詞或專詞集合詞，來作爲主語。在這種在排除其他句式的情況下，分辨主語和謂語其實並不難。

---

[45] 倒裝時通常都用「，」把主謂兩者分開。這樣的句子句式較短，語氣也較強烈，大都使用在古文、詩歌或口語上。例：神經兮，彼個儂。

2. 賓語和補語

句子的謂語幾乎都是由動賓詞組擔任時，可分析出謂語中心語與賓語來。賓語是謂語動作所涉及的對象，能對應出謂語動作所涉及「誰」或「什麼」。擔任賓語的，大多是名詞和代詞，數量詞也可以。賓語也可直接由動詞、形容詞或動詞性詞組、形容詞詞組以及主謂詞組來充當。而方位詞組或介詞詞組有時也能做賓語。

若根據賓語和謂語中心語的關係，通常賓語可以是受事者（即賓語與謂語動詞動作行為的對象），也可以是施事者（即賓語是謂語動詞動作行為的發出者）。現代漢語的「是」、「成為」、「叫」、「猶如」一類動詞所帶的賓語，是說明主語類別、性質等的。也會有「雙賓語」的型態出現。[46]

當謂語後有詞語時，一般人多會把它當成賓語。事實上，謂語後的詞語也常常是補語，即謂補詞組。謂補詞組可分析出謂語中心語與補語來，補語是謂語動詞或形容詞後面的補充說明成分。一般可以表示結果、趨向、可能性、程度、數量或時間處所等。以下吾人舉兩組例子來做說明。如：（賓語以"—"分割）

惑者既失—精微。（〈漢書藝文志〉）

公等或居—漢地。（〈駱賓王為徐敬業討武曌檄〉）

每覽—昔人興感之由。（〈王羲之蘭亭集序〉）

以下一組用〈 〉標示的是補語：

武夫力而拘〈諸原〉，婦人暫而免〈諸國〉。（〈左傳秦晉殽之戰〉）

井蛙…拘〈於虛也〉。（〈秋水〉）

勢崩〈雷電〉。（〈李華弔古戰場文〉）

由例中文義分析看來，單要從文詞意義直接歸類，分出補語或賓語，實

---

[46] 當謂語動詞既涉及到人又涉及到物，這樣叫雙賓語。能代雙賓語的動詞，西方語法中，雙賓語則要區分及物與不及物（直接與間接）。

在容易混淆。吾人應輔已語境的了解才能完成分析。

　　3. 定語和狀語

　　在名詞性偏正詞組充當主語與賓語時，可以分析出主語與賓語的中心語。若是兩個部分的前面加上修飾或限制成分，就是定語。根據定語所修飾或所限制的作用不同，一般都把定語分爲限制性定語與描寫性定語兩類。前者重在說明：數量、時間、處所、範圍或領屬問題；而後者則多用以強調：性質、狀態、特徵或質料等。

　　定語可以由實詞構成，如：形容詞、數量詞、名詞、代詞、或動詞等。[47]而各種詞組[48]也都可以充當定語。定語一般出現在主語和賓語中心語前面。但偶也有出現在中心語之後，表示補充說明。例如：（定語之詞語以加底線爲之）

　　百歲光陰一夢蝶。（〈馬致遠秋思〉）

　　有清流激湍。（〈王羲之蘭亭集序〉）

　　利鏃穿骨，驚沙入面。（〈李華弔古戰場文〉）

　　蛾眉不肯讓人…狐媚偏能惑主。（〈駱賓王為徐敬業討武曌檄〉）

　　與定語概念容易相混的是「狀語」。狀語多在謂語中心語的前面，修飾限制謂語。根據不同的作用，狀語可分爲限制性與描寫性兩類。前者表示：時間、語氣、否定和意願；後者則表示狀態或數量。

　　狀語可以用各種詞類來構成，大多爲副詞，但也有形容詞。更可以用時間名詞、方位詞或數量詞。介詞詞組與形容詞偏正詞組也可以充當狀語。

　　下列爲大學文選中的一些狀語例子：（狀語以{}爲之）

　　埳井之蛙…{適適然}驚。（〈莊子秋水篇〉）

---

[47] 一般而言，副詞不能做定語。
[48] 如形容詞性偏正詞組、名詞性偏正詞組、主謂詞組、謂補詞組、複指詞組等。

{潛}隱先帝之私，{陰}圖後房之嬖。(〈駱賓王為徐敬業討武曌檄〉)
看{密匝匝}蟻排兵，{亂紛紛}蜂釀蜜，{急攘攘}蠅爭血。(〈馬致遠
秋思〉)

　　真正行文時，爲求文學的精煉或修辭，結構簡單的句子反而不常
用。省略句、特殊句[49]或排比形式，常常干擾了文句的本意。如「皮弁
祭菜」(〈禮記學記〉)一句裏「皮弁」一詞的分類，就令人頗爲難。

　　這些常常泯滅了單句或複句的界限，造成了句子分析的難爲處。但
正因爲如此，最基礎的六個句子成分才更需要被重視，因爲掌握了基
礎，方能據以更進一步的分析。

二、對偶慣性

　　排比之於文句意義的判別有極重要的意義，因爲那是文學美學表達
形式化的最具體呈現，東西方皆然[50]。文學理論的著作都會說明其重要
性。

　　嚴格來說，中文裏「排比」和「對偶」是有區別的，例如字句數、
音律、詞性等，但本文不擬細分。[51]比如，吾人從簡單的漢語四字結構
來看，常會形成「ABA'B'」的結構，在確定了 AB 的意義後，通常，A'B'
的意義也就呼之欲出。如：「就賢體遠」(〈禮記學記〉)的「就」是動詞，
則「體」也必然是；「賢」是賓語，則「遠」也是，指的是遠方之人。
又如：「刮垢磨光」(〈韓愈進學解〉)的「垢」確定是名詞賓語，那麼「光」

---

[49] 現代漢語中的特殊句有許多型態，如：有無句、述補句、雙賓句、兼語連動句、被動
　　句、比較句、處置句、疑問句、否定句和處置句等。每一種均有自己的特殊表達句型。
　　漢語古文中未必都有，但分析時仍可加以應用。
[50] 英文的 Parallelism 和 Symmetry 即指此。
[51] 可參閱，許長謨，*Le Parallelisme et Sa Fonction Sociale En Chinois Moderne*（現代漢語
　　的平行句法及其社會功能）。巴黎：法國國立高等社科院博士論文，1996 （V. Alleton
　　教授指導）。法國 ANRT（Lille 大學）出版 ISSN0294-1767。

也一樣是。

兩句以上的複句也是同樣的情形，如：

井蛙…拘於虛也；夏蟲…篤於時也；曲士…束於教也。(〈秋水〉)

其中。確定「拘」為被動意義的動詞後，「篤」和「束」也建立了關連；而後隨之「虛」、「時」和「教」都是平行地位的名詞補語。又如：

祖述堯舜，憲章文武，宗師仲尼…。(〈漢書藝文志〉)

「祖述」「憲章」和「宗師」在詞構的理解都不容易。「宗師」之「師」若能先確認為動詞「學習效法」後，「宗」可解偏正詞組的副詞以修飾「師」字。如此，繼而能確定「祖述」的「祖」字一如「宗」，是副詞用來修飾「述」字。「憲章」的結構也是副詞加動詞的偏正詞組，解釋為「大大的彰顯」。再看下一個句子：

踐元后於翬翟，陷吾君於聚麀。(〈駱賓王為徐敬業討武曌檄〉)

由「翬翟」和「聚麀」相對的意義來看，「翬」可以是名詞做為定語修飾「翟」，或與「翟」結合為並列複詞或聯合詞組；則相對的「聚」字則只有可能是動詞做為定語，用以修飾「麀」的可能了。這是利用對仗關係做為詞性或字義最清楚的判斷依據。

對偶由於能直接呈現文學形式之美，又因漢字單音獨體很好利用，因此例子，多得不勝枚舉。而在訓詁工作上，叫做「對文」就是指處於同一語法上兩個以上的詞、詞組或句子，相互對應用以考察詞義以進行校勘。[52]事實上，在駢對盛行的古文寫作中，這種「對文」的工作，更具實用的價值。

---

[52] 有關「對文」，可參考陳新雄，《訓詁學(上)》，(台灣：學生，1999。pp..335-345)

陸、結語：面向與展望

　　上述的每一項內容，都值得更深入去挖掘。這也對應出了做為語文教師所受的專業教育是否欠缺的長久問題。大學中文系理應是培育這等專業的場域，卻由於「小學」一向是經學和文學哲學的附庸，許多人「重文學輕語文」的傳統觀念，更使語文研究在中文系裏得不到空間培育，久而久之，現代語文的問題，就丟交給語言學系所去發展，而自身更沒人才去專研古代語文龐雜的典籍資料。這窘境固然與自身門戶之見偏窄的心態有關，但在中文系裏大環境的不當角色看待，也絕對有關。這也使得面對「就職實用」愈來愈殷切的學術導向中，中文系失去了「語文應用」、「華語教學」等戰場，而一向擅倚的「國文師資培育」也隨著現代語文、鄉土語文份量的加重，而漸漸捉襟見絀。

　　由於採用「巨觀」的角度，所以用詞彙及語法問題做為討論基礎，拋出許多問題。正意圖為諸多端緒，開啟「爭端」。疏闊不精處難免。事實上，還有太多問題，如修辭或語用、教材選編等，有賴群策群力。面對一個「多語化」（Multilingual）的新環境衝擊，「適者生存」，對大學國文教學者，應該是個既殘酷又實際的鐵則。

29

尋找國文科教學在 E 世代的生命力

台北商業技術學院　　張娣明[*]

摘　要

　　國文科由於在電子時代來臨的同時，遭遇了許多挑戰，諸如：因為網路發達，學生可以從中抄襲與大量剪貼作業；學生因受網路語言影響，產生語言退化現象，錯別字、俗語濫用等等問題。因此希望藉著本文探討國文科教學在 e 世代所面臨的困境與突圍之道。所討論的「國文科教學」範圍主要是指高中以上，包含技術學院與大學等等大專院校的「大學國文選」與「應用文」等等相關課程。國文科教學是由教師、學生及教學活動（包括教材與教學方法等方面）所組成，然而限於篇幅，故以下就先從教師與學生這兩方面來探討國文科教學在 e 世代的延展與再創生命力的方式，而教材與教法兩方面，則將另文撰述。

　　在教師方面呈現的問題包括：1.養成教育的問題。2.供需

[*] 國立台灣師範大學碩士班畢業，就讀於台灣師大國研所博士班。現任國立台北商業技術學院、國立空中大學人文學系及亞東技術學院、中國技術學院講師。曾任國立體育學院講師、日台交流協會歷史研究者前往東京大學（協助教授：東京大學若林正丈教授）、中國廣播公司節目主持人、台北市立明倫高中國文科專任教師、大學城參考書編輯。曾以〈兒歌的修辭藝術與教育功能：以台灣七零年代流行國語兒歌為例〉獲第六屆台灣人文研究學術獎文化類研究所組第一名。著有〈元好問主壯美的詩學觀及其修辭手法探析〉（第五屆中國修辭學國際學術研討會）、〈古今之間的擺盪：劉勰〈知音〉與張大春〈作指引？還是作知音〉探析〉（第九屆國立台灣師大研究生學術論文研討會）、〈三曹戰爭詩探析〉（《中國學術年刊》第二十四期、〈海內存知己，天涯若比鄰：析早期台灣與日本流行歌謠的歷史交流〉（世界華文文學新世界研討會）、〈探索實用中文通識教育在 e 世代的延伸與發展〉（銘傳大學掌握學術新趨勢、接軌國際化教育國際學術研討會）、〈中國古人對「戰爭」之解讀〉（《國文天地》第 18 卷第 3 期）、〈鄭氏對《儀禮・士昏禮》的闡釋〉（人文及社會學科教學通訊）、學位論文「三國時代戰爭詩研究」（《國研所集刊》第四十七號）……等二十餘篇論文。

失衡與城鄉不平均的問題。改善之道包括：1. 應對大學國文科教師師資嚴格把關，雖不強求教育學分，但應提供有關教材教法與教育心理的進修管道，並且為了因應 e 世代的來臨，也應提供教師所需的電子資訊教育。2. 宜成立全國性的長期專責機構，並建立教學評鑑制度。3. 宜成立國文教學研究會。4. 成立大專院校國文教學網站。5. 對於交通不便與偏遠地區的大專院校兼任教師宜採取鼓勵政策。

　　從學生方面來看，第一方面是學生學習心態的問題，包括：1. 缺乏學習動機與動力。2. 錯誤的認知，認為會講會看中文便不用教師指導。第二方面是學生寫作報告呈現的問題，包括：1. 一般常態性問題，含：(1) 內容不切題旨。(2) 論述過於空泛。(3) 論點流於八股。(4) 組織結構鬆散。2. 因 e 世代而產生的問題，含：(1) 濫用網路資訊，缺乏自我思考與創作能力。(2) 引用網路資訊失當，不加揀擇或使用到錯誤訊息。(3) 在報告中大量使用網路用語，錯字連篇，多用怪異辭語。而改善之道，包括：1. 配合時代改變，提升學生學習動機與興趣。2. 引導學生正確使用網路與圖書館。3. 引導學生批判性思考。4. 引導學生具有人文關懷精神。5. 大學學力基本測驗不宜廢除作文能力測試。

關鍵詞：國文教學、e 世代、國文、教師養成教育、學生問題

壹、前言

　　什麼是 e 世代？陳永甡在〈e 世代品質之探索〉一文定義為「何謂 e 世代？e 乃 electric 的縮寫，亦即是說電的世代，電又是指什麼呢？

它指的是我們經常聽到的 3C：通訊（Communication）、資訊（Computer）及消費性電子（Comsumer）。」[1]由於科技的發達，全球資訊業、電腦業，與科技產業的技術進步，整個時代因此受到劇烈的影響，於是人們將這個世紀稱爲 e 世代。在這樣的大環境之下，國文科教育自然也要隨著時代的腳步而演進，所以本文想要探討國文科如何在 e 世代中獲得生命力，與人事緊密結合的，並且能被社會大眾日常所使用。社會大眾日常所使用的，大多跟著時代與社會環境改變而變遷，因此國文科的教學也應當切合社會大眾的需要，並伴隨時代的變化而與日俱遷。國文科由於在電子時代來臨的同時，遭遇了許多挑戰，諸如：因爲網路發達，學生可以從中抄襲與大量剪貼作業；學生因受網路語言影響，產生語言退化現象，錯別字、俗語濫用等等問題；因資訊爆炸，教師地位受到輕視等等問題。因此希望藉著本文探討國文科教學在 e 世代所面臨的困境與突圍之道。

　　本文所討論的「國文科教學」範圍主要是指高中以上，包含技術學院與大學等等大專院校的「大學國文選」與「應用文」等等相關課程。國文科教學是由教師、學生及教學活動（包括教材與教學方法等方面）所組成，　然而限於篇幅，故以下就先從教師與學生這兩方面來探討國文科教學在 e 世代的延展與再創生命力的方式，而教材與教法兩方面，則將另文撰述。

---

[1] 陳永甡，〈e 世代品質之探索〉，品質管制月刊，2001 年 4 月，頁 17。

貳、師資方面

一、大學國文教師目前的問題

目前大學國文科教師方面的問題，有以下兩項：

1.養成教育的問題

國文師資的培養，需要長時間的養成教育，因為國文科教學內容涵蓋甚廣，一篇好文章從語言、文字、文法、修辭、聲韻、訓詁、以至於文章技巧、文學批評、文藝美學，甚至其中包含的學術思想與文化傳統等等，都將有可教授之處，在在需要教師廣博的學養，方能深入淺出，講解透徹，使學生受益。

王師熙元〈國文師資問題探討〉曾說：

> 一般人不免有一個錯誤的觀念，以為國文最容易教，只要認識中國字、會說中國話的人，就能教國文，這不但是對國文教師專業知能的嚴重低估，甚至是對國文教育一種莫大的戕害[2]。

所言甚是。教師是一種專業，一如醫師或律師等他行業一般。專業有專業應有的素養，而國文教師也有其專業要求之素養，所以絕非一般人錯誤的認知，甚至可以說，正是因為大家都會說國語，每天日常生活也都使用國語與中國字，反而使教師要教得好、教得動人、教得讓人有興趣，成為一門極困難的藝術。

---

[2]　王師熙元，〈國文師資問題探討〉，《學術專題研究第十七輯：當前師範教育問題研究》（台北：五南圖書出版公司，1989），頁 311。

　　近年來，中小學的師資採用多元化管道，而大學國文科師資長期以來便已經是採用多元化管道。但如此一來，就不得不注意到教師的素質問題，而且是不是「只要是中文系專科出身的教師，就一定會教中文」呢？事實上，即使對國文科教材能夠清楚掌握，若無進修過教育課程，對於教學方法與學生心理，也未必能有所了解，甚至即使是修習過教育學程者，也不一定能善加運用。輔以現在面臨ｅ世代的來臨，中文系學生對於資訊教育、電子教育、電子媒體與電子教學設備，又有多少的素養與學識呢？然而這些都是近來大學國文科師資值得深思的問題。

2.供需失衡與城鄉不平均的問題

　　由於大學國文選與應用文是大專院校的必修基礎科目，所以國文科教師的需要量相當龐大，然而博士研究生與博士畢業生數量有限。除了這個現象之外，更嚴重的是城鄉發展不平均的現象。都市中，如台北市、高雄市、台南市等，往往大專院校國文教職難求，然而有些離市區較遠的大專院校卻發生找不到教師的窘境，例如以筆者任教之國立體育學院為例，在筆者就職之前已經因三年找不到兼任教師而導致某些學系無法開課，而暫時請歷史系教授擔任應用文科目教學，請農學教授擔任中華民國憲法與開國精神科目教師。這是因為這些零散的半學年課程，如果全部以增加專任教師的方式解決，將會造成教師人力膨脹的現象，而且這些教師也將面臨下半學年無課可開的後遺症，所以仍是以聘請兼任教師為宜。然而目前兼任教師並無任何保障與福利，既無健保，也無車馬費與研究費，只有鐘點費，如此一來，偏遠地區的大專院校要找到合適的國文科教師，自然產生困難。

二、宜長期規劃之事項探討

1.應對大學國文科教師師資嚴格把關，養成教育中雖不強求教育學分，但應提供教師有關教材、教法與教育心理的資訊與進修管道或講座，並且爲了因應 e 世代的來臨，也應提供教師所需的電子資訊教育。

　　蔡師宗陽在〈國文教學面面觀：談國立台灣師範大學國文教學的回顧與展望〉提出師大的國文教學目標包括下列幾項：

> 一指導學生宣揚中華文化，激奮民族精神，鼓舞意志，陶冶情操。
> 二指導學生培養尊「師」、立「範」、志「大」、勉「學」的精神。
> 三指導學生提高聽、說、讀、寫的興趣及能力。四指導學生培養閱讀古籍的興趣，並增盡欣賞與創作文學作品的能力。五指導學生欣賞課外讀物，以培養其理解力與判斷力。六指導學生培養高尚的人文精神，並關懷社會，關心國家。七指導學生體認「真、善、美、聖」的真諦。八指導學生上台練習讀講課文或詩歌，以增進教學經驗，培育未來的優良師資[3]。

此八項教學目標包含了精神陶冶、文藝欣賞、語文訓練三項基本能力訓練範疇外，還注意到人文素養、社會關懷，以及師資的培育，這不僅可作爲中小學國文科教師養成教育的教學目標，也應當可以作爲培養大學國文科教師的養成教育之參考。

　　除此之外，二十一世紀是高度資訊科技化的時代，資訊運用或新產品的取得及服務所需的知識，幾乎都建立在網路連線形式的基礎上，因爲網路具有無所不在且成本低廉的兩種特質，所以利用越來越廣泛，網路內容的探索速度也越來越快，新型態的服務機制也越來越迅捷地出現。日新月異的觀念與科技，正醞釀著新興產業的蓬勃發展，而傳統產

---

[3]　蔡師宗陽，〈國文教學面面觀：談國立台灣師範大學國文教學的回顧與展望〉，《教學與研究》14，頁 i18。

業亦不免面臨脫胎換骨的轉型問題，至於教育也受到衝擊，因此，培養每位國民具備資訊知識與應用能力，已經成爲各國教育發展的重點，紛紛推動資訊教育計畫，從培養學生擷取資訊、應用與分析的能力著手，更要養成學生創造思考、解決問題、溝通合作與終身學習的能力，而我國九年一貫課程綱要的規劃在基於上述理念之下，也針對不同領域學習所需的基本資訊技能，分析出共通的資訊基本學習內涵，所以在這種情況下「實用中文」也應當跟隨時代與現代教育發展的腳步，配合資訊教育，使學生獲得相關的資訊知識與技能。

　　根據教育部所訂的教師資訊素養，包括：一、資訊課程專業素養：1.能了解網路禮節；2.能尊重智慧財產權；3.能了解資訊安全的重要；4.能了解電腦爲一般教學工具。二、套裝軟體及應用軟體操作素養：1.會使用電腦輔助教學軟體與網路資源；2.會系統管理及學生資料處理；3.會系統操作及相關運用。三、各科應用網路教學基本素養：1.能利用網路資源進行個人教學活動；2.能利用網路資源進行參與互動式教學；3.能利用網路資源進行遠距教學與活動（有此設備者）。

　　而九年一貫課程綱要中資訊教育的課程目標爲：一、引導學生了解資訊與日常生活的關係。二、引導學生了解資訊與倫理及文化相關之議題。三、奠定學生使用資訊的知識與技能。四、增進學生利用各種資訊技能、進行資料的搜尋、處理、分析、展示與應用的能力。五、培養學生以資訊技能做爲擴展學習與溝通研究工具的習慣。六、啓迪學生終身學習的態度。

　　從這樣的教育目標觀之，可以了解到 e 世代的教師應當要應用電腦、網路與各種資訊的資源，幫助學生學習，提高教學的品質與成效，所以不只是中小學教師應當具有現代的資訊素養，大學國文科的教師也可以運用科技設計有創意的課程，使教學、資訊與日常生活密切結合，營造良好的學習環境。

　　對於如何利用資訊科技輔助教學，溫明正〈e 世代資訊變革的校園生態〉曾提出幾種方式：一、網路教學。二、多媒體教學。三、錄影帶教學。四、隨選視訊教學。五、第四台教學節目撥放。六、虛擬教室教學。[4]以上這些教學方式都與科技結合，非常新穎，可以將真實情境連接到教室之中，使學生明確具體地了解並使知識視覺化，值得未來在教學活動中穿插使用。

　　總而言之，運用資訊科技於教學活動上實為未來趨勢，在電子時代來臨的同時，教師宜提供適合 e 世代的學習挑戰與標準，幫助學生能有效利用資訊科技並能獨立思考，將資訊科技的教材帶入教室，教材中反映真實世界，讓學生自己找出問題，引導學生獲取資訊知識與技能。而這些資訊教育的內容，應當在未來教師養成教育之中妥善規劃，也應當提供進修課程與講座給現階段以在任教之教師。

2. 宜成立全國性的長期專責機構，並建立教學評鑑制度

　　大學國文科為全國大專院校之共同必修課程，攸關全國之大專院校學生權益與受教品質，應當成立全國性的長期專責機構，作長期而整體的研究規劃，一方面可以對師資的養成教育作一了解與規劃，另一方面也可確實掌握教師人力的分配狀況，適度調節與調度各校教師人力。此外如教材的改良、教法的多樣化與各相關之研討會、進修課程的提供，都可以藉由此專責機關加以負責，然而現今無論是中央或地方的教育行政機構，各單位負責人都有一定之任期，變動頻率大，許多計畫都無法長期推展與規劃。倘能成立一個全國性的長期機構，將可作一整體性、長期性的專責規劃，除對以上所述各方面有益之外，也將可針對上述方面，建立起教學評鑑制度，定期對各大專院校之國文科教學的師資、教

---

[4] 溫明正，〈e 世代資訊變革的校園生態〉，《師友》（2000 年 10 月），頁 13-14。

材、教學活動與方法進行評估，提出建言與提供援助，將可促使各校之國文教學品質更臻完善。

3. 宜成立國文教學研究會，以交換教學心得

廖吉郎〈國文教學問題與改進〉提出如何改進國文教學更臻理想，其中一項即為：「加強國文教學研究會的研究功能，以交換教學心得[5]。」現今中小學各校國文科教師大多有成立國文教學研究會，各月定期召開會議，討論教學困難、研製教材教具，交換心得與資訊，筆者擔任台北市立明倫高中國文科專任教師之時，即為該校國文教學研究會的成員之一。反觀大學國文科教師並無此制度，然而現今資訊日新月異，學生心態也有巨大改變，如也能有國文教學研討會，相互交換教學經驗與資訊，研討適宜的新教材與新教法，而資深教師也可將舊有經驗傳遞給新任教師，如此一來便可收集思廣益之效，使國文教學的成效，蒸蒸日上。或許各校國文科教師人數不多，但可數校聯合或各區聯合，一樣可收切磋之效，或者如此次研討會之主辦單位國立成功大學中國文學系一般，建立國文科數位教學博物館，成立網路學報，也是相當值得參考仿效的模式。

4. 成立大專院校國文教學網站，以幫助國文教學

網站資訊隨著科技進步而越來越豐富發達，其中結合了文字、圖形、影像與聲音及視訊等等多媒體科技，成為生活與學習的重要依賴，所以如能成立針對大專院校國文科的教學網站，將可提供大學國文科教師更多的幫助。劉師渼〈國文教學與網路－應用篇〉歸納出網路資源對國文教師的幫助，有下列三方面：

[5] 廖吉郎，〈國文教學問題與改進〉，《學術專題研究第十七輯：當前師範教育問題研究》（台北：五南圖書出版公司，1989），頁 637。

　　一快速獲得語文教育政策的最新消息；二使教學準備工作更為豐
富便捷；三使實際教學活動更加生動化、趣味化與遊戲化[6]。

網路資源內容精采豐富，隨時更新，已成為潛力無窮的新世紀教育工
具。然而從劉師漢此文中提供的七十七個教學網站觀察，可以發現只有
「台灣大學教育學程網站／國文科／研究報告／文體教學」、「元智大學
羅鳳珠教授網路展書讀」、「花蓮師範學院／電腦輔助教學網站」、「台大
網路非同步教學課程」、「中興大學書法教學」等五個網站是與大專院校
國文科教學相關的網站，其他也有如「台灣文學與傳播研究室」、「古雅
台語人」、「台灣戲曲有聲資料庫」、「國家圖書館古籍文獻資訊網」、「淡
江電子書」等等可提供教學資源的網站，但其中專門為大學國文科教學
而設計的網站，則是較為少見的，所以若能多成立大專院校國文科的專
屬教學網站，將可促使大學國文科教師得以透過網路蒐集教學資料與從
事國文教學，獲得上述三種幫助。

5. 對於交通不便與偏遠地區的大專院校兼任教師宜採取鼓勵政策

　　對於願意前往偏遠地區的軍人、醫師與專任教師，政策上都會採取
鼓勵措施，然而如前文所言，若在無法多聘專任教師的情況下，就必須
多聘兼任教師擔任大專院校國文科教師，但若是仍照現行法規制度，只
按照鐘點費核發兼任教師薪資，將勢必造成偏遠地區教師人力不足或以
非專業教師充任的窘境。所以如改善偏遠學校之交通，或對偏遠地區兼
任教師多增加福利，如：車馬費、研究費或健保，都或許可對現況有所
幫助，也可達到城鄉平衡之效。

---

[6] 劉師漢，〈國文教學與網路—應用篇〉，《國文天地》16：2（2000），頁 90-99。

40

叁、學生方面

一、學生學習心態的問題

　　大專院校學生學習大學國文課程時，以筆者任教之學校的學生為例，可以觀察出以下幾個問題：

1. 缺乏學習動機與動力
2. 錯誤的認知，認為會講會看中文便不用教師指導

　　筆者在學期剛開學之時，就要求每位同學填寫個人資料表，並且請每位同學寫上自己對大學國文選科目所希望的收穫為何？以筆者任教的一年級工業管理系學生的回答來統計，總共五十七人，第一類回答希望得到此學分或回答不要被當掉的佔最多數，有二十五人，計 43.85%；而第二類回答不知為何要修習此課程、既然已經會基本的聽說讀寫能力又何需教師指導、或又不是中文系何必學國文諸如此類的回答者，為次多，有二十人，計 35.08%；其他第三類有九人的回答是希望可以增加課外的文化素養、學習更多文學常識、練習寫更優美的文章等等，佔15.78%；至於第四類另外三人則是回答不知道、可有可無、隨老師安排沒有意見等等，佔 5.26%。

　　而另外一班二年級的工業設計系同學，總共五十三人，回答方向也與前一班相同，人數多寡的排列也一致，回答第一類者二十七人，比前一班的比例更高，佔 50.94%；回答第二類者有十八人，計 33.96%，與前一班相仿；回答第三類者則有五人，佔 9.43%，比例下滑；回答第四類者，一樣是三人，佔 5.66%，與前一班也相仿。

　　從學生以上的回答可以發現心態上的問題，學生在就讀大專院校之

41

際，對於學習國文，普遍意願低落，輔以已經無升學壓力，於是缺乏學習動機，只單純希望藉此獲得學分，得以順利畢業。加上本身有一些錯誤的認知，如認爲已有基本能力，不需教師指導；認爲非中文系學生不須有文學素養等等，也更增加了學生對學習國文的成見，造成排斥學習國文的態度。

二、學生寫作報告呈現的問題

　　從批改學生閱讀報告，可以發現若干問題，而這些問題又可分成兩類：

1. 一般常態性問題

　　此類包括的問題有：

（1）　　內容不切題旨

（2）　　論述過於空泛

（3）　　論點流於八股

（4）　　組織結構鬆散

　　前三項在蒲基維〈變調的閱讀計畫與走味的「悲」文：九十二年大學學測國文科非選擇題考生答題現象分析〉[7]中已經提出。事實上筆者發現，不僅如蒲氏所言，學生在寫作國文科非選擇題關於「閱讀感想」有上述前三項問題，學生在寫作閱讀報告之時，也有此三項問題。部分學生會東拉西扯，大談自己讀書經驗，批評教育制度、現代人不願讀書的心態、批評大家沉迷電腦網路、批評家長因工作忙不關心小孩，內容卻與所閱讀之讀物毫無關聯，偏離主題，甚或只是抄襲書中對此書的簡介、對作者的簡介、書中的章節名稱就算交差了事。此種現象經筆者事

---

[7] 蒲基維，〈變調的閱讀計畫與走味的「悲」文：九十二年大學學測國文科非選擇題考生答題現象分析〉，《國文天地》18：10（2003），頁 105-106。

後與學生溝通了解得知，多半是因為學生其實並未真正閱讀完該書籍有關，而沒有閱讀書籍的因素則包括有工作太忙、不喜歡讀課外書、以及前述學習意願低落的相關因素等等。另外部分學生或有閱讀課外讀物，在文章中也可舉例說明自己所喜歡或不能贊成的部分，但往往論述空泛或流於八股，如「這本書深得我心」、「這部分寫得很好」、「這句話很有道理」、「我實在討厭這樣的想法」、「這些是真值得大家好好檢討、好好改進」這類的句子往往在學生的報告中反覆出現，但到底好在哪裡？為何討厭？又為何值得檢討？又該如何改進？則沒有具體的論述與說明。大專院校學生已有更多的空間嘗試不同的思想與表達方式，老師也多以成人的態度對待他們，然而新世代的學生依然了無新意，想法空洞，無法擺脫傳統八股的窠臼，由此可見一般。

　　至於第四項則是筆者從批改學生作業中，獲得的感觸。學生的閱讀報告常常缺乏結構，組織鬆散，幾乎無人條列清晰，綱舉目張，往往將很多資料混雜著陳述，忽而談作者，忽而談書本內容，忽而又談到作者生平，一下又跳到閱讀書籍的章節概要，卻又混雜著自己從小讀書的經驗，常常在結構組織不明的情況下，絮絮叨叨，沒完沒了的感覺中寫出長篇大論的報告，讓教師也在二丈金剛摸不著頭腦的情況下打了一場混戰。

2. 因 e 世代而產生的問題

　　學生報告中也常常可以發現因為使用網路而產生的問題，如：

（1）　濫用網路資訊，剪貼複製，大量重複，缺乏自我思考與創作能力

（2）　引用網路資訊失當，不加揀擇或使用到錯誤訊息

（3）　在報告中大量使用網路用語，錯字連篇，多用怪異辭語。

　　隨著網路與電腦設備的普及，學生無論是在學校或家中都很輕易地

可從網路上取得所需資訊，本來如果能正確使用網路，協助學生蒐集資料，成就其作成優秀之報告或作品，自是美事一樁，教師也樂見其成。但若是現在詢問大多數大專院校國文科教師對學生利用網路作報告的看法，卻往往是聞之色變，避之唯恐不及，例如筆者任教之亞東技術學院，大多數的國文科教師都規定學生必須親筆寫出報告，不得使用打字稿。這其中的問題所在，就是因為前列三項問題。倘若讓學生使用網路資訊完成報告，學生往往因為太過便利而直接抄襲他人作品作為自己的作業，常常將所選取到的網路資訊，全數下載，逐一列印，更有甚者，連資料未完全下載完畢，也不加檢視就繳交出來。如此一來，往往可以看到同一班有三、四個版本是學生所使用的，而同一版本約有五、六篇一模一樣的報告。這一方面這種剽竊的行為已經侵害別人的智慧財產權，另一方面也完全喪失教師命其作報告之立意，既沒有達到藉著作業吸收額外知識的功能，也顯示出學生缺乏自我思考與創作的能力。

　　其次的問題，是徵引網路資訊不當，學生在使用網路資訊時，有時不加選擇就加以運用，有時則是使用到錯誤訊息而不自知。網路資訊往往良莠不齊，有些網站品質優良，自然具有可參考性，也較具有公信力，但有些資訊則常常是眾說紛紜，各說各話，資料之中常常有許多錯別字以及錯誤資訊，學生因為無法分辨，便信以為真，造成日後根深蒂固的錯誤觀念。而學生在使用時卻未能運用判斷力，囫圇吞棗，也相當堪慮。以國文科而言，學生便常常會使用到中國大陸的網站資訊，這一方面涉及到字體不同，學生在轉換字碼時，常常出現亂碼，卻無力解決的問題。另一個更嚴重的問題，則是中國大陸往往因為意識形態的問題，運用馬克思或共產黨主義解讀所有的文學作品，而學生也將此想法加以吸收，如筆者有一次出以閱讀詩經為範圍的讀書報告作業，其中一名學生便寫下如下的感想：「如果我們能以毛主席的思想解讀詩經，相信將可以使詩經獲得更多的解放，並且更了解勞動人民勤奮踏實的美德。」雖不免

令人啼笑皆非，但也可見問題之嚴重性。

　　此外，學生也常常因為使用網路產生一些不良的寫作習慣，如此一來不僅沒有透過網路增進語文能力，反而造成退化的後果。例如筆者的學生在觀賞完國光劇校「武后與婉兒」的豫劇之後，寫出如下的心得：「在聽完這次的戲劇演唱，我絕ㄉ中國的文化實在是太深奧摟。感覺好像回到一千多年前ㄌ，感覺好像處身在三國時代，雖然我有聽沒有懂，但是ㄋㄟ……在這場戲劇中我發覺每ㄍ演員都把自己ㄉ角色演ㄉ粉出色，把藝術當成自己ㄉ生命。」裡面的用字用語受到網路極大的影響，例如「ㄉ」、「ㄌ」就是因為網路聊天與寫作往往為了求快，便使用快速的打字法，「ㄉ」是「的」，「ㄌ」是「了」，「ㄉ」只要打注音ㄉ再加上空白鍵，「ㄌ」亦同樣道理，如此便可省略一些步驟，更有甚者是完全不選字，如「絕ㄉ」的「絕」、「太深奧摟」的「摟」，由電腦直接選用字庫中同音的第一字，所以造成文章錯字連篇。而其中的「ㄋㄟ」、「粉」則是流行的網路用語，學生也常常將網路用語用在寫作或報告之中，造成文字蹇滯。此外，還有時為了方便快速，將詞語連讀連寫，如「醬子」就是「這樣子」的省讀省寫。這類由於使用網路造成語文能力的退化現象，並不只是發生在筆者學生的身上，筆者與校內同科同仁相詢之下，才知這也是其他老師所感慨之處。以上種種問題都值得教師重視，在了解問題之後，妥切地教導學生並糾正，如此才能使網路成為學生學習的助力，增進其語文能力，而非反而成為學生的絆腳石，甚至是不良習慣的養成處。

三、改善之道

1. 配合時代改變，提升學生學習動機與興趣

　　學生學習興趣低落，是根本的原因，所以如何使學生提高興趣，可

以說是當務之急。劉榮嫦〈多樣化的國文教學〉中提出幾個可以增加學生對國文學習興趣的方法：「國文剪輯」的製作、班刊的發行、說故事、有聲書籍的運用、讀書環境的佈置、校外實地參觀等[8]。藉著使學生參與班刊或系刊的活動，訓練語文能力與增加成就感，並且也可藉此使學生練習使用電腦排版軟體，可說是一舉數得。或者如劉氏提出的其他建議，增加一些生活化的教材、運用有趣多變的電子設備或進行戶外教學，都是值得參考的做法。

2. 引導學生正確使用網路與圖書館

　　網路對於青少年來說除了有娛樂交友的功能外，也具有積極正向的教育意義以及提升自我效能的功能。由於與電腦相關的技能是未來 e 世代求職謀生的必備技能，所以有些人上網並非單純的聊天交友，也會藉此學習相關知識，例如程式語言、網頁編寫技術、製作個人網頁等。獲得這些知識使人獲得成就感，並可藉此贏得同儕的讚美與友誼。他們從不斷的學習中取得知識與成就，且樂於教導其他人，於是又可以增加自信心與自尊感。另外有些人則是由互動網路遊戲中不斷晉級得分，來獲得自我滿足的成就感，所以教師也應了解此情形，並且適切地輔助學生，使其不至於因沉迷於網路遊戲之中而造成前述網路成癮的現象。

　　游森期〈e 世代青少年網路成癮及網路使用之輔導策略〉曾認為「學習網路相關知識可以增進青少年的許多方面能力，例如製作網頁可以提升青少年外語、美工、排版、文字表達等相關能力。而聊天室與電子郵件也可以增加文字修辭的表達能力、以及文法、字彙等作文能力。」[9]的確有些學生會為了能在網路上成為一位具有吸引力的交談者，更加勤練

---

[8] 劉榮嫦，〈多樣化的國文教學〉，《國文天地》15：10（2000），頁 105-107。

[9] 游森期，〈e 世代青少年網路成癮及網路使用之輔導策略〉，《學生輔導通訊》七十四期（2001 年 5 月），頁 37-38。

文筆與文字表達技巧，並且爲了拓展話題而閱讀更多書刊與網路資訊，從此也提升了他們的閱讀能力。網路最方便的是它猶如一作超大型多媒體全球圖書館，可以提供學生蒐集資料、統整各個學習領域、完成學習作業。儘管如此，這些網路帶給學生的助益，都必須建立在「批判性思考」之下，教師必須幫助學生先建立起批判性思考的能力，學生才能體會出他們所需的技能，並且才能在眾多紛雜的資訊中去蕪存菁，揀擇出優良有益的文章加以閱讀，也才能進一步達成增進語文能力的作用。不可否認的，網路上可以很方便而省錢的下載到世界名著全文以及各式各樣詩詞與十三經等等的全文，而且有些網路文學作家也會在網路上連載作品，其中也不乏可讀性高的作品，例如前述的《第一次的親密接觸》以及朱少麟《傷心咖啡店之歌》[10]，學生如能閱讀這些古典及現代作品，將對自我的中文程度有所提升。

　　所以教師可以提供學生一些值得參考的網站地址，供學生運用，也才不致於使得學生大海撈針，或者得到錯誤資訊。除了正確運用網路之外，學會善加運用圖書館資源，也是大專院校學生的重點教育之一。學海無涯，大專院校學生一部分學生畢業後將要就業，一部份將要繼續成爲研究生，無論哪一種，學習使用圖書館，都將對自我的繼續成長有所幫助。張玉英〈圖書館與創造性的國文教學〉曾言：

> 　　創造性的國文教學將可以指導學生充分利用圖書館的資源，使
> 學生能獨立自學，不僅是學習課內的學識而已，有興趣的人還
> 能藉著圖書館有深度、有廣度地涉獵中國文學，甚至進一步做

---

[10] 朱少麟，《傷心咖啡店之歌》，(台北市：九歌出版社，1996 年初版)。此書原本在網路上連載，後由九歌出版社出版。

研究工作[11]。

　教師可以先以強迫性的方式帶領學生參觀圖書館，包括學校圖書館或國家圖書館，並教導其使用圖書館，而後學生自然能了解去圖書館的益處。藉由如此，學生便可掌握資訊，獲得解決問題的能力，並培養他們終生學習的觀念。

3. 引導學生批判性思考

　　溫明麗〈批判性思考即為通識教育〉一文中指出批判性思考的教學法正是培養通識教育之人文精神的有效方法。[12]事實上，「大學國文選」的課程也應當不只是照本宣科，也要培養學生的批判精神。通識教育的根本精神在於獨立自主之個體自我實現其美好生活，而養成學生批判性思考的目的即是在於使他們具有自主性的理性思維與智慧，而且以追求美好生活為鵠的。例如《壹週刊》七十七期〈大學清純女，賣酒向錢進〉一文中寫道：「Kelly 認為，摸一下又不會少一塊肉，忍忍就算了，搞不好客人一開心就多開幾瓶酒，何樂不為？幹嘛跟錢過不去？」[13]教師在面對這樣的報導時，就應當讓學生了解有些新聞報導以商業利益為訴求，以煽動性文字眩惑讀者視聽，學生在閱讀時應具有批判性思考，明白其中陷阱，不因此混淆自我的理性與價值觀。

　　根據吳翠珍《成人批判思考與電視新聞觀看行為之關聯性研究》研究結果分析指出：「電視新聞暴露與批判思考能力呈顯著負相關，亦即

---

[11] 張玉英，〈圖書館與創造性的國文教學〉，《十步芳草》，頁 61。

[12] 溫明麗，〈批判性思考即為通識教育〉，摘要，《教育研究集刊》，39 輯，（1997 年 11 月），頁 15-26。

[13] 何佑倫，〈大學清純女，賣酒向錢進〉，《壹週刊》七十七期，（2002 年 11 月 14 日），頁 85。

電視新聞暴露時間愈長，批判思考能力愈差。」[14]同樣道理來說，人們越長時間收看或收聽某種媒體，不論是電視、廣播或網路等等，越容易受到它的影響，而改變自身的價值觀，喪失批判思考能力。傳播媒體不但在社會中扮演了傳佈訊息的重要角色，更是成人獲取訊息的主要來源。然而由於各種媒體在訊息處理上的一些方式與手法，因而使得人們在接收訊息時，很可能會被媒體所建構的「真實」與「世界」的表面意涵所牽導，因此教師在教導學生時，應強調成人對於媒體所傳達之訊息宜抱持健康的懷疑態度，進而促使學生發展出解構此類訊息表面意義的能力。批判思考能力可以說是成熟而健康的人所具備的特質之一，可以幫助人們從事計畫思考，並提高自我建構的效能，所以批判思考能力是態度、知識與技巧的綜合體，可使人具有批判精神，對問題能尋求理由與證據，質疑、評估與調查未經證實的訊息，並對問題多種層面探討。在教學時，便可促成學生批判思考能力的形成，使學生了解媒體訊息實際上是經過重重選擇、組合、剪輯而成，其所見所聽實則為發生事件的一部份而已。這是因為現代民主社會中的公民，都應培養批判思考能力，不應只是被動的接受媒體的訊息，以便成為具有解讀媒體訊息的現代公民。

　　國文教學活動是一種培養全人的教學，而培養全人的教學活動中很重要的方式是探究式教學、自由式教學，目的在教學生活用知識與溝通能力的加強。而批判性思考的教學方式正符合這些教學活動方式與目的，也是採取民主的方式與自由的氣氛、活用詰問法、鼓勵思考、運用討論與加強理性的想像空間。批判性思考教學的重點在於讓學生自己去

---

[14] 吳翠珍《成人批判思考與電視新聞觀看行為之關聯性研究》，教育部社教司委託，國立政治大學廣播電視學系研究，主持人：吳翠珍，協同主持人：羅文輝，助理研究員：楊幸真、陳舜霓，1992 年 6 月，頁 141。所謂「電視新聞暴露」指把受訪者的「電視新聞收視頻率」、「電視新聞收視時間」及「電視新聞雜誌節目收視頻率」合併成為「電視新聞暴露」。

思考、摸索與經驗，尊重學生的自主權，從中培養學生自我判斷與反省能力，使教學建立於學生的興趣與創造力的基礎上，因此舉凡表達能力、溝通能力、質疑與省思能力，甚至幽默感等等都是鼓勵學生發展的自主能力之列。由此看來批判性思考的教學方式更能彰顯與培養出國文教育所欲展現的人文精神，使學生理解自我、自主選擇並在社會中選擇出正確且適合自我的道路，有能力去抗拒學校、社會及媒體轉移而來的意識型態，再遇到難題時能評鑑出解決問題的方法，使其在日常生活中獲得美好的生活，這正是國文教育的核心，也是人文精神的終極關懷。

4. 引導學生具有人文關懷精神

　　張一蕃〈人文關懷與專業素養〉中提到：「專科和職校學生在養成教育階段所接受的課程，偏重技術訓練而忽略人文陶冶，因此技術學院的教育，應該特別重視加強學生的人文素養。」[15]事實上，不僅是技術學院的教育應該加強學生的人文素養，而是所有大學都應該重視此事，都應以培養具備人文關懷的專業人才為宗旨，將人文關懷融入整個教育過程，成為一種具人文關懷的專業教育。

　　根據谷家恆等〈由全面品質管理理念探討技職教育與產業配合之研究〉的調查研究顯示，產業界對於技職校院畢業生各項能力的評價，滿意度較低的為溝通能力、領導能力、外語能力、表達能力及人際關係。[16]這顯示出技術學院的學生較欠缺在人文、藝術與管理方面的素養。為彌補此方面的缺失，技職校院宜加強語文教育。其實普遍來說，溝通能力、領導能力、外語能力、表達能力及人際關係是我國學生學習上的盲

---

[15] 張一蕃，〈人文關懷與專業素養〉，《通識教育季刊》，第五卷第二期，（1998 年 6 月），頁 27。

[16] 谷家恆等，〈由全面品質管理理念探討技職教育與產業配合之研究〉，《教育研究資訊》，六卷二期（1998），頁 1-15。

點，爲了克服學生長期以來缺乏訓練的困難，在大學課程中實在應加強這些能力的培養，其中尤其首當其衝應當對此增加訓練時數的便是國文及應用文課程。教師可以在課程中增加討論課程、個人上台報告、小組報告與演講的機會，以訓練學生溝通、表達與人交往的能力。在國文課程中如能增加生活性教材，就可以配合時事閱讀報章雜誌、收看電視與收聽廣播，使學生討論其文稿處理的手法與其涵義，藉此加強語文及表達、溝通的能力，增進他們對社會人文的關懷。

　　傅斯年〈中國學校制度之批評〉認爲教育上如何均衡技術訓練與通材陶冶是一個很大的課題[17]。事實上，受到 e 世代來臨的衝擊，科技發達造成社會變遷，生活因電子技術而改變，學校教育中技術訓練與通材陶冶的平衡問題也就更形重要。教育部於是從民國七十二年起，要求各大學在原本二十八個共同必修學分之外，增加四至六個所謂「通識教育」科目學分，用意是爲了讓學生在意識形態或專門領域的科目之外，得以涉獵接觸若干其他領域的知識。對於通識教育的具體目標與課程設計，雖然有各種不同的理論，如精義論、均衡論、進步論等[18]，但他們所共同追求的，都是落實在生活中的人文關懷，大學是爲了培養專業人才，而所有的專業工作，都是直接或間接對人群社會的服務，從基本面來看，除了專業技術之外，人文的關懷是決定服務的品質、效果及價值的最重要因素，所以教育必須重視學生人文素養的陶冶，即使是與科技密切結合的 e 世代也是如此。

　　虞兆中〈大學之道〉曾言：「大學，是探討學問的地方；大學，是陶冶品德的地方。因此大學有其知識面，有其道德面。」[19]在其知識面

---

[17] 傅斯年，〈中國學校制度之批評〉，《大陸雜誌》，一卷十一期，1950 年。

[18] 黃俊傑，〈大學通識教育課程的理論：批判與建構〉，《通識教育季刊》，四卷三期，1997 年頁 1-31。

[19] 虞兆中，〈大學之道〉，《國立中央大學演講集－－大學之道（一）》，中壢市：國立中央大學出版，1984 年。

的部分，爲能夠安身立命，除了專業領域的知識之外，也要能了解自身與自身、自身與社會環境、自身與自然世界等相互之間的種種關聯，透過這些了解，個人才能建立其人生觀、社會觀與宇宙觀。現在爲了配合 e 世代的來臨，在知識面方面，更要促使學生具有操作電腦、搜尋電子資訊與判讀的能力。而就道德面而言，就是要將人生觀、社會觀及宇宙觀在生活中實踐，尤其是社會中的菁英知識份子，更應以「關懷」爲出發點，具有推己及人的愛心，對生活關注，對生命尊重。從以上可知，大專院校國文課程在 e 世代中的延伸與發展，一方面要注意結合電子資訊知識，一方面則仍要秉持人文關懷的原則。

儘管大學教育要培養專業人才，但仍然與單純的職業訓練課程不同，這在於大學生應是對人類文化要有相當程度了解的宏觀之士，同時具備廣博的知識與獨立思考的能力，可以將廣博知識當作基礎進行宏觀思考，使其在執行專業解決問題的時候避免失之偏頗或急功近利，引發其他問題。所以教育理念包括以專業素養爲核心，作爲服務人群之用；以關懷人群的情操爲發揮的動力；以宏觀的見識爲基礎；以優雅的氣質爲人所歡迎與欣賞等四項。

黃俊傑〈當前大學通識教育的實踐及其展望〉主張實施通識教育的兩項原則，一是以各種課程拓展學生思考問題時的時間深度，二是以通識教育加強社會、文化或學術不同「部門」之間的聯繫。而以提倡東西傳統文化中的經典教育及盡量開授貫穿並整合不同部門的課程，爲落實這兩項原則的策略[20]。因此，本文認爲國文課程可以多讓學生思考問題，養成批判性思考習慣，而且課程也應當使中文與電腦資訊、新聞傳播、大眾傳播、藝術美學、社會娛樂文化等其他科目的連結，是從中國古典經典傳統出發，而與現代社會文化聯繫的實用內容，因此是值得嘗

---

[20] 黃俊傑，〈當前大學通識教育的實踐及其展望〉，《通識教育季刊》，二卷二期，1995 年，頁 23-50。

試與開發的新內容。

　　事實上，無論是批判性思考或是人文關懷精神的建立，都需要教師花費大量的時間，所以台灣大學的做法很值得參考：

> 一經由代表性作品的選讀，使學生對中國的人文傳統有深一層的認識。二經由對於經典性文獻的研討分析過程，使學生熟悉人文思維的程序與方法。三經由口頭討論與寫作練習，一方面增長學生的思想表達能力，一方面促進學生對一己生命的自覺，而導向成熟人生觀的建立[21]。

而這些活動可施行，就在於「在教材方面，由先前的統一規定必授篇目，到只規定其中的一小部分，以至於最後的完全取消。」其實不只是授課範圍的放鬆，可以促使教師與學生有更密切的接觸與互動，也可透過評量方式的多樣化，不限定於考試一途，讓小組報告、口頭報告、個人創作與閱讀報告等等成為評量的方式，也可讓教師可以從中促使學生獲得思考與表達能力。

5. 大學學力基本測驗不宜廢除作文能力測試

　　根據鄭圓鈴與美國教育學者 Bloom 的研究指出，作文係屬於評量能力的「綜合」層次[22]，也就是說作文是學生知識、理解、應用與分析等能力的綜合表現。從作文能力可以觀察出學生對字詞、句子、段落的理解與掌握，也可看出他對標點符號、文法與篇章的運用與分析方式，甚至學生的精神狀態、人格與價值觀，統整資料的能力都可從作文中展

---

[21] 梅家玲，〈台灣大學的大一國文教學現況概述〉，《通識教育季刊》，1：4（1994），頁119-125。
[22] 鄭圓鈴，〈基本學力測驗對國文教學與評量的影響〉，《國文天地》17：3（2001），頁68-75。

現出來，所以實在不宜廢除作文能力測試。

郭強生〈作文之必要〉曾語重心長提出：

> 加考作文不是在徵求好點子或廣告文案，他還是應該落實在基本
> 學識的測試上，如何能看出學生的組織能力與表達能力才是重
> 點。在 e 化按鍵年代，學生太容易就能在選項中拼組出一些常
> 識，但是教育的目的不是在訓練一批裝配員，而是希望至少每個
> 人最後都能有較高的語言溝通層次[23]。

這不啻是一記暮鼓晨鐘。在不斷批評作文評分不公的聲浪之中，回歸測
驗目的來看測驗作文的目標，不再一味地注意讓考題生活化與創意化，
而必須正視 e 世代資訊過度爆炸，導致學生僅具拼裝能力的悲哀，而重
新思考如何藉由考作文訓練學生組織能力與表達能力，所以筆者以為前
述中已經提過目前大專院校學生學習國文的問題所在，在此時此際就更
不應該廢除測驗作文能力，否則不僅前述問題將日益惡化，各大專院校
學生之國文素養也將愈趨低落。

肆、結語

洪賢智〈台灣廣播電視教育現況評析〉曾說：

> 如果私立學校以實務訓練廣電人才，則變成補習班，況且實務界
> 在財務技術方面都優於學校，永遠也跟不上，教育是給學生未來

---

[23] 郭強生，〈作文之必要〉，《自由時報》自由副刊 39 版（2003 年三月十八日）。

的思考方向，而不是技能訓練所[24]。

不僅是廣電教育應有此體認，國文課程教育目標也應有此體認，課程的設計宜朝向學程制，以培養人文知識的素養為主，而不宜再只侷限在各篇範文的說解之上，宜訓練學生具有思考創意、解決問題的能力與宏觀的視野，使不同興趣的學生得以共享相關的基礎知識，擺脫以往各科之間各自為政的封閉型態，回歸大學教育博雅的精神。所以要配合電子時代的科技，適時加入新教材，不限於各系學生學習，目的在於傳授廣博的知識與心智的充實，避免專精的偏頗，也避免成為只是古文研讀班或實務寫作的訓練補習班。

從本文可知，由於科技的發達，全球科技產業的技術進步，整個時代因此受到劇烈的影響，於是人們將這個世紀稱為e世代。在這樣的大環境之下，國文教育自然也要隨著時代的腳步而演進。而且此一課程是與人事緊密結合的，並且是社會大眾日常所使用的語文，然而社會大眾日常所使用的，大多跟著時代與社會環境改變而變遷，因此國文科的教學也應當切合社會大眾的需要，並伴隨時代的變化而與日俱遷，所以本文試圖探討其在e世代的延伸與發展。隨著電子時代的來臨，科學的進步造成人們日常生活的重大改變，國文教師的角色與學生的態度與學習方式也跟著產生重大的變化，在教師方面呈現的問題包括：1.養成教育的問題。2.供需失衡與城鄉不平均的問題。改善之道包括：1.應對大學國文科教師師資嚴格把關，養成教育中雖不強求教育學分，但應提供教師有關教材、教法與教育心理的資訊與進修管道或講座，並且為了因應e世代的來臨，也應提供教師所需的電子資訊教育。2.宜成立全國性的長期專責機構，並建立教學評鑑制度。3.宜成立國文教學研究會，以交

---

[24] 洪賢智，〈台灣廣播電視教育現況評析〉，《二十一世紀兩岸廣播電視發展趨勢研討會論文集》，不著年月，頁166。

換教學心得。4.成立大專院校國文教學網站，以幫助國文教學。5.對於交通不便與偏遠地區的大專院校兼任教師宜採取鼓勵政策。

從學生方面來看，第一方面是學生學習心態的問題，包括：1.缺乏學習動機與動力。2.錯誤的認知，認為會講會看中文便不用教師指導。第二方面是學生寫作報告呈現的問題，包括：1.一般常態性問題，含：（1）內容不切題旨。（2）論述過於空泛。（3）論點流於八股。（4）組織結構鬆散。2.因 e 世代而產生的問題，含：（1）濫用網路資訊，剪貼複製，大量重複，缺乏自我思考與創作能力。（2）引用網路資訊失當，不加揀擇或使用到錯誤訊息。（3）在報告中大量使用網路用語，錯字連篇，多用怪異辭語。而改善之道，包括：1.配合時代改變，提升學生學習動機與興趣。2.引導學生正確使用網路與圖書館。3.引導學生批判性思考。4.引導學生具有人文關懷精神。5.大學學力基本測驗不宜廢除作文能力測試。

張一蕃〈資訊時代的國民素養與教育〉曾明言：「網路與資訊科技的快速發展，對教育已造成相當的衝擊，改變了學生的學習環境。[25]」從網路與媒體上可以很容易地獲得各種知識，因此教師的角色必須有所調整，不能只停留在只是課堂中手持講義演講的知識傳播者，而需要幫助學生學習，具有充分的人文關懷，關心學生、學校與社會。郭為藩主張：通識教育的「通」，是通達、貫通、融會之意，「識」則是指見識與器識，即整合的認知[26]。所以國文課程在 e 世代來臨之時，也要適時地延伸與發展，配合資訊科技，並體認到造就一個具有人文關懷的專業且具有資訊能力的人才，是重要的。

---

[25] 張一蕃，〈資訊時代的國民素養與教育〉，行政院經建會委託研究計畫，《資訊科技對人文社會的衝擊與影響》，1997 年，頁 77-100。

[26] 郭為藩，〈通識教育的實施方法〉，《大學通識教育研討會論文集》，新竹：國立清華大學，1987 年。

改變學生學習文學觀念的一堂課

—以《文心雕龍》〈神思〉篇教學設計為例

南亞技術學院　陳永瑢

摘　要

　　文學教學的目的除了傳授學生的文化或國學常識背景外，筆者在教學過程中發現，如果能改變學生學習文學的觀念，便能讓「文學」不再那麼與生活無關，且樂於嘗試將它視為一個可以「訴說自己生活故事」的工具。

　　本文擬透過教案，實驗改變學生對學習文學的觀念。步驟分別為：

1. 接近　文句改寫練習及分辨使用不同文字可造成的不同感覺

2. 看見　將＜神思＞原文與學生生活相映，讓學生突破看見古典文學中的敘述與現實生活的相關

3. 迴響　結局改寫另一種動態評量方式　，讓同學實驗「想像力」究竟是如何一件事？且觀察到學生的文學活動。

4. 餘波　在學生的迴響作品中，筆者發現一旦學習文學的態度改變了，「文字」不再是一種「閱讀障礙」或國文老師的專屬品時，學生多了一項工具可以讓老師看見屬於學生的精采。

關鍵詞：改變學習態度、文心雕龍、神思、結局改寫、動態評量

壹、前言

　　相信許多從事文學教學活動的夥伴都贊同一件事，那就是現代學生學習文學的觀念有改變的必要。閱讀一篇篇文學作品的同時我們應該看見作者透過文字呈現他與人生及面對他人情緒的互動，或者美感呈現。但是，這些面象作者使用「文字」來呈現時，到底讀者可以接到多少？在筆者的教學經驗中發現學生如果不再對「文學」產生距離感，他們能透過文字來看作者的故事，甚至他們是可以將抽象的美感或人生經驗透過文字來說或寫給大家閱聽的。這樣的文學經驗與目的筆者以為應是從事文學教學的目的之一。

　　閱讀的距離在文學教學活動中，以古典文學穰學生最有距離感，問題不僅是文字的書寫方式學生不喜歡，且這些文字的時空離學生太遠了，產生不了意義。

　　假如學生學習「文學」的觀念不再被框在「國文」課本內及考試用時，筆者有了師生於教學活動中有了一場與古典文學相遇的美妙經驗。

貳、接近

　　先不急著進入古文或「翻開課本第幾頁」，我們先來經驗一下文字的魔力。

　　活動設計目標：1.使學生知道「文字」的功能，在呈現與溝通，但是有它的呈現特色。

　　　　　　　　2.不怕「文字」。

活動設計：

　　A.文句改寫，此項練習可以讓同學經驗不同的文字，給閱讀者有

　　　　　　　　　　　　不同的感覺，不同的陳述方式也會改變

　　　　　　　　　　　　讀者的感覺。

　　例句：

　　文句修改練習

1、安達曼島的土人野蠻成性：不知生火、身材短小。

2、今天我不出門，下午準備到朋友家吃晚飯。

3、義工是一群愛心氾濫的人。

4、由於義工們的雪上加霜，使得九二一的救災活動得以順利進行。

5、愛，充斥在每個人的心中。

6、子路為義行的代表，但仔細想想也不是，因為他的脾氣暴躁。

7、你已經有吃過飯了嗎？

8、雨「落」在我的心上　　　，雨「下」在我的心上

9、當我從地上撿起一塊石子的時候，立即向著樹上擲去。

10、今天我不出門，下午準備到朋友家吃晚飯。

11、凡是常態的，健康的，活潑的臉，都是令人愉快的，這樣的臉並不

　　多見。

　　愉快的臉並不常見，雖然他是常態的，健康的，活潑的。

　　這兩句差別在哪裡？

　　B 看圖說故事，可選擇繪本，將文字部分剪去讓同學先書寫圖片中

　　　　　　　　　　的故事，再將作者原文公佈，讓同學經驗

　　　　　　　　　　圖片表現與文字表達的異同點。

小結：

　　透過簡單的辨識及圖像活動，學生認識到文學的表現與圖像表現的

不同，但目的是一樣的，即：如何將作者的想法傳達給閱讀者。圖像工

作者透過影像在說話，而文字工作者透過文字，文字是種表情達意的工

具，而它有自己的一種表現法。

叁、看見

　　古典文學作品的經典性及價值性是無庸置疑的，但是，如何讓學生看見與自己生活的相關？我的教學經驗中通常是不急著進課文，如果可能的話先將重點打成筆記讓學生對著看，如此可以先給學生與該課相關的國學資料及文學、時代或社會背景。先解決學生的「考試」焦慮。

　　　　※＜神思＞重點整理

第一部份　文之樞紐　文章綱領 原道徵聖宗經正緯辨騷　文章的根源
　　　　　是道

第二部份　文體論 明詩到書記 二十篇 講各種文體起源和流變 解釋
　　　　　各種文體的名稱意義 選出各種文體的代表作品 說明各體
　　　　　的寫作方法

第三部份　創作論 分析情采和文採 講究寫作的系統條理 研究文思風
　　　　　格體勢變通謀篇修辭章句等創作問題

第四部份　討論文學史觀 作家論鑑賞論作家品德論
　　　　　共 50 篇

神思　即想像 或靈感

神思之妙用

　　古人云：「形在江海之上，心存魏闕之下」神思之謂也。文之思也，其神遠矣！故寂然凝慮，思接千載；悄焉動容，視通萬里；吟詠之間，吐吶珠玉之聲；眉睫之前，卷舒風雲之色，其思理之致乎！」

　　作家的想像力曲折神奇而快速，上窮碧落下黃泉，無遠弗屆。

　1． 可以超越時間 寂然凝慮思接千載　由現在遊蕩過去未來

　2． 突破空間 悄然動容視通萬里　　　遙想異域殊方

神思與創作準備時之作用

夫神思方運，萬途競萌，規矩虛位，刻鏤無形。登山則情滿於山，觀海則意溢於海。我才之多少，將與風雲而並驅矣！方其搦翰，氣倍辭前，暨乎成篇，半折心始。何則？意翻空而意奇，言徵實而難巧也。

　　A‧千頭傳萬緒湧現心頭，在懸虛中安排局勢，在幻冥中塑造形象。登山則情滿於山林之雄奇高峻，觀海則意溢於海洋之波瀾壯闊 。

　　B‧作品與神思未盡相應之故　意象　語言　符號之不能盡意神思之捕捉　首須瞭解神思之特性＿亦即內情與外景交融而後產生之文理，知己知彼，無往而不利。

　　故思理為妙神與物遊；神居胸臆而志氣統其關鍵，物沿耳目而辭令管其樞機。樞機方通，則物無隱貌，關鍵將塞，則神有遯心。

　　因物興感，緣景生情，情景交融。 發揮想像，靈感泉湧，文章於焉以成。

神	（居胸臆　）		志氣
	會 神		統 紐
	融 與		其 樞
作者	神 物		關 其　　作品
	與 交		鍵 管
	物 通		
物	（沿耳目）		辭令

　　1‧修養心神　虛靜
　　是以陶鈞文思，貴在虛靜，疏瀹五臟，澡雪精神。積學以儲寶，酌

理以富才，研閱以窮照，馴置致以繹辭。然後使玄解之宰，尋聲律而定墨，燭照之匠，窺意象而運斤此蓋馭文之首術せ，謀篇之大端。

虛者　謂排除雜念，使胸中一塵不染，然後志氣清明接納一切感應，如太空之涵萬物。

靜者　謂靜化玄思，使方寸千馬不亂，然後精神安集，燭照多方興象，若明鏡之顯象形。

靜則明，明則虛，虛則無為而無可不為。

　　2· 平時準備　先有意象，再有想像，想像憑藉人生體驗經驗，與學問見識，乃博練平日之功夫。

　　　　A·積學以儲寶，謂平日多讀書，累積學問知識，以儲蓄寶貴的材料。

　　　　B·酌理以富才，斟酌情理，明辨事理，以豐富才學。

　　　　C·研閱以窮照，謂多觀察，研究生活經歷，來徹底的觀察人生。

　　三者相須相濟，有其一貫性。學識廣博，體驗深切，觀察精微，然後胸懷多方，想像力越愈強，靈感愈豐富，文章愈精彩。

　　3· 臨文要領　馴致以繹辭　順應情致之自然
　　　　　　　　以自然為貴　須於不知不覺中，脫口而出，水到渠成，瓜熟蒂落作家才性迴異而有所不同，未可一視同仁
　　　　臨文之時，常有兩種困難

　　臨篇綴慮，必有二患；理鬱者苦貧，辭溺者傷亂。然則博見為饋貧之糧，貫一為拯亂之藥。博而能一，亦有助乎心力矣。

　　　　　1· 思路阻塞，搜索枯腸，腹笥空空，乏善可陳。

苦於欠缺材料

2．辭氣沉滯，思緒紛沓，雜亂無章，難以取捨。

苦於不知剪裁

補救之道　 博　見 1．積學儲寶，酌理富才可免空疏

2．.開闢思路，多方考慮

貫　一

1．研閱以窮照，馴致以繹辭，庶去凌雜

2．.掌握重心，貫穿題旨

接著，引進課文，講解方式盡量讓學生知道相對於文章中的一句話，它在現實生活中事實上在說的是什麼？這樣可以讓學生突破文字書寫的障礙，看見相關。

如：

「形在江湖，心存魏闕，神思之謂也。」＜神思＞

說的便是想像力的妙用，事實上，是像各位同學現在坐在教室中（形在江湖），但是，你的心在哪裡呢？在教室與老師同在？在他處--操場、餐廳、宿舍、家裡……？（視通萬里）現在昨天等一下……（思接千載），（視通萬里）、（思接千載）說的就是你可以心存魏闕的，看！想像力就是有這種妙用可以超越時間與空間。

又如，研閱以窮照，指的是學生可以透觀察生活經驗來收集資訊。我另引了一篇梁實秋先生的＜臉譜＞來補充，

或是面皮繃得像一張皮鼓，臉拉得驢般長，使你在他面前覺得矮

好幾尺！但是他一見到上司，驢臉得立刻縮短，再往癟裡一縮，

63

馬上變成柿餅臉，堆下笑容，直線條全變成曲線條。如果見到更
高的上司，連笑容都凝結得堆不下來，未開言嘴唇要抖上好大一
陣，臉上作出十足的誠惶誠恐之狀。簸子臉是做下媚上的主要工
具，

取令人不快的是一些本來吃得飽，睡得著，紅光滿面的臉，偏偏
帶著一股肅殺之氣，冷森森地拒人千里之外，看你的時侯眼皮都
不抬，嘴撇得瓢兒似的，冷不防抬起眼皮給你一個白眼，黑眼球
不知翻到哪裡去了

當學生看到這兩段描寫 時他們是懂得引生活觀察進文章這一回
事，只是必須突破他們不習慣「*研閱以窮照*」這樣的書寫方式。

小結：

國學常識的給予及課文的結構圖分析，有助於學生按圖索驥；現代
生活的連結有助於學生產生意義感及容易瞭解；這兩個活動配合在筆者
的教學活動中，學生較能克服古典文學的古文書寫方式而看見作者的意
圖。

肆、迴響--學生作品集

本小節活動目標：落實「積學以儲寶，酌理以富才，研閱以窮照」
到文章寫作。活動：結局改寫

材料：

本月競寫題目：窗

「時際」公司傑出的程式設計員小林，已經快兩星期沒來上班了。
小林其實不小了，不過十年前初來公司時模樣還年輕，人事部主任金大
姐就一直這麼叫他。

　　金大姐起先以為他生病了，但一向工作非常投入而且負責的小林，是不會連個請假電話都不打的。來自南部小鎮的小林在這大城裡無親無故，金大姐不禁開始擔心起來。她一面收拾小林桌上的文件，一面試著找出這年輕人不告而去的理由。回想他最近這段時日，可有什麼異常的神情舉止？她忽然想起近來小林盯著「窗」的時間好像多了點——可那也不算什麼，電腦看久了，瞧瞧窗外風景也是理所當然的。可是……金大姐記得有兩回她注意到小林盯著窗外的神情，不是放鬆眼部肌肉的隨意眺望，而像是專注的凝視。他在看什麼呢？這會跟他的突然離去有關嗎？

　　想到這裡，金大姐覺得有點荒謬——連她也把那面「窗」當成真的了！

　　「時際」公司的這間大辦公室，有一面非常特別的「窗」——那其實並非真窗，只是太像了，久而久之大家也就當它是真的了。原先那裡是有一面窗的，窗外雖沒什麼青山綠水，至少看出去有些空地、街道，和一片天空。可是自從那塊空地上以迅雷般的速度和噪音，緊貼著「時際」建起一幢大樓，那面窗就等於被一道巨大的鋼筋水泥牆堵死了。

　　身為「元老」的金大姐清楚記得，自那之後公司的氣氛和運作就不同以往了。首先是室內變得暗無天日，空氣窒悶不通；工作中間要放鬆一下，眼光卻無處可去無景可看。員工的情緒和工作效率明顯低落，業績節節下降。高層主管看出癥結所在，極力改善：仿日光照明、空調設備、組織週末郊遊活動……無奈收效都不大。

　　結果據說是大老闆的一位搞電影的姪子想出的主意：把原先那面已同虛設的窗戶封死，然後裝上一面高解析度的大型壁式投影電視屏，上班時間播放室外風景影像，便像置身於一間有著懾人景觀大窗的房間裡了。

　　起初的「外景」是怡人的度假勝地：藍天碧海、沙灘上婆娑的棕櫚

樹……但主管們很快便注意到：員工變得個個神不守舍，請假的藉口層出不窮。幾經試驗改進，終於決定採用「街景」；就是這個城市的尋常街頭景象：馬路、車流、人潮、店家，從早晨到黃昏，有四季也有陰晴；正像從任何一座辦公大樓看出去一樣，沒有刺激性卻也不單調，可以提供視覺調劑又不至於分心，非常合乎主管們的理想。沿用多年，以致大家都當它是實景了。

不過，金大姐想起來：大概是兩三個月前吧，不知為什麼，大城街景竟然被換掉了，取而代之的是一個陌生的，有些舊式的寧靜小鎮。員工們頭兩天雖不大習慣，但普遍反應倒也還好，有的笑說像是看童年往事，還有人注意到街角擺花攤的女孩似乎滿漂亮的。

金大姐對著小林電腦上的「超微軟視窗２０１０」怔了半晌，抬起頭來再看看那面大「窗」，從小林的視角看出去……

學生作品選輯（汽車組一年乙班）

A

這是兩個禮拜的事了..小林自從看到窗景之後因為獨自在公司工作十年沒有回到自己的故鄉，看到窗前的小女生，宛如看到自己兒時的初戀情人，一時的思鄉情緒，當下決定收拾行李，帶著兩桶乖乖桶，拋下工作獨自坐著凌晨一點的平快列車，看著窗外閃爍的霓虹燈，寂靜無聲的夜景，漸漸的故鄉也越來越進，心情也逐漸的歡愉，返回自己思戀的故鄉。

小林回到了故鄉探望自己年邁的雙親，以及從小一起喝高粱的好朋友、和思戀的初戀情人，但命運的捉弄總是讓人摸不著邊際，回到故鄉的小林，帶回了滿心的歡喜，卻換來讓人痛心疾首的噩耗，首先是年邁的雙親在月黑風高的夜晚，因為心臟病而過世了，帶著哀痛、疲憊的身軀，來到初戀情人的家前，眼前看到的是，心愛的人帶著兩個叫他媽媽

小孩迎面走來，哇靠…真是晴天霹靂，害的雙手的乖乖桶掉落滿地，失落的小林帶著沉重的腳步，一步一步…緩緩走到了西子灣，帶著那一顆破碎的心靈，輕輕的哼著…心事哪無講出來，有啥人會知，金大姊，也是在隔天的早報上發現小林的消息，因爲失意的小林一時受不了接踵而來的打擊，選擇在風景美麗的西子灣跳海自殺，或許是命運的捉弄，小林被一個撿拾破爛的阿伯發現，送到了榮總，從此意志消沉的小林，跑到了佛光山做了和尚，終其一生。

回到那喧鬧的城市，金大姊依然坐在辦公桌前忙碌著，偶然偷閒望著那扇美麗的窗，只將那滿滿的回憶，永遠埋藏在心理的最深處……永不提起。

B 紀錄 ：鄭名宏

組員 ：張家華　胡郁萍　顏志承　陳建欣

後續 ：

小林，他是一個來自鄉下的小孩，兩星期前播放的風景片段，是他故鄉的街景，而那畫面中的女孩是他的初戀女友。

在電腦前的他，開始沉思，離開了辦公室，他決定回家，找尋那熟悉的街景，熟悉的人，還有那遙不可及的思念。

十年前，剛與女友分手的小林，帶著傷痛決定離開故鄉到遙遠的地方去，想藉此忘掉一些，甩不去的煩惱。

離開已經有十年了吧！小林掂一掂手指算，坐在回屏東的海平快列車上，小林沿途張望著車窗外的景色，海平快的慢車也奮力的想載著小林往他的目的地疾馳而去。

喝了一口手中的礦泉水，車子已經開到了九曲堂，再過一站就是屏東了，這時外頭的景物早以變爲一片漆黑，家就快到了，整一整隨身的行李，帶著一顆忐忑的心，搖擺了 7 個小時，終於到了屏東站，但他卻

招了台計程車往另一個地方去。

　　走過巷弄，他在一戶人家門前停了下來，透過鐵門小林往屋內看去，好像不是那個人，小林不確定地跟自己這麼說著。

　　這時候屋內傳來了嬰孩的哭聲，嬰兒的母親將他抱了起來，這背影是如此的熟悉，小林還是不很確定，正納悶的時候，小孩的母親轉過了身，她在撫慰著那懷中的小寶貝，小林他若有所思的佇足一陣子，他明白了一些事，走到了附近新建的小公園，小林坐在鞦韆上發呆。

　　原來他的初戀女友親屏，在他們分開十年後已嫁為人妻，他有一點失落，或許帶了點遺憾吧，當初要不是因為親屏的父親生病，她必須休學去工作來維持家計，使得兩人漸行漸遠終至分手的命運，想到這，小林有點鼻酸，這次他真的要回家。

　　回到了家，小林與久違的父母熱情的擁抱，門口的那一隻小土狗也用吠聲歡呼，小林家在喧鬧聲中度過了一個團圓的夜晚。

　　天亮，小林帶著他家的那隻小土狗出去溜達，去的盡是從前跟女友常去的地方，也許小林想找回一些對於這塊土地的回憶吧！

　　他去了糖廠吃冰，再到了河濱公園看風箏，情人鐵橋也被他走了幾回‧‧‧‧‧‧這一切只是為了想追一點過往的甜蜜吧，即便如此，小林仍覺得有意義。

　　回到家中，金大姊來過電話，說要小林趕緊回到工作崗位。小林知道這樣逃避下去也不是辦法，於是收拾好行李，他準備出發，回到那鋼筋混凝土牢籠的都市去。

　　辭別了老父老母，小林招了台計程車往火車站去，他要坐晚上 11:48 由高雄往基隆的夜海平快車，這次離開又得好久才會回來了吧，小林心理這樣想著，突然路旁一個身影他覺得很陌生但又熟悉，沒錯是親屏，小林叫計程車停了下來，讓它在旁邊等著。

　　小林跟他的初戀女友親屏終於又在見面了，街邊昏黃的路燈照在親

屏的臉上讓她看起來很滄桑，原來當初他們分開後，親屏也在尋找小林，她後悔做出分手的決定，為此她心傷了好幾年，但時間總是會讓一切沖淡，離開幾年後親屏的家人要她不要再執著，希望她嫁人，終於親屏決定放棄，放棄一個已遠逝的愛，一個挽不回的傷。

　　坐在火車上的小林，邊看著車窗外省道的焦黃路燈一邊想著親屏剛剛說的話，眼角似乎泛了幾滴淚，那清澈的淚珠帶著複雜的情緒因子，小林拉下了車窗，閉上眼睛沉思，這一次他真的決心忘掉，回到公司後我一定要努力做出一番成績，小林這麼告訴自己，火車頭仍努力前進，像在為小林打氣似地　，向前疾馳，直達目的地。

C 二技土一甲
=窗=之語

前言：

　　時際公司是一間廣告公司，專門企劃各種行銷專案，在他們公司內部本來有一面可以看出外面事物的窗子，然而在棟大樓建築後，把原先的那面窗戶遮蓋了，後來公司內部的員工很明顯的在工作上有很大的轉變，大家不像以前那樣生氣勃勃，公司的業績也一路滑落，後來公司裡面的董事兒子想出了一個辦法，就是把那面被擋住的窗戶前放一座類似電視牆的螢幕，每天或每個禮拜播放不同的內容畫面，例如山間林野、海岸夕陽或是類似原先的天空城市間景緻，在施行了這種方式後公司的員工做事確實有幹勁了氣氛也融洽多了，當然公司的業績也一路爬昇。

　　小林是一位程式設計師，在公司內部也服務了 10 左右了，在一天公司的同事金大姊發現為何許久未見小林來上班，已經快兩個禮拜了，仔細尋找一些蛛絲馬跡，發現從他座位上電腦螢幕上視窗 XP 的角度看去，發現不知是誰把大型電視牆換了佈景，是一幕有著鄉間小路的地方，旁邊有一個形貌妙美的姑娘，正在整理著花束。

===兩個禮拜前===

早上!!!

　　今天是颱風天,台北市放颱風假,小林還是到了公司但是心情很不甘願的........現在公司只有四個人,由於是颱風假的關係現在待在辦公室的人大都有點心不在焉的在上班吧,於是幾個人七嘴八舌談起了上次去台東郊遊賞向日葵的趣事。

　　同事甲:『欸,你們還記的我們有騎單車逛花海的那一次嗎?』

　　同事乙:『不就是金大姊招待我們公司同仁去他們老家郊遊烤肉那次 嗎』

　　同事甲:『那一次我們不是還遇到吳宗憲他們在拍十字路口嗎!!!』

　　同事丙:『對阿,我那一天還真的是不敢相信呢,第一次看到明星在錄影,憲哥開著那台名貴的賓士,上面還坐著梁詠琪,真的是好羨慕喔。』

　　同事乙:『金大姊也真是不簡單,家裡有那麼大的產業,還一個人獨自跑到台北來打拼,到現在不過幾年光景也是我們的上司了。』

　　同事丙:『對阿,去到那一片向日花海時,我還真不敢相信這是金大姊他們自家的田地,真的是好大的一片。』

　　同事甲:『欸,你們有沒有發現最近金大姊他最近怪怪的,好像在防什麼似的。』

　　此時只見小林心情沉重的沒和同事們交談...........專心的打著電腦文件。...............

中午!!!

　　今天大家就早一點下班吧,公司外傳來一個聲音,原來是公司的會計小姐小貞到公司來了,她說是老闆叫他來看看公司有沒有同仁來上班,順便注意有沒有什麼颱風需要防範的地方,如窗戶、電燈之類的細

節。

　　大家也就熱心的幫忙，檢查一些細節後，一夥兒的全下班去了，小林也和大家一樣沒有異樣的離開了。

　　隔天～～～小林就沒有來上班了，大家一開始也不是很在意，大概都以為衹事小休一下而已吧。

===回到現在這個時間===

　　金大姊坐在小林的電腦前，打開電腦，ㄅ一，熟悉的硬碟轉動聲，再過了約三十秒，進入了視窗桌面，金大姊很快的發現到一封署名給金的信，在檔案上按了兩下滑鼠，卻發現檔案需要密碼才可以解開，金大姊很困惑從所在的位置看過去，金發現了那個大型螢幕上面居然放映著，她們上次招待公司員工去台東老家時所拍攝的影帶，看到自己坐在家外面的椅子上，幫忙整理著家裡的花束，他第一個念頭想到這是半年前的台東賞 12/25 花季，想說帶公司員工去辦個團康活動，順便回老家看看。

　　在金大姊回想的時候，螢幕上突然出現了螢幕保護程式的畫面，上面的跑馬燈寫著密碼是＊＊＊＊＊＊＊＊，金依著上面的密碼輸入了，檔案開啓後內容寫著………………

　　今天是颱風天，台北市放颱風假，不知道為什麼，即使今天已到了中午，我還是很無力的感覺，我們再也回不到從前了，不管我多麼的不露痕跡，你還是很小心，我感覺得出………這種感覺………一次又一次的讓我回憶起當初和你告白時的難堪，我不只一次的後悔，當初對你告白的事………。

　　總是認為如果當初我沒聽小貞的話，讓你知道我所有的心聲，擅自進你的房間放信，你也不會現在隨時都把房間門關上，像提防小偷般的提防我，或許不告白，我還能和你繼續著若有似無的愛情遊戲，繼續著

各取所需的互動........如果當初我再忍耐過去，不要對你有太強烈的佔有慾，可能.......。

　　但事情總是有捨有得的兩面，我也不知道目前這樣的傷對我來說算不算重，我只知道，只要我在這裡的一天，我會一直不快樂下去.....忘不了和你曾經快樂的過去，和你之間感情的事已是個地雷話題永遠不能碰觸的話題，一碰觸，你會狠狠的明示我們之間的不可能所以，還是不要讓你知道我離開的真正原因吧.，飛蛾撲火的動作 該停止了。

　　那天和你輕鬆自在的相處，已經很久沒有了，因為這點感到心情愉快了些，你也因此對我較沒警戒心，本來打算和我一起出門，後來又放棄了。

　　我不是個完全宿命論的人，我會對我想要的東西做努力，然而對結果，我不強求一切就交給上天決定，對事情的發展和結果即使不如我想像中美好，我也試著接受，不做於事無補怨天尤人的抱怨，相信這冥冥中一切的安排，是為了成就以後更成熟的我.........。

　　你，是個完主本位主義的人，但在我眼裡，你是個蠻矛盾的人，不宿命，相信命運是掌握在自己手中，卻又會跑去算命、看星座節目如此強烈的性格，會不會就是造就你總是大器晚成的原因，不管這種性格對你一生的影響有多大，還是希望你能一切都好........。

小林 Lin

　　此時只見金落下了眼淚，撥了通電話給小林，想和他聊聊，而電話那頭只傳來...嘟～～～，妳撥的電話沒有回應那時電視牆上"窗"正出現她和小林的印像。

　　過了一個月，金從同事的口中的知，小林人目前人在加拿大，準備移民過去，用自己的電腦專長，在那裡找一份工作，作個電子新貴，發展自己的事業天空。小林說過我會對我想要的東西做努力，然而對結果，我不強求一切就交給上天決定，對事情的發展和結果即使不如我想

像中美好，我也試著接受，不做於事無補怨天尤人的抱怨，相信這冥冥中一切的安排，是爲了成就以後更成熟的我………金想到小林所講的那些句話，此時金的手機響起，噹、噹，喂……是我，你是小林，嗯……兩人講起了消失時那段時間的往事。

金也打開了心中的那一扇"窗"，接受了…………窗結

當小林看見這鄉間如此熟悉的街道以及景物，心中卻有一種莫名的傷感，因爲心裡的某個角落正有一個聲音在呼喚他，頓時間他又看見畫面中賣花的女孩；他和這個女孩並不相識，而這個聲音告訴他，你離家已經很久了，你的家人非常的掛念你，這時的小林什麼都沒有想，只是有一股衝動，他想回家；一路上，心情說不出的複雜、一顆心忐忑不安，回到了家我該說些什麼；這麼久沒回家他們會原諒我嗎？坐著車看著窗外的景物，景物依舊，但人事卻以非，這並沒有阻止他一股腦兒想回家的念頭。

眼見眼前的建築越來越熟悉，搖下車窗那種熟悉的味道，舊式的雜貨店….，這就是他的故鄉；車越開越近，只見眼前一個熟悉的背影，他能確定是父親沒錯，他叫了一聲：「爸，我回來了。」看著這眼前的中年人，體型沒什麼變只是臉上多了歲月畫下無情的痕跡，心裡卻起了一連串漣漪的心痛與不捨，心中暗自發誓，從這一刻起要好好的補償你；在回家了路途中與父親訴說許多往事，但一路上總是見父親深鎖眉頭不發一語，回到了家中，父親再也忍受不住悲傷放聲大哭起來，這時小林才看見家中神桌供著母親的牌位，這一刻，小林很不能原諒自己，自己的一時決定連母親的最後一面也沒有見到，聽父親道來，才知道一年前母親因爲一場大病離開了，小林一陣陣的心痛，彷彿感覺到母親當時的痛楚，越來越不能自己，而天色漸漸已晚，小林不知不覺來到了小時常和家人的港邊，黃昏的景色好溫暖，漁港邊的燈火明亮，小林失去了他的至愛，淚已流滿了衣襟，靜靜的坐在碼頭邊，腦中一片空白；這

時一個女子走了過來，拍拍小林的肩膀，小林不認識他，只是覺得好像見過，女子跟小林說了很多安慰話，小林因心情不好並沒有理會他，女子走之前說了一句話：「很多事情真的不要都是失去才懂得珍惜。」小林坐了很久，想起當年出門前母親也是告訴他相同的話，母親要他珍惜現有的一切……。

　　小林頓時醒了，那句話一直迴繞在他耳邊，他告訴自己，死去的已成過往事，現在的我只能把握現在，好好的孝順父親，當他想感謝這女子時，女子身影早已遠去；當晚，小林夢見了那面電視牆的畫面，看見了那位賣花女，從夢中醒來反覆的睡不著，終於想起這個賣花女原來是港邊點醒他的人，也明白冥冥之中，是老天創造這個際會讓他早點回家重拾昔日的家庭溫暖。但是心中總是默默的感傷。隔天一早，走出了門口，一個聲音，「你應該能釋懷了吧！不再這麼傷心了吧！」。是妳，小林平靜的說，兩人談了甚久，這女子告訴他小林不在家鄉時所發生的事，之後，小林便常常和這女子走在一起，時間一久，二人也互生愛意，在許多人的共證下，他們結婚了，而小林這時也將年邁的父親和新婚妻子帶回了自己工作的地方，重新開始了他們共享天倫的生活。

作者的話：正所謂：「樹欲靜而風不止，子欲養而親不在。」告知天下間在外的子女們，家是最溫暖的地方，它是你能依靠的港灣。它能給你無比的力量與一切……回家吧！

小結：

　　熱鬧的一個單元是可以想見的，每當我把原作結局公佈時，同學會嘩然「也不過如此！」這樣的成就感，對這些文學表現不常被鼓勵的技職院校生是有很棒的文學經驗。到戲劇演出時，通常是鬧劇居多，但一堂原本嚴肅的古典文選，便變得可以接近了。故事的結局已不再重要，

當老師不設限－－標準答案時，學生很可以發展他們的想像力去馳騁，答案未必是犧牲道德完成愛情的小我，學生注意的是那一份無憾的告白，日子一樣要回到正常；學生也會運用現代光纖科技，讓主角遨遊在光纖中，馳騁於過去、現在與未來。

伍、結論

在文學的教學活動中，思考著文學教學的功能為何？假如能夠將作者的情意準確的傳達給讀者，而讀者過文字的閱讀能轉成生活的經驗而被影響與感動那麼這樣的文學教學應該是可以不斷的在教學活動中被貝開發與實驗的。

只是在從事創意教學活動中，筆者仍常被質疑著「這樣教對考試有用嗎？」如果能夠進一步澄清文學教學的目的，且輔以動態評量方式不只考國學常識，我相信改變學生學習文學的態度速度將可加速達成。

陸、餘波

課程結束半年後……

一天進辦公室桌上方了一個牛皮紙袋和一疊 CD，扉頁上寫著「**在沒有適當的閱讀環境及撥放工具請部要啓開故事的首頁**」接著內文是以後現代寫作方式將「窗」改寫成一部小說，進南亞技術學院這一群也許被貼上「低成就生」的學生，這樣的文學實驗後，筆者有滿滿的感動，我相信假如文學作品可以被看見，可以轉化成一種工具，學生也可以運用來說屬於他們也這一代的故事，而流傳下去。

創造與批判的思維在小說教學上的運用

高雄餐旅學院　　劉滌凡

摘　要

　　本論文旨在提供古典、現代小說一套「創造與批判的思維」的教學法，而此教學法乃借用西方文學理論中接受美學的概念：讀者可以進入文本，參與原作者當時創作的思維，對原作者當時未思未想，或已思已想，然而卻不夠精確的部分加以重組、改造，使文本更加完善。如此作為一個能動的閱讀而非被動的接受文本，方能達到與原思想家對話的活路教學。

關鍵詞：接受美學、國文教學、活路教學、創造批判的思維、小說教學

壹、前言

　　傳統小說教學多停留在欣賞及形式技巧分析的表層詮釋工夫。事實上，不論古典或現代小說教學，是可以提昇到人文創造、思辨的層次，訓練學生推理、批判、創造的能力。也就是說，將哲學人文研究法運用到國文的教學上，破除以往單向度的低層次思路的教學，達到教與學，讀者與作者文本的雙向度的活路教學。為了達到此教學法的效果，本論文所選擇的方法論是「接受美學」（Rezeptionsasthetik）。

　　所謂「接受美學」乃一反傳統文學以作者和作品為研究格局的理論，將文學本體焦點移到讀者的閱讀層次，著眼於文學接受活動的一種思維。此思維發端於 1967 年，德國康斯坦茨大學文學教授漢斯·羅伯

特・姚斯（Hans Robert Jauss）發表一篇語驚四座的演說：〈研究文學史的意圖是什麼？爲什麼？〉，在這篇演講辭中，姚斯指出一部文學史如果沒有讀者(接受者)積極的參與，是不完整的。因爲只有通過讀者的傳遞過程，作品才進入一種連續性變化的經驗視野之中。也就是說，通過讀者的閱讀活動，作品才能在一代一代的接受之鏈上被豐富，才有其價值和生命。[1]同校的英美學者沃爾夫綱・伊瑟爾（Wolfgang Iser）從波蘭現象學美學家羅曼・英伽登的理論中借取了本文圖式框架中的空白及意義未定性這一概念，發表了〈本文的召喚結構〉演說，在這篇演講辭中，伊氏指出：文學作品的語言包含許多空白及意義未定性。所謂空白及意義未定性，就本文設計而言，是指語意單位之間的空缺及意義隱含的表述；就讀者而言，則意味讀者因本文的不明確而產生視界的模糊與判斷上的多義性或事理上的矛盾。這種空白及意義未定性不僅不是本文的缺點，反而是用來召喚讀者在閱讀活動中，賦予本文的未定性以確定的含義，及填補意義的空白處。（同前引書，頁 8）

　　伊氏成爲姚斯之後，接受美學的推波助瀾者，從此十年間，接受美學理論儼然一躍爲德國文學的主流，並逐漸向西方擴散其影響力。從姚、伊二人的觀點來看：作爲閱讀活動的主體——讀者，不是消極被動的接受作品，而是積極能動的介入本文。所謂介入，是根據一定的審美標準，對意義未定性的作品進行選擇、淘汰、肯定（或否定）、填補、及重建，這就是接受美學的閱讀活動。而重建的時機筆者認爲有以下三點：A 作者想說而未說出；B 作者已說但說得不夠完整（或精確）；.C 作者未說、未想，讀者憑其可聯結性的想像來填補本文的空白，助其作品意向的完整性。此處必須提醒讀者一點的是：如果作者未說是蓄意的

---

[1]　金元蒲、楊茂義撰，（導論：接受美學批評及其"中國化"），朱棟霖編：《文學新思維》
　　（江蘇：江蘇教育出版社，1996 年 3 月），頁 6~7。

未說，企圖以留白的技巧提供閱讀者想像的空間，則吾人不可以重建，必須是作者未想，而遺漏的空白所造成文本前後的不一致性的情況下，方可重建之。第三個時機就是「接受美學」理論中一個重要概念——即「格式塔」（Gestalt）的建構。

所謂「格式塔」乃德文音譯，意即完形；按接受美學的說法，「格式塔」就是在審美活動中，將各種互有區別的因素組織為一個有機的全新的整體，從而完成對對象的領會與把握。文學閱讀所面臨完形的問題，是因為對作者而言，既成的本文是完整統一的，然而在讀者面前，本文各項成素就存在有空白和意義未定性的圖示，是尚待整理的對象世界（同前引，頁 136）；而所謂格式塔的建構，即讀者面對一篇本文的不同圖示，試圖建立起它們之間的聯繫，形成一個「一致性闡釋」，或直接叫作「格式塔」。伊瑟爾強調它是本文與讀者間相互作用的產物（同前引，頁 29~30），是讀者在閱讀活動中以自己心靈的頻率到本文中去尋找共鳴點，在交流中，發揮能動的情感投射。所以「格式塔」作為一致性的等價物，只能通過閱讀活動的解釋框架，在本文符碼之間的先在聯結關係中得到建構，而這個建構是隨著讀者不斷的閱讀和發現空白及意義未定性時，進行填補與綜合而得以完成。因此在閱讀活動中，必須將本文各種成素加以審視，而重新整合成完成意義的「格式塔」，才能使本文結構與閱讀活動達成一致效果。（同前引）

介紹完本文所選擇的方法論之後：接著要進一步思考如何才能與小說家的文本進行對話？其路徑大致說來有兩種：即「事理真實的批判」、「本質真實的批判」。

古今中外小說大致可區分：擬實和表意兩種，[2] 不管是擬實或表意

---

[2] 此處用擬實不用寫實乃採大陸學者馬振方先生的觀點；蓋世上沒有完全寫實的小說，或多或少會加上一些虛構的情節以增強其藝術渲染力，可以說是現實世界的重現，既有虛構成分，則用擬實的外延性遠大育於寫實。至於表意小說內容雖超驗、魔幻、

的小說，創作者爲了增強藝術的渲染力，和情節的戲劇效果，會充分運用想像的虛構性，以現實爲材料加以改造、扭曲，或變形，此二者皆部分背離現實，都將使作者面臨情節真實性（案：情節真實性並不排斥藝術的虛構性；也不是全然地從生活現實中，大大小小事件，原封不動地移入小說中）的高難度挑戰。而「情節真實性」即包括「事理真實」和「本質真實」，此兩種互相聯繫，又互爲區別。

所謂「事理真實」繫指小說情節人物行爲合乎生活發展的邏輯，合乎社會的人情事理，具有現實的同一性；如果是神話幻想小說，則要合乎幻想的邏輯，具有幻想的同一性。[3]

不合「事理真實」的情節常見有二種：　一是不合人的自然性和社會性。例如《三國演義》中的諸葛孔明，是一個歷史上的真實人物，但由於作者對他過分美化，甚至神化，造成在若干情報節中的過分玄虛而變得不真實；如 105 回以錦囊妙計在自己死後誅殺叛變的魏延。二是與人物前後性格相左，或和其所處環境相矛盾；如《水滸傳》35 回〈潯陽樓宋江吟反詩〉就是與他先是拒不落草爲寇，後又力主投降的一貫忠君思想表現大相逕庭。[4]幻想的情節不受第一種束縛，但必須受第二種制約。

所謂「本質真實」是指原作者爲了增強情節的生動性、戲劇性的效果，所添加一些虛構的情節，在藝術的虛構與真實的融洽中，達到比生活現實中，個別事件更高的真實；[5]換言之，「本質真實」是規範作品整體的統一性。例如《紅樓夢》高鶚續的第 119 回，以榮寧二府家道中

非現實的或是現實社會的變形，但不意謂作者可以天馬行空也必須和合於藝術的真實 性。以上可參見氏著，《小說藝術論稿》（北京：北京大學出版社，1991 年，2 月），頁 213~214。

[3] 同前註，頁 115。案：所謂「同一性」是指情節在人物與環境互動下體現的真實感。

[4] 同前註，頁 116。

[5] 同前註，頁 114。

興作結，雖然合乎封建社會複雜多變的政治型態——被君主抄家後又免罪復職——，但卻不合曹雪芹的創作核心概念——人生如幻，繁華無常；古往今來，封建家族一種江河日下必然的趨勢。[6]合於事理卻未必合乎生活本質的真實。要達到藝術的真實性必須兩者兼顧。

　　介紹完本文方法論，及思路進程之後，以下便進入主課題的探討。筆者將此法運用到古典及現代小說的教學上，所選材料有：陶淵明（AD372~427年）〈桃花源記〉、《紅樓夢》第12回、黃春明（AD1939~）〈看海的日子〉、陳映真（AD1937~）〈將軍族〉。

貳、小說教學的創造與思維的批判

一、陶淵明〈桃花源記〉接受分析

　　〈桃花源記〉作為一個文本的藝術性來看，已具有恆定性的價值。也就是說，從六朝的讀者閱讀模式和審美趣味，到今天的讀者的接受視野——嚮往烏托邦的世界——，並沒有多大改變，作品的本質意義和現實意義之間是契合沒有距離。

　　不同時代歷時性的讀者多少會折射出不同的審美思潮，然而僅就此篇歷史語境而言，讀者已接受本文成為文學史的一部分。遺憾的是，千百年來，讀者的閱讀活動一直處在被動的接受，而非能動的介入文本，進行批判或重建的工作。

　　原思想家在文學創作完成後，有一個必然的事實：形成開放性來召喚讀者的閱讀。作品是作家渴望與世人對話的一種文本符碼。

　　此文乃桃花源組詩的前記，原思想家用志異的小說筆法虛擬一幅烏

---

[6] 同前註，頁120

托邦的世界，作為詩的緣起，雖無意作意好奇，但文章既出，則其各項組織成素必須達成前後一致性。按照羅蘭·巴斯特（Roland Barthes，AD1915~1980）所說的「功能序列」劃分，〈桃花源記〉可分為三個功能序列：第一功能序列為首段，主要寫漁人誤闖桃源聖境的緣起；第二功能序列為中段，透過漁人的視點描寫桃花源內的景況；第三個功能序列為尾段，敘述漁人違背承諾，帶人重訪聖地，而迷失故徑，以及南陽劉子驥耳聞此事，亦欣然前往尋幽探勝，未果，病終作結。「格式塔」建構的目的本在建立本文與閱讀活動的一致性，因此吾人在審視本文時發現在幻設的情節推移中，出現四點不合事理真實的內在難題：（此處可以讓學生自由討論發表意見，之後教師再提出預期答案）

　　其一、桃花源內的世界和外界一樣〔如原典所述：土地平曠，屋舍儼然。有良田、美池、桑、竹之屬，阡陌交通，雞犬相聞。其中往來種作，男女衣著，悉如外人……〕，並無異常事物〔諸如超越凡間所夢寐以求的珍寶〕的誘因，足以讓漁人背棄「不足為外人道也」的承諾。換言之，漁人接受桃花源內居民的盛情款待，彼此有一份情誼；除非利益當頭，引發漁人貪婪的人性，否則漁人犯不著背棄情義去騷擾源內數百年來平靜的生活。

　　其二、漁人在桃花源內停留數天，對山下的家人而言已失蹤多日，或許家族鄉親已緣溪尋找；或報官處理而未果；案人情事理，漁人應先回家報平安；或有可能由於按捺不住心中秘密，向家人分享自己一段奇遇。況且又無利益誘因的前提，如何直接導出向武陵郡太守密告的情節？再說，此間人也非江洋大盜藏匿深山，構成漁人所居村落的安全顧慮，原典如此陳述殊不合情理。

　　其三、漁人既出，處處誌之，太守遣人隨其往，「尋向所誌」，竟然「遂迷不復得路」。此處用了靈異的懸疑手法製造出桃花源世界不可為外人所知的神秘性，和第二段以尋常手法架構桃花源世界頗有扞格之

處。原思想家既然以「奇」緣起，又以「奇」作結，當以「奇」鋪設中段。桃花源世界既然無出奇之處，漁人二度前往，又如何「遂迷不復得路」呢？如此陳述很難有說服力。

其四、桃花源世界自避其秦時亂至晉太元中約六百年（自陳勝吳廣起兵，BC209，至孝武帝太元十年，AD385），地不再增廣，如何解決人丁增多，糧食短缺的問題？

以上便導出閱讀活動第三點重建的時機。要消解原思想家以上所述四個內在難題，必須以超現實或魔幻寫實的手法重建其中段結構，筆者嘗試陳述如下：（此處教師先行示範，再令學生自行重建）

> ……（以上皆同原作）豁然開朗，土地平坦如鏡，名華香草遍覆上，屋舍比次，阡陌交通，掃灑無塵。其諸園林池水，有泉湧出，五色蓮花生其中；復有異類妙音之鳥合集，其音一經入耳可忘憂。其中往來，男女衣著，悉如外人；豐肌玉膚，無衰老相。見漁人乃大驚，問所從來，具答之，便要還家，以泉水、異果食之，味甘除患，宿疾皆癒，漁人異之，問之，則曰：先世避秦時亂，率妻子邑人來此絕境，日飲泉餐果，如飽飲食，遂斷穀絕煙；人口繁殖，地不見逼仄，泉果亦不見短缺，至此不復出焉，遂與外人間隔。問今是何世，乃不知有漢，無論魏晉。漁人一一為具言，所聞皆嘆惋。餘人各復延至其家，皆出奇花異果宴之。停數日，辭去。此中人云：不足為外人道也。漁人佯諾，心另有所計。
>
> 　　既出，得其船，便扶向路，處處誌之。及家，見妻孥，說如此，欲遷居（案：此處也可以朝盜取青春泉水、異果以牟利幻設）；妻孥即舉家隨其往，尋向所誌，遂迷不復得路。（以下皆同原作）………

　　神仙思想早源於戰國方士之口，至漢魏六朝而彌盛，原思想家不可能無所耳聞，原典若能朝此去幻設桃花源世界內有青春泉水、異果可以除病延年益壽，如此便能詮釋漁人二度帶家人重訪（或潛入盜取）的動機，消解原作品思維的矛盾性。原思想家之所以未朝此思維路徑去創作，恐非時代侷限，或其意在詩不在文吧！吾人基於文章的完整性而重建其未想到的思維，使文章前後的脈絡可以通貫成一個完整的「格式塔」，如此使本文與讀者的閱讀活動達成一致性。

二、曹雪芹《紅樓夢》第十二回〈王熙鳳毒設相思局，賈天祥正照風月鑑〉接受分析

　　此回賈瑞（天祥）在賈敬的壽辰宴會上初見族嫂王熙鳳，貪戀其美色而起淫心，王熙鳳將計就計：先放他鴿子凍了一夜；再設計使賈瑞好色的醜態在姪兒賈蓉、賈薔面前畢露，被強加勒索五十兩；又淋他一頭糞尿；回家就病倒了。拖了一年，最後在跛腳道人「風月寶鑑」的幻色上，落得魂歸地府的下場。的確吻合色空夢幻的主旨，在第一回〈甄士隱夢幻識通靈，賈雨村風塵懷閨秀〉中，原作者就以後設主義的手法和讀者進行對話：

> 作者自云曾歷過一番夢幻之後，故將真事隱去，而借「通靈」說《石頭記》一書也，故曰「甄士隱」云云。……更於篇中間用「夢」、「幻」等字，卻是此書眼目，兼寓提醒閱者之意。

　　但是符合本質真實的情節，卻不一定符合事理真實。依本文的說法，賈瑞才二十來歲，尚未娶妻，其性好嫖娼宿妓，非飲即賭，身子有可能掏虛，但是將他描述成對王熙鳳美色的執著到夜夢下遺而精枯人亡的結局，殊不合賈瑞本人的事理真實：一個肉體欲望強烈，吃喝嫖賭樣

樣都沾手的男人，美麗女人對他而言只是另一種新的感官洩欲的工具，
得不到王熙鳳，大可去風月場所尋歡發洩，如何會為得不到王熙鳳的身
體而「心內發膨脹，口內無滋味；腳下如綿；眼中似醋；黑夜作燒，白
日常倦；下溺遺精，嗽痰帶血……諸如此症，不上一年，都添全了。」
這種痴情的相思病如果用到《西廂記》張生身上還算說得通，但是，用
在淫棍賈瑞上，就顯得有些不倫不類。況且本文在敘述賈瑞得病的語言
符碼也是前後矛盾：又是靈的折磨－－「心內發膨脹，口內無滋味；腳
下如綿；眼中似醋；黑夜作燒，白日常倦」；又是肉的噁心低俗－－入
風月寶鑑數度與王熙鳳雲雨，底褲遺了一大灘冰涼粘濕精液；這兩種是
不相容的。顯然地，原作者為了隱合題旨強行將賈瑞寫成「因色見空」
的下場。

　　以上便府符合閱讀活動的第二點重建的時機。欲重建此處的事理真
實，必須將靈的折磨敘述刪除，加強對王熙鳳肉體欲望幻想的描述，雖
然如此，仍有其先天的缺失，那就是不合於賈瑞性好漁色，不可能專情
的本質真實。（此處可以開放學生自由討論，集眾人智慧看看是否有重
建的空間）

三、黃春明〈看海的日子〉接受分析

　　黃春明〈看海的日子〉發表於 1967 年《文學季刊》第 5 期，後收
入《兒子的大玩偶》（臺北：大林出版社，民國 63 年 1 月，頁 43~110）。

　　原作者敘述十四歲便淪落風塵的妓女白梅，在回鄉探親火車上偶遇
昔日同行姊妹鶯鶯從良生子，觸發她不甘長期過著受人屈辱的生活，而
欲重生的希望；於是在眾多買春的討海人中，選上老實的阿榕，借其種
受孕，然後回鄉生子，獲得心靈救贖的故事。

　　其中有幾處原作者介入干擾小說人物的言行舉止，或某些價值取

向，而非讓小說人物自然發展；換言之，小說人物成為創作者筆下的傀儡，沒有自己的性格。試分析於下：（此處預期課前學生已閱讀完畢，先開放學生提出問題所在，教師再說明）

（1）「埋段」

敘述阿榕第一次上娼寮：「阿榕…低著頭走進娼寮裡面，毫無意義挑選地見了白梅就要她。看他那種不很自然的表情，這個客人不會為難她。……」

案：娼寮妓女那麼多，怎見得阿榕一眼就挑上白梅？可以看出原作者有意安排的斧鑿痕跡。如此便引出閱讀活動中產生第二點，召喚讀者重建的需求。

娼寮的規矩是妓女坐著像貨色讓客人挑選；套原作者在「雨夜花」段對白梅的描述：「見了她的人都深信她以前一定很美，現在除了憔悴了些，仍然對男人有一股誘惑的魅力」可以重建如下：（此處讓學生先行試著重建，教師再補充於後，以下皆同）

> 阿榕…低著頭走進娼寮裡面，眼光像被磁鐵吸住那樣就看到坐在角落的白梅－－現在雖然憔悴了些，仍然對男人有一股蠱惑的魅力，不由自主就要了白梅……

或者重建白梅主動的形象：

> 阿榕羞澀低著頭走進娼寮裡面，白梅一眼看他那種不很自然的表情，以她多年幹這行的經驗，這個客人不會為難她，可能是在室耶，符合她借種生子的首要的條件，再也顧不得寮裡規矩，白梅搶先一步上前笑吟吟地說：「姊妹們，這個客人先讓給我吧！晚

上宵夜我請客！」就挽住阿榕的手臂，带他到裡邊的房間⋯⋯

如此較合乎情節的自然發展。

其次敘述白梅進一步試探阿榕是否是她理想中的對象：

> 她牽著他的手在她身上撫摸起來。他很笨拙的撫摸，他聽過朋友
> 的髒話說妓女是沒有快感的，所以他想起來就問她：
> 「人家說妓女這種生活幹久了，對這事的感覺都痲痺了，那是真
> 的嗎？」
> 白梅對他這種蠢稚的問話心理暗地裡歡喜。他可不就是我要借他
> 一個小孩的老實人嗎？

接著一段調情培養氣氛的對話後，本文敘述道：

> 她看到他裡面的一片良善的心地。她告訴自己說就是要和這個人
> 生一個小孩。這天是她的受孕期，她決定事後不做避孕的安全措
> 施。

案：怎見得阿榕第一次上娼寮嫖妓就碰上白梅的排卵期？又怎見得
一次的交媾就保證必然受孕？從女性生理學來看，當天是受孕期，也不
見得交合時，正是卵子排出的時間。原作者緊接著敘述：完事後，白梅
照以前自己的計畫辭職回鄉，更可見原作者急切撮合此事，而不顧人情
事理的真實。這是原作者已預設白梅必然受孕，然後才能順理成章地回
鄉待產等待重生，（否則後半段情節豈不要重新改寫？）。雖然在「坑底」
中段原作者有補述白梅的憂心不能成孕而祈求神明和註生娘娘，仍然不
能免除干預小說情節自然發展的毛病。

白梅既然可以倒貼著幫阿榕買鐘點，當然也可以懇求他明候後天再

來光顧她，以增加受孕的機會，因此在「埋段」敘述兩人辦完事後白梅的心情：

> 白梅親密的按住他說：
>
> 「抱著我。」很舒服地：「就這樣躺一會就好了。」
>
> ……。這個時刻，對白梅來說是重大的，她希望能從現在就開始。無形之中，白梅覺得似乎真得有個希望靜靜地潛入她的身體裡，而只有她感到那種微妙和艱巨。她令阿榕害怕的倒在他的懷裡慟哭起來。白梅總希望把她微弱的希望不但已經埋在她的身體裡面。雖然也同樣的被埋在這個社會，被埋在傲橫的無比的養女到妓女的命運。但是還希望有那麼一天，她看到她的希望長了出來。

緊接著吾人可以試著可以重建於下：

> 為了確保她的希望能生長出來，白梅激動地翻身壓在阿榕身上面用動情的聲音說：
>
> 「你明後天再來找我，反正這兩天船不出海。」
>
> 阿榕結巴地：「我…」
>
> 白梅用手摀住他的嘴：「不用擔心錢的問題，最重要的是，沒有男人像你那樣讓我感到被尊重的快樂。」
>
> 阿榕為了報答知恩似的，又翻過身來趴在白梅身上面，像牛努力在肥沃的大地耕犁。
>
> （以下刪除原文句，再接重建下文）
>
> 連續兩天密集地和阿榕作愛後，白梅安心地等待，直到月信十五天沒來，她才確保自己肚子已埋下一個新希望的種子。
>
> 她照著以前的計畫匆匆忙忙地打點行李……

如此重建方符合前後情節。

另一種較簡單的重建可以直接接續原文「白梅目送阿榕下山坡之後」句，那就是在兩人辦完事後白梅的心理描述中加上一段肯定的話：

> 白梅親密的按住他說：「抱著我。」很舒服地：「就這樣躺一會就好了。」
>
> ……。這個時刻，對白梅來說是重大的，她【以女性生理的直覺感受到體內阿榕下的種子正和她的卵子結合】，希望能【能改為已】從現在就開始。無形之中，白梅覺得似乎真得有個希望靜靜地潛入她的身體裡，而只有她感到那種微妙和艱巨。她令阿榕害怕的倒在他的懷裡慟哭起來。白梅總希望把她微弱的希望不但已經埋在她的身體裡面。雖然也同樣的被埋在這個社會，被埋在傲橫的無比的養女到妓女的命運。但是還希望有那麼一天，她看到她的希望長了出來。（案：中刮弧是筆者重建）

重建文本不只一個路徑，此處可以開放給學生作多元化重建的思考。

（2）「十個月段」

在此段的文本，原作者為了刻意醞釀白梅回鄉重生帶給鄉親的吉兆，蓄意安排在第五個月，由木仔叔從城裡帶回政府對坑底將實施公地放領，這無疑是宣告鄉人將鹹魚翻身——由佃戶變成地主；在民風閉塞的鄉下，將視為是白梅帶來的好運：

> 「梅子，你不但帶給咱們家好運，整個坑底的運氣也是你帶來的啊！」老母親快樂起來了。

幾天後，整個坑底人都認為梅子的回來是一個好吉兆，山坡地放
領的運氣就是梅子帶來的。同時梅子對家裏的負責和孝行，再加
上對村人的熱誠，她在坑底很受敬重。

這是原作者鋪設重生的好兆頭－－白梅由娼寮妓女卑微的形象昇
華到坑底的福星。除非原作者有另一種創作意向：重生也不能改變悲苦
的一生。如此便會安排梅子的回鄉正值風災摧毀坑底鄉親辛苦一季的收
成，而白梅被視爲掃把星，而無法在坑底立足。

安排白梅回鄉重生帶給鄉親的福報，這樣是無可厚非。問題出在於
原作者第二次鋪設重生的好兆頭，便溢出了事理真實的界限。

六月坑底蕃薯大豐收，鄉裏人人全出動用板車運到城裏去賣，結果
量多賤價，一百斤才四十八元塊，兩條鹹魚就十六塊，回來的鄉親聚集
在圖土地祠歇腳、抽煙、抱怨著。由福叔和白梅閒聊中，引出她以量制
價的看法：

福叔嚴肅起來了：「你想想看，一百斤蕃薯四十八元塊這不是好
玩的吧！」梅子根本就沒想到，由剛才福叔的那句平凡的閒話，
會掉進一個這麼深淵的問題裡面去，她有點害怕。不過這天她跟
大嫂他們到城裏去趕集，回來倒也想了這個問題，終於梅子將自
己羞於發表的看法，幾乎等於被逼出來了。

「一百斤蕃薯才四十八元塊，這價錢好像我們自己向人要的。」
梅子說。

離開這一點的人都攏過來了。

梅子接著說：

「今早坑底出去的二十幾輛板車，大概有一兩萬斤的蕃薯出市
吧！」

「不祇！有三萬多斤！」當中有人這麼答。

「對了，三萬多斤。你們看，整個媽祖廟口的蕃薯市場，我們坑底的蕃薯就占有七成以上。」梅子覺得有點困難，她很怕不能完全表達內心的意思。但又看到周圍專神期待結論的眼睛，她焦急地說：「我的意思是說，我們每天有這麼多的蕃薯能分成三天或四天運出去的話，可能價錢會提高一些點。」她趕快聲明著：「我不知道，這是我一時的想法。」……

果然，他們隔天就發現了效果。每一百臺斤的蕃薯，已經多長了二十四塊錢了。

　　案：這是經濟學上市場需求以量制價的理論。白梅從小就被生家送給瑞芳九份的陳姓人家當養女；十四歲時，又被養父賣到中壢的娼寮當妓女，從事神女生涯至二十八歲；以長期職業關係，使她「害怕單獨到外頭走動」、「再加上一般人對她們這種職業的女人的直覺」，使她和社會一般人像「隔開的半絕緣體」。這樣一個身世背景的女人，怎知道產銷供需平衡，以量制價的的道理？這是原作者的觀念，不是小說人物的觀念，即使原作者蓄意刻劃白梅生澀、困難的看法，仍不合事理真實。如此便合乎閱讀活動重建的需求。

　　要重建此處的合理性，可以用白梅自身的經驗來類推。在第二段「雨夜花」文本中，敘述白梅在養父週年忌日趕回瑞芳九份，在火車上遇到昔日伙伴鶯鶯，透過回溯筆法交代她和鶯鶯相識的背景，其中有一段白梅勸鶯鶯不可動真情的話：

　　　　「幹我們這一行的要時常流動才行，在同一地方浸久了，身價會低落，到時候就是跌到二十塊錢也沒人要。……」

　　這一段話是白梅從生活中提煉出的智慧，合乎她的身分，如果用心理描述手法把它運用到和坑底鄉親的脆位對話中就可以化解不合事理真實的弊病。

　　筆者試重建（中括弧部分）如下：

…梅子根本就沒想到，由剛才福叔的那句平凡的閒話，會掉進一個這麼深淵的問題裡面去，她有點害怕。【市場買賣的道理她不太懂】，不過這天她跟大嫂他們到城裏去趕集，回來倒也想了這個問題：【她知道幹妓女這一行的不可以在同一個地方呆太久，那身價是會下跌的，經常到各地流動流動，對每一個上門的客人都永遠保持新鮮感；同樣地也不可以到娼寮太多的地方去召攬生意，因為同行太多，客人會殺價；她沒讀過多少書，只直覺這道理似乎和坑底蕃薯出市太多是相同的，把這兩者比在一起是有點不倫不類。但是福叔已問到自己頭上】，終於梅子將自己羞於發表的看法，幾乎等於被逼出來了。

「一百斤蕃薯才四十八元塊，這價錢好像我們自己向人要的。」梅子說。

離開遠一點的人都朧過來了。

梅子接著說：

「今早坑底出去的二十幾輛板車，大概有一兩萬斤的蕃薯出市吧！」

「不祇！有三萬多斤！」當中有人這麼答。

「對了，三萬多斤。你們看，整個媽祖廟口的蕃薯市場，我們坑底的蕃薯就占有七成以上。」【這和娼寮擠滿三萬多個妓女什麼差別？價格當然會滑落；這樣比】梅子覺得有點【羞赧】，她很怕不能完全表達內心的意思。但又看到周圍專神期待結論的眼

睛，她焦急地說：「我的意思是說，我們每天有這麼多的蕃薯能
分成三天或四天運出去的話，可能價錢會提高一些點。」她趕快
聲明著：「我不知道，這是我一時的想法。」…

透過白梅的心理，將舊經驗結合蕃薯市場買賣的問題，便可解決原
作者將小說人物專業化的干擾，而達到藝術情節的真實性。

四、陳映眞〈將軍族〉接受分析

陳映真〈將軍族〉發表於 1964 年 1 月 15 日《現代文學》19 期，
後收入《陳映真作品集 1．我的弟弟康雄》（臺北：人間出版社，1988
年 4 月，頁 137~152）。

原作者視界焦點始終放在大時代小人物的遭遇，〈將軍族〉即描寫
大陸淪陷來臺退伍軍人「三角臉」和本省臺東小姐「小瘦個兒」之間相
濡以沫的感情。

兩人年齡、生活背景大不相同，然而，卻有共同淒涼的身世：「三
角臉」在大陸已婚，尚未有子嗣，便隨部隊來臺的軍人，退伍時，已年
近四十，在軍中康樂隊混飯吃，結識出身臺東鄉下十五歲的「小瘦個
兒」；「小瘦個兒」是被生家騙賣到花蓮做妓女，而後逃出火坑的。前者
是大時代政治造成的悲情；後者是貧窮造成的家庭悲情。

「三角臉」得知「小瘦個兒」正在爲家裏被妓女戶逼迫，要賣掉幾
塊小田還債的事煩惱。將自己僅有的三萬元存摺放在她的枕頭邊作爲贖
款，然後不求回報的離對出走。豈料「小瘦個兒」拿錢回家，並不能爲
自己贖身，於是又被帶到花蓮作妓女，在堅持賣笑不賣身下被保鑣弄瞎
左眼。她「**決定這一生不論怎樣也要活下來再見**」三角臉一面，只好屈
辱地接客，賺足了贖身的錢，又積了三萬元離開娼寮，四處找尋「三角
臉」；終於在五年後，葬儀社樂隊群裡相逢了。還錢是其次，主要的是

「小瘦個兒」終於領會了，雖然原作者未言明，但讀者可以意會到「小瘦個兒」在歷盡人世滄海磨折後，領會到「三角臉」伸出援手的真情；領會到被「三角臉」當人看的尊嚴；因此她是來承諾當時一句戲言：「**我說過，我要做你的老婆**」。但是，原作者爲了釀造悲劇的收尾，而付予「小瘦個兒」小說人物貞潔的形象：「**可惜我的身子已經不乾淨，不行了。**」此處已不合當時時空環境的價值觀。；「三角臉」又順她的口氣說：「**下一輩子吧！**」更不合其社會性的人情事理。試問：「三角臉」近半百「狂嫖濫賭」的獨身老芋仔，既無地位，又無錢財，有什麼資格去挑剔人家有沒有清白？

在當時省籍歧視的社會環境，退役軍人結婚的對象大牛是山地婦女；或是像〈看海的日子〉的鶯鶯，是嫁給幫她贖身從良的魯少校；要不就是娶精神稍有異常的本省小姐。至於大陸來臺的公教人員，就不乏娶到省籍良家婦女，也多牛歷經一番苦戰，少有一起殉情的事。

「小瘦個兒」出身臺東鄉下，沒讀過什麼聖賢經典，十五歲就被賣到花蓮做妓女，也許受根植於傳統社會對婦女的貞操制約，但當形式比人強時，便不得不屈服地接客，活下去是爲了見三角臉一面，來表明心跡，說「**身子已經不乾淨**」不能嫁給三角臉，也是實心實話。「三角臉」和「小瘦個兒」不能結合的外在因素：不光彩的妓女出身；兩人年齡差距太大；還有呼之欲出的，當時省籍情結的社會氛圍，但都構不成原作者安排兩人以死來期待來生結合的情節發展。因爲兩人同出身卑賤；年齡差距不是問題，自古至今，社會可以接受老夫少妻的尺度；再加上「小瘦個兒」已自由身，娘家虧欠她太多了，樂見於她有歸宿，理應不會干預她嫁給外省人。照事理情節自然的發展，「三角臉」會接納她，說：

　　「我自己也乾淨不到那裡去，」三角臉苦笑著：「我又老又醜，

　　誰會看上我？只要你不嫌棄我，就是我的福分了，我有什麼資格
　　嫌你？」
　　小瘦個兒感動的眼淚啪答啪答淌下來。
　　「傻丫頭！哭啥？咱們是絕配呢！走！我們一起到一個不認識
　　我們過去的地方重新開始，我還要你幫我一生一窩小兔崽子…」

　　問題是，以合於事裡真實的情節，必朝喜劇收場，如此會喪失本文
所醞造悲情的張力；反過來說，以合於虛構的藝術本質真實，會保留悲
情劇力，但卻不合小說人物與所處的環境的事理真實。一篇成功的小說
應該兩者兼顧的，這是原作者在創作本文所始料未及之處。其所留下的
難題，以筆者功力是無法重建，只好等待未來讀者吧！

叁、結論

　　接受美學雖然是過時的文學思潮，但是，卻可以不受時空限制地召
喚讀者進行重建原作者思想，達成本文與閱讀的一致性的創造詮釋學。
適合運用在傳統或現代文學的國文教學上，將使學生共同參與每一篇文
本的創造詮釋。

　　由於學生的閱讀文本功力的不足，無法發現原思想家的作品的意義
未定處，這方面必須依賴教師的提出與示範的重建，來引導學生進入個
別重建的閱讀，展開與原作者的對話，如此便可從消極的接受文本，提
昇到積極的創造文本的層次，也就是說，國文教學將從分析、詮釋的層
次，提昇到創造、批判的人文思維，這樣的國文教學才是活路教學。

引用書目

1、施耐庵撰、羅貫中纂修、、王利器校訂。《插圖水滸全傳校訂本》。臺北：貫雅書局，1991 年 7 月。

2 、羅貫中撰、毛宗岡批評。《三國演義》。臺北：華正書局，1975 年 4 月。

3、曹雪芹撰、高顎續、中國藝術研究院紅樓夢研究所校注。《紅樓夢》。北京：人民文學出版社，1992 年 12 月，3 刷。．

4 、黃春明。《兒子的大玩偶》。臺北：大林出版社，1974 年 1 月。

5 、陳映真。陳映真作品集 1．我的弟弟康雄》。臺北：人間出版社，1988 年 4 月。

6、金元蒲、楊茂義撰。(導論：接受美學批評及其"中國化")，朱棟霖編：《文學新思維》。江蘇：江蘇教育出版社，1996 年 3 月。

「大一國文」的定位與教學策略

—鳥瞰格局教學法

德明技術學院　李壽菊

摘　要

　　「大一國文」的定位，關係著教師講學的方向和授課內容，「大一國文」應該以實學為導向，確切落實國文的本質--「文史哲不分家」的整體性。大學一年級的新生，需要打開格局；打開格局，一定得拉高視野，鳥瞰格局法是一種非常具有實學效能的教學法。以成就學生為教學基調，完成實作，達成任務，作為訓練學生的基礎。教學目標有三點：一、培養鳥瞰格局的視野；二、思考力與實學效能的訓練；三、豐富文史涵養。教學策略鎖定春秋格局，設計四大主題單元，有「各國宣達國威」、「各國檢討內部問題」、「說明各國國際關係」、「制定有力政策」，均由學生獨立完成作業，以簡報方式報告。實驗效果良好，教學心得為：

1、圖解就是最好的鳥瞰圖

2、學生報告就是最佳教材

3、容許錯誤就是鼓勵創新

4、成就學生就是激勵學生

　　給大一新生一個沒有圍籬的國文空間，全力相信學生的能力，教學相長必定可以增加生活樂趣。

關鍵詞：大一國文、定位、實學效能、成就學生、鳥瞰法、春秋格局、
　　　　宣傳國威、國際關係、有力政策。

緣起

　　二十一世紀是一個求新求變的時代，社會大環境遞嬗快速，科技日新月異，寫板書的教學模式已經無法滿足現代需求。教育改革正如火如荼地展開，各大學院校也在教改的潮流中，雷厲風行地進行全面大修整。

　　「大一國文」也面臨嚴格考驗。早先年，大學院校曾對國文制定統一教材、統一進度和統一考試的規矩，使教師無法發揮所長，更不能暢所欲言；學生方面，則認為「大一國文」只是「高四」國文，由於《大一國文選》的教材選定和編排方式均與高中課本相似，且教法雷同，多專注在字辭解釋和文本翻譯上，了無新意，遂無法激發學生的興趣。為了扭轉刻板印象，許多學校早已對「大一國文」的限制鬆綁，將統一教材、統一進度和統一考試等規定取消，重新啟動新的機制。各校的做法不一，大約有兩大方針：一、名稱未改，學分不變、以學年為單位，講授方法多元化，完全由教師自主，獨立完成授課，如台大，中央等校。二、改變名稱，細分課程。以學期為單位，明確規範「語文能力訓練」、或「文學賞析」等部份，如淡江、樹德科技大學等校。各校做法均有立場，各有說辭。改名，可以使人耳目一新；不改，使之成為教師獨立運作模式。改與不改乃殊途同歸，同為提升教學品質而努力。

　　即使如此，「大一國文」仍以範文為主，且多古文。由於學生不容易走進古文世界，進而怠惰學習，學校的主事者多為海外歸國學人，紛紛以刪減學分來因應學生的好惡。加上社會環境的變異，各種聲音不斷出現，「為何不多教白話文？」「為何不教台灣文學？」古典文學與現代文學的爭鋒相對；大陸文學與台灣文學的脣槍舌劍，在此關鍵時刻，打亂了「大一國文」的教學目標。如今學生普遍將「大一國文」視同營養學分，學習意願低落；而教師正在大傷腦筋，企圖在古典與現代之間、大陸與台灣之際尋求平衡點，可以說，「大一國文」正面臨生死存

亡之秋。何以如此？簡單的說，這是「大一國文」的定位不明所致。因為定位不明確，教學目標失去準則，則易隨風飄移。高中以下的國文可以明確定位成「語文訓練與應用」，但是到了大學，國文的定位必須有別於高中。大學教師對「大一國文」的定位，影響著教學方向和策略。

　　換句話說，教師的教學內容和品質，完全取決於教師對國文的定位態度。課程是否有趣，是否有意義，有時不在課程本身，而是在教師身上。如果教師對古文教學充滿無趣，那麼，學生對古文也提不起勁。反之，教師對國文定位清楚，學生必然能接收清晰的內容。所以，教師對國文的定位態度，將決定課程是否有趣、有意義的關鍵。

壹、「大一國文」的定位

　　「大一國文」的定位，關係著教師講學的方向和授課內容，重要性不言而喻。高中階段的國文以範文為主，每課均有題解、作者、注釋、賞析和問題討論各部分。內容涵蓋各時代的賢人及名著，文體則有散文、遊記、小說、詩詞等各類，分類學習是高中教學中最常使用的方法。然而進入大學，大學生首重獨立思考，且要有實學效能，才有別於高中階段的國文教學。何謂「實學效能」？乃對現實人生有助益之學問，既能融入生活，又可解決實際問題的功能。因此，「大一國文」不該單純地定位成「文學欣賞」或「語文能力」訓練，而是除了文學欣賞和語文訓練之外，還必須導入實學效能，才算是大學生的課程。

　　「大一國文」既然以實學為導向，則需打破分類法則，確切落實國文的本質--「文史哲不分家」的整體性。國文的涵蓋面很廣，經、史、子、籍浩瀚如海。當大一新生甫從高中進入大學，他們的思維還停留在高中階段，很容易以分類來學習事務。分類易於專精的學習，卻往往造成畫地自限的侷限。如果歷史、文學、哲學彼此不交流，各領域只能培

養出一批批眼光如豆者,而無法培養出全方位思考的大學生。眼中只有自己的專業,而忽略其他領域的知識,將無法獨立思考任何問題。因此大學一年級的課程設計,應該給新生一個沒有藩籬的天地。在大一的基礎教育中,分類法應該屏除,尤其是「大一國文」這個課程。歷史人物、事件、作品在歲月的洪流中激盪,並沒有分類的規矩;音樂、美術、文學、哲學、歷史等典籍,也在彼此交流中,匯集成為巨大的智慧。可以說,國文本身就是「文史哲合一」的標準科目。下圖就以橘子圖來呈現國文的整體性:

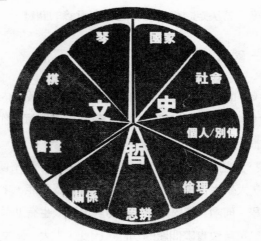

國文整體概念圖

國文就像這張橘子圖一樣,是一種無法分割的整體,蘊含無窮生機。過去的教學法偏重在文辭的解釋,文本的分析,而忽略了整體性的認識,以致學生學習無法產生應用的實學效能。我們應該大聲疾呼,國文不是只有翻譯或文辭解釋而已,而是一個點、線、面全方位的大格局。大學一年級的新生,需要打開格局;打開格局,一定得拉高視野,方有

整體的認知；整體的認知就是博學的起點。國文教學得兼負這樣的使命，國文才有實學效能。所以，什麼樣的教學結構才能把國文的「文史哲合一」的整體性完全呈現，正是教師們需要思考的地方。

另外，教育的意義在傳承，國文教學則強烈宣達一種薪火相傳的意義。如果國文是一位巨人，國文教育就是要讓學生站在巨人的肩膀開創未來。現代教育一味要求創新，創新如果喪失承傳的憑據，許多時間將浪費在摸索上。承襲是創新的基礎，創新則是承襲的價值。因此，古典文學與現代文學是不可分割的；台灣文學與大陸文學更不能劃清界線。古文需要認識，因為傳承；現代需要創新，因為應用。任何教材都是「大一國文」的最佳素材，不分古典與現代，台灣與大陸。

貳、選定教學原則

國文的教學原則因定位不同而有異，我以為國文蘊藏古人生活的歷練和智慧，屬全方位的學問，最適合訓練學生的獨立思考能力。因此，我所選定的教學原則就是以學生為主體，教師只是一名引導者。大學生是一群有理想有抱負的年輕人，使用電腦科技能力極強，同儕影響勝於師長。掌握學生特質，教學將會事半功倍。要善用他們的好奇心，進行探索式的學習；要導引他們夢想成真，發揮科技長才；利用同儕模仿競爭心理，營造學習的氛圍。當學生在課堂上大量參與，學習意願自然提高。應該這麼說，以學生為主體，就是**成就學生**。

讓學生充滿成就感，其實很簡單，就是引導學生探索。讓學生自己動手找資料，整理資料，完成報告。這一連串的過程中，他們自己會發現資料的侷限性、歷史與小說的立場差異、古人與今人的分別、事實是怎麼構成的、各事件的關係和外在環境的結合，進而發現智慧怎麼產生等等。他們獨立思考的能力便會被激發，不再只是人云亦云的盲從者。

以完成實作，達成任務，作爲基本分數，學生自然全力以赴。

叁、教學目標

基於國文定位以及教學原則，我選定的教學目標有三點：
〈一〉培養鳥瞰格局的視野
〈二〉思考力與實學效能的訓練
〈三〉豐富文史涵養

選定這三項教學目標的原由，是這樣的：

〈一〉培養鳥瞰格局的視野

何謂鳥瞰格局？大體上說，就是拉高視野，俯視全貌。宛如飛翔的鳥兒，俯視地面景物一般，整個格局方位一目了然。大學生必須先有鳥瞰格局的習慣，方能掌握方向，認知整體。舉例說明，像這次單元教學的樣貌，如果以文字敘述之，則失於繁瑣；若以鳥瞰法呈現，則一目了然。下圖是一張魚骨圖，呈現此次教學的理念：

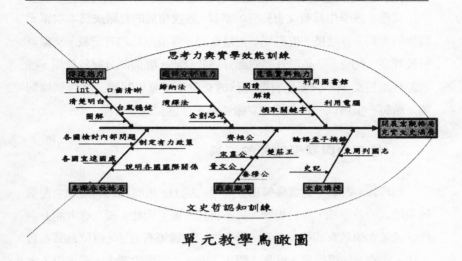

單元教學鳥瞰圖

　　這張魚骨圖說明一種教學理念，以邏輯爲方法，以歷史爲環境介紹，以文學爲典範。是一種有次序、規則和系統的方法顯示教學理念的整體性。整體性的教學模組，要有宏觀的教學面，有效的教學法，還有豐富的文史知識，「大一國文」的豐富性，正是培養鳥瞰格局的理想課程。

　　爲何要培養鳥瞰格局的視野？因爲未來學子的競爭力，來自寬廣的格局和完善的執行力。訓練大一新生拉高視野來觀察現象，培養胸中丘壑，正是大學教育的宗旨。國文裡宏偉淵博的文獻，正是培養學子養成鳥瞰格局的最佳素材。如何培養鳥瞰格局的視野？「圖解」就是最理想的工具，任何主題都可以圖解模式來展現視野。圖解就是「圖形思考」[1]，練習以圖形思考，將可以眼觀大格局，立即掌握整體形貌。

---

1 作者九恆啓一，譯者鄭雅云，《圖形思考》，商周出版，2003 年一月十五日初版四刷。

又為了讓學生具有文史知能的訓練，**春秋格局的鳥瞰**成為本次單元教學的焦點。春秋是一盤亂局，也是奇局，各項典籍均有記載，文獻資料最豐富。此時，不必劃分哪個部分屬於歷史，哪個部分屬於哲學，哪個部分屬於文學，只要是有關春秋的文獻都要蒐集閱讀。然後抽絲剝繭，繪製一張可以一目了然的鳥瞰圖來，即達到教學目標。

〈二〉思考力與實學效能的訓練

照理說，大學生應該具備獨立思考的能力，然而我們的大學生習慣於填鴨式的教學法，羞於提問，更不會找答案。因此，獨立思考能力訓練就成了大學教育的第一要務。思考力的激盪須有方法，每位教師各有方法，我的方法很簡單，就是「要求」兩字。不斷的要求，要求學生大量閱讀、討論、摘錄關鍵字、寫摘要、畫圖解。教學的產物不是教師得到什麼，而是學生到底學到什麼？學習就是要「學」且要「習」，學所不知的，實習所學的。我要求學生必須從實作中學習方法。要求和關注的焦點有下列幾項：

1、收集資訊：教導學生如何找資料？如何利用圖書館？如何利用網際網路？每個過程請學生寫下自己的問題，只要掌握問題，必能克服瓶頸。

2、閱讀資料：學生閱讀資料時，要時時提醒學生分辨資料的立場。如歷史文獻有史事、史文、史義的判讀；如果是小說資料，更要區別小說家的立意和虛構成分。

3、分析資料：當學生解讀資料時，可以檢視他們的思維邏輯，是否有成見？是否正確了解資料書寫立場。

4、整合資料：主要觀察學生的判斷力，能否摘取關鍵字。利用何種方法和思考，將各種文獻資料綜合判斷，提出自己的觀點。

5、傳達能力：觀察表達能力和行銷能力，規定僅以 power point 的實作方式，呈現科技與人文的結合。

思考力與實學效能的訓練，均需要以實作方式來完成。學生一次次的上台報告，一項項的作業，不斷重複使用相同的技能，找資料、解讀資料、彙整和完成簡報，目的使他們熟能生巧。

〈三〉豐富文史涵養

大體而言，有文史涵養者，比較能成爲全方位的思考者。因爲有殷鑑，在變化莫測的未來，比較容易作「對」的選擇。文史知識成爲涵養後，人道關懷則濃郁些，處理社會、自然與宇宙的關係也較容易掌握。選擇春秋格局作爲範圍，主要鑑於此期的文獻具有深厚的文史哲理，屬全方位的實學。如果能體驗典籍中的事理，於現實中加以應用，則能累積無窮的創造力。

肆、教學策略

爲了要達到「開展宏觀格局，充實文史涵養」的雙重目的，培養鳥瞰格局的視野，成爲首要任務。唯有提高視野，宏觀格局方能展現。既要達到鳥瞰視野，同時又要充實文史涵養，我的教學策略鎖定春秋格局，設計四大主題單元，由學生獨立完成作業報告。這四大主題單元如下：

〈一〉、**各國宣達國威**：各組分工收集資料、分析、解讀各樣的資料，只要摘錄關鍵字，確定各國的優勢或存在的價值即可。提醒學生以自身爲例，想一想自己的優點或存在的價值，如此點撥，使學生易於走進春秋時局中。

〈二〉**各國檢討內部問題**：宣達國威後，各組已經知道各國的優勢狀況。爲了讓各組了解各國的內部問題，各組必須針對自己的國情進行內部檢討，如同反求諸己一般。做法與宣達國威相同，收集資料、分析、解讀和完成作業。

〈三〉**說明各國國際關係**：當各國已經宣達國威，也檢討內部問題後，接下來就是各國國際關係的說明。這個部分主要讓學生培養鳥瞰格局的視野。以圖解方式來說明複雜的關係。鎖定同盟關係、敵對關係和婚姻關係三類來說明。

〈四〉**制定有力政策**：當學生對各國的優勢，內部問題以及外在複雜的國際關係都有了瞭解，最後便是如何面對問題，提出有力的政策。各組針對各國的問題，可以提出外交政策或內部政策，選取一項作爲報告的重點。總之，這單元要學生有解決問題的對策。

每個單元的準備時間，各組只有一個星期。一個單元後，再告訴學生下一個單元的主題。不將全部主題一次告訴的原因，就是擔心各組再分小組，而無法發揮團隊精神。同時，每個單元資料都相當龐雜，必須共同研商討論，才能達成共識。爲了防止文抄公出現，只要求他們擷取關鍵字。圖解也是要由自己的想法來完成創圖的。提醒學生留意報章雜誌、廣告宣傳單等，從中可以尋獲好的圖解。

伍、教學步驟

在教學步驟中，主要是教師的教法步驟、理念，和學生的學習步驟、要求。爲了條理化，遂以表格來表達。

教法步驟	教法理念	學習步驟	學習要求
1 分組	七、八人為一小組，學習團隊合作模式。	自尋夥伴關係，各組遴選組長一名。	各組由組長領軍，組長必須慎重選擇。
2 角色扮演	角色可為國家，啓動學生的好奇心，設身處地著想扮演的國家。	角色有周天子、齊、魯、秦、晉、楚、衛、鄭。各組分配一個角色。	扮演要從「假如我是…」入手。
3 設定主題	主題根據目標而定，設定四大主題：1宣達國威 2內部問題 3國際關係 4制定政策 主題需要關聯性，可以延伸與整合。	根據主題和參考書目，利用圖書館和網際網路尋找相關資訊。《左傳》、《史記》、《東萊博議》、《東周列國志》等春秋典籍皆須查閱。	要閱讀大量文獻，同學間要充分討論，尋覓關鍵字。寫下清楚的摘要。
4 資料收集、彙整、作成摘要	廣泛閱讀多種資料，見識多角度的文獻內容。	各方文獻的見解不一，故要充分討論，得出共識後的解讀。	鎖定關鍵字，化繁爲簡，學習摘要，以清楚表達爲原則

5	上台報告	各組上台報告十分鐘，訓練表達能力	主題深、時間短，是高難度的呈現要有高度的腦力激盪，還要出色的口才。如何傳達，是主要著力點。	全部以 power point 方式呈現，簡單明瞭。
6	彙整各項問題	各式各樣問題都匯集起來，檢視學生的思考力。	問題有個人問題、全組問題、他組問題和教師提問。	從問題中檢視自己的思維邏輯。觀摩他人如何提問，哪些問題曾考慮？或不曾考慮。
7	影帶觀摩	從戲劇尋找場景的真實感，具體觀察春秋五霸的作爲。	觀看齊桓公、晉文公、楚莊王等戲劇影片。	比較文獻中的君王形象與戲劇中的形象有何不同?
8	孔子論政	印證孔子的語錄與哲學思辯。	摘錄論語的幾則相關對話。	從翻譯中體會哲人之思。
9	《左傳》《史記》選文	強化文學素養，增加古文解讀。	解讀〈秦晉殽之戰〉、〈管晏列傳〉	從翻譯中理解古文的精簡有力之辭。
10	制定政策	重點在企劃思考	面對問題，解決問題	充分討論

每一個主題單元，都重複相同步驟，要求學生不斷地嘗試「呈現」，時時提醒學生「呈現者就是一個理論設計藝術家」[2]。當學生在資訊的洪流中，對關係之間能找尋彼此的網絡，且具有構築能力，不再陷入文獻作者的思維中，實學效能就出現了。

當他們完成每次的單元作業時，對春秋各國會更新認識，有個驗證的經驗，就是當他們觀看影片時，模樣十分聚精會神，只因他們都曾是各國的代言人，影片中的人物全是他們所熟悉的。因此，學生一致認為「春秋五霸」的影片非常好看，欲罷不能。倘若他們沒有參與實作過程，一開學就直接觀賞影片，效果可能大打折扣。因為學生參與了，與各種人物發生關係，如同親身體驗過春秋時局似的，他們有種感同身受的經驗。

陸、教學實例

以下的教學實例，完全是學生的習作，有德明技術學院國貿科四年級乙班、丙，中原大學機械系一年級乙班，技專四年級等同大學一年級，以兩個月為實驗時程。

例一：單元主題：宣達國威

教學目標：走進時代，確定立場

教學程序：

1、將春秋分成周天子、齊國、晉國、鄭國、衛國、秦國、楚國、魯國。由學生分組八組，每組大約七人左右。

2、每組代表一個國家，為了要讓各組認同各國的狀態，每組要找出她們國家的特色優勢來宣達。

---

[2] 同註一，頁 122。

衛國案例：

學生問題：衛國資料少，且資料多顯示衛國為淫亂之國。不知如何宣達國威？

教師提示：請看史記衛康叔世家，並告知衛國直到秦始皇統一天下，衛侯之名仍存在。以及戰國時期的商鞅來自衛國等現象。

學生整合出簡報：

特色：

學生做到行銷的手法，以封面吸引大家注目的焦點，並點出人才為國家的資產。

〈二〉單元主題：內部問題

教學目標：反求諸己

教學程序：

1、各組確定立場後，已知各國優勢，內部問題需要內省。

2、討內部問題要誠實面對文獻資料，

3、如同檢討自身一樣。主要讓學生置身場景中，能體驗國家的興衰。

秦國案例：

1、秦國的資料多集中在戰國末年，春秋資料稀少，如何檢討內部問題？

2、教師提示，秦國為何春秋的資料少，為何戰國資料多，其中原因就可以來檢討，國家在春秋為何不受重視？

3、學生整合的簡報：

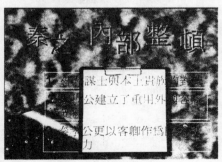

特色：1、本組的設計有現代感，簡單扼要。

2、本組的錯誤將戰國時期的秦孝公納入春秋時期。

〈三〉單元主題：國際關係

教學目標：國際局勢詭譎多變，洞察大局，得釐清國際關係，從關係中建構自己的判斷力，正是訓練鳥瞰格局視野的重要環節。

教學程序：

1、以各國角度說明各國的國際關係。

2、只需簡單分類，如同盟關係、敵對關係、聯姻關係。

3、鼓勵以圖解方式來呈現國際關係，比文字呈現來得清楚。這次單元各組都表現亮眼，有的以統計圖表來呈現，有的以動畫來呈現，有的以組織圖呈現。其中魯國的文字和圖表都值得稱許。

魯國案例：

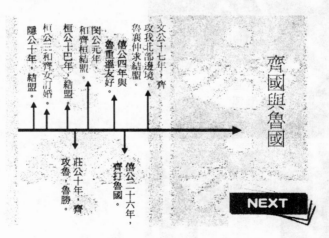

晉國

★魯宣公楚莊王死，我國利用晉軍打齊國。

★魯成公晉國士燮來魯國聘問，通知攻炎國，因它事奉吳國。我國送禮望晉國延緩出兵，但仍不答應，因此馬上攻打。

★魯成公會同劉康公、成公晉候朝見周天子攻打秦國。

特色：

1、這組的作業，全組很用心，文字的解讀和摘取都相當仔細。

2、畫圖也清楚明瞭，有時序的歷史感，有敵對與友好的對照表，鳥瞰的整體性完全被釋放出來。

〈四〉單元主題：制定策略

教學目標：了解全局、解決問題

教學程序：

1、各國關注了國家優勢，檢討內部問題，也注意了國際關係。全盤局勢有了一些掌握，接下來就是針對問題，提出解決問題的方案。

2、制定有力政策，是強化各國最弱的環節。何種政策是有力的，必須全組討論達成共識。

3、如果覺得自覺外交能力薄弱，就制定外交政策；如果是內政問題比較嚴重，就制定內部政策；或根據資料整合一套政策，也可以現今的模式來制定，完全根據各組的討論而定。

衛國案例：

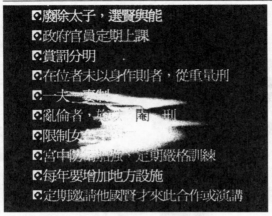

特色：

　　這組的思維只在解決當前的問題，因為亂倫叢生、女色禍國，就實行醃刑，禁止女色從政。這樣的思維是童子軍治國的典型案例，也是一個很好的教材。

　　每個單元一共有八組報告，四個單元，一班就有三十二種簡報。每組的簡報呈現方式都希望與眾不同，這是良性的同儕競爭，也是最佳的觀摩法。當各組報告完畢時，每一組都會提出問題，有些問題是現場發問，有些則是各組討論後的問題〈見附錄一〉，再交由各國來回答。在一問一答中，全由學生主導。由於學生已經化身為各國，當各國討論彼此間的問題時，顯得格外尖銳。只見兩國或三國論戰，一言不合都要起衝突，有時得請出周天子，卻壓不住衝突，更證明周天子的軟弱。教室裡洋溢著童言童語的稚氣，令人莞爾。只有太過離譜的問題或答案，教師才出面說明。

柒、實驗分析：

　　當四次單元主題完成作業時，便以問卷方式評鑑結果，下列表格即

是教學問卷結果彙整表:

題目	意見	關鍵點總歸納
你覺得課程訓練最難的地方在何處?	1 如何整合不同意見，難以產生討論氣氛 2 老師的問題很深、不確定答案是否正確 3 如何知道何種方法才能吸引同學注意 4 整理資料、很難判斷各國關係、無法知道資料是否正確、收集資料分析整理都不知如何下手 5 看不懂古文 6 時間太少、信心不夠 7 組長不盡職，組員無力感 8 歸納困難、表達困難、作業很麻煩、不喜歡做報告 9 非本科系無法全心作報告	團隊合作的重要 (組長的領導能力及組員的配合) ↓ 方向及方法 (彙整資料的方向及方法) ↓ 發現不足

講述訓練中你最得意的地方	@知識技巧的精進 　　重點擷取準確度提高、思考較清楚、能夠去蕪存菁、短時間內作出條理、抓對方向---有 sense、輕易寫出假設立場的觀點---有 sense、對春秋不再陌生---獲得新知、解析文章完成整合摘要、知道別人不知道的歷史、了解歷史 @信心增長／成就感產生 　　被讚美、成果呈現、回答老師的問題、簡報沒有忘記、可以運用自己的專才、得到老師的肯定、整理出來的資料一目了然、拿高分、整理出頭緒、畫出關係圖、分數高、呈現報告時、獲得知識摘要的能力愈來愈強 @團隊榮譽 整組的整合度高 @分享的快樂 報告完畢那刻最高興---完成 把自己知道告訴大家---分享	知識技巧的精進(sense) ↓ 信心增長、成就感產生 ↓ 團隊榮譽 ↓ 分享的快樂

春秋格局給你什麼啟示	@人性探討與領悟 　　人心本惡、人不能有太大的野心、人都是貪心的 　　有勇勿忘無謀、人心險惡、人際關係很重要、權力掌握一切、人都有野心、證明自己能力，本以為自己很遜 @人際、國際關係的洞悉及感嘆、學會觀察資鑑、可反映現今社會、知道各國間的利益關係、國際相處等同人際關係、國際不信任容易造成戰爭、歷史的多變化、弱肉強食以武力解決、犀利合作及現實、應從不同角度思考問題、體驗現實競爭的一面、各國都雄心勃勃、台灣好小希望不要被打死、可以對照現今國際局勢、分析國際能力、古今未變、家賊不可不防、做人不能太霸道、知人善用、勝者為王 @解決事情的態度及方法 　　有志者事竟成、看偉人如何運用智慧、沒有啟發、春秋時局很亂常記不起來、努力會成功、合作的重要、治國要剛柔並濟	人性探討與領悟 (自我審視、自我的肯定) ↓ 人際、國際關係的洞悉及感嘆 ↓ 解決事情的態度及方法

課程訓練中最大的收穫?	分工合作、整理資料、判斷問題下結論提高思考力、閱讀找出主旨、了解整個春秋大局、了解古人的求生如何起死回生。更了解春秋力挺自己的國家、更進一步了解歷史、更了解春秋事、比較了解春秋的故事關係、對歷史開始有興趣有反應。有團隊感、知識的增加有團隊合作、需要有決心才能作大事。整理資料分類顯示、增加整理資料與閱讀古文的能力、判斷力、關係對國家整體的影響、人是有潛力、多看一點書、吸收不同的知識、訓練上台的勇氣、對 ppt 有更新的了解、合作需無閒、學習王者的智慧、台灣的外交需要加強、賢君要重用賢臣、分析國際能力、激發創造力、天下分久必合牽一髮則動全身。	基本工具使用的精進 ↓ 基本的收穫 ↓ 學術與實務的比較

　　就教師的觀察，學生最常犯的錯誤約有幾個部分：

春秋與戰國無法區別，常把戰國地圖當成春秋地圖。

春秋人士與戰國人士不分。

受限於文獻資料，不敢懷疑資料。

常引用大陸資料而不自知。

封建制度不清不楚。

喜歡「想當然爾」，沒有歷史事實作基礎。

　　當這些錯誤發生時，正好作為機會教育，一一提醒他們，他們的印象更加深刻。

捌、結語

「江山代有才人出」，此話不假。我們的確不需要杞人憂天，E 世代的年輕人自有一套自處能力。「不喜歡上課」也許是他們的通病，但是「愛現」可是他們的最愛。如果讓他們的特質盡情地發揮，說不定他們的創作力將無窮無盡。在這次的教學實驗中，確實發現他們的求知慾望頗強，也肯認真求知，科技能力甚佳，也有足夠的自信，他們的長處是道不盡的，唯有全面的觀照還需日積月累的學習。相信假以時日，他們的整合能力必然可以增強。此次我的教學心得有幾點：

1、圖解就是最好的鳥瞰圖
2、學生報告就是最佳教材
3、容許錯誤就是鼓勵創新
4、成就學生就是激勵學生

給大一新生一個沒有圍籬的國文空間，全力相信學生的能力，教學相長必定可以增加生活樂趣。

參考書目：

久恆啓一著、鄭雅云譯，《圖形思考》，（商周出版社，2003 年出版四刷）

附錄一：

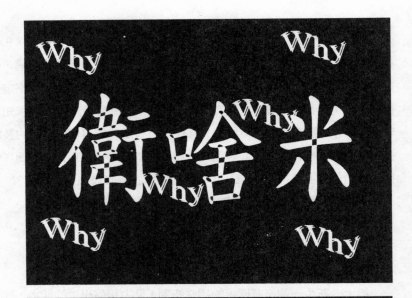

衛國問秦國

·Q1　現今的總統陳水扁是否也像秦穆公一樣重用賢才?!

知識管理之國文創意教學析論

清雲科技大學　　姚振黎[*]

摘　要

　　邁入二十一世紀所謂「知識經濟」時代，如何有效的知識管理，提升個人知識與專業能力，已成為國文教師必須面對之課題。身處瞬息萬變的數位時代，知識管理是個人脫穎而出與維持競爭優勢之不二法門；誰能夠作好知識管理，誰就能夠掌握致勝先機。然而，知識管理並非一蹴可幾，它牽涉到社會學、經濟學及政治學等範疇。資訊科技（IT）在知識管理中亦居重要地位，其價值為拓展知識普及的範圍、提升知識移轉的速度，在日新月異的資訊科技協助下，知識管理的社會已是指日可待；國文教師「講光抄」、「錄音機」的時代不再。

　　本文寫作方法（methodology）以知識管理之典籍、文獻為經，國文教學之實務為緯，全文包括四部分：壹、知識管理之義涵；貳、創意教學之精義；參、國文創意教學之理論與實施；肆、革新教學策略之方法；伍、結語：初遇世界的天真。理論與實務兼顧；以中國文學實例，佐以美國教育理論，薪能將學理與實務結合、中國文學與美國教育會通，自知識管理之面向探究，對今日從事國語文教學者，效棉薄之力。

---

[*] 本文作者，台灣中央大學中國文學系畢業，美國明尼蘇達大學（University of Minnesota）教育學碩士、博士。曾任美國明尼蘇達大學教育政策與行政系助教、國立中央大學中文系所專任教授，現為清雲科技大學通識中心主任、人文社會學院院長，中央大學、教育學程兼任教授。

關鍵詞：知識管理、創意、國文教學

　　美國十八世紀發明家富蘭克林（Benjamin Franklin）說：「具有最高報酬率的投資是『知識』」。

　　當代管理大師 Peter Drucker 將知識定位爲「後資本主義社會」（post-capitalist）中競爭的新基準。

　　史丹佛大學經濟學家 Paul Romer 則稱：「知識爲世上唯一無限的資源，是能夠隨著使用而成長。」

　　實則，自柏拉圖（Plato）與亞里斯多德（Aristotle）以來，已有無以計數的哲學家針對「知識」這個課題進行許多討論。「知識爆炸」的現象在當代形成，使人越發瞭解「知識」是維持競爭優勢的關鍵，也是持續維持優勢的唯一命脈。

　　瞬息萬變的世界，許多曾經忽略工作中知識重要性者，在付出高昂代價後，現在須更加努力去瞭解自己的知識水平，還需要知道、充實什麼？以及應該如何處理這些知識？爲人師表者在此競爭壓力下，必須找到「永續優勢」（sustainable advantage），以期在所處環境中有卓越表現，方足以春風化雨、勝任逾快。

壹、知識管理之義涵

　　雖然多數人均知道「知識就是力量」，且 1965 年、Peter Drucker 就已提出「知識」將取代土地、資本、勞動、機器設備，成爲最重要的生產因素，多數國文教師是否已體會個中真正涵意。

　　1997 年、Peter Drucker 在《後資本主義》（*Post-Capitalization*）一書中，明示「知識工作者」（knowledge-worker）將成爲社會主流，引起全球廣泛討論「知識」之重要性。1999 年、微軟總裁 Bill Gates 在《數

位神經系統》(*Business @ the Speed of Thought*)一書中，更明白指出未來世界是以知識與網路為基礎，未來的競爭是知識與網路的競爭。「知識管理」更隨 Gates 的暢銷書籍，傳播全球各角落。

一、知識管理之義界

「知識即財富」是一句大家都耳熟能詳的話，過去這句話多是用來鼓勵、安慰讀書人，遠離世俗、追求真知，進而洞悉、關懷人類社會。讀書人要耐得了寂寞與貧窮、讀書人要清貧過日子；與財富毫不相干。

但在進入二十一世紀的今天，我們看到完全不同的景象：

* 　知識型商品（書籍、音樂、電影、軟體、醫藥）行銷全世界，成為獲利最高的商品；

* 　許多擁有高學歷的學者專家投身於創業行列，不僅開展出新的天地，一夜致富的實例亦時時可見；

* 　以創造知識為職志的大學與研究機構，努力將它們發展出來的技術、專利與知識，移轉給企業界與社會大眾，不僅獲得好評，往往還獲得可觀的實質回饋。[1]

這些事實清楚顯示：以知識為核心的新經濟時代，早已悄然來到這個世界，未來必將扮演更重要的角色，不必懷疑、亦無法逃避。教師以知識為專業技能，焉能自外於此一核心價值。如何持續不斷的創造、並利用新的知識，已成為今日國文教師的重要課題。但是，反觀今天國文教師面臨此一變革所帶來的挑戰，產生質疑、壓力、難以適應等複雜情

---

[1] 吳思華《知識管理的第一本書・序三・不可不讀的知識管理入門書》臺北：商周出版，2000 年 6 月。Zukai Knowledge Management by Arthur Andersen Business Consulting, Arthuf Andersen Business Consulting (1999) Tokyo: Keizai Inc., Tokyo 2000. 又：以台灣中央大學為例，本文作者為「智慧財產權審議委員會」委員，即負責審議技術、專利與知識之移轉給企業界。

緒，紛紛提早退休，甚或有等不及 55 歲可多領幾個基數即先行退休者。[2]

　　在面對「知識資源」、「科技整合」時的手足無措，主要是因為：知識具有無形、易變等特質，與傳統的土地、資本、設備等資源特性完全不同；展望未來，如何將「知識」這項資源，加以有效管理，必將成為未來數年最重要的學術研究領域。對國文教師而言，如何「創造」出獨特的知識，並「運用」至國文教學，是最重要課題。

　　職是之故，對國文教學而言，知識管理乃是「在教學職場中，建構一個於己、於人均有裨益的知識系統，讓知識能夠有效的創造、流通與加值，進而成就有源頭活水的創意教學。」

二、知識管理之內涵：無所不包、無遠弗屆

　　古時候是以土地、礦產、漁獲等天然資源，作為國家最重要的財富來源，也是企業最重要的資產；其後，資產被資本取而代之，金錢、機器與工廠之類的資本財，成為最重要的東西；時至今日，資本財又要讓位給智慧資本（intellectual capital）。

　　在人類的歷史，知識始終居於重要地位，人類（homo sapiens）自稱為萬物之靈，實因有史以來，所謂優勝劣敗，都是站在知識尖端的人獲勝：遠古時代，最先知道用鐵製武器的人，打敗了使用銅製武器的人；到了現代，美國企業百年來，始終大力贊助公立學校，因而扶植起無出其右的教育體系，培養出教育程度最好的勞工。不過，知識在現代，比遠古時代猶為重要。

　　在我們周遭出現的變化，有如排山倒海般撲來：其一、是全球化的

---

[2] 參看：姚振黎〈台灣與美國課程改革理念及實施之比較〉，發表於 2002 年 12 月 13-15 日、臺北：國立台灣師範大學暨全台灣教育學術團體聯合舉辦「2002 年教育研究與實務的對話：回顧與展望國際學術研討會」。

力量，其二、是資訊科技四處傳播、電腦網路拚命成長，其三、是工業
時代典型的疊床架屋式的組織土崩瓦解，隨之而來的是裁員、失業，有
如惡巫婆卡拉波西（Carabosse）帶著眾人避之唯恐不及的禮物，去參加
一位小女孩的洗禮，最後害小女孩變成了睡美人。

　　因為這種經濟最基本的財富來源是傳播知識，而不是自然資源與勞
動實體。老一輩的富豪，由於財富來自土地、或是大地賜予的資源，像
是農產、礦產、動物毛皮、木材之類。但是雄踞當今這波經濟浪潮頂端、
呼風喚雨的新世代財閥，雖是坐擁億萬財富，卻不是來自開採石油，也
不是來自鍛造鋼鐵，而是一種可能沒有實質形體的產品或服務。例如：
網景（Netscape）的百萬富翁，他們的航海家（Navigator）軟體，就是
直接從網景的伺服器，透過我們的數據機（Modem）而進入我們的電腦
中，我們幾乎無從捉摸其形體。再如微軟的億萬富翁，他們手中沒有一
家工廠，但是他們的高級主管在普傑灣（Puget Sound）建的豪宅，窮奢
極侈的氣派，不亞於十九世紀的大亨在羅德島新港（Newport, Rhode
Island）的手筆。是故，奇異公司（General Electric）在肯塔基州 Louisville
的家用電器工廠，於 1953 年、建了一座停車場，可停 25,000 輛汽車，
如今，他們的工作人員僅有一萬人。

　　如以戰爭說明之，回顧歷史，大規模毀滅性戰爭出現的時間，與大
規模生產的經濟，幾乎是齊頭並進。因此，從美國的南北戰爭到第二次
世界大戰，都是仰賴後方的工廠才打贏，而不是依靠前線的戰場。美軍
在越戰的敗退，與美國工商業競爭力的大幅衰退，也約當是同一時期，
這絕不能說是巧合；前線的戰事，只是將後方的角力結果，具體呈現出
來罷了。但是，波斯灣戰爭中的巡弋飛彈，讓美軍展現了「智慧彈」摧
枯拉朽的威力，而這些「智慧彈」，就是靠大量的資訊才命中目標；僅
賴一點點火藥，即能造成巨大的毀滅，比起第二次世界大戰的「戰略性
轟炸」，或越戰的「地毯式轟炸」，效益均高出甚多。

　　如今美國攻擊伊拉克，空戰讓長眼睛的飛彈負責，美國大兵不用流血。在五角大廈眼中，伊拉克軍力雖強，但巴格達容易攻擊。幾個月來，美國人造衛星早已將伊拉克每吋土地從空中攝影放大存檔，任何軍事設施無所遁形。二十一世紀戰爭的特點是炸彈長了眼睛，飛機不必冒險飛過目標，幾十里外扔下炸彈後就可掉頭回基地；真正危險的任務則讓「掠食者」無人飛機去做。1991 年波灣戰爭與 2001 年阿富汗之役，美軍傷亡總數尚不及越戰時一個月的損失。因此，美國在伊拉克的戰術，只從空中進行閃電戰，一舉摧毀海珊所有的黨政機關與軍事設施，至於陸戰，就讓缺乏資訊知識武器與尖端科技知識的阿拉伯人自相殘殺吧。[3]

　　知識管理也已經開始改寫零售業、校園用書的面貌。我們可以到 Hallmark Cards 的電子印刷機，當場印出我們要的特定卡片；我們也可以到百視達影視（Blockbuster Video），從某個伺服器下載程式，當場為我們壓製 CD。我看到美國教授在授課時，不用教科書，而是在期刊、學報、報章、雜誌選些論文或文章，或是在某本書裡選幾章當作教材。而這些教材，拿到 Kinko's 影印店去處理，包括 Kinko's 負責向著作權所有人交涉使用事宜。著作權解決後，Kinko 接著將教材以掃描器讀入電腦裡，然後印出來、裝訂好，Kinko's 以高解析度印表機、印出的品質之佳，絕不亞於各位現在看到的這一頁，當然沒有封面、裝訂也以實用為主，但是，對師生而言、極為方便，份數不多不少，沒有零售業所擔心的庫存（stock）問題。

　　當今的科技幾乎可做所有機器能做的事。當顧客在 Barnes & Noble Bookstore 看見一架類似影印機與點唱機混合的機器，只需在店裡選出想要的書，插進信用卡，然後走到咖啡座，不消幾分鐘－－就在顧客與顧客的 Cuppuccino 剛找到位子的同時，有一位店員朝顧客走來，奉上

　　陸以正〈攻打伊拉克，美國大兵不用流血！〉，2003 年 1 月 27 日（星期一）臺北：《聯合報》第 15 版。

剛點選的那本書，完全不輸放在架上、等待顧客採購的書，而且還是剛印出爐、正熱的呢！

　　資訊，最強大的優勢是：可以將庫存管理整個消滅掉！

　　從「雙手萬能」、到「大腦萬能」；從「山川壯麗、物產豐饒，」到「智慧資本，勝券在握。」皆因知識經濟時代來臨，帶來知識管理，顛覆既有的戰爭形態、企業管理、生活常軌、思考模式、治學方法，國文教師若不能「苟日新，日日新，又日新。」如何因應此一知識巨變的時代！

貳、創意教學之精義

　　雖然「知識管理」的文章及討論與日俱增，「知識管理」的會議也如雨後春筍，但鮮少論及如何將知識的獲得、整合、累積、分享、移轉、更新與創造，而部分人士以為擁有 Lotus Notes 或 Windows 稍加調整即已擁有「知識管理」。殊不知，資訊科技非僅止於儲存知識。誠如 Morten T. Hansen 等教授於《哈佛企管評論》（*Harvard Business Review*）中所言，「知識管理必須與人力資源、資訊科技、競爭策略整合，方能發揮最高效益。」是故，如何應用知識管理實施創意教學，已成為提升國文教學成果之不二法門。

一、創意教學之重要性

　　國文教學的目標在於保存中國寶貴的文學遺產，將此一累積之文學結晶傳遞給生生不息的下一代，進而以既有之文學知識為基礎，開創更豐富的人文素養與新文化，以求文化之日新月異，進步不已。國文創意教學之勢在必行，於茲可見。

（一）知識爆炸、變遷急遽之現代社會，開創、革新為生存的不二法門。Alvin Toffler 在其名著 *The Future Shock* 一書中，早已指出：未來的社會將有三個特性：新奇性、多樣性、暫時性。由於新的知識與發明，以驚人的速度積累，我們的社會將充斥各種新產品、新觀念。新的發明與新的觀念不斷推陳出新，原有的器物、生活形態、價值觀念等，都快速地被新事物取代。所以，「今日社會中唯一不變的事實是：世界上沒有不變的事實。」

（二）學生學習如何面對未來變動不居的社會，把握解決問題與創造革新的方法，成為生活中極為重要的能力。「解決問題」與「創造思考」能力的培養，遂成為教育學者所重視的問題。

心理學家發現：每個兒童生來即具有創造、發明的潛能。但是傳統的學校教育，偏重邏輯思考的訓練，強調知識與事實的記誦，忽視解決問題與創造思考的啟發，甚至被有意的打壓、抑制，最終使得創意僵化、窒息。

（三）當學生提出一些沒有固定、確切答案的問題時，教師通常如何處理？教師在衝動之下，往往立即給予自認為最「正確」的答案。如果教師能暫時抑制自己，先不急於給予單一的答案，而給學生自由與權利去思索、追求可能的多種答案，將更有助於他們創造能力的發展。《莊子・應帝王》儵、忽、與渾沌的故事，正曉諭教師：頭腦是可以訓練的，一條毛巾可以擦手、可以洗臉，也可以成為王永慶先生的「毛巾健身操」。會啟發學生的教師，不是填鴨，而是引導學生思考；教學是點一盞燈，而不是填一隻桶，要點燃學生心中求知的熱情，「學習如何學習」，「學習如何知識管理」，「學習如何守權達變、與時俱進」。

與其每次均給學生一個「正確」且固定的答案，教師不妨以「激發」

學生的思考，取代「代替」學生思考的教學；除可幫助學生在思想上富
冒險性，養成人格上充滿獨立自信、啟發並擴充其想像力，使學生更具
膽識並重視自己的推理。

二、妨礙創意教學之原因

今日校園中，幸運的學生得以在瞭解他們的老師循循善誘下，有機
會及勇氣去做一個探險家，藉由好奇心與想像力去探索追尋，敢於超越
已知的世界，去發現、開創更遼闊、更深邃、更美好的「無限」。學生
不應是一個被迫去記憶、儲存、抄寫、練習、反芻別人知識的機械，而
是一個能獨立思考與開發學習樂趣的個體（individual）。然而，國文教
學妨礙創意思考的原因，可歸納爲四：

（一）膠柱鼓瑟的成見、成心

趙孝成王七年、秦與趙兵相距長平，趙以括爲將。藺相如曰：「若
膠柱而鼓瑟耳。括徒能讀其父書傳，不知合變也。」蓋以趙括自小學兵
法，談戰略，謂天下無人能當。常與其父趙奢言兵事，奢不能難，然不
謂善。秦、趙相爭，趙王信秦之離間，因括以爲將，代廉頗，與秦將白
起交戰四十餘日，軍餓，趙括出銳卒自搏戰，秦軍射殺趙括。括軍敗，
數十萬之眾遂降秦，秦悉阬之。《史記・卷八十一・廉頗藺相如傳》

反之，如伯樂教其所憎者相千里之馬，教其所愛者相駑馬。因爲千
里馬間或可見一匹，其利緩；駑馬日售，其利急。《韓非子・說林下》

趙括雖知兵事，卻不能靈活運用，反襯伯樂善於逆向思考。吾人由
於習慣使然，常常認定報紙僅能供人閱讀，車胎僅能供汽車配用，這種
將某一事物限定在一種功能上的習慣性思考，限制了突破、解決新問題。

報紙可用來提供學生勞動服務（service-learning）擦玻璃用、車胎

可做為學校游泳池救生圈。經過全班學生的腦力激盪，常是化腐朽為神奇，靈感泉湧，發現平凡事物的不平凡用途。

（二）意授於思、言授於意的疏則千里[4]

當教師對所面臨的情境或問題，無法把握問題癥結所在，或者由於所提出問題敘述不適當，因此阻礙了學生產生創造思考。例如：

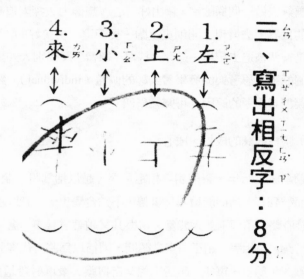

老師要求的標準答案是：「左←→右」、「上←→下」、「小←→大」、「來←→去」，因此，以個人的直線思考，認為學生答案錯誤。批閱時，以紅筆畫一大圓圈，表示答案錯誤，或許一個大圓圈，正扼殺一個學童的水平思考生機。

雖然《莊子‧秋水》說：「可以言論者，物之粗也；可以意致者，物之精也。」但是，《文心雕龍‧神思》也說：「意授於思，言授於意，

---

[4] 見《文心雕龍‧神思》。

密則無際,疏則千里。」所以教師的陳述受思想、感情支配,而遣詞用字又授陳述內容的支配。如果「陳述的內容」、「教師的思想感情」與「表述的言辭」三者結合得很緊密,陳述就能做到天衣無縫、毫無差錯;反之,三者關係疏遠,就會互相矛盾,如隔千里。因此,要求學生解答╱解決問題時,切莫在敘述的問題中提到解決的唯一辦法,以致侷限學生思考空間,使學生鑽牛角尖、僅能在限定的已知辦法中打轉,同時,在提問或說明時,應語意精準,以免問題敘述不當。

(三)習慣成自然的經驗制約

　　由於受到過去經驗與習慣的影響,我們對於各種問題常有一套固定的反應方式,以致「兵來將擋,水來土掩。」「上有政策,下有對策。」「一個口號,一個動作。」自動反應,不費思考。這種機械式的習慣反應,限制了一個人解決辦法時擴散思考的發揮,以致缺乏聯想力、推理力。

　　習慣成自然,使得這些機械的反應即令未能滿意地解決問題,我們卻常謹守不放。這種墨守成規的心態,惡性循環的結果,使我們更不願選擇改變,繼而窒息了創新的意欲及靈感。

(四)缺乏擴散思考的練習

　　學校教育強調記憶、抄寫的聚斂式思考,注重紙筆測驗,偏重單一「標準」答案之評量,忽略應用、聯想之擴散式思考,更少採用表演、實作等方式來評量學生之想像與創意。

　　這種教育將學生塑造成為一個「刺激──→反應」的被動接受者;沒有刺激就沒有反應。但是「蒙娜麗莎的微笑」畫作、「西遊記」之寫成,都是無中生有的創作結果。各種研究資料均顯示:創造力的生發,大多

是後天環境與教育的結果，正如「練習」，可以使肌肉更強壯、更富彈性，人類創造發明所需的擴散思考，也可經由練習與教學中予以增強。因此，許多文明越發達的國家，越重視學校教育中的創意教學。美國許多地方設有「創意教育中心」（The Institute for Creative Education），以在職訓練方式，幫助教師獲得創意教學的技巧與能力，進而改善教學品質。[5]

參、國文創意教學之理論與實施

　　本諸中國傳統儒家「反求諸己」的精神，本文以知識管理為經，創意理論為緯，佐以教學實務，析論教師如何知識管理、自我提升創意思考，進而運用於國文教學，調教出知識經濟時代下，靈活、聰穎、智慧、機敏，「變則堪久，通則不乏。」《文心雕龍・通變》與時俱進的莘莘學子。

一、類比法
　　教師能發現事物之間的相似處，進而比較：類似的各種事物或情況；將此事物與彼事物作適當的比喻。

　　當我們講授《世說新語・言語篇》讚美謝道韞的文學才能：

　　　謝太傅寒雪日內集，與兒女講論文義。俄而雪驟，公欣然曰：「白
　　　雪紛紛何所似？」兄子胡兒曰：「撒鹽空中差可擬。」兄女曰：「未
　　　若柳絮因風起。」公大笑樂。

教師若有實際觀雪、賞雪的經驗，加以描述導引，遠較從原文字面講授、

---

[5] 可參看：http://www.aiceonline.com

或師生一起來馳騁想像力；前者輕省有趣許多，並使學習者更易瞭解：修辭學中的「比喻」，貴在精準、生動、具體、形象化。胡兒與謝道韞對雪的兩種不同比擬，顯示出才情的高低，真可謂巾幗壓倒鬚眉。

　　但是台灣四季如春，要看到雪，唯有在冬季寒流來襲時，合歡山、玉山等高山上，溫度、溼度配合得宜，方纔看得到雪。當新聞報導合歡山降瑞雪的消息，立即可以引來從合歡山頂綿延三十公里的車輛，等著上山看雪。下雪到底是什麼樣子？看過的人畢竟不多。教師憑空想像，或賴別人形容，仍難以體會。正如我在出國讀書前，知道將要就讀的學校是與哈爾濱相同緯度、一年有半年看得到雪，甚至四月底，仍然會飄大雪時，總愛好奇的問母親：「下雪是什麼樣子？」「是否和下雨一樣？」母親在北京長大，總是回答：「不一樣。下雨時，衣服會淋溼；下雪時，進屋內，趕忙將雪拍掉，衣服不會溼。」如此陳述、比較，我仍無法體會。

　　在美國歷經無數次微雪、小雪、大雪，甚至暴風雪（snowstorm），看到雪花飛舞、結成冰柱（icicle）、為免行人滑倒或行車翻覆，拚命在路上撒鹽；也看見融雪後，銀白世界變成灰黑且溼漉漉的地面，或是被人踩過後，由雪變成結冰的路面，還曾經因為不知冰比雪可怕，而在冰上滑倒，以致跌斷腿，對於日後講授《詩經‧小雅‧旻》與《論語‧泰伯篇》：「戰戰兢兢，如臨深淵，如履薄冰」時，更能詮釋 on thin ice，其中「又驚恐，又謹慎，好像站在薄冰上的感受」。

　　當我準備赴紐西蘭前，買了一件杏黃色大衣帶去禦寒，母親說是「杏黃色」。那時，我從未見過杏子，甚至連杏脯都沒見過。到了奧克蘭，我的 host family 帶我去 grocery store，當我看到草標上寫著「apricot」，眼睛快要掉出來！「啊！杏黃色！」

　　當我自山西運城搭乘子彈頭車，沿路看到「窯洞」；當我教完〈魏風‧伐檀〉，未及一週，就到了風陵渡——原詩的誕生地去探訪；當我

在寧波，參觀中國現存歷史最久的民間藏書樓、建於明朝嘉靖 40 至 45
年（1561-1566）、范欽的天一閣；當我在南京參觀東南大學與南京大學
的浦口新校區，車行經過長江大橋，難以相信能夠生平第一次見到長
江；當我在夜暮時分，自北京首都機場搭往山西太原的飛機上，聽到「本
航班將飛越黃河、經過太行山。」我的眼淚奪眶而出。雖然暮色深垂，
無法看見機外景色，但是，小時候地理書上的名詞，「黃河」、「太行山」
此刻都在我的腳下，我不僅是欣喜，還有禮讚、悸動、如夢幻、卻是真
實的複雜感受，一湧而上，使我喜極而泣，古人說：「行萬里路，勝讀
萬卷書。」使得日後詮釋蘇轍〈上樞密韓太尉書〉時，我與子由「心心
相印」。

　　當我赴美讀書的第一天，看到全世界第三大河、貫穿校園的密西西
比河，開闊浩蕩。其後，有機會到密西西比河的源頭，看見素有「江河
之父（the Father of waters）」之稱、支流多達 250 餘條、影響美國民生、
交通最重要的一條河川，竟是一跨足就可越過的畎澮，使我日後講授李
斯〈諫逐客書〉：「太山不讓土壤，故能成其大；河海不擇細流，故能就
其深；王者不卻眾庶，故能明其德。」枚乘〈奏書諫吳王〉云：「泰山
之霤穿石，單極之緪斷幹，水非石之鑽，索非木之鋸，漸靡使之然也。」
《昭明文選・卷三十九》更能心領神會，進而詮釋其中精義。《墨子・
小取》說：

> 辟也者，舉也物而以明之也；侔也者，比辭而俱行也；援也者，
> 曰子然，我奚獨不可以然也；推也者，以其所不取之同，於其所
> 取予之也；是猶謂也者同也，吾豈謂也者異也。

辟是譬喻，是一種舉他物以明此物的譬喻法。侔是辭義齊等之意，是一
種用他辭襯托此辭的比辭法。援是援例的推論，推是歸納的論斷。墨子

所謂「辟、侔、援、推」論辯的方法，具有科學精神，創意教學的類比法，教導學生觸類旁通的同時，正是墨子言論的實踐！

俗諺說：「跌倒了，抓一把沙子。」無論是甜蜜或痛苦的歷練，包括在冰上滑倒，跌斷了腿，不良於行四個月，既已發生，都不至「船過水無痕」；不平白摔一跤，國文教師能夠把握每一次機會，從中汲取經驗，以敏銳觀察去取精用弘，珍惜一輩子或許不會遇上兩次的機會！

二、重組法

在零亂無序、散漫不整的情況下，組織、發現，並提出新的論點。

在美國讀書時，看見剷雪車將路上的雪剷至馬路兩邊，馬路兩旁堆得高高的雪時，老美同學因我負笈異邦，且為全系、所唯一的外籍生，總會體貼的問：「Does it look like your Great Wall?」我告訴他們：如果在台灣看到此景，白茫茫的大地一片，我會想到是鹽田曬鹽。

鹽田與雪景，兩個不同的場景，通常不會發生在同一地，那是我的經驗重組。

猶記得到美國後、第一次做禮拜，車子駛進教會所在地，眼前好大一個湖，想到：「被稱為『萬湖之州』的明尼蘇達，真真不錯，連禮拜堂的庭院都有一個湖。脫口而出：「How big the lake is!」身旁的老太太好心的告以：「It's a pond; not a lake.」

每次到明尼蘇達州北部、以煤鐵礦藏聞名的城市 Duluth 開會，總愛順道至西半球第一大淡水湖蘇必略湖（Lake Superior）參觀，天氣好時，能見度高，所見穹蒼是圓的，海天相連，中間明顯分隔；天氣不好時，能見度差，極目四望，迷濛一片，煙波浩渺。總之，無論天氣好壞，都令人心曠神怡。在湖邊一站，立即想到《莊子·秋水》：

秋水時至，百川灌河，涇流之大，兩涘渚崖之間，不辯牛馬。於

> 是焉，河伯欣然自喜，以天下之美為盡在己。順流而東行，至於
> 北海，東面而視，不見水端，於是焉，河伯始旋其面目，望洋向
> 若而嘆，曰……。

望洋興歎的故事。雖然蘇必略是一個 Lake，但以中國人的標準看，豈止是一 River，直可稱是 Ocean！因為海連天、天連海；無論是天氣好時，海天一線之隔，或能見度差時，眼前一片汪洋恣肆、無邊無際的景象，都使人心神浩蕩，胸襟開闊。對於日後講授《莊子》，是有助益。

　　當我第一次到大陸，在南京開會、發表論文完畢，被安排參觀革命先烈紀念塔，在塔的每一層瞭望，都有不同的感受，令我想到孟子說的：「登東皋而小魯，登泰山而小天下。」《孟子・盡心上》讓我的聯想力插翅而飛，馳騁於實景與典籍交融的情境。

　　到威斯康辛州開會，夜宿一佔地 150 英畝（acre）的農莊，僅老夫婦二人，清晨起來帶我觀看其宅院內樹顛水湄的鷹巢及老鷹飛翔，印證前一晚、主人夫婦提供我閱讀有關老鷹身軀、體能、生活、習性的參考書，使我日後在講授杜甫〈義鶻行〉時：

> 陰崖二蒼鷹，養子黑柏巔，白蛇登其巢，吞噬恣朝餐。雄飛遠求
> 食，雌者鳴辛酸，力強不可制，黃口無半存。

藉義鶻為蒼鷹報殺子之仇，而擊殺白蛇的寓言詩，諷刺殘暴的惡人，歌頌除暴安良的俠義精神，體會更深刻。

　　當我在一年有六個月可以看到雪的校園出入，並曾深夜獨行在有如流沙般的雪暴風（blizzard）中，偌大的校園，除了遠處有大型剷雪車在孤獨的面對大自然進行「mission impossible」，若非熟悉回家的路，且近在咫尺，我一定會 got lost，對日後詮釋岑參邊塞詩〈走馬川行：

奉送封大夫出師西征〉中，風雪交加、飛沙走石的環境，「風頭如刀面如割。馬毛帶雪汗氣蒸，五花連錢旋作冰，幕中草檄硯水凝。」及〈白雪歌：送武判官歸京〉：「忽如一夜春風來，千樹萬樹梨花開。」……北國的嚴寒奇景、壯美畫面，在一片遼闊無際、紛紛揚揚的白雪世界中，對作者心境有了更真切的體認。

　　當我到山西臨汾參觀堯都，至今猶見其恢弘氣象，遼闊視野，想到小時候背的「堯都平陽，舜都蒲阪，禹都安邑。」當我行經聞喜，極為欣喜，不由得背起《左傳·僖公》：「三十二年冬，晉文公卒。庚辰，將殯於曲沃，柩有聲如牛。卜偃使大夫拜曰：君命大事……。」因為書上曾告訴我：「曲沃，在今山西聞喜縣東。」當我在南京吃著蒓菜蛋花湯，想到《晉書·張翰傳》「鱸魚蒓菜之思」，張翰不就是為它辭官歸故里嗎！車過淮陰，想到韓信胯下受辱、漂母賜飯的發生地。我感受到司馬遷當年在薛城看孟嘗君養士的大鼎、到曲阜觀孔子車服禮器、到淮陰看韓信父母的墓地，以及賈誼在長沙作〈鵬鳥賦〉、韓愈作〈湘中詩〉，渠等望風嚮慕之情！

　　2003 年 1 月 24 日，台灣 16 萬高三畢業生參加大學考試分發入學學力測驗，國文科非選擇題兩題，一為：「想像自己是偏遠地區的校長，在資源缺乏的條件下，寫一推動讀書計畫。」被認為考題靈活，極富創意。二為：以「香米」為主軸，從香米育種及改良談到「益全香米」靈魂人物郭益全，在改良香米過程中的事蹟，及加入 WTO 後，世界各國稻米將大舉進軍台灣市場，要考生融會貫通上述資料，運用文學想像，寫出以「香米碑」為題的文章來紀念郭益全。考生在剛看到題目時之反應多為不知如何發揮，甚至認為：「國文寫碑文，看完題目，頭都暈了！」[6]

---

[6] 2003 年 1 月 24 日（星期五）臺北：《聯合晚報》、第三版。

　　實則，考題重點在考驗學生的統整能力，且與 WTO 時事有關。若能經驗重組，自可化解七寶樓台，拆下不成片段的零金碎玉資訊、常識甚或知識。

　　實物與書本交會，享受經驗重組，能使進行國文教學時，樂在其中！

三、辨別法

　　發現知識領域不足的空隙或缺陷，尋覓各種訊息中遺落的環節，發現知識中未知的部分。

　　範文講授宜站在作者或當事人當時的時空背景與立場，此乃避免想當然耳的膠柱鼓瑟。

　　今天讀《世說新語·賢媛篇》，記陶侃母親湛氏的賢德，其中一則寫陶侃家境貧困，於冰雪積日之時來了范逵，還帶來許多僕人與馬匹，湛氏囑咐陶侃出面應酬，自己剪下頭髮賣掉，買米招待客人，剉碎草墊餵馬，使陶侃「大獲美譽」。〈任誕篇〉記載：阮籍在司馬昭聲稱以孝治天下時，母親喪期飲酒吃肉，今人覺得不可思議，實則阮籍並非不要禮教，而是反對在形式上弄虛作假、沽名釣譽的偽禮教。又〈汰侈篇〉記石崇每邀客燕集，對石崇殘殺侍婢以擺闊，今人難以想像。然而，若瞭解古代侍婢屬主子個人財產，《世說新語》雖無批判之詞，然王敦故意袖手旁觀、見死不救的冷酷心理，卻昭然若揭。也能明瞭蘇軾〈方山子傳〉主人翁陳慥捨河南洛陽富樂生活、攜家人僕從隱居湖北黃岡之難得。

　　教師應當體認：時代差異，對價值觀、事理的看法會改變。例如：從小我們被調教：客人送禮，不可以「猴急」的在客人面前就拆禮，即使窮，不可以露出窮相，免得好像眼巴巴、迫不及待的檢查客人送我什麼，造成客人的難堪。但是，老美以當面拆禮物為禮貌，並且不論禮物輕重，總之，情義重。看完禮物，再給送禮者一個 hug，說一些「我好喜歡……」的話！

剛到美國讀書時，我的 host family 帶我去看美國第 38 屆副總統（1965-1969）韓福瑞（Hubert Horatio Humphrey, 1911-1978）的墓地（按：韓福瑞於 1964 年被 Johnson 總統擇爲競選夥伴），有兩個墓穴，一個已經埋葬韓福瑞，另一個爲空穴，原準備其妻去世後下葬於此。但是，接待家庭在一旁告訴我：「韓福瑞夫人已經改嫁了！」聽到這樣的說明，頓時覺得 shocked，「烈女不事二夫」、「餓死事極小，失節事極大。」《近思錄・卷六・程氏遺書》「水性楊花」……等，一湧而上，脫口而出：「It's a travesty!」同理，賈桂林甘迺迪（Jacqueline Bouview Kennedy Onassis）雖然曾貴爲第一夫人，在改嫁歐那西斯後，美國人對她的愛護與尊敬並未嘗減損。在其去世後，不仍然下葬阿靈頓國家公墓、甘迺迪的墓旁嗎？因爲老美以爲：每個人有權爲自己做生涯規劃、對自己的抉擇負責，尊重每一個個體及其決定。這是今天、同在一個地球上生活的人，中、西方對事理認知有如此大差異，何況我們在從事國語文教學時，常遇到古文、古事，因此南北朝時、顏之推（531-約 590 以後）《顏氏家訓・勉學》云：「觀天下書未遍，不得妄下雌黃。」

然而，被習慣所役使或驅動的人，思考的彈性與創意常付之闕如。

土生土長的明尼蘇達州人（Minnesotan），很難想像：我這輩子長這麼大，第一次看到雪，是來到明尼蘇達州以後。因爲，看見雪，對該州人而言，就如吃飯、睡覺一樣的理所當然。

國語文教師對於中國文學著作愈精熟，博古通今，則徵引愈爲便利，不至於想當然耳的曲解文意。例如，講授梁實秋作品：〈什麼是「詩人的生活」〉、〈文學與革命〉、〈書評兩種〉，均提及作家不須心馳外務的擴大生活面，而應內轉，沈靜體會普遍、固定之人性的「內傾創作論」，此一論點實與〈大學〉所云：定、靜、安、慮、得，循序漸進、水到渠成的工夫，及《莊子・達生》紀渻子養鬥雞之「呆若木雞」、《荀子・解蔽》之「虛壹而靜」、《列子・湯問》黃帝與容成子之神視、內觀，陸機

〈文賦〉之「收視反聽」、《文心雕龍・養氣》贊曰：「元神宜寶，素氣資養。」韓愈〈送高閑上人序〉之「機應於心」、蘇軾〈送參寥師〉「靜故了群動，空故納萬境。」為一脈相承之思想。唯虛靜心胸，排除干擾，並非無思無慮，一片空白，而是如東坡所云之「了群動」、「納萬境」，使神與物遊，超以象外。[7]

　　至於韓愈〈毛穎傳〉與太史公筆法有何關連？白居易〈廬山草堂記〉與王禹偁〈黃岡新建小竹樓記〉二文之比較為何？梁實秋〈音樂〉與歐陽脩〈秋聲賦〉寫作有何同異？……均有賴國語文教師博古通今、融會貫通，以免鬧出講授「客從遠方來，遺我雙鯉魚；呼兒烹鯉魚，中有尺素書。」告訴學生：「有客從遠方來，送我兩條鯉魚，叫兒子去燒兩條鯉魚，……」[8]跋前躓後的窘境，或想當然耳的猜測；使得講授《莊子》時，是《莊子》的《莊子》，而非國文教師個人臆測揣度下的《莊子》。

四、激發法

　　多方面追求各項事物的新意義，引發探索知識的動機，探索並發現新知或新發明。

　　國文教學的終極目標絕非調教出：食古不化的今之古人。以書信寫作教學為例，今天已不是「太史公牛馬走司馬遷再拜言，少卿足下：……」，若不能古為今用，使學生在學習後，靈活運用，即無法享受孟子所云「左右逢源」的樂趣。況且，「知之者不如好之者，好之者不如樂之者。」是故在時間、地點、官銜上，均宜用今天學生熟悉的名稱，增加學習上親切感與認同感，此皆賴教師有精深學養，使舊學深邃、新知加密。

---

[7] 參看：姚振黎〈梁實秋割愛論及其實踐〉，發表於「梁實秋先生百年誕辰學術研討會」。臺北：台灣師範大學，2002 年 12 月 11-12 日。又參看：姚振黎《雅舍的春華秋實——梁實秋學術研討會論文集》臺北：九歌出版社，2002 年 12 月 10 日。頁 179-218。

[8] 此事發生於 2002 年、桃園地區國文科教學觀摩會。

　　教師的學養可分爲兩方面：一是本科方面的知能，二是相關學科的知能。

　　學問浩如煙海，可謂深而無底、廣而無涯。值此舊聞新知，層出不窮，世界潮流，瞬息萬變之際，不僅講授的教材年有更迭，詮釋教材的方式和觀念，也日新月異。如果教師故步自封，不求在學養上深造自得，試問以口耳記問之學，如何能立足講台，爲人師表？孔子常以德之不修，學之不講，聞義不能徙，不善不能改，爲終身之憂。[9]此一老而彌篤的治學精神，值得效法。

　　關於本科方面的知能，以國、高中國文教師爲例，國文課程標準的規定：國文教學的內容，至少包括範文教學、作文教學、書法教學、課外閱讀教學、中國文化基本教材等。所以國文教師平日最爲急需裝備的本科知識，莫過於文字學（包括聲韻學、訓詁學）、文法學、修辭學、國學概論、文學史、各體文章作法、書法、講演辯論技巧，及對《四書》有相當的理解。此外，應在散文、韻文、駢文、小說、戲曲五方面的名作佳篇有廣度、深度的涉獵，方得以應付實際教學之需要。

　　相關學科方面的知能相當多，僅舉其中特別重要者，如：教育心理學、普通教學法、輔導與諮商、中外史地、中外思想家、天文、地理、動植礦藏，甚至音樂、美術、醫藥、衛生等，都應有相當的常識。總之，上知天文，下知地理，中知新聞時事、人情世故，方能在授課時得心應手，暢所欲言，否則，一知半解，或全然陌生，必是難以相互生發、滿足學生們的需要。例如：講授劉向《說苑・談叢》：

　　　梟逢鳩，鳩曰：「子將安之？」梟曰：「我將東徙。」鳩曰：「何
　　　故？」梟曰：「鄉人皆惡我鳴。」鳩曰：「自能更鳴可矣；不能更

---

[9] 意本《孟子・離婁下》：「是故君子，有終身之憂，無一朝之患也。」

　　鳴，東徙猶惡子之聲。」

原為說明扭轉別人對自己的印象，就要從根本上改掉自己的缺點；若只換一個環境，「治標不治本」、「不能釜底抽薪」，均屬徒然。教師如果有情緒管理學（emotional management）的背景，明白情緒管理學中有所謂的自我瞭解度、自我接受度。自我接受度較高者，面對外人臧否，通常有三種反應：

　　　　（一）一笑置之，不受影響；

　　　　（二）欣然接受，虛心檢討；不一定認為別人的話是正確，但會
　　　　　　　　思想：原來自己在朋友眼中，還有另一種形象；

　　　　（三）主動溝通，心平氣和的拉近與朋友認知上的差距。

　　反之，自我接受度低者，也有三種反應：

　　　　（一）自罰：失望、沮喪、自怨自艾，覺得自己是天下最惹人厭者，
　　　　　　　　連朋友都嫌；

　　　　（二）他罰：憤怒、激動，覺得自己被別人叛離，不惜與朋友反目
　　　　　　　　成仇；

　　　　（三）無罰：無奈、茫然、忍氣吞聲，下回見到朋友，還是像沒發
　　　　　　　　生事一般。

　　國文教師當然希望調教出自我接受度高的學生；方纔能夠看重自己、尊重別人、日起有功、精益求精。然而，若教師自身讀書已屬一知半解，當然無法能近取譬[10]，最後則難以與學生相互生發，乃是必然的教學結果。

　　除了學理，應有可親可感之實例舉證：英代爾公司董事長兼執行長

---

[10] 《論語・雍也》：子貢曰：「如有博施於民而能濟眾，何如？可謂仁乎？」子曰：「何事於仁，必也聖乎！堯舜其猶病諸！夫仁者，己欲立而立人，己欲達而達人。能近取譬，可謂仁之方也已。」

Andrew Grove 被 *Time* 雜誌選爲 1997 年風雲人物。Grove 小時因病，失去部分聽力，二次大戰期間，逃離祖國匈牙利，初入紐約市立大學就讀，還看不太懂英文，更聽不清上課內容，憑著苦讀不懈，以幾乎全 A 的成績畢業，距離他踏上新大陸僅有三年。而今儘管名利雙收、大權在握，Grove 的辦公室與其他同事並無兩樣；同爲 250cm X 270cm 面積。上班如果晚到，他一樣得千辛萬苦的找 Parking lot。中午他是員工自助餐廳的常客，晚上關最後一盞燈的，也常是他。一位與 Grove 相識 30 年的朋友說：「Grove 不但個性未改，也從不因外界環境或情勢的順逆、褒貶而自我膨脹或貶抑。」至於 Grove 則認爲：「自己不過是連續 8,000 次，都擲出銅板正面的幸運兒，自然不須驕傲。」「Grove」與「梟」，全然不同的個體、角色與時空背景，但可作爲劉向《說苑‧談叢‧梟逢鳩》的詮釋、對比與闡述。

　　當我在寒假結束，學期伊始，收到學生的報告：

> 在上學期經由網路認識女友，寒假時二人終於見面。我一見鍾情，但女方隨即要求分手。……每當想起和她有關的一切事務，我心裡就沒來由的傷心難過。我好幾次告訴自己要忘記她，但在說這話的時候，不是就正在想她嗎？我有很多的想法感受，但是這些事情我身邊的朋友也不清楚，因為我不想他們笑我傻吧。而老師你上我們第一堂課時，我就知道你是我可以信賴的。幫我保密好嗎？

於是在「保密」的同時，藉由講授先秦諸子散文，《韓非子‧說難》衛靈公對彌子瑕的「色衰而愛弛」，情愛由濃轉淡，或說明《文心雕龍‧知音》：「日進前而不御，遙聞聲而相思。」韓非之於秦皇、相如之於漢武，告訴學生們與網友、筆友（pen pal）見面前，該有的心理準備。使

得國文課、中國古籍對現代學子而言，亦覺可親可感，發現熟讀活用，好處多多。

　　教師在教科書、參考書、期刊雜誌的閱讀上，若能博古通今、古為今用的以古喻今、左右逢源，「家事、國事、天下事，事事關心。」自能徵引生動有趣、親切有味的實例。若在備課時，教師本人都不覺有趣，或不被感動的教材，講授給學生時，師生均覺索然無味，乃必然之事。畢竟，教書不同於論文寫作，不僅要能自知，且能知人；不僅能自覺，也能覺人，必須考慮師生互動（interaction），引發學生的學習動機（motivation），使其願意張開雙耳、打開胸襟聽講，方足以談教學目標、學習效果。

五、習慣改變法

　　改變固著的觀念及方式，增進對事物的敏感度；不沾滯於一成不變之功能。

　　即令參考用書的選擇，教師也應注意去舊用新。例如：為查閱中國歷代職官職權範圍及其執掌內容的工具書，十年前，教師願讀清朝、黃本驥的《歷代職官表》，已算用功，但是，北京、團結出版社於 1999 年 9 月出版、趙德義、汪興明主編《中國歷代官稱辭典》，更加深入淺出。同理，以講授桐城文為例，劉季高點校《方苞集》、《惜抱軒詩文集》、吳孟復標點《劉大櫆集》，近十餘年來，均已由上海古籍出版社印行，教師不須再費時、費力閱讀四部叢刊本，（按：學術論文寫作，不在此論。）對於新書、新資訊的汲取，教師自不能抱殘守缺，不知外界情勢與出版資訊。

　　影響國語文教學成功與否的因素甚夥，其中包括教學者本身、教學目標、課程教材、教學方法、時間運用、教育環境、教學設備、教學評鑑，及學習者本身。當學生反應喜歡上我的課時，我感謝同學們願打開

雙耳、敞開胸襟，聽我講授。因爲《禮記・學記》曰：「師嚴然後道尊，道尊然後民知敬學。」並非尊敬老師本人，而是尊敬老師背後所代表的道。因此，教學不成功，我應負全部責任；教學成功，至少有一半的功勞應歸學生。當我們致力於提升教學品質時，教師若能瞭解近年來教學領域的研究趨勢與成果，自能與時俱進。

春秋戰國時代，孔子有朝夕相處、生活與共的弟子；漢朝鄭玄在馬融門下三年，沒見過老師一面，唯賴馬融高足傳授；1200 年前，「文起八代之衰，道濟天下之溺」的韓愈（768-824AD）作〈師說〉以爲：「師者，所以傳道、授業、解惑也。」宋朝有游酢、楊時的「程門立雪」。時至今日，知識普及，美國的在家自學（home-schooling）[11]也傳到台灣，「弟子不必不如師，師不必賢於弟子」的時代，已然來臨。從昔時報紙的誕生，使得「秀才不出門，能知天下事。」至今日網路資訊的發達，教師若非有專精學養、恢弘才識，僅以「背多分」、「講光抄」的以不變應萬變，被時代淘汰、被學生淘汰，乃是必然之勢。

不教沒準備的課！每次上課，有如第一次上臺；包括已教了二十年的大一國文課。即使範文教材未變，但講授內容與上次絕不相同，因教師每天在讀書、思考、寫論文，日新又新，並配合時代，與時俱進。教不好，是我能力有限，但我一定盡力教好，使學生到教室沒有白白耗損其來上課的時間、精力；甚至要使學生以「蹺課」爲憾事。每一次授課，都視爲成就一件藝術品。星期日中午以後，是我「齋戒沐浴」的時間，爲迎接將要開始的一周課業，任何的會議、宴請，即令是我的老師出面邀約，我仍拒絕。經時既久，大家知道這是我的習慣，也就不再爲難。

---

[11] 參看：姚振黎〈學校教育選擇權的理論與實施——美國明州的經驗〉，發表於臺北：國立台灣師範大學，2001 年 12 月 14-16 日「知識經濟與教育發展國際學術研討會」，中國教 育學會、中華民國師範教育學會、中華民國比較教育學會、中國視聽教育學會、中國工業職業教育學會、臺灣教育社會學學會、國立臺灣師範大學聯合舉辦。

此外，若下午一點鐘有課，我絕不會吃很飽，因為「肚皮飽，眼皮鬆。」我從不「油嘴滑舌」的進教室，而代之以靜心澄慮的將隨即要面對的講授內容 review 一遍。下課後，我會慰勞自己，從容輕鬆吃一餐！教學，的確鑄型（cast in a mold）我的作息、習慣、生活型態與人際關係！

　　面臨社會快速變遷，陷入全球化的競爭壓力之下，加以台灣進入WTO 後，一波波的革新浪潮，皆不容教師的專業發展在原地打轉，或死守既有知識與模式，過著一如往昔、節奏緩慢的職業生涯。競爭的壓力逐漸湧入校園，要求學生要學得更多、更快、更足以因應環境變遷，更有能力解決未可預知的問題與困難，教師專業發展理所當然也要邁入高度知識管理的時代，使教師能以最短時間，適應不斷變異的外在環境；以最少資源，獲得最多可用的知識；以最輕簡步驟，解決不可預知的問題，此即以知識管理為基礎的教師專業知能之終極目標。

六、發展法

　　在教學中，積極的發展而非被動的適應，從錯誤或失敗中獲得學習，引導發展多種選擇性或可能性。

　　近年來，隨著教育改革的推動，台灣教育當局不斷的提倡學校本位（school-based）管理的概念，鼓勵學校能夠發展具有自己特色的學校文化，所謂學校本位課程發展的概念，已成為台灣這波教育改革的主軸，而行動研究則是落實這項理念的重要途徑（陳伯璋，2001）。因為透過行動研究的進行，不僅能夠認識並解決各類的教育問題，同時也可以探測蘊藏於學校內的能量和潛力，進行自我的評估與策畫，從而發揮學校本身的特色。以九年一貫課程為例，為配合九年一貫課程改革的順利推動，教育部擬定了課程實施行動研究計畫，鼓勵教師針對九年一貫課程的基本能力、學習領域、課程統整、協同教學、基本能力指標、多元評量方法等內容（教育部，1999），其目的在於藉此提升教師的專業

能力，增進學校、教師、行政人員、以及家長之間的溝通對話，在理念、制度、功能、技術等方面，能獲致共識，以減少實施後可能產生的阻力。其中，學校本位、與社區結合，乃必然趨勢，茲以臺北縣平溪國中爲例。

（一）學校本位導向之統整（integration）

　　臺北縣平溪國中雖位於 106 縣道旁，但三面重巒環抱，群山與學校之間是一彎清澈的溪流──基隆河上游；不僅山水風貌綽約動人，甚至飛鳥與蟲跡亦常在校園出現。台灣藍鵲與大冠鳩盤旋於校樹枝枒間、蝸牛或毛毛蟲爬行於走廊、蝴蝶飛進辦公室，打球聲與蟬鳴爭相起落，也就不足爲奇了！尤其是緊臨學校校舍的基隆河上游段，不僅清澈見底，且壺玄地形隨處可見，潺潺溪水在大地雕刻出藝術創作，也爲學生留下最珍貴的生態教材。

　　平溪國中校地完整且獨立，全校一百五十名學生徜徉在二、三公頃校園中，校內林相豐富，有些花木扶疏，有些綠蔭如蓋，與群山輝映，使許多初次造訪者發出讚嘆：「好美的學校！」

　　然而，平溪鄉因煤礦產業沒落，人口外移嚴重，學校規模從過去的二十四班縮減爲現在的七班，每班人數不超過三十人，成爲標準的小班小校。因爲學校規模小，學生與學生之間或親師之間互動頻繁，許多教學設計、學生活動都可以跨班際，甚至全校一起實施。再加上校園內大家彼此熟悉，學校氣氛良好，教學方案與教育理想較容易實現。

（二）教師專業成長

　　全校十六位教師充滿教育熱忱，因爲學校本位式教師進修的機制，教師進修與成長蔚爲風氣。教師在討論過程中，評估學校教學資源、學習情境與學生生長背景，認爲學校最有利於學生開展其自然觀察者智慧

的學習園地，於是激盪出教學主題、課程統整（curriculum integration）的教學方案，不僅在校內發表教學企畫案，教學團隊也受邀至各校、各縣市分享教學經驗。以「煤探」此一活動為例：

　　雖說「君自故鄉來，應知故鄉事。」但平溪孩子對「煤」的認識，並不比其他鄉鎮小朋友清楚。這樣的現象，使平溪國中老師明白：「教導學生對鄉土環境擁有真性情、肯關懷，並付出行動為平溪做代言，是刻不容緩的事。」因為這樣的想法，平溪國中在校長李玲惠帶領下，開始了「本位課程發展」之旅。

　　為配合「礦工一生」單元活動，本國語文領域的教師們規劃了相關課程──「阿爸的愛」。研讀朱自清〈背影〉、平溪念舊會提供的〈三層肉的滋味〉、以及〈麥帥為子祈禱文〉，使學生瞭解父親的愛有各種不同的表現方式。其中〈三層肉的滋味〉藉由礦工爸爸捨不得吃便當裡的三層肉，將其留給女兒的故事，深刻描繪出礦工對子女的愛。

（三）學校社區化，社區學校化[12]

　　平溪鄉雖然產業衰退，社區中卻不乏有志之士，致力保留地方鄉土特色，維護生態之美。平溪國中親師關係良善，卓然有成的親師合作模式，使得學校與社區有更多的互動機會，彼此資源共用，形成學習型社區。而社區中自然存在的生態資源、等待開發運用的人力資源，都有助於因充實環境教育的資源而更收環境教育成效。

　　平溪國中藉由一些有趣的活動，例如：閱讀文章、唱歌、繪畫、社區關懷等，使平溪的孩子對「煤」有不同的體驗。這樣的學習，或許很難使平溪煤礦業風華再現。但是，下次當他們看見家中的長輩咳嗽時，

---

[12] 參看：姚振黎〈震災後校園重建與社區關懷──以美國學校社區化為例〉，《社會文化學報》，第 10 期，國科會社會科學研究中心、國立中央大學通識教育中心。2000 年 6 月。頁 117-152。

會想起爺爺或父親是因為長期在坑道工作才會生病，自然就多了分體諒的心。[13]

　　九年一貫課程統整的模式，雖然有學者依學科之特質分為學科內部統整模式、學科之間統整模式、多科統整模式、跨科統整模式、科技整合統整模式，甚至有學者依課程設計參與者、或課程實施的方式以探討九年一貫課程的統整模式。然而，無論依何種方式區分，不外乎學習目標、基本能力、學習領域、主題探索、學校本位等導向的統整模式。[14]不過，任何一項課程與教學活動之設計，從學習目標的確定、教材內容的選編、單元活動的設計、教學活動的實施，乃至學習效果的評量，均需將學校環境、學校願景、教育資源、學生特質及社區期待等相關因素列入考慮，所設計出來的課程或教學活動，始能符合學校本位的九年一貫統整課程之要求。（廖春文，2001，頁54）職是之故，教的是原住民學生，就不一定要統整成為與原住民背景、經驗不一樣的課程；應該統整為與學生的生活經驗相結合者，例如，霧台鄉魯凱族的豐年祭、尖石鄉賽夏族的矮靈祭、復興鄉泰雅族的水蜜桃節，就比較適合。因為與經驗結合，學生比較易懂，繼而引發學習興趣與潛能。由是觀之，「國文課程統整」在台灣之初衷，誠為落實「課程」、「生活」、「環境」相互結合，並為教育改革工程之重要樞紐。

七、創意的閱讀技巧

　　培養由閱讀中獲得知識的心智與能力，並能運用；學習從閱讀中產生新觀念。

---

[13] 2002 年 7 月 4 日，假中壢市啓英高中舉行「桃園縣九十一學年度九年一貫課程國中社會領域基礎教師研習會」。

[14] 參看：姚振黎〈台灣與美國課程改革理念及實施之比較〉，發表於 2002 年 12 月 13-15 日、臺北：國立台灣師範大學暨全台灣教育學術團體聯合舉辦「2002 年教育研究與實務的對話：回顧與展望國際學術研討會」。

　　當老師之前，應該瞭解：教師該有何種特質，才會被學生接受。美國教育協會曾調查一萬九千名小學生對優良教師的意見，認為優良教師的品質應包括三方面：

　　（一）能力：幫助學生學習；能訓練學生的品行；指定作業完善且確定；寬嚴適中；教學靈活，使學生有興趣；計分公允；語言清晰。

　　（二）人格：忍耐；溫和；活潑愉快；幽默；知禮；實事求是；整潔；經驗豐富；有系統；健康；聰明。

　　（三）與學生的關係：能啓發學生向上進取；對學生一視同仁，無所偏袒；對學生的活動有興趣參與；對學生持友誼的態度；信任學生；瞭解學生；使學生感到愉快；與學生合作；允諾學生自治。[15]

　　近年來，隨著科技文明的進步，世界各國莫不以追求「卓越」為主要的教育目標。卓越一詞（excellence），係指品質從早期要求「好」（good），提升至「很好」（best），再進步至「極佳」（superior），最終至追求「卓越」（excellence），亦即精緻、無缺點的完美境界。

　　教學品質是教師素質的直接反映，沒有好的教師，就不可能有好的教學。學校有好的教師，教育專業品質才能不斷的提升。國家要富強、社會要進步、文化能傳遞發揚，教師負有重大責任。

　　〈大學〉開宗明義即曰：「大學之道，在明明德，在親民，在止於至善。」明確告訴我們：身為一名教師，不僅是為經師，還要做人師，以幫助學生尊德性、道問學，建立正確的「大人」氣度為首要任務。一個好老師不但應做學生的明燈、智慧的傳承者，還要做學生生活的諮商者與人生觀的引導者。教師應盡心盡力的培養學生成為守法重紀、樂觀進取、有情有義的現代人，能看重自己、也尊重他人，尤其在此一多元化、急遽變遷的社會中，不但要教導學生如何尋求成功，也要教他們如

---

[15] 張芳全《教育學程導論·第一章、認識教師·第三節、教師特質》臺北：元照出版社。
　　1999 年 3 月，頁 24-25。

何因應失敗，面對危機、處理危機，享受中正和平的喜樂人生。

只有心中充滿熱愛的老師，認同「一樹蓓蕾，莫道是他人子弟；滿園桃李，當看作自己兒孫。」方纔能在數十年漫長的教學歲月中，每日讀書、教學、研究、寫論文，日求精進，又無倦無悔的奉獻自己的青春與生命，以換取所指導學生的成長與茁壯。[16]尤其國文教師，誠如學生所說：「國文老師比導師還瞭解我。」因為國文教學尚包括人格陶冶、道德情操、優質生活，培養讀書人風骨、有獨立思考能力。但是《莊子・養生主》開宗明義即曰：「吾生也有涯，而知也無涯，以有涯隨無涯，殆矣。」若每一學習都需要親身經歷與體會，一則歲月不居，人生苦短，時間不許可；二則終將遍體鱗傷。閱讀，可以藉別人的經驗，豐富我們的經驗；藉前人的智慧，豐富我們的智慧，消極的免蹈前人覆轍，檢討過去，補苴罅漏；積極的策勵將來，張皇幽渺。因此，國文教師的講授，言教、甚至身教，對學生為學、處世，影響甚大：

> 因為（大一國文）老師上課內容精彩，深入淺出，一些原本高中時的疑惑，都在上大一國文課時解開了；偶而老師會拿先王聖賢說過的話應用在日常生活上，也會舉些親身經歷的例子，教我們如何把聖賢的話用在自己身上，這使我感觸良多。我最喜歡老師和我們分享她的人生經歷……

時代雖變，但猶有不變者：

> 大德不逾閑，小德出入，可也。《論語・子張》
> 當斷不斷，反受其亂。《史記・春申君列傳》

---

[16] 郭秋勳《教育概論・第一章、教學與教師專業化》臺北：五南圖書出版公司（1995 年 9 月）頁 20。

　　禍患常積於忽微，而智勇多困於所溺。歐陽脩《新五代史·伶官
傳序》

翻開中文典籍，俯拾即是前人為學、做人處世、應對進退的方法與態度，
教師若能深入淺出的講授，能教導活學活用，則國文教學誠為提供有志
春風化雨者為經師，且為人師的施展場域。

八、探索法

　　探求前人處理事物的方法（歷史研究法）；追求新事物的地位與意
義（描述研究法）；建立實驗的情境，並觀察結果（實證研究法）。

　　去年，一名導生父親過世，班代表和同學們來找我，告以該導生
家庭困境，我覺得很抱歉，立即準備了一個白包作為賻儀，趁她來簽喪
假時致意。她很爽快的接受了。一個星期後，接到這名導生從臺北一家
留學代辦中心打來的電話，問「老師，我要到外國遊學，到澳洲好？還
是到美國？」隨後，很開心的回學校來找我簽辦休學，到今天，沒有再
復學。

（一）歷史研究法：探求前人處理事物的方法

　　我必須承認：連這位導生最起碼的家境背景都不知道。因此，「萬
世師表」孔子，是我「雖不能至，然心嚮往之」的對象。因為孔子對每
個學生都認識、瞭解，並且因材施教。例如：子路性情剛猛，不好學，
穿著、行為都似不良少年，孔子以禮誘導，終於使子路成為賢者。《史
記·仲尼弟子列傳》記載：

　　　子路性鄙，好勇力，性伉直；冠雄雞，佩豭豚，凌暴孔子；孔子
　　　設禮稍誘子路，子路後儒服委質，因門人請為弟子。

子路的鄙野剛猛，對人無禮，不知道天高地厚。但是經過孔子設禮誘導，子路願爲聖門弟子。《說苑》有二段記載子路初見孔子的話：

> 子路持劍，孔子曰：「由（子路名）安用此乎？」子路曰：「善吾者，固以善之；不善吾者，固以自衛也。」子曰：「古之君子，忠以爲質，仁以爲衛；不出環堵之室，而聞於千里之外。有不善則以忠化之，侵暴則以仁固之，何待劍乎？」子路曰：「由乃今聞此言，請攝齋以受教矣。」

> 子路初見孔子，孔子曰：「汝何好樂？」對曰：「好長劍。」子曰：「吾非此之問也，謂以子之所能，而加之以學問，豈可及乎？」子路曰：「學亦有益乎？……南山之竹，弗揉自直；斬而用之，達於犀革。以此言之，又何學爲乎？」子曰：「栝而羽之，鏃而砥礪之，其入之不亦深乎？」

子路就像南山之竹，挺直、堅利。他對自己的勇武非常自負，曾經很率直的問孔子：「子行三軍則誰與？」因爲每個人的才氣、學習都不同；每個學生的成長背景、學習興趣、人格特質、生涯規劃也不一樣。

　　Muggsy Bogues、 身高 5'3"，是美國 NBA 職籃有史以來最矮的球員，但是在 6'6" 都不算高的美國職籃中，他的長射神準，包抄運傳無人企及。當他青少年時，身材就不高，與同儕練習鬥牛，並告訴他們，將來的目標是打美國職籃，同儕聽了都笑倒在地上。但是今天，當年的練球夥伴們都很驕傲的告訴其他人：「我曾和 Bogues 一起練過球」。

（二）描述研究法：追求新事物的地位與意義

　　李白詩：「天生我才必有用」〈將進酒〉；**探索法**使教師得以開發每

位學生先天的才氣，並導引其後天的學習。然而，教師與學生要有良好的人際投契（rapport），是老師有機會教導學生、協助其人格健康發展的第一步。因此，認識學生的喜好與特質是必須的。試看今天我們的學生，因為受社會、環境影響，普遍具有的特質是：

> 逸樂鬆軟的價值取向、
> 膚淺輕薄的語言形式、
> 聲光電化的圖像思考、
> 短暫閒散的人生態度、
> 盲從風靡的偶像崇拜。

口頭禪是：「哇塞！」「瞎掰」「臭屁」「豬頭」「酷」「遜斃了」「帥呆了」「ㄅㄧㄤˋ」「ㄍㄧㄥ」「好扯」；語言使用是：「粉（台灣的『很』、相當於大陸的『特』）」「就醬子（就這樣子）」「倫家（人家）、偶（我）」「→←」；至於言簡而意不賅的廣告詞：

> 「只要我喜歡，有什麼不可以？」
> 「心動不如行動」
> 「跟著感覺走」
> 「開個玩笑嘛！」

文字書寫與表達能力，傾向於三字句：「你少來」、「想太多」、「別煩我」……，影響我們的學生，自我控制、克服欲望、配合外界的程度已逐漸降低；相對的，放鬆自己、滿足欲望、利用外界的程度增加。至於國台語夾雜、英日語湊合，連中文系學生也不例外，看 BBS（Bulletin Board System）就知道，因而老師尋求與學生「聯合」，是培養良好人際投契（rapport）的第一步。

（三）實證研究法：建立實驗的情境，並觀察結果

用「我們」、「一起」、「共同」等字眼。強調雙方共同有的興趣、價值觀、需求、目標等，聯合雙方共同有的事務。

> 當老師問我有沒有喜歡的偶像時，我真是嚇了一跳，因為我以為老師都沒有在看娛樂新聞或看明星，不過當您也知道劉德華，並說他「喜愛書法、熱心公益」時，這著實令我吃了一驚啊！

因此，課堂上，學生突然問：「老師市長會選馬英九？還是陳水扁？」我都不回答。因為，如果說：美國教授課堂上不要碰觸 sexual harassment, and racial discrimination，台灣課堂上不要碰「宗教」、「政治意識形態」，會是老師與學生互動有好的開始。

從「聯合」進而「信賴」，須由（一）接納——讓學生盡量表達；容許學生犯錯，老師給予瞭解、關心與支持。（二）尊重——承認學生的獨特性（unique）及自我決定的能力，不予以立即評論。（三）保密——對於學生談話內容，予以保密。

> 我記得上第一堂課時，老師就很認真地教我們，而且還發許多資料給我們看，下課後還會問我們習不習慣這種教法，並歡迎我們提出個人意見或任何問題，這讓我非常高興，因為有些老師根本不在乎學生的感覺，這使得學生在學習興趣上大打折扣。也或許您曾在美國留學過吧，您的教法非常美國化，常讓學生說話，也常將手上的麥克風傳到講台下，使得學生和老師之間互動頻繁，上起課來幾乎沒有壓力。可是或許台灣的學生太過保守吧！同學們似乎並不習慣「美國式」教法，每次有人被您用麥克風一指，就吱吱唔唔說不出半句話，但對於這些同學，您也並沒有言詞屬

色的糾正他們，您總是溫柔地說聲「謝謝」，再去問下一位同學，我覺得您這種做法使越來越多同學勇於開口，也漸漸習慣您的教法，我覺得這樣可以讓大家學習說出心中的話，很棒！[17]

常見學生在繳交作業或讀書報告中附上他們的真情告白，例如：

老師你上我們第一堂課時，我就知道你是我可以信賴的。幫我保密好嗎？

教師不小看學生的年輕，他們也是獨立的個體（ independent individual）、社會的資產（social asset），因此，也需要被接納、被尊重，並期盼保有個人的隱私（privacy）。

九、創意的傾聽技巧

學習從傾聽中產生新觀念、新體悟的技巧，傾聽由一事物導致另一事物的訊息。

美國電視名記者芭芭拉‧華特思（ Barbara Walters）在她著的 *How to talk with practically anybody about practically anything.* (1970) New York: Doubleday.曾以參加雞尾酒會的經驗，測試「傾聽」的難能可貴。當大家拿著酒杯，觥籌交錯的問著：「How are you?」回說：「I'm dying!」對方聽而不聞，竟微笑答以：「That's good」 or 「You certainly look great.」華特思結論：寒暄應酬的門面話，對溝通徒勞無益。

學生來找老師談話，有時只是想要傾吐，要人瞭解，他們並無預設的答案。溝通時，只要導師確實「聽到」、「聽懂」、「聽完」他們的談話，並且在互動過程中，知道所聽到、所瞭解的，與他們所表達的沒有偏差。

---

[17] 本文所有學生 teedback，係依 2003 年 1、2 月、學生繳交「大一國文」作業及心得報告。

　　我經常遇到的例子，僅舉一、二如下：

　　例一：「很幸運的，我有這分資質，然而總怕別人認爲我與眾不同，不願讓大家知道。」一位智商 142 的學生告訴我：別的同學在看完了某些書或作了某些課業後，很 show off 的告訴班上其他同學時，這名學生卻告訴我，他早已看完／作好，但不能說。因爲他的智商 142，而 140 以上就屬於天才，在班上，長時間以來，他只能讓自己低姿態，以便與同學相處。

　　例二：昨天下課後，有一位羞怯的學生到台前告訴我：「老師，我有看到七習慣。」我納悶了片刻，想到的是：莫非是 1990 年全美暢銷書排行榜第一名的 Stephen Covey, *The seven habits of highly effective people—Restoring the character ethic.*[18]但是與我們剛才上課所講的內容全然無關啊？於是我寫了「七習慣」三個字，問她是否正確？此刻，我懂得，她想讓我知道她有看課外書，因爲我不是一直鼓勵同學多所充實嗎。眼前這位羞怯的同學主動來找老師談話，多麼值得鼓勵！

　　若能以同理心（empathy）傾聽，誠如 The old Native-American adage says, "You can't understand another person until you've walked a mile in his moccasins."（將心比心）。Stephen Covey, *The seven habits of highly effective people* 書中訴說一段這樣的親身經驗：

> 我個人曾有一次小小的觀念移轉經驗。記得那是周日早晨，在紐約的地下鐵內，乘客都靜靜的坐著，或閱讀、或沈思、或小憩，眼前一幅平靜安詳的景象。這時候忽然上來一名男子和幾個小孩，孩子的喧譁吵鬧聲，破壞了整個氣氛。那名男子坐在我隔壁，任憑他的孩子如何撒野作怪，依舊無動於衷。這種情形誰看了都

---

[18] 台灣的中文翻譯本《與成功有約——全面造就自己》　臺北：天下文化公司出版。

會生氣，全車的人似乎都十分不滿，最後終於忍無可忍，我對他說：「先生，你的孩子打擾了不少乘客，可否請你管管他們？」那名男子抬起呆滯的目光，彷彿大夢初醒，輕聲說道：「是，我想我該設法管管他們。我們剛從醫院回來，孩子的媽一小時前過世。我已經六神無主，孩子們大概也不知如何是好。」瞬間，看此事的角度改變，想法、感覺與行為也隨之一變。怒氣全消，情不自禁為他難過，同情與憐憫之情，由衷而生。一切就此改觀。

《與成功有約》1995，天下文化， p.26

《莊子·應帝王·儵、忽與渾沌》也說：

南海之帝為儵，北海之帝為忽，中央之帝為渾沌。儵與忽時相與遇於渾沌之地，渾沌待之甚善。儵與忽謀報渾沌之德，曰：「人皆有七竅以視聽食息，此獨無有，嘗試鑿之。」日鑿一竅，七日而渾沌死。

以上二則經驗或寓言，雖是一古一今、一中一西，均說明了同理心，對於教師傾聽學生陳述時，設身處地的體會，得以瞭解學生的想法、做法，明白其既非荒誕唐突，也非鬧劇一場。

十、視像法

以具體的方式來表達各種觀念；具體說明思想、表達情感，甚或經由圖解以描述經驗。

一般而言，知識可分為顯性知識（explicit knowledge）與隱默性知識（implicit knowledge）兩種。前者係指可藉由文字、語言呈現與傳遞的知識。例如：教材、使用手冊、機械組裝圖，而隱性知識是屬於無法以文字、語言呈現與傳遞的知識，即《莊子》所謂「獨得之秘」，如：

庖丁解牛、輪扁斲輪、痀僂承蜩、梓慶削鐻……等個人經驗與創新想法。
顯性知識與隱性知識之比較為：

顯性知識	隱默性知識
客觀的	主觀的
能用文字、語言呈現或說明	難以用文字、語言呈現或說明
屬理性的知識	屬經驗的知識
心智的	實作的

隱性知識能使我們實際完成某件任務，但他人卻無法理解是如何完成。
因此，隱性知識常常在緊要關頭發揮最大效用，而國文教學一直以來忽
略了學生隱性知識的發展。[19]隱性知識所需要的是創意的思維與面對實
際解決問題的情境，何妨由教師做起——將教師內隱知識轉化成外顯知
識，前述之「類比法」、「重組法」、「辨別法」……亦可與此結合，融會
運用至國文教學方法。

　　綜言之，教師在專業知能的發展過程，必須花更多時間思考：如何
將鎖在腦中的智慧與身上的經驗，亦即個人的隱默性知識，透過有效途
徑，極大化的轉換成可監督、分享、擴散、收藏、進而可激發更多新知
識的顯性，且可再利用的知識，以強化自身持續學習與發展的能力（王
如哲，2000；陳美玉，2001；Hargreaves, D. H.，1999），進而運用至創
意教學。

---

[19] 秦夢群〈知識經濟在教育發展上的角色與策略〉，《中等教育》雙月刊，第 53 卷、3 期，
2002 年 6 月，頁 64-82。

肆、革新教學策略方法

　　教師若能有知識管理的創意教學在先，方得以談學生好奇心、冒險心、挑戰性、想像力的生發與培養。在知識型社會，各領域專業知識的半衰期越來越短，使得許多缺乏持續創新的知識，不敵時間的考驗而面臨被淘汰的命運。教師的專業知識，在面臨大幅教育改革、師資市場更開放、台灣加入 WTO 後，隨之而來全球性競爭的嚴峻考驗，如何更主動、積極將國文教師專業建立在知識管理的基礎上，與時代脈動同步前進。在教學策略上，其方法有六：

一、營造班級氣氛

　　國文教師在提升自我學養、多所充實時，不應僅侷限視作是「知識接收者」，也應是為自己、為別人創造知識的專業人士。

　　一位好老師應深切體認提供學生正確教育環境的重要，極力避免採用不當的教導方式，否則，無形中將調教出一批心態不正常的學生。如此一來，不僅不能作育英才，反倒是誤人子弟。一位好老師應該具有正確的體認：

　　　（一）　在批評中長大的孩子，常會譴責。
　　　（二）　在敵對中長大的孩子，常懷敵意。
　　　（三）　在嘲笑中長大的孩子，畏首畏尾。
　　　（四）　在忍耐中長大的孩子，富有耐心。
　　　（五）　在讚美中長大的孩子，懂得自愛。
　　　（六）　在正直中長大的孩子，有正義感。
　　　（七）　在安全中長大的孩子，有信賴感。
　　　（八）　在接納中長大的孩子，尋得了愛。

良好的班級氣氛，有助於學生學習與汲取知識，尤其表現在師生之間、

同學之間的關懷，更是關鍵所在。一般而言，這種團契感（solidarity）能夠打破性別、種族、族群、文化、社經地位、身心障礙，及其他個別性的差異所形成的隔閡。處於此一優質的班級氣氛中，學生深具責任感，不僅積極投入學習活動，且對班級團體中，其他成員之個人、社會與學習利益（interest），也會傾全力捍衛（Good & Brophy, 2000; Sergiovanni, 1994）。所以，教師若能營造良好的班級氣氛，將使班級發展成為具有支援性、凝聚力與關懷心的學習團體。在此過程中，教師若能於平時的互動中，展現其友善、激勵的氣質、情緒的成熟度、真誠、及對學生的愛護之情等人格特質，令人感受其光與熱，學生自然如坐春風，耳濡目染，深受影響，於潛移默化中，培養出班級經營的團契感。

二、提供學習機會

學生實際參與學習活動的時間，乃是決定學習成功與否的關鍵；學生每日上課時數與各學期長短，更與學習機會的多寡息息相關。台灣國文教學的上課日數與每日的授課時數，多有統一規定，因此，如何善用學生在校的學習時間，愈發顯得重要。然而，在學校所規劃的學習活動中，教師花費相當多的時間在班級經營、級務處理、學校例行工作、教育當局的政策執行與方案宣導、其他的學生活動等與學生學習沒有直接相關的活動，使得學生的學習成效大打折扣。（Brophy, 1983; Denham & Lieberman, 1980; Doyle, 1986）事實上，有效能的老師善於溝通，教學生動活潑、過程流暢、充滿自信、熟悉課程、並能掌握時間、妥善規劃各類活動、瞭解其優先順序，並迅速處理各種突發狀況，務使學生積極投入與課程相關的活動，全神貫注於學習，避免將時間耗費在與教學目標無關的活動。

　　以「至聖先師」孔子爲例，弟子三千，其中有當政的貴族子弟孟懿子，也有被稱爲「賤人」的仲弓父和「鄙家」子弟子張；有以貨殖致富、家累千金的子貢，也有蓬戶瓦牖、捉襟見肘的原思和窮居陋巷、簞食瓢飲的顏淵；有北方的衛人子夏、陳人子張，又有南國吳人子游。[20]南郭惠子曾問子貢：「夫子之門何其雜也？」子貢答以：「君子正身以俟，欲來者不拒，欲去者不止。且夫良醫之門多病人，檃栝之側多枉木，是以雜也。」《荀子‧法行》說明孔子門下的確是良莠不齊的；他相信教育可以化愚爲智，化惡爲善。

　　孔子的包容開闊，使學在四夷；提供每個學生、弱勢族群發展潛能的學習環境。《禮記‧王制》言及孔子與人爲善的包容心：

> 凡居民材，必因天地寒煖燥熱，廣穀大川異宜。民生其間者異俗，五位異和，器械異制，民服異宜，修其教不易其俗，齊其政不易其宜，……中國戎夷五方之民，皆有性也，不可推移。……五方之民，言語不通，嗜欲不同。達其志，通其欲。

此一「修其教不易其俗」的包容心，尊重個別差異，提供學習機會，使四夷得以自由發展，對中國文化及歷代君王產生極深遠的影響。

三、連貫課程內容

　　2003 年 1 月 24 日，台灣的大學學測國文科試題被檢舉：第 16-18 題組中，有關梁陳時代的「宮體詩」，爲龍騰版參考書的獨家教材。提出檢舉的出版業者指出：龍騰版高中國文教科書及參考書的編者同時兼任大考中心命題者，因此被質疑未利益迴避。

---

[20] 毛禮銳《中國教育史簡編》北京：教育科學出版社（1984）。pp 129 & 130。

　　據指出：龍騰版的國文課本不但介紹梁陳宮體詩，且舉例說明作家與作品，包括：梁簡文帝蕭綱及其詩作〈詠內人畫眠〉：「夢笑開嬌靨，眠鬟壓落花，簟文生玉腕，香汗浸紅紗。」這四句正是學測第 18 題的答案。據其他版國文教科書的編者指出：一般高中教材不會提到宮體詩，此題偏難，好像在考大學中文系學生。[21]

　　姑不論該命題之爭議性，完整的課程教學，必須在課程設計上有密切的聯繫，且難易適中、循序漸進，以達成教學目標。然而，在課程設計上，教育政策的決策者、出版教科書的廠商、參與教科書編輯的人員、及實際從事教學活動的教師，常忽略引導課程設計的教育目標。（Wang, Haertel, & Walberg, 1993）因此，教師常關注課程的內容與相關的配套活動；書商則因來自各利益團體所加諸的壓力，使得課程的內容不斷擴大，學習動機、趣味性掛帥，卻導致內容缺乏深度、系統、與統整，造成知識與技能分離；教科書編輯人員被質疑與考試／學測等評量掛鉤，「教練兼裁判」。出任大考中心考試命題工作的成員與擔任民間教材編審或顧問之間，只能擇一，不宜「學商兩棲」。因為此種腳踏兩條船的情形，雖構不上違法亂紀，但從高道德標準來檢驗，「兩棲類」學者專家應知所節制；事關「利益」、「道德」的拉鋸，宜知所迴避。

　　否則，課程連貫性出現問題，影響所及，學生僅會背誦破碎的事實資料、運用孤立的次要技能，欠缺整體性，欲求能「融會貫通」、「舉一反三」，不啻緣木求魚。尤有甚焉者，誤用評量，更強化學生支離破碎的片段經驗。理想之道，應回歸以教學目標為導向的課程設計，而非囿於外在壓力所形成的拼湊式或雜燴式的課程內容。

　　教師也應掌握課程聯繫，善於運用各種手勢、表情，精於口語的溝通、表達，並釐清各概念之間的關係與相關結構間的連結，以幫助學生

---

[21] 2003 年 1 月 27 日(星期一)《中國時報》，第 13 版、社會脈動。

融會貫通，使學生更易理解課程的內容。

四、強化外語能力[22]

　　在中國大陸一躍而爲世界主要市場後，中文已成爲僅次於英語的世界第二強勢語文，外籍人士紛紛以學習華文作爲提升自我競爭力的條件。台灣雖是最早的世界華文學習中心，大陸卻已後來居上，形成兩岸競爭的現象。另一方面，在中英文皆成爲全球強勢語言的同時，台灣更應從全球化的雙語趨勢中，強化中英雙語教學的教育目標；不應產生：僅通中文，或只重英文、反捨中文的心態。

　　「經濟實力」與「語言權力」間關係密切；英語挾著十六世紀大英帝國與廿世紀美國力量不斷向全球延伸。在日本經濟傲人時，歐美亦時興學日文；當日本國力出現削弱趨勢，取而代之者，即爲中文。

　　現在全球正是一片華語熱，來台灣學中文的外國人，從完全不懂中文、至可看懂中國古典文學者都有，台灣目前一年有不到一萬的外籍學華語人口，大陸每年約七、八萬。加以中文爲母語的人口數量非常龐大，在其他國家也都有龐大的中國人；歐美對此現象非常關注。

　　中國語文教學，在大陸雖然起步晚，近幾年發展卻非常驚人。自從八〇年代起，大陸改走改革開放路線後，學中文熱潮已由台灣延燒至大陸，如今大陸的北京、武漢、上海都有大學附設語文中心。[23]

　　雖然英語已成爲全球的第一語言，但中文的重要性仍然緊跟在後，多數華文教師皆指出：中英文俱佳將使我們更有競爭力。至少在第一手資訊之取得與閱讀，方便活絡許多，進而開拓聽聞視野。至於中文是台灣的基礎語言，外籍人士都還花許多時間來學中文，現在華語已開始掀

---

[22] 可參看 2003 年 3 月出版之《遠見》。
[21] 林照真〈中文成爲世界第二強勢語言：華文市場，兩岸「教」勁。〉2003 年 1 月 13 日（星期一）、中國時報，第六版、綜合新聞。

起熱潮，自己人更不宜輕視。精熟自己的母語及文學，對國文教師而言，當然須以高標準檢視之。至於外語能力，國文教師亦不宜畫地自限，以免如《禮記・學記》所云：「人之學也，或失則多。」

況且，由全球化趨勢看來，現代人避免不了雙語學習，因此，美國舊金山早已有正式學制內的雙語小學，其中三分之一學生的父母是純粹美國人，可見外國人學中文的意願甚高，中英雙語教學觀念儼然成為大勢所趨。

台灣中小學課程改革走向九年一貫的今天，語文課程包括國文、英文、河洛語、客語、原住民語的統整（curriculum integration），國文教師的雙語能力，在台灣教育界強調中學教師須有「第二專長」、大學教師須有「跨領域結合能力」的學術研究，越發顯得重要與迫不及待。

五、建立資訊網路

近數十年來，由於資訊、通訊與網路技術快速發展，使許多事業的經營都開始 e 化。例如：1992 年、全球只有一百萬人使用網際網路，但在 1995 年，已有五千萬人使用網際網路；在 2000 年，則有十億人口使用網路（Neef, 1999, p.40）。ICT 的發展亦使服務業的經營突破過去產品的無法貯存、無法傳遞、生產與消費必須同時同地進行的限制。例如：觀眾過去必須至球場看球、上劇院聽音樂、到教室上課；病人必須至醫生所在的醫院接受診療、開刀，但是 ICT 的發展，使這些服務可以藉由其他工具，如 CD、VCD、DVD、網路等傳遞或貯存。今日的球迷可以在全球各地觀看同一場球賽；歌迷可以透過 CD 隨時隨地聽他們喜愛的歌星唱歌，並且可以重複聆聽；觀眾還可經由網路的傳播，在全球各地聆聽同一場音樂會。譬如：世界三大男高音於 1993 年、在洛杉磯開唱，我在明尼蘇達大學校園看到；2001 年 6 月 18 日、在北京紫禁城合唱，

主辦單位宣佈當天全球有三億人口同時聆聽此場音樂演唱。同理，授課也可以經由網路的遠距學習（distance learning），在世界各地同時播出，學員可以按其學習的快慢程度，重複播放演講的次數。ICT 的發展使教學可以在滿足學生特殊需求的同時，擴大市場、減低成本，發揮最大的學習效益。

隨著全球資金無國界的流動、區域合作普及、資訊傳播無遠弗屆，全球社會於此一趨勢中之關係，漸趨緊密，雖尚未臻牽一髮而動全身之境地，但不容否認：已很少有人會忽略國際環境之影響。

因此，知識經濟是網路經濟、是科技經濟、是新經濟、是資訊經濟，網路經濟與科技經濟都是知識經濟的一部分，是促成知識經濟發展的因素，但不是知識經濟的本身（Burton-Jones, 1999, pp3-23, Lefebvre et al., 2001, pp49-73）。

在知識經濟時代，非實體的、無形的「知識」是創造財富最主要的資源，其他土地、礦藏等實體資源都變為次要。因此有學者稱此種以知識為本的資本主義為「知識資本主義」（Knowledge Capitalism）（Burton-Jones, 1999）。近年來，各國發展知識經濟以美國最成功。Peter Drucker 析論其因，指出美國知識經濟的發展應回溯到二次大戰後的〈大兵法案〉（G.I. Bill），因為該法案使退伍軍人可以申請任何等級的學校，一經錄取後，政府即支付其所有學雜費，協助其完成大學或職業教育課程。此法案大幅度提升美國勞動力的教育水平，使他們能夠在各國發展高科技產業時，取得一個領先地位（Drucker, 1993, pp.112-114）。

六、增強創新能力

二次大戰以後，貿易的全球化與自由化不僅使產品可以在國際間自由流通，為各國產品創造廣大市場，也帶動國際分工；各國可根據自身

的比較利益,專門生產某一種產品或某一些零件。例如:台灣可以生產全球百分之八十五以上的電腦鍵盤與滑鼠。自由化亦爲各國帶來生產要素與金融的全球化,大幅提升國家與企業在國際市場上競爭的程度,「不斷創新」遂成爲各國提升競爭力最主要的來源,而創新來自知識,因此「知識」成爲國際競爭力提升最主要的來源,知識經濟、知識管理因之而起,已如前述。

　　Peter Drucker(1993)指出:知識社會中最重要的機制是管理,而管理的核心即在於使知識發生效用,亦即能系統地運用知識去創造新知識。面對全球經濟的競爭,如何使教學具有效果以及繼續不斷創新國文學習的知識能力,將是決定班級競爭優勢、教學成功與否的關鍵。Drucker進一步指出:知識已成爲整個經濟最關鍵與核心的資源。土地、勞力與資本,這些經濟學家所認爲的傳統生產因素並沒有消失,然而其地位已大不如前。如今,只要有專精的知識,這些原始生產因素都可以獲得,並且不困難。然而,專業知識本身並不能創造財富,唯有將知識與教學結合後,才能靈活運用。依此而論,處於知識經濟社會,知識爲提升競爭力的關鍵因素。因此,誰對知識進行妥當的管理,將決定誰能在未來社會中主導大局。

　　此外,知識經濟時代所強調的不單是教育程度,更重要是教育的內容與創新能力的培養。國文教師在變革的經濟過程中,勿忘其根本目標－－知識、資訊與統整、創新,方不致在經濟洪流中爲經濟所奴役。畢竟,國文教學不僅在傳授知識,也應以創新精神,「苟日新、日日新、又日新。」使學生在瞬息萬變的社會,知所進退,守權達變。[24]

---

[24]　參看:姚振黎〈研幾於心意初動之時〉,《國立中央大學人文學報》第三期。台灣:中壢、國立中央大學(1985年6月)頁99-110。

伍、結語：擁有初遇世界的天真！

Tuesdays with Morrie [25]作者 Mitch Albom，在大學時，曾被老師寄予厚望。大學畢業後，進入社會浮沈，在幻滅的理想與人生中掙扎。十六年後，在一個偶然的機會中和大學老師重逢。全書最後，他提出一個問題：你有沒有遇過一位真正的好老師？他把你看作是一塊璞玉、一顆原鑽，只要假以合宜的開發、智慧的磨練，就可以發出耀眼光輝。如果能有這樣的老師，即使一位，人生旅程都是幸運的。

猶記得第一次站在講臺上授課，面對學生，台下一雙雙渴慕的眼神，等待受教。我驚訝於世界上竟然有這麼美好的事！這些學生不請自來，並且準時坐好，等待聽講，對於從小「好爲人師」的我，是何等的快樂與鼓舞！雖然，有人說：教師生活是清貧的，我卻要說：我非但不清貧，而且太富裕了！何況，別人聽我講話，我還有俸祿可拿。因此，我告訴學生：有聽不清楚、講不明白的地方，一定要問到底；因爲你付了學費，我有義務、責任要讓你學得愉快且收穫豐富；請隨時反應意見或建議，若擔心當面不好說，或 hurt my feeling，不具名、小紙條、email，總之，不拘形式，我能看到即可；你的任何意見，我都極爲重視。否則，委屈到期末，再提出要求改進的意見，It's too late！

每當星期週末或假日，我一個人在研究室寫論文、趕研究計畫，讀書思考、準備教材，或批閱學生作業、論文、讀書報告，伴隨我的，無論是電話、電腦、印表機、傳真機、影印機、掃瞄機、冷暖氣機，所有能發光、發熱的，全是機器。到教室上課，使我得以與人接觸，並得到學生回饋（feedback）。對教師而言，不教沒有準備的課；「臺上一分鐘，台下十年功。」在與學生互動時，誠如班固所云：「雖芻蕘、狂夫之議，

---

[25] Published by Bantam Doubleday Dell Publishing Group,Inc.,New York,January 1999. 台灣中文翻譯本作《最後十四堂星期二的課》1998 年 7 月，大塊文化出版公司。

如或一言可採，亦使綴而不忘。」[26]因此，面對這些被我塑造或開發的學生，每次上課，有如第一次站上講台般的驚喜，也有初次登臺（debut）般的期盼，初遇世界的天真。[27]台下的學生，或許正是幫助我逆向思考，此誠爲一人獨自研究、思考時，掛一漏萬的幫補。是以，能夠有機會擔任國文學門教師，對學生思想、價值觀的啓迪，比導師還具影響力；在教學相長之外，得以與學生一起認識生命的意義、一起成長，我珍惜這樣的機會！

參考書目／篇目

王如哲〈知識管理與學校教育革新〉。《教育研究集刊》，7(45)，（2000）頁 35-55。

李誠主編《知識經濟的迷思與省思》臺北：天下文化（2001 年 8 月）

高希均、李誠主編《知識經濟之路‧知識經濟的核心理念》臺北：天下文化（2000 年 12 月）

高博銓〈教學研究及其在行動研究上的啓示〉，見《中等教育》雙月刊、第五十三卷第三期，臺北：國立台灣師範大學出版，（2002 年 6 月）頁 124-141

姚振黎〈台灣與美國課程改革理念及實施之比較〉，發表於 2002 年 12 月 13-15 日、臺北：國立台灣師範大學暨全台灣教育學術團體聯合舉辦「2002 年教育研究與實務的對話：回顧與展望國際學術研討會」。

---

[26] 《漢書‧藝文志‧諸子略》。

[27] 參看：姚振黎〈單士釐走向世界之經歷——兼論女性創作考察〉，發表於 2002 年 5 月 23-24 日、「中國女性書寫」國際學術研討會，淡水：淡江大學中文系、漢學資料中心女性文學研究室聯合主辦。

姚振黎〈梁實秋割愛論及其實踐〉，發表於「梁實秋先生百年誕辰學術研討會」臺北：台灣師範大學，2002 年 12 月 11-12 日。又參看《雅舍的春華秋實──梁實秋學術研討會論文集》臺北：九歌出版社，2002 年 12 月 10 日。頁 179-218。

姚振黎〈單士釐走向世界之經歷─兼論女性創作考察〉，發表於 2002 年 5 月 23-24 日、「中國女性書寫」國際學術研討會，淡江大學中文系、漢學資料中心女性文學研究室聯合主辦淡水：淡江大學。又參看《挑撥新趨勢─第二屆中國女性書寫國際學術研討會論文集》，台灣：學生書局（2003 年 2 月），頁 259-296。

姚振黎〈學校教育選擇權的理論與實施──美國明州的經驗〉，發表於臺北：國立台灣師範大學，2001 年 12 月 14-16 日。「知識經濟與教育發展國際學術研討會」，中國教育學會、中華民國師範教育學會、中華民國比較教育學會、中國視聽教育學會、中國工業職業教育學會、臺灣教育社會學學會、國立臺灣師範大學聯合舉辦。

姚振黎〈震災後校園重建與社區關懷──以美國學校社區化為例〉，《社會文化學報》，國科會社會科學研究中心、國立中央大學通識教育中心。2000 年 6 月。第 10 期，頁 117-152。

姚振黎〈如何吸引導生來找我？〉，附 power point，發表於 2000 年 5 月 23 日（星期二），國立中央大學學務處、學生輔導中心主辦「導師工作研討會」。又參看：江蘇：《常州工學院學報》，第 16 卷第一期，總第 64 期，2003 年第一期，頁 75-77。

姚振黎〈研幾於心意初動之時〉，《國立中央大學人文學報》第三期。台灣：中壢、國立中央大學（1985 年 6 月）。

姚振黎，2003 summer，"Innovations for Teaching Frsahman Chinese Composition in Taiwan"，*How to teach writing in Chinese spesking areas*，Holland：Kluwer Academic Press。

陳美玉〈教師在實踐九年一貫課程中的個人知識管理〉，《教育研究月
　　　刊》元月號。（2002）

陳英豪、吳鐵雄、簡真真編著《創造思考與情意的教學》高雄：復文圖
　　　書出版社（1993 年 2 月）

Burton-Jones, Alan　（1999）*Knowledge Capitalism*, Oxford University Press.

Dale, J. D.（1997）The New American School System: A learning organization.
　　　International Journal of Educational Reform, 6(1), pp34-39

Denham, C., & Lieberman, A.（eds.）（1980）*Time to Learn*. Washington DC:
　　　National Institute of Education

Doyle, W.（1986）Classroom Organization and Management. In M.C. Wittrock
　　　（ed.），*Handbook of research on teaching*（3rd ed., pp.392-431）
　　　New York: Macmillan.

Drucker, Peter F.（1993）*Post-Capitalist Society*. New York: Harper Collins.

Hargreaves, D. H.（1999）The Knowledge-creating school. *British Journal of
　　　Education Studies*, 47(2), 122-144。

Lefebvre, Louis et al.（2001）*Doing Business is the Knowledge-Based
Economy*,
　　　Kluver Academic Publishers.

Neef, Dale　（1999）*A Little Knowledge is a Dangerous Thing*, BH, Boston.

OECD　（1996）*Knowledge-Based Economy*.　Retrieved from:
　　　http://www.oecd.org/dsti/sti/s_t/inte/prod/kbe.htm.

Sergiovanni, T.（1994）*Building Community in Schools*. San Francisco:
　　　Jossey-Bass.

Wang, M., Haertel, G., & Walberg, H.（1993）Toward a knowledge base for
　　　chool Learning.　*Review of Education Research*, 63, pp. 249-294

國文教學的人本化與通識化

高雄醫學大學　李玲珠

摘　要

　　文學是人類走過不同時空的印記，記錄各種生命情態，呈現豐富的思維與價值，更包含對生命的尊重與宇宙的終極關懷，展現人文素養的內涵，是人類精神文明的瑰寶。然而在科技主導、利益掛帥的衝擊下，社會大眾對物質科學的慕衷，遠超過對人文學科的關注；「國文」是文學教育的主軸，國文教學提供情境，使理性與感性能力可以高度發展，並取得平衡，應該受到重視，實際卻逐漸弱化為教育的點綴，退守在專業領域中，無法發揮更大的影響與作用。本文希望透過本質性的反省與思考，以「人本化」與「通識化」為理路，鋪陳出真正以人為根源的教育理想，契入國文教學、課程設計的核心理念，回到重視實踐的文學傳統；並跳脫國文的專業本位，進一步思索國文教學如何與不同學科領域整合，國文如何提供其他學科的教育支援，以發揮語文教育的應用性價值，提供全人教育新的思維視角，期待國文教學閃耀生命之學的光芒。

關鍵詞：國文教學　人本主義　通識教育　人文精神　全人教育

壹、前言

　　人類社會已邁入二十一世紀，不斷推陳出新的物質文明豐厚了感官刺激與享受，日新月異的科學與科技發展，強化了人類征服宇宙的願望；然而物質文明並不能保證精神文明的同步提昇，科學發展的極致並不能保證人類文化的進步，科技發展的充實也不能保證人類生存的和平與幸福。當重大災難發生時，我們目睹生存本能遭到威脅時人類的自然反應[1]，恐懼、驚慌、無知、自利……，不時撞擊對人性的信心、美好世界的勾勒；在逐漸物性化的社會、追逐利益的同時，倫理、道德更見全面淪喪，不禁令人重新省思：物質文明的終極目標為何？科學科技發展的究竟依歸為何？物質文明應當以精神文明為標的，科學科技應該始終來自於人性；但在社會整體向下沉淪的同時，知識的力量到底何在？如何找出新世紀的人文思維？如何尋找向上提昇的力量？在在都成為人類面對新世紀挑戰應有的反省與思考。

　　國文教學[2]，取材於傳統文化，銜接現代思維與情感；文學記錄了不同時間空間的印記與光彩、人與土地的記憶與情感，是眾多生命經驗豐厚的智慧花朵。按著文學生命的軌跡走：從先秦到現代、從洪荒到文明、從質樸到繁華、從精英到常民、從慷慨悲歌到落葉小唱、從向外的綻放到向內的凝視……，文學世界的錯彩紛呈，文學生命的豐厚與亙古彌新，應該成為人類與時推移的指標與前進的動力。然而，在科技主導

---

[1]. 人本心理學之父馬斯洛（Maslow）利用金字塔圖形，提出著名的需求層次論：依序為生理需求、安全需求、愛和歸屬的需求、尊重需求，最高層次為自我實現的需求。詳張凱元《人本主義教育的理念與實踐》第五章（台北：心理出版社，2003）。馬斯洛的需求層次論亦可對應於人性的深入分析與了解，即越接近底層的需求其實越接近動物性，也是哲學上性惡論主張的基礎，詳細待下節論述。

[2]. 本文探討的「國文」採用廣義解，即傳統的「文學」觀點，也是六朝文筆之分前的文學概念；因此指涉範圍包括經、史、子、集，也是目前國文教學的取材範疇。

的現世發展下，國文已逐漸淪為其他學門領域的點綴[3]；在專業分工日趨於精細下，實用價值凌越一切價值之上，文學的「無用性」更顯得相對弱勢；在科學講究精確、量化的固定思考模式下，文學的模糊性、非量化性[4]，使國文學科不合潮流，似與落伍畫上等號，……。國文教育面臨空前危機、新的時代變局，因此，教什麼？學什麼？如何在傳統與創新間取得轉化點？如何超越國文本位思考，重新思索國文學科與其他專業學科的關係，進一步思索國文教學能提供、活絡其他學科的思維與價值，藉此進路，更希冀針對國文這個學科進行本質性的思考，即以「人」為基源，對個我、群我、宇宙自然的摸索、探尋，激盪出的文字印記、撞擊出的文化光源、閃耀出的智慧火花；國文不僅只是一般性學科，亦非僅是零碎的經典知識，它更是生命之學。因此本文將環繞著生命之學的主題，從人本化、通識化二個角度進行國文教學的相關問題思考：「人本化」側重國文教學理念的反省，希冀凸顯國文教育的重要價值，「通識化」側重國文教學的課程設計，希冀開展整合性、可行性的教學策略；透過人本化與通識化的國文教學，豐富現代人的情意思考，安頓逐漸物化的流浪生命，契接人類精神文明的長河。

貳、國文教學的人本化

　　文學創作源自於對人的關懷[5]，國文教學亦應以關懷、尊重為思考

---

[3] .已有越來越多的學校將大學國文由必修改為選修，學分數也逐漸相對減少；許多學生的學習心態亦將國文視為營養學分，再加上基礎語文教育——國小到國中、高中，在考試主導教學的變相發展上，產生許多問題，論者頗多，本文無暇贅述。許多人批評現今大學生語文程度低落，肇因盤根錯節，然而程度低落卻是值得深究的事實。

[4] .筆者以為模糊性與非量化性是語文學科的特質，現行教育過分強調單一標準值的評量方式下，其實使語文教育受到莫大斲傷，並模糊了學科特質；詳細待下文論述。

[5] .這個對人的關懷並非只是關心「人」這個個體而已，舉凡與人類存在有關的宇宙自然都應視為關懷對象；畢竟人不可能脫離宇宙自然而存在，因此所謂的人文素養，當然

中心,既然教學的主體是學生,因此從教材的選擇、編排,到教學活動設計、應用課程,皆應以學生的生命、成長作爲「起點行爲」,隨時分析、整合學生的生命經驗與需求,注重國文知識的活化、生命化,才能建立國文教學的人本基礎。

一、 人文素養的內涵

人類之所以成爲萬物之靈,在於人類比其他物種更具有創造、思考的能力,因爲創造、思考,人類的世界充滿高度的變化性與更替性;變化性與更替性的展現正在於物質世界,因此物質世界存在的根基也應該來自於創造者。但是,因爲物質世界高度的變化性與更替性,也造成人類容易迷失於物質世界,漠視對物質世界的思考與主控性,創造者最後竟受制於被創造者;物質、物理世界仍應不脫離人文思考,唯有回歸於人文世界,人類創造出來的文明世界才能產生實質、正面的意義。正如老子提出的反省:

> 五色令人目盲,五音令人耳聾,五味令人口爽,馳騁畋獵,令人
> 心發狂,難得之貨,令人行妨。(《老子》十二章)

五色、五音、五味、遊獵、奇貨,都是人類存在後,爲存在的舒適性、安全性、多變性、豐富性所積極創造出來的物質世界,物質世界刺激人類的官能反應,因爲官能反應得到生理性的快感,人類靠著各種感官探索世界,創造、更新生存環境,使生存環境更利於人類發展;但過度刺激感官的結果可能卻使感覺遲鈍或麻痺,任意放縱心智跟著感覺走,卻使人類失去內在心靈更深層的主導性,即創造的本質,當感覺麻

亦包括對生態環境的關懷與尊重。

痺、心智放棄對提昇人之所以爲人的理想後，動物性的本能滿足加上人類高於其他物種的發達智商，詐僞、爭奪、劫掠……等反和諧性行爲自然對人類社會產生嚴重干擾[6]，這應也是老子提出「智慧出，有大僞」（十八章）的深刻警醒原因。

　　人類不應隨著外顯的感官走，忽略內在的心靈官能，這是道家哲學提出「清心寡慾」原則的思維基礎，也是國文教學理性思維訓練可供藉資的材料[7]。但文學教育也應該觸發更深刻的感性經驗[8]，感性訓練的基礎即在活絡感官的感覺與覺察力，如沈復〈兒時記趣〉的「明察秋毫」是全文寫作的線索，也是沈復可以成爲文學家的條件；文學、藝術家可以成就文學、藝術的基本條件，正因其擁有比一般人更敏銳的觀察力、覺知力與想像力，亦即心的洞察力與感官的敏銳度更活躍。若擴大人類對內在、外在官能運轉能力的觀察與思考，即可發現：不只是文學、藝術家需要此種能力，在各行各業中，觀察力與敏銳度越高的人，在專業領域中自然比他人擁有更易成功的條件，因爲敏銳，可以察人之所未察，覺人之所未覺，發人之所未發；因此國文教學目標自然亦應包含感

---

[6] .工業革命之後，人類社會逐漸走向高科技與物質創造發明；十九世紀後，達爾文的進化論、尼采的超人哲學都刺激宗教哲學的崩潰，人定勝天的哲學思維主導西方文明的發展，人類逐漸取代上帝的地位；人類希冀決定宇宙物種的生存，宇宙秩序由人類決定，從生態保育到基因改造，完全站在「人」的思考角度，但假設宇宙真理的範圍與可掌握性遠超出人類的想像，則其所衍生問題的嚴重性亦可以想見。

[7] .許多人誤以爲理性思維訓練應是數理課程主軸，數理課程的分析、推論確實可以提昇理性思考習慣，但生命沒有固定模式，更缺乏標準答案，唯有能將知識應用在處理生命應對與困境時，知識才產生力量，知識才能成爲智慧，理性知識才能轉爲理性能力。因此，數理成績好的學生其實未必具有良好的理性能力，二者不可混淆。國文教學提供生命情境，藉著情境提供學生將知識轉化爲處事能力的模擬，正是最佳理性能力訓練的學科。

[8] .理性與感性應該是人類同時具存的能力，也是國文教學應該兼顧的能力訓練；感性訓練當然仍應以人類的感官爲基礎，感官是人類存在的生物性基礎，不可漠視，例如 Diane Ackerman 所著的《感官之旅》即曾引起西方世界對人類感官討論的再認識（台北：時報文化出版社，1993）。

知能力的訓練，這也是人文素養的核心。

何謂人文素養？這是一個不易定義的概念，事實上，人文學科不同於自然學科的特質，其中最重要的差異在明確性與模糊性、量化性與非量化性；因此，掌握相對性概念也是理解人文概念的方法之一。人文相對於自然，是「鳥獸不可與同群」的世界，但人也是自然的一部份，人類的存在無法脫離宇宙自然，這是東方哲學強調天人合一的之主軸，也是不同於西方哲學的關鍵[9]；因此人文素養的內涵必須包括對「自己」的認識，對「他人」的認識，對宇宙自然的認識，即「存在」本身必須面對的實存問題，處理自我、群我、超我[10]的整體性問題。「人文」應屬文化的一環[11]，即特別突顯人種不同於其他物種的存在價值，也就是孔子對「文」與「質」的討論：

> 質勝文則野，文勝質則史；文質彬彬，然後君子。(《論語・雍也》)

「文」是後天的習染、昇華，轉化人類與生俱存的動物性，使外顯行為與內在質性銜接得更縝密，文質彬彬的君子即是人文養成的典範；因此孔門教育中不僅重視知識的教導，更包含情意的薰陶，禮樂射御書

---

[9].東西方哲學對「自然」一詞的理解有相當程度的差異性，西方哲學偏向將這個詞彙解釋為大自然、自然界，是客觀性的存有；一般認為中國哲學中的自然是主觀性的存在，是人文世界的自然，不同於西方哲學。但筆者認為魏晉時期出現了大量對自然概念探討的資料，其中有許多資料可以解釋為客觀存有義，合而觀之，可以擴大中國哲學對自然一詞的探討，詳見拙著《魏晉自然思潮研究》(高雄師範大學博士論文，2000)。

[10] 此處的「超我」並非指稱心理學分析學派的本我、自我、超我概念，而是運用馬斯洛的超越性概念，可能指涉形上學、宗 Diane Ackerman 所著的《感官之旅》即曾引起西方世界對人類感官討論的再認識(台北：時報文化出版社，1993)。

[11] 「文化」亦是一個不易定義的概念，1871 年英國歷史、人類學家泰勒(Edward B. Tylor)提出了「大文化」的概念，他認為文化是一個複雜的整體，包括知識、信仰、藝術、道德、法律……，即一個民族生活所顯示的一切，詳采旗《百年的沉思─回顧二十世紀主導人類發展的文化概念》緒論(台北：生智出版社，2002)。本文採用廣義的文化概念(一般認為狹義的文化概念即包括文、史、哲、宗教、藝術等人文學科的研究範疇)，即凡與人類存在活動有關、形成某種共性的特質皆屬之，是客觀性的現象，不牽涉善惡、好壞等價值觀。

數成爲士君子的基礎教育，這些科目涵蓋了現代教育中強調的德智體群美五育，也是國文教學中應該兼顧，並融合、轉化基礎精神的教學目標。人文素養並不等同於人文知識，知識僅僅停留在認知、理解層次，並未「進入」生命，因此國文教學應著重「感知」，唯有透過感覺，經過心靈、情感的內在撞擊，對外來知識產生覺受性，知識才得以進入生命，才能轉化爲智慧；因爲同情共感，建立真正的同理心，在將心比心中，維持群我關係和諧關鍵的倫理道德才能真正內化，並發揮道德實踐的力量，這也是中國哲學側重「知行合一」的基礎。人文教育需要實踐，需要在實踐的過程中體證人文知識，在體證的過程中逐漸累積獲取智慧的資糧；因此國文教育更應該思索如何使學生感知，應該注意學生經驗的分析，應該重視生命的成長需要時間、需要醞釀，需要導引，無法速成[12]，唯有回歸人文素養的真正內涵，國文教學的作用才能得到真正的落實。

二、知情意的兼顧

　　國文教育必須重視感知，重視生命經驗的獨特性、唯一性，每個生命都是獨立的個體，也是人本心理學理論的架構基礎，更是因材施教的原理原則，這也是閱讀《論語》時，孔子教學最令人動容的地方：針對同一個問題，孔子從未給予相同的答案。生命沒有標準答案，這是對生命最大的關懷，對人最高的尊重。因此，環視現今國文教學，在考試引導教學、量化標準的要求下，訓練學生同一化思維的模式[13]，無形中也

---

[12] 工業時代來臨，人類生活步調加速，凡事皆求速成，國文教學其實亦有落入此種風氣的盲點；特別是教材的編選經常爲人詬病，即忽略學生年齡，選文大多超齡，或教師教授時忽略學生經驗分析，以致國文教學造成一般人刻板、僵化的印象。

[13] 基礎教育的國文命題多採用選擇題形式，單選題、複選題、多重選擇題都是思維同一

扼殺了生命的豐富性與多元性，更影響語感能力的建立[14]；論者批評學生語文程度低落，究其原因當然與社會整體發展、科技主導一切息息相關，而在國文領域中值得提出反省、檢討的問題，應以量化測驗下，造成思考模式的簡化爲首要。

人類思考的複雜性是科學家仍在不斷解碼的謎，異中求同是思維模式之一，因此同一化的思維模式當然也是教育中必須建立的學習歷程與目標；文學、藝術可以跨越地域、國界、種族，令人感動，即建立在人類具有「同情共感」的基礎原理上，道德內化的先決條件—同理心的建立，也需要求同的思維模式。但同情共感與同理心的「同」，並非現行教育下簡化了的同，應該包含更多「異」質變、昇華後的同，是內容豐富，而非單一思考的同，更非僵化的同，必須同時兼顧知情意的薰陶[15]。知情意一向被視爲國文教學的重點，主學習、副學習、附學習也向被視爲範文教學的目標，這個基本目標在國文教學上似乎不成問題；但筆者以爲這個部分可供重新思索、反省之處與「載道」傳統有關，即國文教育中明顯的教學目標。姑且不論所承載之道爲何？放諸現今多元化社會、學生多元化的學習、多元價值觀的呈現，載道可以成爲典範，可以

化的訓練，這種題型較適合需要量化的學科，或側重記憶性基本知識的測驗，但此種測驗形式決不能滿足國文教學的需求；爲了公平性，更有主張廢考作文的聲浪，更加重國文教學的隱憂。大學國文教育雖仍以申論題爲主，但設想在基礎教育多年來追求標準答案選擇題的訓練下，我們的學生還剩下多少思考、辨析能力？既然積弊良久，恐也是大學國文教育更形艱難，也任重道遠的所在。

[14] 國文教學無論是基礎教育抑或是大學國文，因爲必須藉助文本文字性的閱讀、分析、理解，皆容易落入以知識灌輸爲主軸的教學模式；而語言文字應該觸動對生命、情感的感受，並進一步引發的聯想、轉化……等語感問題，因爲高度的變動性與豐富性，且不易有可依循的模式，應屬國文更高層次的教學目標，實際卻成爲被忽視的環節，也是現今語文教育值得檢討的問題。

[15] 這也是教育理論上的同時學習原則，布魯納提出的主學習、副學習、附學習即爲代表，表面上三者似乎有主從之別，實際上應是同等並重，在主要知識外，旁涉知識、超越性的提昇都是學習目標，不可偏廢，這項理論也非常符合國文教學應有的教學目標與

成為提振社會向上躍升的力量；載道已明確點出方向性，自然產生價值判斷，載道確實重要，但在教學過程中絕非粗糙的呈現，利用教師不容質疑的權威單一性地灌輸，如此的載道方式，反易引起學生對國文總談「八股」問題的刻板印象，或是空談義理、不切實際，或是言行不一、自以為是，結果便是如今所見社會逐漸走向沉淪的結果，雖然社會風氣敗壞不能歸咎於國文教學的失敗，但不也應是吾輩從事國文教學同時需要深省的問題。

再參酌孔子與弟子的問答為例，宰我曾問孔子三年之喪，提出所謂：「君子三年不為禮，禮必壞；三年不為樂，樂必崩。舊穀既沒，新穀既升，鑽燧改火，期可已矣。」（《論語・陽貨》），宰我提出希望改三年之喪為一年，從人文化成、宇宙自然循環的角度，確乎如此，其實是個大哉問的問題，宰我向孔子挑戰的問題更是孔門中最重視的孝道、人倫關係圓滿的基礎，而且直接以孔子心心懸念、意欲恢復的禮樂制度作為問題的衝突點，三千年後讀之，仍是一場精采的師生對話[16]。對表面上如此言之成理的問題，孔子的回答則是直指人心：「汝安否？」「汝安，則為之。」任何道理若未真正進入生命，只能提昇人類邏輯思辯能力而已，為父母守三年之喪是為人子女圓滿孝道的方式，但若缺乏情感為基礎，徒留形式，則失去禮的真正價值與意義；但情感關乎個人的生命經驗與感受，所以對宰我問三年之喪，孔子也只能先反問宰我個人的感受，宰我的答案為「安」，孔子也只能尊重宰我的選擇，而後對其他學生進一步詮釋人類成長過程生理性、情感性的複雜度，以作為三年之

效果，即知情意的兼顧並重。

[16] 由此亦可發現宰我為孔門四科中言語科代表的線索。宰我的敢於挑戰，其實也可作為吾人從事教職工作時的反省，如果教師的開放度、啟發性不夠時，學生亦怯於發問，也是孔子可以作為教育典範的原因。

喪禮的依據。

　　孔子重視循循善誘的教學方法，也提供教育者更深刻的思考。任何事理、物理皆歸本於人情，既然歸本於人情，生命個體又是獨一無二，自然形成高度的複雜性與變動性，不同時空環境必然激盪「理」的重新思索與反省，必須「與時推移」的道理亦在此；因此國文教學中也必然形成高度的挑戰性，教材文本跨越複雜的時間、空間、種族……，無論古今中外的範文，都形成高度的複雜性，不宜過度簡化，面對文本呈現的內涵，必須深度理解，必須考量現時時空環境與文本的落差，國文教師必須擔任彌縫落差的媒介，傳統因襲與時代創新的詮釋者，才能引領出文本內涵的豐富性與貼切性。否則，國文教學只能變成廟堂文學，只可遠觀，四大文明古國也僅成為世界文化史的裝飾，先人的智慧完全無法進入現代人的生活與思維，無法提供現代人面對生命困境的參考，國文教育應該呈現的精英文化，徒成荒蕪，恐也是身為國文教師應該深感汗顏處。

　　因此，國文教學必須兼顧知情意，但知情意教學內涵的豐富性則必須靠國文教師不斷精進，觀察社會脈動，面對不同的生命型態，擴大閱讀範圍[17]，……；學海無涯，唯有不斷提昇個人的學習與思考，在「教」中「學」，在持續地精進中，「知情意」的內涵才得以不斷豐富，對生命的包容與尊重才得以具體實現，進一步成為「感知」的基礎。

---

[17] 現代學科分類越趨於精細，單就中文系學科分類可能就區分為文學、義理、小學，分類便於更專精的研究，卻也亦出現見樹不見林的缺點；回歸傳統知識分子的教育，經史子集本就是必須努力精讀的基礎，「遊於藝」也說明了藝術涵養的重要，這些皆應可作為立志國文教學者努力方向的參考。

三、教材多元化思維

　　教材是教學活動中的主要媒介，教材決定了教學方向，也客觀反映選材者的教育思維、理想與目標；國文教學必須以生命爲主軸，生命的豐富性與複雜性亦應決定了教材必須多元性。現今的國文選大致不脫兩個選文方式與標準：其一以文類作爲區隔，或以韻律性之有無，如散文、韻文；或以文字書寫之習慣，如古典文學、現代文學；或以題材性質爲區別，如哲理性、旅遊性、敘事性、抒情性……。其二以時代性爲原則，這也是傳統選文的方式，如《昭明文選》、《古文觀止》、《歷代文約選評》……。這些選文方式大致不脫以文學傳統爲依歸，受教者爲參考，都是以文本引領教學方向；但若思考到學生才是教學活動中的主體，以「人」引領教學方向，則選文內容應以「學生」爲思考重點，教材的選擇應更貼近學生的生命經驗與狀態，這也是教學準備活動中，「分析學生起點行爲」的基礎。

　　如果以學生爲起點行爲，則可能發現現今的國文選材趨於「老成持重」、「典範立成」，大學國文屬於基礎科目，修習的學生多爲一年級，不到二十歲的年紀，正應是青春綻放、充滿生命活力；超齡的選材希冀培育學生高尙情操，堅持理想，如中學教育中的選文：〈祭十二郎文〉、〈陳情表〉、〈出師表〉、〈正氣歌〉、〈岳陽樓記〉……，希望學生既忠且孝又慈愛，希望學生養天地正氣，希望學生先天下之憂而憂，後天下之樂而樂，所有的希望都可能在短暫的考試中實現，只見學生可以在答題中振筆疾書，說理言之有物，然而一旦真正面對生命困境時，又見幾人仍能堅持理想？實踐書中義理？

　　體認文學應是感知教育，體認生命的艱難性、人性的複雜性[18]，更
應重視學生的生命起點，在文學、文化傳統中，盡是瑰麗的篇章、智慧
的儁語，可以取材的範文多不可勝數：公而忘私、以天下為己任的氣節，
可以引動正義感、為群體奮鬥的大愛，賞花、賞月、賞天地造化的小品
文、遊記，可以擴展宇宙自然的視野，淺斟低唱、溫柔敦厚的詩詞韻文，
可以安頓飄動的情思，游辭騁辯、說理暢達的文字可以縝密邏輯思考，
刻畫入微、情節生動的小說可以豐富對生命的理解，……，「文學」幫
助打開生命的窗口，幫助人類理解不同的經驗與情境，認識遼闊的宇宙
經驗，正因文學世界的豐富性與寬廣性，才能提供一個心靈安頓與休憩
的場所，這個安頓與休憩也正是推動社會向上提昇的最佳力量。文學藝
術教育更需要「無為而無不為」，體認國文教學中的文本都是精英文化，
本就具有高度成熟的文化特質；因此，作為詮釋者的教師，需要時時思
索學生年齡的身心發展、觀察學生次文化的內涵[19]，深入淺出，更貼近
青澀的生命，積累更多內發的文學感動與思考，國文教學可能才能真正
進入生命。

　　古典文學呈現古代精英分子面對所處、國家社會的各種感發與諍
言，現代文學反映現代社會的各種現象、現代人的思維、情感與困境；
無論古典或現代，不同的只是時空背景、書寫工具與表達方式的差異，
但同情共感是人類存在的共相，因為共通性使文學領域成為最豐富的情

---

[18] 人性善惡或不善不惡，無論東西方哲學皆有豐富性的討論，然而如果善惡相當於數線
兩端，則兩端間無數多個點可能才是人性多元化呈現的真相，也是文學藝術表現的主
題；特別落實於生活中時，面對週遭的人事物，恐怕更非只是善惡的判斷與執守問題，
因此在文學課程中，應該呈現更豐富的人性空間。

[19] 學生次文化現象在語文表現上特別容易出現在詞語的使用，教師在指正與理解間也許
可以有更寬的擔待空間，即這個次文化現象在過了固定年齡層後會自動消失，重新回
到溝通的主流文化。

境教學藉材[20]，透過豐富的文學情境提供學生轉化知識、習得智慧的契機；因此國文教育是感知教育，說明了文學的功用不僅能蓬勃感性的能力，更能將理性知識轉化爲理性能力。理性與感性是人類與生俱存的兩種能力，唯有兩種能力得到高度的發展與平衡，真正的人文關懷、道德情操才有建立的可能；文學正提供兩種能力充分發展、成熟的機會，國文教材的多元化應是選材時值得反省的重要思考。

　　注意學生的經驗分析、重視理性與感性的情境教學，因此，國文選材可以更年輕化、輕薄化[21]，生命成長無法跨越，必須一點一滴地累積，高度成熟的生命境界當然可以成爲生命提昇的終極典範，但在達至終極目標前，也不宜忽視幼稚、青澀、不成熟都是重要的生命過程；在生命的層次上，或許有境界高低的不同，但若尊重過程的每一階段都是生命的唯一，都有不可取代性，也許應該暫時放下對生命境界的評價。李白的〈少年遊〉、王維的〈少年行〉、陶淵明的〈詠荊軻〉也許都不是作者最膾炙人口的作品，卻皆飽含年輕生命的豪氣干雲。《紅樓夢》、《牡丹亭》的主角都是十多歲青春期的孩子，對情感的憧憬與處理方式，大概最能引起學生的理解與共鳴；〈羅密歐與茱麗葉〉可以成爲英國的經典文學，《紅樓夢》、《牡丹亭》不也可以成爲中國的「羅密歐與茱麗葉」？西方有希臘三大悲劇、莎士比亞四大悲劇形成悲劇的傳統，中國不也有

---

[20] 所謂情境教學即藉著教學活動、目標的確立，設計一種利於活動進行、達成教學目標的教學環境，透過情境的模擬，希冀兼顧主學習、副學習、附學習，將知情意的學習同時融入學生的生命經驗，彌補傳統教學只側重知識性的傳導，產生知行無法合一、人格與知識無法同步提昇的窘境。章志成著有《語文教學情境論》可供參考（南寧：廣西教育，2001 ）。

[21] 傳統重視「任重道遠」，此所謂的輕薄化乃針對現行國文教學中可能已經僵化的「載道」而提出，理解文學作用的無所不在，「道」亦無所不在，在輕鬆自然的狀態下，更能激盪真理的力量。

〈竇娥冤〉、〈趙氏孤兒〉等十大悲劇[22]？西方有盧梭的〈懺悔錄〉[23]作
爲啓蒙運動的指標，張岱的〈自爲墓誌銘〉不也對勞碌半身的生命最了
真摯的懺悔？又如魏晉知識分子喜談才性論，但因才性乃天生命定、不
可移轉，似乎不如德性教育強調努力、修習可得有效，傳統選文中向不
會選入；然而現代教育重視潛能開展，希冀透過教育幫助學生發現自己
的潛能，將潛能激發出來，才性論正可提供理論基礎。若進入現代文學
範疇[24]，可以取材的作品、值得討論的文學流派更是錯彩紛呈；電影文
學、網路文學都是新世紀的創發，傳統的文本只能提供視覺性的抽象符
號，拜科技之賜，與視聽媒體結合後的新文本，除了文字外，更可利用
與文字配合的圖像、音樂，產生動態感，讓讀者進入虛擬的三度空間，
使文學情境更真實。新的文本甚至改變作者、讀者、作品的傳統關係[25]，
模糊三者的界線，讓創作與閱讀行爲更活絡，這些應都是國文教育在選
文時可以留心的時代性變化。

　　面對文學作品構成的大千世界，其內涵反映了無數單一個體的情感

---

22 大陸學者王季思曾編選了《中國十大古典悲劇集》、《中國十大古典喜劇集》，胡光舟、
　沈家庄據此改寫爲傳奇，《中國古代十大悲劇傳奇》、《中國古代十大喜劇傳奇》，（南寧：
　廣西人民出版社，2002 年）。戲劇是西方重要的文學傳統，中國則向以詩歌、散文爲主
　流，戲劇發展得較晚，但元以後，終究不乏許多經典劇本傳世。尼采認爲悲劇是最高
　的藝術形式，說明文學、哲學、藝術的相容性，可以相互印證；因此悲劇成爲西方重
　要的文學研究傳統，但在中國，則似乎仍有相當的發展空間。

23 張岱經歷甲申國變之後，深悟前半生的繁華皆如泡影，於生前即自爲墓誌銘（詳《陶
　庵夢憶》），文中對自己的生命有非常深刻的揭露與反省，這份自省在《紅樓夢》第一
　回起始便曰：「今風塵碌碌，一事無成」，二者間可見一定的關聯性。而盧梭的〈懺悔
　錄〉亦向被視爲西方啓蒙運動的重要作品，這個啓蒙意義在中國文學中的發展，或亦
　值得深思。

24 本文亦採廣義的「現代文學」爲論述觀點，即包括各種形式的創作：電影、網路⋯⋯，
　只要能反映現代人的思維、情感皆屬之。

25 如圖像、聲音的帶入，甚至允許多人共同完成作品（如一篇作品大家寫）、現代詩的程
　式化創作（即輸入關鍵字，自動出現電腦排列出的詩句）；當然，這個部分是否可以算
　作文學，或列入討論範疇，皆待商榷，仍在發展過程中，本文只想藉此提出新世紀文
　學發展的高度變化性。

與思維，在眾多不同時空背景與文化激盪後的產生的印記，任何作品皆
足以成為思考、反省、學習的對象，重點更在選材者與詮釋者的教育理
念、教學目標及詮釋精神；是人決定了教材內容與教學方向，因此人的
多元思維才是教學品質最重要的基礎，也是國文教學是否能貫徹人本化
理念的關鍵。

叁、國文教學的通識化

通識教育源自於英文的 general education，課程的倡導理念肇因於
科技主導的潮流下，學校課程與社會分工更趨於專業、精細性，這種專
業分工也某種程度地破壞作為「人」的統整性；再加上工業化社會人際
相處的疏離感與功利性，正如愛因斯坦提出的警訊「專家只是訓練有素
的狗」，強調知情意合一的通識教育理念逐漸受到重視[26]。「國文」屬於
基礎學科，是所有科系學生都必須修習的課程，在教學與課程設計上更
應以通識教育精神為核心，才能兼顧專業與基礎的人文銜接。

一、專業課程的銜接

現代社會專業分工的精細，中國文學亦屬專業學科之一，但檢視國
文教學與教材的編輯似乎仍以中國文學系為本位，以中文系的思考模式
與訓練需求，統馭國文教學，漠視其他科系在國文教學中能獲取的實際
效果；再加上人文教育非速成學科，都容易導致其他學系以「無用」論
來看待國文教育，國文變成點綴學分的學科，這大概也是近年許多學校

---

[26] 1930 年代赫欽斯（Robert M. Hutchins ）倡導的人文課程，一般視為通識課程的先聲；
1945 年哈佛大學出版自由社會的通識教育（General Education in a Free Society），這個
教育理念逐漸受到重視，其後雖有「核心課程」的設計主張，但仍可視為通識教育運
動的一環，這個運動發展亦與人本主義有關，詳細參見張凱元《人本主義教育的理念
與實踐》頁 142-146（台北：心理出版社，2003）。

逐漸將國文由必修改爲選修，修習學分日減的主因。積極思索如何將國文教學融入其他學科、如何凸顯國文學科的「實用性」，以人文精神銜接其他學系的專業性，也許能重新喚醒其他學系重視的契機，並進一步希冀發揮人文學科應有的社會責任。

回到國文教學的本質思考，「語文教育」本就具有實用性的特色。語文表達包括口語與書面語，二者涵括人類溝通的形式與媒介，辭能達意的表達將助於良好的溝通，減少因溝通不良產生的誤解與誤判；因此建立積極、有效的表達模式應是現代化教育的實用性價值[27]與目的之一，而國文教學作爲語文教育，是最能達成此一目標的學科。

國文教學透過課堂上的分組報告與討論[28]，可以讓學生激盪思考、學習如何利用口語完整表達一個主題、如何運用多媒體輔助表達[29]、如何進行討論、研擬結論……，透過口語表達，教師能適時地給予建議與糾正，同儕間可以相互觀摩，透過實際練習可以提昇學生說話的儀態、風度、自信、說話時間的掌控度。環視現今社會，無論哪一種行業、不同的人際間相處，口語表達的重要性與日俱增，特別在忙碌的工商社會，生活步調快速，如何在短時間內作清楚、有效的表達，應該成爲語文教學的重點。因此，國文教育不應停留在傳統以教師口述爲主的教學模式，如何設計相關課程引領學生開口說話，如何設計說話內容，如何

---

[27] 如英國學者約翰‧亨利‧紐曼（John Henry Newman）在其《大學的理想》中即強調「知識本身即爲目的」（第五篇），所謂知識本身即爲目的就是側重自由教育的實用性與實用意義（徐輝、顧建新、何曙榮譯，杭州：浙江教育，2002）。

[28] 一般常見的國文科報告仍多偏向學科本位設計，面對多數非中文系的學生，重新思索如何利用國文報告使學生獲具更有效的學習回饋，即加強國文與學生專業本科的聯繫，應是國文課程值得開發研究的教學策略。

[29] 一般常用的多媒體，如：CD 音響、投影片、幻燈片、Power Point……，但在實際的教學過程中也發現學生常因爲多媒體輔助教材，忽「人」才是報告的主體，主客體的配置關係應區分清楚；所以報告的根本訓練仍回到學生自身口語表達能力的提昇，也是語文教師應該注意的教學重點。

掌握說話時間，……，應是國文教學可以深究的策略。

　　口語表達之外，書面語的表達除了傳統的作文寫作外，還可以運用報導文學的模式，利用國文教學增加學生對本科系的認識，如：利用「人物專訪」的報告，要求學生針對本科系畢業的學長進行專訪；從事前的準備，如選擇專訪對象、擬提問題、安排專訪時間地點，到專訪過程的順利進行、氣氛維持、紀錄、錄音，最後的整理工作，包括如何將口語問答轉成書面語，專訪的心得寫作，……。透過這份作業，除了可以幫助學生熟悉報導文學、採訪、編輯的技巧，在採訪過程中尚可藉由專訪對象建立學科的典範，甚至提前清晰研究與工作方向，便利更有效的學系生涯規劃[30]。從實際的專訪到整理出書面報告的過程，同時提供學生口語與書面語的能力訓練，並因與專業科系結合，無形中也提昇了實用性與認同感。

　　在教材的編選上，除了基本單元外，應可針對不同科系的需求另外編選相關單元。如：透過白先勇的〈遊園驚夢〉、七等生的〈我愛黑眼珠〉，可以結合心理系的專業知識，探討佛洛伊德、容格等學者的理論在文學上的應用；透過柳宗元〈永州八記〉、余秋雨〈千年一嘆〉、蔣勳〈今消酒醒何處〉，可以結合觀光學系或地理系作旅遊文學或文化比較的討論；透過《莊子》、韓韓〈我們只有那一片沙〉，可以結合生物系的知識探討宇宙自然的生態問題；透過侯文詠《白色巨塔》、王溢嘉《實習醫生手記》，提供醫學系學生對醫療人文的思維；陳映真的〈鈴璫花〉可以當作政治類文學、蕭颯的〈死了一個國中女生之後〉可以當作教育

---

[30] 因為中國文學對多數學生而言是大一進行的課程，許多大一學生雖經過志願選填進入本科系，但據筆者的觀察，許多學生其實對本科系的認識有限，透過這個「人物專訪」的書面作業，利用畢業學長的經驗，使學生更清楚認識本科系的發展及出路，幫助許多學生安定本科系的學習，是許多學生完成這份作業後感到最大的收穫處。

類文學、余德慧的〈了然生命的根本態度〉可以作為生死學教材……。
國文寫作從古至今，所涉範圍非常廣泛，欲相應於國文系之外的其他學
系，其實皆可找到相關性的連結點，只是如何設計連結點，全賴國文教
師的慧心靈思，這個連結點的尋覓是專業的挑戰，亦應是教育上學生起
點行為的分析[31]；因為實際與應用的相關連結，使國文與其他學系產生
互動關係，也許可以重新喚起各學系對國文的重視，也是將人文精神注
入各專業領域的契機。

二、終身學習的養成

　　教育的終極理想應在學習習慣的養成，讓學生離開校園後，仍能保
持主動閱讀、思考的習慣；唯有持續性、精進的學習才能激盪生命不斷
向上提昇的力量，知識分子並非「訓練有素的狗」（愛因斯坦），更點出
在科學主導的工業化時代，對人的關懷、人文素養的重要。「文、史、
哲」是人文素養養成的基礎學科，就廣義的「國文」領域而言，亦應包
括這三大類領域，也是國文教學中應該提供學生的多元學習。

　　現代學科分類越趨於精細，文史哲的專業領域分屬於中文系、歷史
系、哲學系，後二者雖受到西方學術的影響，研究範圍不僅限於中國的
領域；但若回歸中國知識分子所受的傳統教育，經史子集都是應該學習
的領域，不僅如此，孔門弟子尚需接受禮樂射御書數的薰陶，因此琴棋
書畫也成為傳統知識分子必備的素養。現代教育面對的環境雖不同於古
代，國文教學受限於時間進度與空間場所，實無法、也不可能完全將傳
統教育的內容複製到現代教學中，況且現代社會隨著科技、人類文明的

---

[31] 起點行為的分析除了學生的學習經驗與能力外，亦應包括結合學生的專業科系，才能
完成有效的學習動機導引。

發展，應該有更嶄新的受教內涵，自然也會對某些特定學習產生排擠性；但反觀傳統教育的最大特色即爲「全人教育」，不僅在知識的教導，更重視透過學習安頓身心，以人的各個面向爲主導的全方位學習，這正也是通識教育的精神所在。因此國文教學除了課堂上教授的專業課程外，尚應提供學生廣泛的課外閱讀書目[32]，作爲學生於下課或課程結束後繼續學習的閱讀指導；甚至引導學生自組讀書會或社團活動，運用同儕閱讀的互動，延伸課堂的學習。利用電腦科技，架設教學網站也是延伸課堂教學的良方，使教學不再有時間或空間的限制，也提供學習者更多元的學習管道，皆有利於終身學習的習慣養成。

　　除了閱讀與討論，在多元學習與同時學習原則下，藉著課程的作業要求，亦可培養學生聽演講與參加藝文活動的習慣。演講是最有效的學習方法之一，學習者可以在最短的時間內，聆聽到演講者最濃縮、精華的研究成果與見解心得、新的研究資訊與方向……，藉著演講者呈現不同的思維觀點，與課堂教學形成一種多元互動，或印證、或互補、或省思、或爭議，無論是哪一種結果，對多元學習都產生重要的激盪，在激盪的過程中可以加強學生的思考能力、擴大學習視野、提昇思維能力的深度與廣度，這正也應是文學教育的終極目標之一。

　　至於藝文活動與國文教學間的關係，可以從孔門教育中的「游於藝」一窺端倪：

　　　　志於道，據於德，依於仁，游於藝。(《論語‧述而》)

---

[32] 書目的開立除了由任課教師選擇外，尚可運用許多不同管道開立的書目；如：台灣經典文學一百本、現代文學經典、名家推薦好書……。雖然從專業角度視之，也許有良莠不齊的弊端，特別是暢銷書排行並不能等同於質優；但在多元化的社會，尊重不同價值觀，相信都能產生作用，也是資訊時代應有的態度，正是所謂的開卷有益。

　　「藝」包含了禮樂射御書數[33]，六藝的學習絕非僅限於知識上的理解，更非僅於課室中即可完成的學習；「游」是從心所欲的最高境界，亦應與莊子庖丁解牛的「游刃有餘」精神相通，皆屬技進於道的層次，六藝表面是「規矩」的學習，學習的完成必須真正內化到心靈的自由[34]，是精進學習後規矩、形式的擺落，不僅是國文教學的層次，更是人格教育的完成、生命境界的提昇，這部份無法以形式上的紙筆、試題考核，卻是教育的最高目標。雖無法落實於考核，卻是每一個生命個體得以尋覓安身立命的契機，享受生命大樂的泉源，也是國文教學可以提供終身學習的思索。藝文活動表面上似與國文教學無關，但它提供「直觀」、「感性」教育的最佳轉化媒介，後者卻是國文教育的目標之一。良善的文學教育應具有理性與感性的雙重提昇與平衡作用，透過文字閱讀與解析，需要經過視覺、聽覺、腦部……等器官運作，知識才能得到有效的傳達，這也是一般學科（包括國文）在課堂上所能完成的教學活動；直觀與感性教育間具有密切關係，直觀不經分析、反思維性、反概念化，為所受當下即是的認識方式。人類認識宇宙間事物的方法中，一般較受重視的是理性思考、分析、推論、判斷、概念化、邏輯化、數據化、量化，這是科學研究的基礎，也是教育體系中習慣的教育常模與評量方式，但不可否認的，在人類的「認識」經驗中，確實亦存在著許多「模糊性」經驗，特別在文學、藝術的領域，文學藝術是否可以視為客觀世界的模仿與再現？也一直是爭議的焦點[35]。「模糊性」正是直觀的特質，也是感

---

[33] 朱註：「藝，則禮樂之文，射御書數之法，皆至理所寓，而日用之不可闕者也。」（《四書章句集註》），所以六藝在孔門教育中絕不能僅視為小道、是「行有餘力」後的學習。

[34] 對孔子「游於藝」的詮釋，傅佩榮認為即欲透過某種技藝的學習，從其中的規律解脫出來，獲得身心的全面自由，與西方藝術家主張藝術使人自由，使人可以突破當前處境的限制相通。詳《儒家哲學新論》頁 228（台北：業強，1993）。

[35] 關於文學藝術的本質探討，從早期希臘哲學家亞里斯多德《詩論》、到近代哲學家克羅

性經驗的呈現方式[36]；因為命題表面與量化、數據化、精確化等現代研究的重要判準不合，一直較被忽視，然而直觀、感性經驗的無法量化、精確性正可以透過模糊理論得到新的認識，文學藝術上所謂的「言外之意」、「無聲勝有聲」、「得意忘言」、「得意忘象」，甚至道家哲學的「強為之名」（《老子》第一章）、禪宗的「不立文字，直指人心」，都說明了語言、文字之外仍有寬廣的認識世界，雖然超乎人類架構出的語言文字認識系統，但其確實、真實存在，都說明直觀與模糊領域的實存性，提醒人類反思無法以數據科學化的表達，並不代表一定不存在、不確實。感性經驗的獲取重視直觀、整體性[37]，學校教育與課程設計其實仍側重於知識性的理解、認知[38]，其中當然亦牽涉學習評鑑、教學目標、學習策略的擬定仍必須依賴標準化、量化的緣故；因此，課程外藝文活動的參與度，正足以彌補學校制式教育的先天性缺陷。在國文教學上，利用心得寫作或報告的方式，除了加強學生寫作表達的能力，更希望利用接觸藝文活動的過程中，培養學生主動學習的習慣，擴大直觀的學習經驗，涵養感性能力，進一步內化為人格情操。

　　感性教育的重要肇因於情感是人類與身俱存的能力，如何妥適地處理七情六慾是快樂的泉源，如何面對生命的困境更需高度的智慧；知識不等於智慧，道德情操不等於高學歷，理性思維更非快樂恆存的能力保證。音樂、繪畫、舞蹈、電影……等藝術，無論透過視覺、聽覺或觸覺、動覺，在在刺激人類感官的活化，而感官的覺受力又常與理性成反向發

齊、康德、黑格爾……，皆多有論述。

[36] 模糊理論源自於科學家對人類認識與模仿的研究，機器人的製作、自動化操作即需要模糊理論，關於文藝美學的研究可參考王明居《模糊藝術論》（合肥：安徽教育，1992）。

[37] 相較之下，理性經驗因為重視邏輯、分析，對整體的認識是經過切割、分解，再組合，最後雖仍完成整體的認識，但和感性經驗重視未被分解的原始整體其實並不一樣。

[38] 即連美術教育亦仍側重「術」的學習，而非對「美」的感知。

展，即當理性思維能力越強時，創造力、感知力常呈現萎縮現象；感性
與理性的高度發展與平衡是教育理想[39]，因此，如何讓二者得到融合與
協調，國文教育是一門可以整合的學科，聽演講、參與藝文活動欣賞，
不需要設備、實驗器材，是走出教室與工作場所後，可以無限擴展的心
靈空間，更是終身學習規劃的當然思考[40]，所以透過國文教學的課程要
求，可以更全面地開拓感性經驗的學習。

三、自學習慣的建立

　　終身學習與自學習慣的建立其實是一體兩面，任何學習唯有達到完
全主動學習，才有無限完成的可能性：「不憤不啓，不悱不發；舉一隅，
不以三隅反，則不復也。」(《論語‧述而》)，教育的終極目標應使每一
個生命個體自己成為教師，在任何生命困挫或有疑問時，都能自行尋得
解決問題的方法，更重要的是主動覺察生命狀況的思維，唯有進入這個
不斷覺察、思索的循環，生命不斷向上提昇的力量才能源源不絕。

　　國文教學設計中能提供學生自學能力的建立，首推參考書目的運
用，無論古典或現代，無論經典或文學，提供豐富的參考書目，皆可形
成課後的閱讀指導，尤其對非中文系的多數學生而言，這個項目更顯得
重要。特別是現代文學這一科目，隔除了文字、閱讀的障礙，所有的學
生都可直接進入文本，在文本中體會文學的魅力，激盪個人情感與思

---

[39] 達文西成為教育理想的典範，也肇因於他高度的理性與感性能力；達文西留下的作品
涵括醫學、工程學、數學、文學（詩歌）、繪畫，在現代學科分類上隸屬於理性、感性
為主的學門，達文西都有驚人的成就，他的成就引領人類重新思索生命的無限可能性，
特別是理性與感性在教育上的潛能開發。
[40] 關於藝文活動的涉獵，在實際教學上，學生最常反應的問題是「看不懂」；「看不懂」
其實仍落在理性思維層次，如果把「懂」的意圖放下，專心於個人感官對線條、色彩、
樂音、肌肉、跳躍……等感受，捕捉個人的覺受力，人人皆可享受藝術的洗禮，開展
生命的另一重認識與自信，也是要求學生參與藝文活動欣賞前，教師可能需要的導引。

維；尤其現代文學無論是呈現的主題、時空背景的相似性、生命的悲歡離合……，都扣合現代生活與物質文明，新的現代文化也在其中逐漸顯現、成形，種種主、客觀因素，都使現代文學在國文教學領域中應扮演最重要的角色，也是最能吸引一般學生主動閱讀的領域：圖書館借閱率最高的書籍、一般學生最常接觸的課外書、一般人作爲休閒閱讀的書籍、讀書會討論最多的書籍……。因此，在自學習慣的建立中，現代文學的閱讀應視爲主要策略之一，相關性的參考書目，或按作家、或按文類、或時代地域，都應提供學生完善的閱讀書目與指導，以作爲學生在課程結束後的自學基礎。

　　閱讀書目之外，運用電腦科技製作數位化輔助教學，如利用網路教學可以將學習時間作無限制的延伸，達到全年無休的狀態。一般的閱讀寫作多需教師指派，學生爲了取得學分而完成報告，這個評量設計即使完成，仍屬被動式學習；架構文學性網站，虛擬新的閱讀與寫作平台，除了可以打破一般教學上的時空限制外，並可利用同儕的互動性增強學生的主動性。由於網路平台屬於公開、自由發表的園地，無論創作或抒發見解，甚至是聊天，因爲自由、公開，發表的同時也必須面對贊同或反對的意見，無形中都激盪了思考，發表的同時亦粗略地完成書面表達[41]，思考能力的活化與深化都是寫作的泉源，發表的完成也同時帶動閱讀與寫作的連結。除此優點，傳統出版品的出版需要經過校對、印刷……等流程，這些流程在網路平台上都可省略，其即時性與立時性的功能更非一般出版品所能相比；在資源上，網路平台不需印刷，可以節省經費，

---

[41] 雖然論者對網路平台呈現的陳述方式多所批評，虛擬世界易產生新的人際問題、學習障礙，因非本文論述重心，暫不作討論。但網路世界絕對仍是方興未艾，它改變人類數千年來的表達方式，且將深刻影響人類生活已是不爭的事實。

因此在自學習慣建立上，網路無國界的特質值得多加利用[42]。

　　所謂「知之者不如好之者，好之者不如樂之者」，以興趣為引導也是建立自學習慣的良好策略，因此，利用電腦數位化將文字性作品動態化，也成為吸引讀者閱讀的一種新趨勢。例如：圖文文學利用圖畫，改變一般文本只有文字的情形，在視覺藝術上增添豐富性，並可利用圖畫傳達「言外之意，絃外之音」，給讀者更寬闊的想像空間，與文字性說明可以形成另一種互補。特別是傳統經典的繪本化，甚至多媒體化，產生所謂的「多媒體書」[43]，透過視覺、聽覺藝術縮小傳統經典與現代閱讀的距離，增加學習者興趣，豐富感性經驗[44]，當學習者產生主動學習的興趣時，自學習慣也同時建立，國文教學能運用如此豐富的素材，自然可以成為最利於建立自學習慣養成的科目。

　　學海無涯，生命的豐富在無盡的學習中開展、擴大，生活樂趣的泉源亦應在學習的不斷積累中；通識教育的理念與精神，是終身學習的建立，是「全人」的養成，希望學生在離開校園後，在朝九晚五的工作常態中，仍能安身立命，覓得生命的安頓。國文教育具有實用性，更直扣人類的精神文明，可以成為終身學習、安身立命的最佳藉緣；國文教學

---

[42] 教育部近年的「提昇大學基礎教育計畫」案經費，已有許多校系藉此架構文學性網站，除了提昇文學性的寫作與閱讀外，尚可針對所屬校園文化特質設計，凝聚校園文化與意識，其功用亦非一般文學性網站所能及。

[43] 關於傳統經典的繪本化，最成功的範例首推蔡志忠，從《自然的簫聲─莊子說》到《老子說》、《世說新語》、《論語》、《心經》……一系列傳統經典繪本（以上皆時報出版社出版），蔡志忠為 傳統經典創造出新的詮釋；近來這些作品經魚夫、紅膠囊製作成動畫，利用電腦數位化製作成光碟，由明日工作室出版，可以預期未來將掀起另一波出版熱潮。此種經典詮釋的方法一定牽涉詮釋者的主觀思維，未必符合經典原貌，甚至可能產生誤解的問題，也是此類出版品可以研議，且應結合專家見解的地方；然而從擴大讀者群的角度，多媒體書確實拉近經典與非專業讀者間的距離，亦具有推廣性的存在價值。

[44] 文字是抽象符號，需要經過辨識、思考機制的建立，在學習刺激上仍偏向理性訓練；繪圖透過線條、色彩、造型、構圖，直接刺激官能的感受性，形成感性經驗的基礎，

在課程設計中，實應將此理念納入，讓國文教學發揮更具體的教學效益。

肆、結語

　　生命可以淺斟低唱，也可以縱情高歌，生活可以繁華熱鬧，也可以平凡無奇，花開花落，日月星移，宇宙自然與生命的流轉都是豐富心靈的資源；但落花水面也好，倦鳥枝頭也罷，生命在安住中才能得到寧靜，在寧靜中才能積聚智慧，在寧靜中才能沉潛情緒，唯有寧靜才能引領生命走向永恆，文學是沉澱生命、得到寧靜的資糧。文化汰洗無數人世間的悲歡離合，宇宙自然呈現規律與恆常，文學是在人文與自然間激盪最豐富的生命空間；中國文學提供進入文化生命的契機，這個生命空間與文化核心應是國文教學的核心，也是國文教學成為生命之學的主因。三千年前，孔子面對分崩離析的家國，冒著生命巨大的危險、承受路途的顛波流離，遊說於列國卿相間，堅持理想與理念的落實；壯志未成，繼而退守洙泗之上，仍以作育英才為職志，為文化長夜增添一顆閃耀恆星。三千年後，吾輩面臨倫理道德的崩潰、法律秩序的瓦解、價值體系的混淆，正是反省、思索「讀聖賢書，所學何事」的時刻，也是知識分子應該承當的社會責任。

　　國文教學是生命之學，不應只停留在知識性的記問；國文更是人文素養的培育科目，透過文學豐富的多元視角，打開生命無數個窗口，看見、聽見、覺察見，才能提供真正反省生命的契機，唯有透過反思、自覺，知識進入生命才能轉化為行動與智慧，真正的同理心才能因此建立。這是國文教育「知行合一」的文化傳統，而人本化、通識化不過是因應不同專業分工後的本質思考。因為尊重生命成長無法速成，需要時

　　雖然在表達層次上也許有高低之分，但在美的本質上，應是毫無軒輊的經驗基礎。

間，國文教學需要在選材、詮釋上更見心思；因為涉入不同專業領域的基礎教育，國文教學更需要切入與整合的技巧；因為生命的潛能可以無限開展，國文教學更需要專注於自學習慣與終身學習的養成。透過國文教學，真正幫助學生轉化所學，面對不同的生命情境能運用所學，做最妥適的處理，產生具有智慧的理性能力；透過國文教學，增強學生對事物的感知能力，在同情共感的同理心建立後，將知識真正內化，產生具有實踐力量的道德情操。

　　在科技主導一切，外來文化優先的時代趨勢下，也許人本化與通識化是喚醒社會重視國文教育的契機，國文教學幫助心靈淨化，也是人文教育應該引領人類前進的力量；唯有人類真正理解、重視人文教育後，物質引發的社會危機、貪婪仇恨引發的殘暴、戰爭，才能得到真正的解決，使人類在享受物質文明的同時，也能保有真正的寧靜與幸福。更全面反思並具有前瞻性的國文教育，應成為心靈改革的最佳策略。

論「時間」章法在新詩中的運用
—兼論其教學

成功大學　仇小屏

摘　要

　　人具有時間知覺，因而形成心理時間，並凝聚成時間意識，此時間意識常與特殊的情、理結合，並以具體的景、事來傳達，所以在文學作品中體現出來時，必須有一定的邏輯加以組織，此邏輯就是章法；而且因為文學求變，所以此種組織時間的邏輯就不只一種，整體說來，處理時間的章法有四：今昔法、久暫法、快慢法、時間虛實法；其中今昔法所探求的是對時間的「順序」的處理，久暫法所探求的是對時間的「量」的處理，快慢法所探求的是對時間的「速率」的處理，時間虛實法所探求的是對時間的「真假」的處理；而且這種種不同的處理方式，都彰顯出時間各種不同的特點，都是有理可說的，並且因此也產生了不同的美感。而且因為新詩乃一藝術性極高之文類，所以本論文就以新詩為實際批評之對象，來探求時間章法在新詩中的運用及美感，並兼論在教學時應注意的事項，以期能作為鑑賞與寫作教學之參考。

關鍵詞：章法、今昔法、久暫法、快慢法、時間虛實法

壹、前言

陳滿銘〈論章法的哲學基礎〉中說：章法所探討的是篇章之條理，亦即連句成節（句群）、連節成段、連段成篇的邏輯組織。這種邏輯組織或條理，對應於宇宙人生規律，完全根源於人心之理，是人人與生俱有的。所以大多數的人，包括作者本身，對它的存在雖大都不自覺，卻會自然地反映在他們的思考或作品之上[1]。目前所歸納出來的章法約有四十種[2]，它們用在「篇」或「章」（節、段），都可以擔負組織材料情意、形成層次之作用。

所有的文學作品都是在特定的時空中產生，因此文學作品對時間要素的處理就非常值得觀察；而且章法既然是對應於宇宙人生規律，且根源於人心之理，那麼就必然不會忽略構成四維時空的要素之一－－時間，因此從章法切入察考文學作品如何處理時間，就是非常有意義的探索。就章法來說，處理時間者有四：今昔法、久暫法、快慢法、時間虛實法；以此四種不同章法切入，可以彰顯出時間各種不同的特點，這都是有理可說的，並且也因此產生了不同的美感。所以本論文就鎖定「時間」章法，並以極富藝術性的文類－－新詩為考察對象，來探討其運用的情形和所造成的美感，並兼論在教學時應注意的事項，期望能作為鑑賞與寫作教學之參考。

---

[1] 見陳滿銘〈論章法的哲學基礎〉（《國文學報》32（2002），頁 87-126）。

[2] 這些章法是今昔、久暫、遠近、內外、左右、高低、大小、視角轉換、知覺轉換、時空交錯、狀態變化、本末、淺深（輕重）、因果、眾寡、並列、情景、論敘、泛具、虛實（時間、空間、假設與事實、虛構與真實）、凡目、詳略、賓主、正反、立破、抑揚、問答、平側、縱收、張弛、插補、偏全、點染、天（自然）人（人事）、圖底、敲擊等。見陳滿銘〈論幾種特殊的章法〉（《國文學報》31（2002），頁 175-204），及拙著《篇章結構類型論》（台北：萬卷樓圖書有限公司，2000）。

貳、今昔法在新詩中的運用其及美感

今昔法處理的是「實」時間，也就是實際經歷過與正在經歷中的「過去」與「現在」。

一、今昔法在新詩中的運用

時間是一維的，因此所謂「時間三相」就是指過去、現在、未來，正如陳滿銘《章法學新裁》所言：「凡是敘事、寫景或抒情，只限於過去或當前的，是『實』。透過想像，伸向未來的，則爲『虛』。」[3]因此過去與現在都是屬於「實」時間，而未來則是「虛」時間。處理「實」時間，亦即處理「過去」與「現在」者，當屬今昔法[4]，因此今昔法可說是將時間中的「今」（現在）與「昔」（過去），依篇章需求作適當安排的章法[5]。今昔法可能形成的結構有四種：「由昔而今」（順敘）、「由今而昔」（逆敘）、「今昔今」（追敘）、「昔今昔」。茲舉其中的兩種結構爲例加以說明。

採用順敘法者，有宗白華〈夜〉：

一時間
　覺得我的微軀
　是一顆小星，
　瑩然萬星裡

---

[3] 參見陳滿銘《章法學新裁》（台北：萬卷樓圖書有限公司，2001），頁107-108。
[4] 「過去」與「現在」兩者作一比較，則「過去」偏於「虛」、「現在」偏於「實」，因此「過去」可說是「實中虛」，「現在」可說是「實中實」。
[5] 見拙著《篇章結構類型論》（上），頁19。

隨著星流。

一會兒

又覺著我的心

是一張明鏡，

宇宙的萬星

在裡面燦著。

其結構分析表如下：

```
┌─ 先（動）┬喻體：「一時間」二行
│         └喻依：「是一顆小星」三行
└─ 後（靜）┬喻體：「一會兒」二行
          └喻依：「是一張明鏡」三行
```

　　詩篇是依照時間的順序而寫成的。一開始，作者仰觀宇宙，只見星雨奔流，這壯麗的動感讓作者悠然神往，恍然間，他「覺得我的微軀」，也變成了「一顆小星」，所以「瑩然萬星裡\隨著星流」；「微軀」是「喻體」，「一顆小星」是「喻依」。接著，心神往內收攝，只覺心境一片清明，因此作者又說了：「又覺著我的心」，像什麼呢？「是一張明鏡」，所以「宇宙的萬星\在裡面燦著」；其中「心」是「喻體」，「明鏡」是「喻依」，而且說「宇宙的萬星\在裡面燦著」，可見得此心並非冰冷枯寂，相反的，是活潑潑充滿生機的。

　　更深一層來看，前幅詩句的內容是往「外」發展的，而後幅詩句的內容大力迴轉，往「內」收攝，因此前者迷失，後者安定。此詩依照時

間先後敘來[6]，簡單而有效地鋪陳出清明的詩境。

至於形成「今昔今」（追敘）結構者，則有許悔之〈絕版〉：

> 你我相遇於風中
> 彼此用手掌
> 小心翼翼地將這段相逢
> 呵護成唯一的序
> 早在遙遠的三千年前
> 便寫入蒹葭的傳說裡
>
> 如今
> 風翻開的每一頁
> 都不可圈點
> 是孤本，且永遠絕版

其結構分析表如下：

```
┌─ 今：「你我相遇於風中」四行
│  昔：「早在遙遠的三千年前」二行
└─ 今：「如今」四行
```

詩篇一開始用「你我相遇於風中」四行，敘寫了風中的相遇，而且這段相逢，就彷彿一本書的序言一般，預示了往後的許多可能。接著，作者用「早在遙遠的三千年前」一句，將時間回溯至過去；因為那個時候，這段相逢就已經「寫入蒹葭的傳說裡」（「蒹葭」一詞，是取自《詩

---

[6] 當時間的延展幅度不大時，可用「先」、「後」代替「昔」、「今」來指稱。

經・秦風・蒹葭》：「蒹葭蒼蒼，白露爲霜。所謂伊人，在水一方。」）。然後，用「如今」二字一轉，時間迴入現在，作者說道：風翻開了書頁，也就是說風中的相逢，讓這則傳說繼續地書寫下去；並且，風所翻開的每一頁，都是「不可圈點」，意指愛情的滋味冷暖自知，是旁人所無法領略、無能置喙的；而且作者還在最後一句強調道：「是孤本，且永遠絕版」，「孤本」就是唯一的一本，而且「永遠絕版」，表示沒有複製的可能，除了承續前面的「唯一的序」和「傳說」，繼續以「書」來比喻愛情之外，而且還更強調出愛情的獨一無二的價值[7]。

　　作者以「今昔今」結構構篇，而且「昔」時間往前回溯三千年，與「今」時間作對照，時間的跨幅不可謂不大，因而強調出生生世世、情緣不斷的況味。

二、今昔法所造成的美感

　　「過去」與「現在」的意義非同小可。針對「過去」而言，在時間學上，把逆向的時間考察，稱之爲「時間反求」，「時間反求」對個人乃至於全人類，都具有十分重要的意義，我們可從中得到啓示、獲得借鑑[8]，塔可夫斯基在（Andrey Tarkovsky）《雕刻時光》一書中曾對此作了相當的強調：「過去比現在更加真實、更加穩定、更加富於彈性。現在有如指尖的流沙不斷滑落、消逝，唯有在回憶中才能得到其物質的份量。……時間不會不留痕跡地消失，因爲它是一種主觀、精神的類屬；我們所曾生活的時間佇留於我們的靈魂，恰似安置於時間之內的一段經驗。」[9]因此，如何處理順序時間，其

---

[7] 參見拙著《放歌星輝下－－中學生新詩閱讀指引》（台北：三民書局，2002），頁 143-144。
[8] 參見金哲、陳燮君《時間學》（台北：弘智文化事業有限公司，1995），頁 140-141。
[9] 見塔可夫斯基（Andrey Tarkovsky）著，陳麗貴、李泳泉譯，《雕刻時光》（台北：萬象圖書公司，1993），頁 83。

實也就意味如何處理過去（回憶），這中間透露的消息是耐人尋味的。而關於「現在」，中古初期的基督教思想家奧古斯丁認為，所謂過去與未來皆內在於現在之中，換言之，唯一真實存在的時間是現在的剎那，雖然它稍縱即逝，但卻是時間成立的基礎[10]，因此周憲《超越文學－－文學的文化哲學思考》也敏銳地說道：「任何傑出的作家對往事的描述與解釋，都是從現在出發，進而『返回』到過去。」[11] 既然任何情感與思考都於現在發生，因此其重要性不言而喻。更進一步來說，「過去」與「現在」既然如此重要，那麼作者如何處理「昔」與「今」的關聯，就透露出許多訊息。

對「昔」與「今」的處理有秩序及變化兩種。很有秩序地依照事件的歷時性關係來處理時間，使時間先後承續的關係成為作品中的最主要架構，就是我們常說的「順敘」法（即「由昔而今」）[12]，這是最基本、最初始的敘述方式[13]，但也是相當有效、很能引人共鳴的方式，就如張紅雨《寫作美學》中所說的：「最能吻合美感情緒的發生、發展，亦即初震、再震，震動的高峰、震動的回收這一規律的，就是以時間為序來結構文章」、「順向，是人們的美感情緒正常發展的類型。……合乎規律的東西就是美的，就是真的。」[14]

---

[10] 參見陳清俊〈盛唐詩歌時空意識研究〉（台北：國立台灣師範大學國文研究所博士論文，1996），頁 12。

[11] 見周憲《超越文學－－文學的文化哲學思考》（上海：上海三聯書店，1997），頁 190。

[12] 見蔡宗陽《文燈》（台北：國語日報社，1977）：「由先而後，也叫做『順敘法』。」，頁 24。

[13] 參考夏之放《文學意象論》（汕頭市：汕頭大學出版社，1993），頁 234。金健人《小說結構美學》（台北：木鐸出版社，1988）亦稱：「最初的小說，無論中外，全都謹遵自然，順著時針的走動，直線式地向前向前。」，頁 17。鮑德威（David Bordwell）著，李顯立等譯，《電影敘事：劇情片中的敘述活動》（台北：遠流出版社，1999）中亦說：「多數影片的敘述似乎都以時間的順序來呈現故事；倒敘和前敘畢竟少見。」，頁 177。

[14] 見張紅雨《寫作美學》（高雄：麗文出版社，1996），頁 245-246，及頁 350。王向峰主

　　不過，人心都是好奇、尚變化的，而且往往基於創作時的需要，創作者也無法固守基本的順敘方式，因此，不同的處理手法就出現了。正如趙山林《詩詞曲藝術》中所言：「但在詩人筆下，這種順序可以通過藝術想像加以改變，以適應表達感情的需要。」[15]這都說明了變化地處理今、昔時間的特點。這種不按照正常時序的敘述方式，自然是有其特殊的效果的。在變化的處理方式中，「昔」與「今」的映照效果相對鮮明，爲什麼會如此呢？金健人《小說結構美學》中說：「時序的打破之處，同時也是提請讀者的注意之處。這種『倒撥』在效果上當能起到強調和設置懸念的雙重作用。」[16]李浩在〈論唐詩中的時空觀念〉一文中，說得更清楚：「還有一些作品呈環狀時序。作者的思緒從現在馳向過去，再由過去折回到現在。既能站在時代的制高點上，俯視過去，對過去進行理性的批判和詩意的否定，又能觸目感懷，對現實進行反諷和嘲笑。」[17]

　　而且這樣的「時間逆向」當然不是隨意而爲的。正如張紅雨《寫作美學》中所稱：「逆向，是激情物曾經給寫作主體留下了不可磨滅的印象，在復呈這一激情物當初的型態時，常常把事物的結果和結局首先湧現出來。因爲這種結果和結局曾經在引起美感情緒波動中，居於最激烈的階段上，是美感情緒波動最急促、最密集的部分，所以復呈時期印象最清楚，也就最先被顯現出來。」[18]這個「結果和

編《文藝美學辭典》（遼寧：遼寧大學出版社，1987）中談到「起始與承續關係」時，亦說：「這是事物按照規律運動，以及藝術按照美的規律來塑造在結構形式上的具體表現。」，頁 113。

[15] 見趙山林《詩詞曲藝術》（浙江：浙江教育出版社，1998），頁 141。亦可參見吳功正《中國文學美學》（江蘇：江蘇教育出版社，1990）則說道：「逆推時程。……詩人經過情感化審美改造，可以改變自然時間箭頭，以近推遠，以今推古。」，頁 384。

[16] 見金健人《小說結構美學》，頁 19。

[17] 見李浩在〈論唐詩中的時空觀念〉，《唐代文學研究第四輯》（廣西：廣西師範大學出版社，1993），頁 15。

[18] 見張紅雨《寫作美學》，頁 351。

結局」就是「今」，以此來解釋變化的結構，是相當有說服力的；而且，這種「最激烈的美感情緒」可以不只一次地復呈，當然，所引起的美感也就更綿密了[19]。

叁、久暫法在新詩中的運用及其美感

將注意力集中在時間的「量」上，就會形成久暫法。

一、久暫法在新詩中的運用

「久」是指長時間，「暫」是指短時間[20]，在作品中同時收納長時間和短時間，以期達成兩者相映的特殊效果，這就是久暫法[21]。久暫法所能形成的結構有「由久而暫」、「由暫而久」、「暫久暫」、「久暫久」四種，茲舉其中的兩種結構為例加以說明。

渡也〈棄婦〉出現了「由暫而久」的情況：

> 妳是冬季最後一頁日曆
>
> 我想撕去妳就會看到春天的草原
>
> 沒想到當我撕去妳

---

[19] 變化的順序時間中，若「今」或「昔」出現不只一次，則在更細密的區分之下，還可區別出這重複的「今」或「昔」，在時間的刻度上，也或許有些差別。譬如鮑德威（David Bordwell）《電影敘事：劇情片中的敘述活動》即將時間的順序用 1、2、3 來標示，因此即使同是「今昔今」的結構，也有「1-3-2」或「2-3-1」的不同（頁 176-177）。如果這點不同在個別作品的賞鑑中是具有意義的，那麼也應該加以指明。

[20] 「久暫」一詞擇自高琦《文章一貫》中所收的《文筌》，其中列有「體物七法」，第五則是「量體」，其說法是：「量物之上下、四方、遠近、久暫、大小、長短、多寡之則而體之。」

[21] 參見拙著《篇章結構類型論》（上），頁 45。

> 不止息的雪
>
> 迎面撲來
>
> 其實寒冬剛剛降臨
>
> 雪
>
> 才是你永遠的眼神
>
> 我用什麼抵抗呢？

其結構分析表如下：

```
┌─ 敲 ┬ 暫：「妳是冬季最後一頁日曆」二行
│     └ 久：「沒想到當我撕去妳」六行
└─ 擊：「我用什麼抵抗呢」
```

　　此詩前幅將「她」比喻成「冬季最後一頁日曆」，因此拋棄「她」就如同撕去日曆，那麼就可以「看到春天的草原」，所以這一刻的所思所想是「暫」。可是沒想到如此做之後，「不止息的雪\迎面撲來」，作者以「不止息」一詞拉開時間，而且詩篇再發展：「雪\才是你永遠的眼神」，從「永遠」一詞中，可見棄婦幽怨之不可滅絕，所以這部分所形成的是一段「久」時間。因此最後作者嗥嘆道：「我用什麼抵抗呢」？當然是無法抗拒的了。

　　從全幅詩篇看來，此詩以「我想撕去你」（暫）來烘托「雪才是你永遠的眼神」（久），因此「久」時間就顯得更悠長，從而傳達出棄婦幽怨之久長，這些都是「旁敲」[22]一筆，真正直擊重心的是最後一句，以此帶出作者心中無法掩飾的愧歉。

---

[22]「敲擊」法乃陳滿銘所提出，其〈論幾種特殊的章法〉有言：「用『敲』專指側寫，用『擊』專指正寫，以區隔這種篇章條理與『正反』、『平側』（平提側注）、『賓主』等章法的界線。」，頁 196。

　　孫維民〈聽蟬〉形成的則是「由久而暫」的結構：

　　　他抓住一根細細長長的繩索
　　　不停地攀登
　　　向上，不停地

　　　希望看見高處的風景
　　　希望知曉峰頂的秘密
　　　因為苦痛

　　　直到一片鋒利的落葉
　　　冷冷地，將細細長長的繩索
　　　割斷

其結構分析表如下：

```
┌─ 久 ┌─ 果：「他抓住一根細細長長的繩索」三行
│     └─ 因：「希望看見高處的風景」三行
└─ 暫：「直到一片鋒利的落葉」三行
```

　　前兩節詩句形成「先果後因」的關係，而且從「不停地」一語，得知「他」因為苦痛而努力攀登，已經持續了好一段時間，所以這是一段「久」時間；第三節則鎖定在落葉割斷繩索的那一瞬，這鋒利的毀傷彷彿也割斷了所有希望，因此雖是短短的刹那，可是在前面「久」時間的烘托下，卻凝聚了最多的注意，力量非常強大。

二、久暫法所造成的美感

　　金哲、陳燮君《時間學》中曾言及「『瞬時』和『長時』的辯證統一」，認為瞬時是時間長河中的一朵浪花，瞬時的不斷連續、無限持續，才形成了滔滔的時間長河[23]。不過，有時創作者震懾於這時間長河的遼闊雄奇，在篇章或一句中涵蓋了千古的時間，這就是「久」的時間設計；但是，有時創作者細膩地體察到這電光石火的一瞬間，竟有無限的曲折等待傾吐，遂會形成「暫」的處理方式。

　　黃永武《中國詩學──設計篇》中，即曾提出「時間的漸長」的說法，他認為：「一首詩中各句代表的時間長度不一樣……由一段極有限的時間，漸趨悠長，乃至面向時間的無限性，就詩的時間內涵來說，是愈來愈拉長。」[24]這樣就會形成「由暫而久」的時間設計，其作用是更強調出悠長的時間感，曾霄容《時空論》中說：「個人於測一短時間後，更測一長時間，則覺得此時間較於實際更為長。」[25]這說明了為什麼「由暫而久」的時間設計方式，會造成著眼於「久」的效果。而且因為這種方式當然會帶出時間悠悠的感受，所以正如童慶炳《中國古代心理詩學與美學》中所言：「時間距離是美的塑造者」[26]；黃永武《中國詩學──設計篇》中也出現類似的說法：「就詩的時間內涵來說，是愈來愈拉長，在讀者的情緒上也便引起一種悠然不盡的遠韻，容易產生餘音裊裊。」[27]不只如此，如果作品中所涵納的時間是不盡的悠遠的話，那就可以由個人的經歷上窺歷史的

---

[23] 參見金哲、陳燮君《時間學》，頁 79。

[24] 見黃永武《中國詩學──設計篇》（台北：巨流圖書公司，1986），頁 46。李元洛《詩美學》（台北：東大圖書公司，1990）則稱之為「時間由短而長」，頁 410。

[25] 見曾霄容《時空論》（台北：青文出版社，1972），頁 417。

[26] 見童慶炳《中國古代心理詩學與美學》（台北：萬卷樓圖書有限公司，1994），頁 160。

[27] 見黃永武《中國詩學──設計篇》，頁 46。

興亡，甚至人類全體共同的命運[28]，這種時間感、歷史感的帶出，是其他手法所不容易做到的。

　　另外，相對的，黃永武《中國詩學——設計篇》也談道「時間的漸蹙」，他說道：「一首敘事或抒情的詩，各句中所代表的時間性，很少是平行而等長的，爲求與情感的波動配合，往往採用一種變率，有時一句代表千百年，有時一句代表數秒鐘，這種時間的變率，在一首詩的直線進行中，有時由冗長而漸短……這種設計，姑且稱之爲時間的漸蹙。」[29]這會形成「由久而暫」的時間處理方式，此時，時間的瞬息性就大爲加強了。曾霄容《時空論》中亦曾提及：「若測一長時間後，則覺得短者更爲短。」[30]因此我們瞭解在「由久而暫」的時間設計中，「著眼於暫」的效果是從何而來的。此外，金哲、陳燮君《時間學》中特列有「瞬時論」，並提出「描繪瞬時」、「『放大』瞬時」的看法[31]，可見得「瞬時」在時間學中亦有特別的意義。而翟德爾（Herbert Zettl）《映像藝術》中亦談到：「每個瞬間，即使是最簡短的，也具有高度的複雜性。」[32]我們並且可以留意他對電影中的「停格」的看法：「停格呈現逮到的運動，而不是沒有運動的畫面。停格具有高度的單位濃度；一個特定的凍結瞬間摘自全盤的運動，然後一次又一次地重複。」[33]在文學作品中也是有「停格」現象的，那就是我們現在所討論的「暫」，趙山林《詩詞曲藝術》稱之爲「時間定格」，他認爲：「我們所說的時間定格，指的是詩人在時間流程

---

[28] 參見陳清俊〈盛唐詩時空意識研究〉，頁342。
[29] 見黃永武《中國詩學——設計篇》，頁44。李元洛《詩美學》則將這種情形稱之爲「時間由長而短」，頁409。
[30] 見曾霄容《時空論》，頁417。
[31] 見金哲、陳燮君《時間學》，頁70-79。
[32] 見翟德爾（Herbert Zettl）著，廖祥雄譯，《映像藝術》（台北：志文出版社，1994），頁340。
[33] 見翟德爾（Herbert Zettl）著，廖祥雄譯，《映像藝術》，頁367。

中，選取最能表現人的情緒或動作所包孕的『來因和去因』的一剎那，從一剎那的靜止狀態中表現出人物的思想活動。」[34]所以，所描繪的時間雖然短暫，但卻包孕了豐富的思想和情感，藝術性是很高的。

我們前面談到「著眼於久」的時間設計，會帶出時間悠悠的感受；而「著眼於暫」的方式，則會對瞬時作最深入的描繪；至於「久暫錯雜」的結構，則能吸納前面兩者的優點，因此藝術性是極高的。

肆、快慢法在新詩中的運用其及美感

時間流逝的速度原本是恆定不變的，但人的心理卻可針對此作主觀的改造，因此形成了「快」時間或「慢」時間。

一、快慢法在新詩中的運用

「時間知覺」也有被影響的時候[35]，而且創作者在創作時，甚至會刻意地將這被影響的時間知覺強化處理，以期更鮮明地彰顯出作者個人的意志與情感，所以吳功正在《中國文學美學》中說：「審美的意識、情感需要，完全可以打破時間的自然值。」[36]即是針對此點而言，在這種情況下，就會出現或快或慢的時間速率，因此處理文學作品中的快時間或慢時間，就會形成快慢法。其可能形成的結構有四：「由快而慢」、「由慢而快」、「快慢快」、「慢快慢」。茲舉其中

---

[34] 見趙山林《詩詞曲藝術》，頁 155。

[35] 彭聃齡主編《普通心理學》（北京：北京師範大學出版社，1988）即提出幾種影響時間知覺的因素：「1 感覺通道的性質……2 一定時間內事件發生的數量和性質……3 人的態度和興趣」，頁 279-280。

[36] 見吳功正《中國文學美學》，頁 384。

的兩種結構來加以說明。

　　焦桐〈雙人床〉是以「先快後慢」的結構組織起來的：

> 夢那麼短
>
> 夜那麼長
>
> 我擁抱自己
>
> 練習親熱
>
> 好為漫漫長夜培養足夠的勇氣
>
> 睡這張雙人床
>
> 總覺得好擠
>
> 寂寞佔用了太大的面積

其結構分析表如下：

```
┌─ 快：「夢那麼短」
└─ 慢 ┌─ 因：「夜那麼長」
      └─ 果 ┌─ 果：「我擁抱自己」五行
            └─ 因：「寂寞佔用了太大的面積」
```

　　一開始就說「夢那麼短」，好夢易逝，因此帶出「快」節奏；接著「夜那麼長」一行點出「原因」，開展帶出其下「結果」：「我擁抱自己\練習親熱\好為漫漫長夜培養足夠的勇氣\睡這張雙人床\總覺得好擠\寂寞佔用了太大的面積」，而且此部分又形成了一個「先果後因」的結構，就在最後一行點出了真正的情感──寂寞，而且這全部七行詩句都形成了「慢」節奏。所以前面先出一個「快」節奏，是為了使後面的「慢」節奏更顯悠緩，以此傳達出長夜寥寥、寂寞難耐的感受。

羅青〈臨池偶得〉[37]則形成了頗具變化的「快慢快」結構，其結構分析表如下：

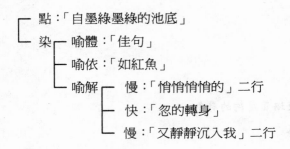

點：「自墨綠墨綠的池底」
染 ── 喻體：「佳句」
　　── 喻依：「如紅魚」
　　── 喻解 ── 慢：「悄悄悄悄的」二行
　　　　　　── 快：「忽的轉身」
　　　　　　── 慢：「又靜靜沉入我」二行

此詩敘寫臨池所見的景象，因此先以首行「點」出地點，其後六行就此來「染」，敘寫紅魚悠游的景象，而且其中運用了譬喻法，即「紅魚」實為喻依，他所要譬喻、說明的是「佳句」，而兩者的共通點在於「悄悄悄悄的\浮現\忽的轉身\又靜靜沉入我\幽深的心底」（此為喻解）。在描述紅魚身姿時，作者運用的辭彙是「悄悄悄悄的\浮現」，「悄悄」疊用，有拉長的效果，「浮現」這個動作本身也非匆遽的，因此這是「慢」速率；接著寫紅魚「忽的轉身」，「忽的」用來修飾「轉身」，讓動作更加急遽，所以速率突然加快；最後「又靜靜沉入我\幽深的心底」，「靜靜」與「沉」讓節奏又舒緩下來。因此描述紅魚身姿時，時間節奏即有由「慢」而「快」又轉「慢」的變化，以此影射靈感的醞釀、乍現與潛藏，真是自然天成、渾然無跡。

二、快慢法所造成的美感

---

[37] 原詩略，參見《新詩三百首》，張默、蕭蕭編，九歌出版社，1995.9 初版，1996.5 二版，以及拙作《世紀新詩選讀》，萬卷樓圖書有限公司，2002 年初版。

　　爲了審美的需要，創作者並不需要拘泥於物理時間，反而可以隨心所欲地變造時間；所以以物理時間的觀點來看，完全不合理、荒謬的情形，在審美的眼光中，卻往往正是創作者匠心獨運之處。楊匡漢在《詩學心裁》中說：「藝術時間是詩人及藝術家憑藉情感邏輯和想像邏輯，或加速、或減緩、或推進、或逆轉時間的進程，於回首或前瞻中，使時間被重新認識、重新組織的權力。」[38]這段話中所說的「加速」、「減緩」，指的就是時間速率的「快」、「慢」。

　　從物理時間看，時值是穩定的，一小時不論對不同的時、地、人來說，都是一小時，這是客觀時值；但在心理時間中的時值，卻是一種主觀時值，所以有時度日如年，有時卻又感到歲月如梭[39]。所以愛因斯坦曾說過一個幽默的譬喻：如果你在一個漂亮姑娘的身邊坐了一個小時，你只覺得坐了片刻，但是，如果你是坐在一個熱火爐上，片刻就像一個小時。而這樣對時值的主觀變造，當然會反映在文學作品中。因此黃永武《中國詩學——設計篇》中提出「時間的速率」[40]，其中就提到了「快」與「慢」的時間速率。

---

[38] 見楊匡漢《詩學心裁》（陝西：陝西人民教育出版社，1995），頁 202。

[39] 影響我們對時值感受的，最明顯的原因有「一定時間內事件發生的數量和性質」，在一定時間內，事件發生的數量越多，性質越複雜，人們傾向於把時間估計得較短，反之則估計得較長；但是在回憶往事時，情況則恰好相反，同樣一段時間，經歷越豐富，就覺得時間長，經歷越簡單，就覺得時間短。另外，「人的態度和興趣」也是一個非常重要的因素，人們對自己感興趣的東西，會覺得時間過得快，反之則覺得時間非常漫長，參見彭聃齡主編《普通心理學》，頁 280、錢谷融、魯樞元主編《文學心理學》，頁 198，和翟德爾（Herbert Zettl）著，廖祥雄譯，《映像藝術》，頁 317-318。

[40] 黃永武《中國詩學——設計篇》：「本節所談的時間速率，不是指韻律節奏的快慢，也不是指主觀感受中時光的流速，而是指景物映象移動的速率，像電影中應用快速鏡頭或緩慢鏡頭那樣，抒情的效果迥然不同。」，頁 48。亦可參看沈謙《文心雕龍與現代修辭學》（台北：益智書局，1990）中談到「時間的夸飾」時，說：「時間之夸飾，放大者亟言時間之快、動作之速，縮小者亟言時間之慢、動作之緩。」，頁 273。還有李元洛《詩美學》提出「時間的壓縮」和「時間的擴張」：「時間的壓縮。客觀現實比較長的時間，在動人地抒情的前提下，常常可以在詩人的主觀想像中將其縮短，這是對時間的審美錯覺。」，頁 401。又說：「時間的擴張。……詩人常常將較短促的現實時間加以擴展，造成一種主觀外射的詩的時間，從而創造出不一般化的美學境界。」，頁 403。

創作者在主觀的想像中，將時間由長變短了，如此一來特別會感到時間流逝的快速，因此最能深刻地傳達出創作者對倏忽即逝的光陰的感喟。而且快速節奏感的美感十分特殊，正如楊辛、甘霖《美學原理》中談到「節奏韻律」時，說：「構成節奏有兩個重要關係：一是時間關係，指運動過程；一是力的關係，指強弱的變化。」[41]「時間關係」用我們現在所著力說明的「時間速率的快慢」，就可以解析得很清晰，而「力的關係」則與情感的強弱有關，這在做個別作品的分析時，也可以說明清楚，兩者配合起來，就形成了作品中的節奏感；所以文學作品中出現了「快」速率時，會造成「張」[42]的節奏感，正如翟德爾（Herbert Zettl）《映像藝術》中提到快動作「其運動不僅比正常更快，而也更為不規律，更為跳動。」[43]這種不確定的戲劇效果，也是其他手法所不易達成的。

至於在「慢」速率中，時間被主觀地拉長了，時間的無止無盡，正如心中思緒的綿延不絕，因此這樣的時間設計，特別適合用來抒寫怨情。關於這一點，簡政珍《電影閱讀美學》談到「延展」（stretch）鏡頭（即慢鏡頭）時，也說道：「慢鏡頭用於表達心靈對景象或事件深刻的印象，這些事件緩慢的通過放映機，也緩緩嵌入心坎，因此難以磨滅。」[44]同樣的道理，在電影和文學中都是相通的。而且，「慢」的時間設計也帶來了「弛」的節奏感，翟德爾（Herbert Zettl）《映像藝術》中即說：「慢動作的功能是事件濃度的功能……慢動作的物體

長的時間，在動人地抒情的前提下，常常可以在詩人的主觀想像中將其縮短，這是對時間的審美錯覺。」，頁 401。又說：「時間的擴張。……詩人常常將較短促的現實時間加以擴展，造成一種主觀外射的詩的時間，從而創造出不一般化的美學境界。」頁 403。

[41] 見楊辛、甘霖《美學原理》（台北：曉園出版社，1991），頁 173。
[42] 「張」與「弛」是一對範疇，劉錫慶、齊大衛《寫作》（北京：北京師範大學出版社，1994）稱：張，就是緊張；弛，就是鬆弛，頁 101。
[43] 見翟德爾（Herbert Zettl）著，廖祥雄譯，《映像藝術》，頁 369。
[44] 見簡政珍《電影閱讀美學》（台北：書林出版公司，1993），頁 113-114。

看起來不僅動得比平常慢，而且，真如安海姆曾經主張的，他看起來藉較濃的媒介在動，這種媒介似乎在墊壓重力效果而使運動『毛絨絨，軟綿綿地』。物體實際上藉較濃的氣氛在動……它不必再遵守我們習以爲常的重力的自然律。慢動作導引一種非現實或超現實的感覺。」[45]所謂「非現實」、「超現實」的感覺，在文學作品中，正是作者以主觀的態度處理時間、將時間拉長，因此而產生的效果。

　　同時具備兩種相反的時值，到底會造成什麼樣的效果呢？沈謙《文心雕龍與現代修辭學》中，對於「夸飾」格的說法，可以給我們很大的啓示：「夸飾之表達方式，可分放大與縮小兩類。往往有行文中同時兼用兩式。……如此放大與縮小之夸飾，同時在一段文字中出現，兩相對襯，更加強了文章的聳動力量。」[46]由此可見「快」與「慢」並列在一起，同樣可以造成非常強烈的效果，對於主旨（情意）的凸顯，是非常有幫助的。

伍、時間虛實法在新詩中的運用及其美感

　　時間虛實法中所處理的時間，不只限於真實的時間，還延展至設想出的虛時間。

一、時間虛實法在新詩中的運用

　　「時間三相」是指過去、現在、未來，過去與現在都是屬於「實」時間，而未來則是「虛」時間。時間虛實法便是將「實」時間（昔、今）

---

[45] 見翟德爾（Herbert Zettl）著，廖祥雄譯，《映像藝術》，頁 366-367。
[46] 見沈謙《文心雕龍與現代修辭學》，頁 276-277。

與「虛」時間（未來）揉雜於篇章中，以求敘事（寫景）、抒情（論理）的最好效果的章法[47]。時間虛實法可能形成的結構有四：「先實後虛」、「先虛後實」、「實虛實」、「虛實虛」。茲舉其中的兩種結構爲例加以說明。

　　羅門〈流浪人〉所形成的結構是最爲常見的「先實後虛」結構：

　　　　被海的遼闊整得好累的一條船在港裡
　　　　他用燈栓自己的影子在咖啡桌的旁邊
　　　　那是他隨身帶的一種動物
　　　　除了牠　安娜近得比什麼都遠

　　　　椅子與他坐成它與椅子
　　　　坐到短針指出酒是一種路
　　　　　空酒瓶是一座荒島
　　　　他向樓梯取回鞋聲

　　　　　帶著隨身帶的那條動物
　　　　讓整條街只在他的腳下走著
　　　　一顆星也在很遠很遠裡
　　　　　帶著天空在走

　　　　明天當第一扇百葉窗
　　　　　將太陽拉成一把梯子
　　　　　他不知往上走還是往下走

---

[47] 見拙著《篇章結構類型論》（上），頁 296。

其結構分析表如下：

```
┌ 實 ┬ 先：「被海的遼闊整得好累的一條船在港裡」四行
│    ├ 中：「椅子與他坐成它與椅子」四行
│    └ 後：「帶著隨身帶的那條動物」
└ 虛：「明天當第一扇百葉窗」三行
```

　　此詩共四小節，每一小節代表一個時間階段。前三個小節都是敘寫「實」時間，從水手剛靠岸，來到酒館（第一節），寫到離開酒館（第二節），再寫到漫步於街上（第三節），可以看作是「先－中－後」的時間延展，就在這段連續的時間中，作者描繪水手的行為動作充溢著無聊無奈，甚至孤寂到以影子為伴；然而如此尚不能表現水手的寂寥無奈，因此還將時間延展到「明天」，懸想天亮時的心情，依然是不知何去何從，所以第四節的時間是「虛」時間。從中可看出全詩緊扣住「流浪人」來描述，實寫之不足，又出之以虛寫，盡情描繪出流浪的況味。

　　綠原〈小時候〉則是形成了變化較多的「實虛實」結構：

　　　小時候

　　　我不認識字

　　　媽媽就是圖書館

　　我讀著媽媽──

　　　有一天

　　　這世界太平了

　　　人會飛……

　　小麥從雪地裡出來……

錢都沒有用……

金子用來做房屋底磚

鈔票用來糊紙鷂

銀幣用來飄水紋……

我要做一個流浪的少年

帶著一只鍍金的蘋果

　　　一只銀髮的蠟燭

　　　　　和一隻從埃及國飛來的紅鶴

旅行童話

去向糖果城的公主求婚……

但是

媽媽說

現在你必須工作

其結構分析表如下：

實：「小時候」四行

虛　　因　　泛：「有一天」二行

　　　　　　具：「人會飛」六行

　　　果：「我要做一個流浪的少年」六行

實：「但是」三行

一開始，作者就以奇想的譬喻，點出幼年時藉著媽媽的眼睛看世界；在媽媽的溫情庇護下，遂織染出一個奇麗的天地（此為「實」）。因

此接著遁入幻想中的虛境；在這個無拘無束的世界中，所有的夢想都可以成真。首先，作者泛寫「世界太平」，然後以三組意象具體地描述太平景致：「人會飛」、「冬生小麥」、「錢沒有用」；其中隱隱地透出作者的希冀：人不再受到各種限制、世界是豐足的、金錢不再萬能。因為有了這樣世界太平的期待，所以作者接下來的設想更是鮮活恣縱。「流浪的少年」勾勒出浪漫的情懷，「鍍金的蘋果」、「銀髮的蠟燭」、「埃及國飛來的紅鶴」，既有繽紛的色彩，又富含異國情調，「旅行童話」、「向糖果城的公主求婚」，更是明麗晶瑩、逗人喜愛（此為「虛」）。但是，作者的筆觸一轉，立刻迴入無法逃避的實境，藉著媽媽之口道出：「現在你必須工作」（此為「實」）。

　　此詩中幅對「未來」的描寫如此鮮活明麗，但是結尾與首節對映，引發諸多感嘆；作者藉著「實」、「虛」對照所欲傳達的，是幻想的幻滅？還是成長的必然？抑或是對早已逝去的純真童年鄉愁般的懷想呢[48]？

二、時間虛實法所造成的美感

　　在文學作品中，「實」時間和「虛」時間並不是絕對割裂的，事實上，它們往往是結合在一起的，因為時間原本就具有不間斷性，柏格森即說：「時間是宇宙創新不息之流，是不可分割的『綿延』、「綿延是過去繼續的進展，侵入於將來」[49]，因此便會出現虛實結合的時空設計。錢谷融、魯樞元主編的《文學心理學》也說：「藝術創作的材料，來自三種時間：當時的印象，早年的回憶，未來的憧憬。」[50]準乎此，虛實結合的時間設計，可說是將此掌握得最好的設計方法

---

[48] 參見拙著《放歌星輝下－－中學生新詩閱讀指引》，頁 75-76。
[49] 參考陳清俊〈盛唐詩時空意識研究〉，頁 13-14。
[50] 見錢谷融、魯樞元主編《文學心理學》，頁 123。

了，並且正如周憲《超越文學－－文學的文化哲學思考》所言：「人的此在的世界是開放的，它就按照這三個向度展開，唯其如此，人才會在現在遇見此在，進而把握將來的可能性並理解過去。所謂歷史感或歷史意識無非是指人在現在對過去的回憶和對將來的瞻望中體現出來的某種自覺意識和反思。」[51]所以自覺地掌握這三種時間，才能有可能作全面的省察。

　　「實」時間指過去與現在，關於這部分的討論可參見前面的今昔法。而「虛」時間就是指未來，人類的時間知覺形式中，有一種就是「對時間的預測」[52]，由此可見在關於時間的思維中，「順時預見」和「時間反求」一樣，都具有十分重要的意義[53]。對未來有所期盼和籌畫，是人類心靈的特徵，但是不管人類累積了多少經驗、多少智慧，未來仍是渺茫而不可預知的，因此，尚未來臨、但必然來臨的未來，使得人們憧憬、期盼，卻又不禁隱隱地感到恐懼；抓住人們心理的這一面，創作者展開了美妙的描寫。

　　李元洛《詩美學》中列有「時空的倒轉和超越」一項，所謂「倒轉」，是使時空從現在倒轉到過去，而所謂「超越」，就是我們現在所要談的，時空超越現在，直接表現未來的時空世界[54]。陳望道《美學概論》也說：「就是未來的想像或空想，也一樣地可以做美的內容。」[55]就是因為時間是「虛」的，是伸向未來的，是未發生且不可捉摸的，因此比起「實」時間來，所受到的限制要少得多，這正是「虛」時間的最大優勢，正如張紅雨《寫作美學》所言：「當審美對象即激情物直接以引人注目的姿態作用於寫作主體的時候，大腦主管審美的

---

[51] 見周憲《超越文學－－文學的文化哲學思考》，頁 180。
[52] 參見彭聃齡主編《普通心理學》，頁 278。
[53] 參見金哲、陳燮君《時間學》，頁 140。
[54] 參見李元洛《詩美學》，頁 413。
[55] 見陳望道《美學概論》（台北：文鏡文化事業，1984），頁 88。

區域就開始活躍起來。……美的感受也隨之開始了能動的膨脹和升騰」、「想像、幻想、理想、假想等，都是思維活動的放縱形態，也就是騰飛反映的表現。」[56]透過想像力的飛馳，就好像坐上時光機一般，在未來的世界中自由穿梭、毫無阻滯。而且此種虛構是出於現實而又超乎現實，是不同於一般真實的的「真實」，是合乎「審美真實」或「藝術真實」的「真實」[57]。

　　從前面的論述中可以得知：「實」與「虛」結合的時間設計，不僅可以連結起過去、現在與未來，而且「虛」時間是在「實」時間的基礎上產生的，反過來更可以映顯「實」時間，因此「實」、「虛」之間的聯結與對照，替文學作品增強了更為靈動深刻的美感。

陸、時間知覺、意識與時間章法

　　人擁有時間知覺，因而可以造成心理時間，更可因此而凝聚出時間意識，當創作者意欲將此時間意識載入文學作品當中，就會自覺或不自覺地運用不同的時間設計技巧，來組織各各不同的景與事，以表現此時間意識；因此反過來說，理清時間設計的不同技巧，當可掌握當初組織景、事的匠心，從而清晰窺得創作者的時間意識、心理狀態。所以其下的論述即循此思路來鋪陳。

一、時間知覺與心理時間、時間意識

　　在討論時間知覺與心理時間之前，必須先對一個重要的事實有所體認，那就是如果深入地探究，那麼可以發現對物理時間的體驗，實則是

---

[56] 見張紅雨《寫作美學》，頁 129-131。
[57] 參見胡經之主編《中國古典美學叢編》（北京：中華書局，1988），頁 170。

體驗事事物物的運動與變化，而這些都奠基於對物理空間中的體驗上。西方的哲人亞里士多德在久遠之前，即針對此點提出了他的思考：時間以運動或變化爲先決條件，沒有時間，變化不能發生；反之沒有變化，時間亦不能爲人所認識[58]。曾霄容《時空論》中也說道：「時間分量的表現通常還要藉助於空間的表徵。由此生起時間表達乃至測定的空間化。空間成爲表現時間的徵標或記號。以空間的記號代表時間，即是以不變的形象代現變化的事象。我們只是在空間的形式中，始能得到時間的明確的表現形態。」「至於感情等現象，如不藉助於形象，亦殆不能表出之。由此得以斷定空間形式較於時間形式更爲根本。」[59]基於此，我們可以知道時間是抽象的，必須藉外在事物的變化，方能爲人所認識；故時間的測量每以事物規律的運動爲準據，反之時間又是量測運動量的標準[60]。

　　認清這一點後，就可以進一步思索物理時間投射在創作者的心靈版圖上，爲什麼得以內化爲爲心理時間？其關鍵厥爲時間知覺。關於「時間知覺」，彭聃齡主編《普通心理學》中說明道：「客觀事物和事件的連續性和順序性在人腦中的反映，就是時間知覺」[61]，而人類形成時間知覺的依據就是「根據自然界的週期性現象」、「根據有機體各種節律性的活動」、「借助計時工具」[62]；反過來說，也就是因爲人類具有了這種時間知覺，所以才能進行對時間的分辨、對時間的確認、對持續時間的估量、對時間的預測等[63]。而且更進一步來說，時間知覺是形成心理時間，乃至時間意識的基礎。

[58] 參見陳清俊〈盛唐詩時空意識研究〉，頁 11。
[59] 見曾霄容《時空論》，頁 416、419。
[60] 參見陳清俊〈盛唐詩時空意識研究〉，頁 15。
[61] 見彭聃齡主編《普通心理學》，頁 278。
[62] 見彭聃齡主編《普通心理學》，頁 279。
[63] 參見彭聃齡主編《普通心理學》，頁 278。

　　這樣的道理早在劉勰《文心雕龍》中就已經注意到了,他在〈物色〉中所提出的「既隨物以宛轉」、「亦與心而徘徊」是極有見地的,童慶炳《中國古代心理詩學與美學》解析道:「其旨義是詩人在創作中要從對外在世界物貌的隨順體察,到對內心世界情感印象步步深入的開掘,正是體現了由物理境深入心理場的心理活動規律。」[64]在物理境與心理場之中搭起橋樑的,正是知覺,因此劉勰又說:「人稟七情,應物斯感。感物吟志,莫非自然。」(《文心雕龍‧明詩》)其中別具慧眼地就拈出一個「感」字。所以,在這種情形之下,物理世界與心理世界必然存在著一定的對應關係,亦即從一個方面講,心理世界終究是物理世界的反映,客觀存在的物質世界是一切主觀的心理活動賴以產生的基礎;但是從另一個方面講,這種對應決不是單一的、機械的同步對應關係,其中體現了更多個人的、主觀的因素[65]。而且文學作品中所反映出的心理世界,更集中地體現了這一點,李元洛《詩美學》即對此有過論述:「藝術時空是經過藝術家審美觀照和審美處理之後的時空,是客觀再現與主觀表現對立統一的審美時空,簡而言之就是一種美學的時空。」「這種心理時空,雖然必然要受到客觀時空規律的制約,但它卻更是一種藝術想像的產物,它表面上不大符合生活中如實存在的時空真實,但它卻創造了一個忠實於審美感情的時空情境,比生活真實更富於美的色彩。」[66]若將範圍縮小到物理時間和心理時間,意欲探究兩者之間的對應關係,當然也是合乎前面的論述的,而且應當體認到時間知覺在此所扮演的重要角色。

---

[64] 見童慶炳《中國古代心理詩學與美學》,頁5。
[65] 參考魯樞元〈用心理學的眼光看文學〉,《我的文學觀》(上海:上海社會科學院出版社,1987)頁2-3,以及童慶炳《中國古代心理詩學與美學》,頁4-5。
[66] 見李元洛《詩美學》,頁373、377。

　　前面提到時間知覺和心理時間的特性，對文學的創作是具有極大意義的。人們處在奔竄不息、稍縱即逝的時間之流中，個人的生命賴以延展；人們在時時刻刻的所見、所感、所思、所為，又對抽象而無從捉摸的時間賦予意義。因此邱明正《審美心理學》中就說道：人類都有時間知覺，這是人對事物運動的延續、順序、速度及其變化的知覺，而且這種時間知覺的反覆體驗、經驗化之後，便形成了時間意識或時間觀念，讓人們可以憑經驗判斷未處在運動狀態的時間流逝[67]。因此我們可以了解：對於時間的體察，必然也及於與時間相隨的空間中的事事物物，因此而凝聚出的時間意識，也是與特定時間、空間緊密相連的，也就是如此，時間意識才帶有鮮明的個人色彩。

二、時間意識與時間章法

　　創作者處於時間洪流中的一個定點，其特殊的時間意識會形成一定的情或理，進而捕捉特定的景或事來加以傳達，而當這些在文學作品中反映出來時，就必須以一定的邏輯來組織內容材料（景、事），才能清晰有序地傳達情、理，而這種邏輯就是章法。而且，因為文學作品中的時間，是經過作家的想像對物理時間重新鍛造的結果，可是鍛造的方式不同，所以就會用不同的方式來組織，正如劉雨《寫作心理學》中所說的：「當作者按著已有的主觀意圖，去重新審視和排列某些記憶表象之時，實際上是在想像中建立起一個新的時空秩序。」[68]所以這就造成了時間章法不只一種的情形。從章法的角度加以考察，將物理時間重新鍛造、造成變化的方向有四：根據

---

[67] 參見邱明正《審美心理學》，頁 207。
[68] 見劉雨《寫作心理學》（高雄：麗文文化出版社，1995），頁 275。

時間的「順序」、「量」、「速率」和「真假」[69]，因而形成了「今昔法」、「久暫法」、「快慢法」和「時間虛實法」。

　　詳細一點說，今昔法處理的是可實際把握的「實」時間，「實」時間如河流般順序流過，針對其順序可以有「秩序」與「變化」的處理方式，因此今昔法掌握的是時間的「順序」；久暫法則有如在時間長河中擷取或長或短的一段，以形成「長時」與「瞬時」的對照，所以久暫法處理的是時間的「量」；前兩種是以相對客觀的態度來面對時間；快慢法則是以主觀的態度改造時間的速率，所以時間之河的流速就因心理狀態的殊異，而有「快」或「慢」的差別；不過變化最為莫測的當推時間虛實法，在虛實觀念的籠罩下，真實的時間之流不敷表現之需，所以還虛設出並不存在的時間，以此手法折射出另一種真實，所以此種章法已涵蓋了「真」與「假」。

　　前此是針對創作而言，若是針對鑑賞而言，那麼誠如邱明正《審美心理學》中所說的：就以語言文字所描繪的事物來說，因為此事物並沒有在時間中實際地運動，所以必須憑藉時間意識（觀念）、通過想像，才能把握其時間流程、變化[70]，然而時間意識畢竟是抽象的，所以說到底鑑賞者還是必須透過景與事來把握，而景與事又是以章法組織起來的，所以透過章法才能準確掌握創作者對時間的鍛造。因此塔可夫斯基（Andrey Tarkovsky）即在《雕刻時光》一書中有感而發地說道：「當學者和批評家研究出現於文學、音樂或繪畫中的時間，他們指的是記錄時間的方法。」[71]這中間所代表的意義是：創作者可以將時間作各種不同的處理，以適合其個人的情志，所以觀察

---

[69] 時間的真假指的是「過去與現在（真）」、「未來（假）」。
[70] 參見邱明正《審美心理學》（上海：復旦大學出版社，1993），頁207。
[71] 見塔可夫斯基（Andrey Tarkovsky）著，陳麗貴、李泳泉譯，《雕刻時光》（台北：萬象圖書公司，1993），頁82。

一個創作者在作品中對時間的把握，就等於觀察這個創作者對某類現象、某個事件、某些情感……的認識與態度。所以觀察、審視創作者如何處理時間，就等於打開了一扇窗口，我們可以藉此諦視創作者心靈最幽深的一面。

柒、「時間」類章法在教學中的運用

如何將「時間」類章法應用在教學中，可以從以下幾個方向來談：

一、深入瞭解內容

因為章法處理的是篇章中內容材料的邏輯關係[72]，因此深入了解內容可說是掌握章法的首要步驟，更進一步來說，掌握此篇篇章的章法結構之後，對於內容當有更深刻的體認，因此這兩者之間可說是形成了良性的互動與提升。針對「時間」類章法而言，就是深刻體認時間的特性，以及作者對時間的鍛造，以分析出此詩篇的結構來，就以前揭羅門〈流浪人〉為例，唯有瞭解到最末一節的時間是延伸向未來（「明天當第一扇百葉窗\將太陽拉成一把梯子\他不知往上走還是往下走」），才可以辨認出此首詩篇形成了「先實後虛」的結構，也才可以體認到，作者意欲藉此將前三節所渲染出的寂寞無奈的情緒，延展至遙遙的未來，以刻繪出「流浪人」的身世。

---

[72] 見陳滿銘〈論章法與邏輯思維〉，《第四屆中國修辭學國際學術研討會論文集》（臺北：中國修辭學會、輔仁大學中文系，2002 年 5 月），頁 1-32。

二、配合結構分析表

　　既然已經抉發出篇章中內容材料的邏輯關係，掌握了此首詩篇的章法結構，那麼最好將此結構畫成結構分析表，在課堂上配合著講授，當能收一目瞭然、綱舉目張之效，如果講授的是篇幅較長的作品，那麼甚至可以先掌握全篇的結構分析表，再就各個結構段、或是重要結構段作精細的分析，畫成各段的結構分析表，這樣做既能概觀、又能細覽，是相當理想的。譬如綠原〈小時候〉可說是本論文中較長的詩篇，全幅形成了「實虛實」的結構，但是「虛」的部分就佔了十四行，因此可以再作分析，發現作者是以「先因後果」的方式組織材料，以鋪陳出一個繽紛亮麗的「虛」世界。

三、嘗試從不同的角度切入

　　陳滿銘認為：「切入角度彼此有關涉，以致有所重疊或替代者。分析一篇文章的篇章結構，由於沒有絕對的是非可言，而必須從不同角度切入，看看那一種角度最足以呈現它內容與形式的特色，所以掌握切入的角度便成為分析篇章結構成敗的關鍵所在。」[73]以羅青〈臨池偶得〉為例，從點染法、快慢法的角度切入，可以分析出如上的結構分析表；但是也可以從圖底法的角度切入來分析，則其結構分析表如下：

```
┌ 底：「自墨綠墨綠的池底」
│      ┌ 先：「佳句如紅魚」三行
├ 圖 ┤
│      └ 後：「忽的轉身」
└ 底：「又靜靜沉入我」二行
```

---

[73] 見陳滿銘《章法學綜論》，頁 408。

因此可以作如下的賞析：首行寫眼前是一個深深的池，往池底望下去，是墨綠墨綠的顏色。這個墨綠的池，彷彿是絕佳的舞台，讓一尾紅魚優游。因此接著就寫：「紅魚\悄悄悄悄的\浮現」，在墨綠的襯托下，這尾紅魚浮現的身姿極具動感，而且鮮豔奪目，然後「忽的轉身」，魚兒輕巧地迴旋，又鑽入了深深的湖底。更妙的是，這尾紅魚的浮現、隱沒，不就像是靈感乍現、佳句天成的過程嗎？因此寫紅魚就是寫佳句，紅魚是「實」、佳句是「虛」，「實」與「虛」交映疊現，帶給讀者源源不斷的驚喜，因此讀到末尾的兩句：「又靜靜沉入我\幽深的心底」，那種酣然滿足的喜悅就充滿了讀者心頭。

此詩善用「底圖」結構佈局，「墨綠的池\心湖」是「底（背景）」，「紅魚\佳句」是「圖（焦點）」，並且配合著對比色彩的運用，讓整個畫面富於層次與動感。所謂「詩中有畫，畫中有詩」，此詩當作如是觀。

至於這兩種分析方式孰優孰劣？何者最能彰顯詩篇的內蘊？也是引領學生思考的一個很好的方向。

四、與寫作教學結合

陳滿銘《作文教學指導》中說道：「所謂的『範文』，顧名思義，正是學生在讀、寫上足作模範的詞章，是藉以指引學生寫作各體詞章及審題、立意、運材、布局、措辭的最佳範例。」[74]因此鑑賞教學與寫作教學原本就應該是緊密結合的，這也合乎「學習遷移」的原理[75]。所以就

---

[74] 見陳滿銘《作文教學指導》（台北：萬卷樓，1998），頁 4。同樣的看法曾忠華《作文命題與批改》（台北：國立台灣師範大學中等教育輔導委員會，1992），頁 4、張學波《中學國文教學理論研究》（台北：明文書局股份有限公司，1993），頁 172，以及上海市教師寫作研究會編《中學生當場作文四十問》（台北：三民書局股份有限公司，1996），頁 3-4 中都曾提及。

[75] 周元主編《小學語文教育學》（上海：華東師範大學出版社，1992）：「『學習遷移』是一種學習對另一種學習的影響。例如加強聽說訓練能更快地提高讀寫能力，就是學習

「時間」類章法而言，老師指導學生從作爲範文的詩篇中，習得了「時間」類章法，那麼就可以嘗試著更進一步，指導學生應用「時間」類章法從事新詩、散文的習作，讓學生有意識地鍛造時間、結構全篇，而且若能以「限制式」寫作的方式設計題組[76]，相信更能有效地降低難度，以收循序漸進、由點而面之效。

捌、結語

　　在久遠的過去中，發生了無數撼動人心的事件，而正在經歷的現在，又是無可迴避、必然要面對的；因此在過去與現在之中發生的種種，牽引著人們的心靈，讓人們因而懸想未來。創作者掌握住這些，方才譜出了動人的作品，因此在這樣的觀點下，我們實可承認：時間實即生命本身[77]，而且文學作品又是「人聲之精者」[78]，因此對文學作品中的時間作一番審視，實際上是對生命作深刻的省察；以「時間」類章法的角度切入，可以透視作者如何掌握時間、鍛鍊時間，從中透顯出作者的時間意識，乃至於對生命的省思。

　　在目前的鑑賞教學中，藉由章法分析以深入文章內蘊，是較不受重視的一環，但是其影響力卻是及於全篇的，因此可以開發、著力的空間還很大；並且此種分析不僅有助於鑑賞教學，更可以藉著學習遷移，指引學生寫作謀篇的構思，以做到「讀寫結合」，所以可以說是相當理想的。

遷移的表現。」，頁216。
[76] 參見拙作《小學階段「限制式寫作」》之「導論」（排版中）。
[77] 參見陳清俊〈盛唐詩時空意識研究〉，頁15。
[78] 韓愈〈送孟東野序〉中言：「人聲之精者爲言，文辭之於言，又其精也。」

古典詩歌教學之課程設計

—以聲情教學為主

臺灣師範大學　　潘麗珠

摘　要

　　近年來，筆者努力於詩歌教學之研究，注意到大專學生對於古典詩歌課程中的聲情表現「讀誦與吟唱」極感興趣，也開始注意古今文學知識與流行歌曲之關係，使得課程的教學概念轉化，不單是古典詩歌文本內容的鑑賞，更是詩歌聲情表現方式的傳播與提倡，而學生對古典詩歌聲情的把握及操作方式，常常有助於深化他們對詩歌文本內容的理解。是故，筆者之古典詩歌教學之課程實踐，便有了不一樣的風貌。此種不一樣的風貌，非但塑造了筆者古典詩歌教學的特色，深一層地來說，更促使教室內教師、學生、教材、活動、經驗間的互動產生良好的激盪。本論文針對筆者的古典詩歌教學之課程設計與實踐方式進行論述，筆者建立「古典詩歌聲情藝術表現」所具體提出的「詩歌吟詠」六步驟：細讀、淺誦、腔隨字轉、處理泛聲、調整音階、確定節奏，從思索步驟開始，到確定步驟，到落實於課室教學，到學生的學習衍化，其間過程，幾乎就是建構主義教學主張的實踐。本文以唐代李白〈送友人〉詩和元代姚燧作品[越調・憑闌人]〈寄征衣〉為例，說明如何實踐建構主義的主張進行古典詩歌的教學活動，期望能將結合理論與實務的一愚之得與詩歌愛好者分享，盼望能夠對古典詩歌教學感興趣的教師有所幫助，改進教學實務，同時也祈求課程的教學轉化，成為生動活潑又富創意的教學過程，能

　　讓學生真正在學習活動中受益，提升教學的品質與效果。

關鍵詞：古典詩歌、詩歌教學、課程設計、建構主義、腔隨字轉、讀誦
　　　　吟唱

壹、前言

　　從現有文獻看來，國語文領域的學科專家長年以來所著重的，還是
偏重在「教材文本」上面者多，關於「教學策略、教學法理論」方面則
相對較少被論述。試比較一下民國七十四年臺灣師範大學中等教育輔導
委員會印行之《如何教國文》（黃錦鋐等，1985）和民國九十年的《國
文教學面面觀》（王更生，2001）二書即可知道：即使相隔十六年，國
文教材的課文文義分析、鑑賞、章法布局、文法修辭、作文指導與命題
技巧等依舊是被關注的焦點，基本上並沒有太大的差異。若再參檢與「國
文教材教法」相關的著作，如《國文教材教法》（陳品卿，1986）和《國
文教學實務精講》（黃春貴，1999）等書，所謂「教學理論研究」，並沒
有實質的理論之建構。只不過近年來，由於教改的呼聲，具創造性的教
學方式廣被注意，教學活動設計的概念日益受到重視，顯示出國文學科
專家對教學策略調整的一種重視，例如筆者著有《國語文教學活動設計》
（潘麗珠，2001a）、《國語文教學有創意》（潘麗珠，2001b）以及台東
師院何三本教授所著《九年一貫語文教育理論與實務》（何三本，2002）
等書。但是這一種調整多少有著摸索的性質，且往往實作性強而理論性
相對較弱。或者應該這樣說，關於國文教材教法，學科專家大半在闡述
「怎樣教」、「教什麼」，而不在於挖掘「為什麼要這樣教」，以及教學策
略之理論體系建構。在臺灣中文學界，「教材教法」長久以來並不被視

為深具學術性質與價值的「學問」，擔任此一科目的教學工作者，其本身往往有其中文研究課題與專業，並非以教材教法為專門。而且，「為什麼要這樣教」的問題是不需要被討論、不被意識是存在問題的，在「志於道、據於德、依於仁、游於藝」解經問學的道路上，經由先聖先賢及師長的風範，「為什麼要這樣教」的答案理應了然，「經師、人師」的陶鑄，在經書、文學的遨遊天地裡自然養成，於是日積月累，造成了國文科教學策略之理論體系建構的遲滯。筆者近年來留心建構主義的教學主張及策略，將之與古典詩歌的教學課程設計聯結，發現兩者的旨趣不謀而合、匯通無礙，對於學生古典詩歌聲情的學習極有效用。以下，先論述「詩歌聲情在教學上的意義」，再說明「建構主義的教學主張」。

貳、詩歌聲情在教學上的意義

詩歌聲情在教學上的意義，可以從以下幾點論述之：

一、聽覺與視覺共同運用，有助學習與記憶

筆者長期觀察一般學生背書的情形，發現他們絕大部分是默背、不發出聲音的，結果是等考試過後，很快就忘掉所背的文章。為什麼會這樣？因為默背課文只運用了視覺的學習效能，而單一地依賴一種感官的學習方式，其成果必然大打折扣。現代化的學習策略，講求的是多元化的綜合學習方式，也就是運用多種感官的學習效能，以增進學習的速度，增長記憶的時間，增強記憶的正確性，此之謂「高效率的學習」。早在南宋，朱熹即說過「讀書有三到」，《朱子語類》第十卷寫著：

余嘗謂讀書有三到：心到、眼到、口到。心不在此，則眼看不

　　　仔細，心眼既不專一，卻只漫浪誦讀，決不能記，記亦不能久
　　也。

「心眼專一」加上「口到」，口到有聲，聽覺就可發揮作用，這樣就能
記得較爲長久，因爲：眼看作品，口中或讀或誦或吟，作品文字所顯示
的意義和作品語言所具有的聲音分別作用於我們的眼睛和耳朵，我們的
情感會被聲音所激起，同時我們的思維、理解和想像，開始活躍起來，
依據視覺、聽覺和聯合感覺所提供的意象，憑藉平時累積的各種知識和
體驗，喚起了強烈而深刻的記憶，對學習有極佳、極大的幫助。試以吾
人背寫岳飛〈滿江紅〉詞爲例，若是一邊輕哼，一邊背寫，速度上便順
利許多，如若單純背寫而不哼，就無法那麼順利，其理在此。

二、幫助學習者確實掌握文字的情韻與詩歌的音樂性

　　以教師的立場來說，文章的情韻如果只在字義修辭謀篇上分析、解
說，而不透過聲情的示範教導，充其量，只是二分之一的文情教學，不
能稱得上全面的國文教學。這就難怪我們的學生絕大部分不知道該怎樣
朗讀文章，不知道該如何吟誦詩歌。而極珍貴的誦讀藝術與傳統，就這
麼漸漸失傳，越來越沒有後繼者了。全面的國文教學，兼顧「文情」與
「聲情」，教師若能透過聲情的示範教導，必可幫助學習者確實掌握文
的情韻與詩的可歌性。因爲在考慮以何種音色、音速（快慢）、音高（抑
揚）、音長（長短）、音強（強弱）來表現詩文情韻才對味時，對文字句
意的理解已悄然進行。美學大師朱光潛於《談美書簡》中說：

　　　　過去我國學習詩文的人大半都從精選精讀一些模範作品入
　　　手，用的是「集中全力打殲滅戰」的辦法，把數量不多的好
　　　詩文熟讀成誦，反覆吟詠，仔細揣摩，不但要懂透每字每句

的確切意義，還要推敲出全篇的氣勢脈絡和聲音節奏，使它
沈浸到自己的心胸和筋肉裡，等到自己動筆行文時，於無意
中支配著自己的思路和氣勢。這就要高聲朗誦，只瀏覽默讀
不行。這是學文言文的長久傳統，過去是行之有效的。

雖然談的是自學者的學習，卻提醒我們：教師對學生的教導，若能使他
們熟讀成誦，反覆吟詠，一定也可以讓他們推敲出全篇的氣勢脈絡和聲
音節奏，使它沈浸到自己的心胸和筋肉裡。則文章的情韻自然胸有成
竹，詩的音樂性也了然於心，對於「詩」與「文」的區別，除了形式方
面的理解，音樂性的差異也就能夠因為實際操作而明白。

三、陶冶學生性靈，變化其氣質

動人的聲情，具有「陶冶性靈，變化氣質」的美育功能，音樂教育
的功能此為其一。豈不聞：「腹有詩書氣自華？」這話雖然說的是多讀
詩書，但怎麼讀進心裡去而能反映在外表的氣質上，還是跟詩文聲情的
學習與表現有關。筆者認為晚清況周頤《蕙風詞話》卷一的一段話說得
好：

> 讀詞之法，取前人名句意境絕佳者，將此意境締構於吾想望
> 中。然後澄思渺慮，以吾身入乎其中而涵泳玩索之。吾性靈
> 與相浹而俱化，乃真實為吾有而外物不能奪。

性靈能夠和前人名句意境絕佳者相浹而俱化，終於此意境真實成為自己
所有而外物不能奪，天下最好的財富莫過於此！俗話說給孩子一條魚不
如教他釣魚，筆者則認為教孩子釣魚不如培養他有智慧的頭腦、有性靈
的情懷，讓他自己判斷該做什麼、該怎麼做，且做的時候怎樣擁有人的

尊嚴與格調。而要性靈能夠和前人名句意境絕佳者相浹而俱化，吟詠諷誦是很重要的工夫，甚至可以說是陶冶性靈的不二法門。因為純粹的「看」，容易忘記，以聲情表現幫助學習則不容易忘，不容易忘則可產生持久的效果，一旦身體力行，化於內心的性靈便自然而然地指導其行為，外顯的氣質就不一樣了。葉聖陶十分肯定吟誦會讓孩子達到一種境界，終身受用不盡。他在與朱自清合著的《精讀指導舉隅》的前言中說：

> 吟誦的時候，對於研究所得的不僅理智地了解，而且親切地
> 體會，不知不覺之間，內容與理法化而為讀者自己的東西
> 了，這是最可貴的一種境界。學習語文學科，必須達到這種
> 境界，才會終身受用不盡。

因此，筆者一再地倡導詩文聲情教學，且在教導學生時讀、誦、吟、唱親身實踐，良有以也。

四、使教學活潑生動，學生不容易分心

國文課，經常是老師講得汗流浹背，學生聽得意興闌珊。學生心想：「國文，自己讀還不會嗎？反正課文後面都有注釋，又有賞析，國文還不就是背，背，背。為什麼上了大學，還要念國文？」無論程度好壞，有這種想法的學生並不在少數。筆者始終以為：學生上課的興趣濃厚與否，教師要負一半以上的責任。二十多年前，在張曉風女士的倡導下，校園出現過「如果教室像電影院」的話題，如今已然證實教室有時候是可以像電影院的。那麼，如果國文課像唱卡拉 OK 或如果國文課像串演一齣戲呢？這並非不可能的事情，只要教師在進行詩文教學前備課之時，稍為費心做一些安排，例如教唐詩宋詞，讓學生或吟或唱，可以獨唱，也可以合唱、輪唱、疊唱；教現代詩，讓學生詩歌朗誦；教散文，

讓學生角色扮演，演一齣小小的戲。如有可能，幾位國文教師分工合作，發揮集體戰力，設計詩文聲情的教學活動，資源共享，教導學生或朗讀或朗誦或吟唱，再不然，每節課抽出八到十分鐘嘗試嘗試，相信學生就算想不專心也難，這就是「在做中學」的理念實踐。至於考試考不考的問題，則是無庸置疑的，朗讀或吟誦、唱念的詩文內容就是考試的內容，朗讀或吟誦、唱念的目的，無非就是要幫助學生強化記憶。

叁、建構主義的教學主張

台北市立師院楊龍立教授在其《課程目標的理論研究》一書第六章中說，建構主義有不同的派別，若不考慮各學派間的差異，單就共同的主張而言，有下列三項共同的觀點（楊龍立，民86）：

一、人們知識的形成是主動建構而產生並非被動的接受。

二、人們的知識並非說明世界的真理而是個人經驗的合理化。

三、人們的知識有其發展性、演化性並非一陳不變。

這些觀點之真偽，已有學者提出批判（楊龍立，民90），然而無論上述觀點之真偽為何，對於國文科系教師而言，理論核心要義固然重要，如何真正將理論落實於實際的教學層面，才是他們所關心的重點。建構主義的教學主張，大抵可以從「學習、教學、教師、學生、合作、評量」六方面具體來說：

一、學習

學習是靠認知主體依自己的經驗主動建構知識的過程，故學習並非

單純記憶知識或外顯行爲改變。

二、教學

教師運用各種方法促成認知主體主動建構之發生，但傳統的教學方式如灌輸、講演、記憶、反覆練習被認爲是學生缺乏主動的教學方式。

三、教師

教師不再是教學活動中唯一的主角，而是轉型成輔助者、教學環境的設計者、教學氣氛的維持者、教材的提供者。教師不再是操縱教學的決定者，亦不是支配學生學習的權威者，所以教師要從以往高高在上的姿態調整成與學生尊卑差距較少的相對等關係。教師被要求以更包容、開放的心胸、更圓融的溝通，以及更高超、卓越的教學技巧來協助學生主動建構自己的知識概念。

四、學生

由於重視學生自己的主動建構，所以學生成爲教學過程裡的主角，學生有責任就自己的經驗加以詮釋並依據自己對經驗賦予的意義進行主動建構。因此教學過程裡學生應主動、積極的參與，並就相關經驗看法與同儕或教師討論，從而深入反省思索自己原先的知識並建構出新的更恰當的知識。

五、合作

由於肯定同儕間互動及師生互動之重要，所以同儕的合作學習方式被高度的肯定，教學時學生常被要求分成小組來學習，在各小組內學生

各自討論、發表意見、相互檢視及論辯，最後達成一些共識，協議是不可免的，也是合作學習的重要特質。在合作學習時學生有義務提出自己的觀點並與同儕進行合理的溝通，所以民主的素養成了保障溝通進行的重要條件，合作學習也培養了學生的民主素養。（Wheatley，1991）

六、評量

　　早期實作評量方式，在考慮客觀性之後改成紙筆測驗，但隨著人們對認知的理解，評量方式又轉向重視實作及其他可以證明內在認知變化的證據，所謂第四代的評量應運而生。第四代評量的基本特點是評量者與被評量者及評量有關者之間進行協商，並就評量活動之重點、程序及行動之解釋與主張以討論方式決定之（Guba & Lincoln.1994），因此評量者並非評量的控制者而是協同合作者，換言之，評量者與被評量者亦處於較均等的合作關係，而非以往的考核者與被考核者的關係。除了紙筆測驗外，學生日誌、檔案、觀察與討論紀錄、實作結果都是評量可採行的方式。

　　上述六方面，從筆者的古典詩歌聲情教學具體流程而言，可說若合符節、不謀而同。以下敘述筆者之教學活動流程，然後以實例演示申述之。

肆、古典詩歌聲情的建構教學

　　「課程設計」應該考量的層面原包括「教學目標、教材、教學活動流程、學生評量方式、補救教學」等，本文限於篇幅，僅著重在筆者進行有年的古典詩歌教學活動方面，其流程，大致可以用下圖來顯示：

將同一首古典詩歌作品以不同的吟詠方
式吟給學生聽，並與學生討論悅聽與否。

↓

說明並指導學生詩歌吟詠的六大步
驟，請學生試行練習。

↓

將學生分成若干小組，請各組學生從一
句詩的吟詠，練習擴充爲四句、八句，
並討論試探多種可能的吟腔。

↓

小組鞏固、確定吟腔後，融入「獨、
合、輪、複、疊、襯」等團體吟詠技
巧，豐富聲情。

↓

請各小組依據需要，添加器樂或肢體動
作，並嘗試設計隊形變換。

↓

各小組輪流上台發表、展示詩歌吟詠之
成果。各組相互評量。

↓

各小組提出評量說明，並加以檢討，商
量改進之道。

↓

各小組二度上台發表。

關於上圖，有幾點必須細加說明：

一、「吟詠」的「吟」字，從「今」字得聲，嘴形開得不大，是一種沒有譜的，自我性、創造性很濃厚的哼哼唱唱，特徵在於「永言」（即長音）且具音樂性，只是沒有固定的節拍，乃至腔調。「吟詠」有極大的空間可以發揮創意，只要順著文字聲調以發展音樂旋律（**腔隨字轉**），使字調和聲腔完全結合，不讓字調「倒掉」即可。（例如不要把「青春」哼成「清純」、「花已盡」哼成「華衣錦」等等，否則就是倒字。）「吟詠」的方式，使用國語、閩南語、客家話、原住民語、廣東話、四川話……任何一種人們所擅長的語言，都可以行得通。

二、詩歌吟詠之具體六大步驟為「**細讀、淺誦、腔隨字轉、處理泛聲、調整音階、確定節奏**」，前三者為基本功夫，後三者是增加美聽的功夫；其意義為（潘麗珠，民90a）－－

（一）細讀

仔細閱讀詩歌作品，確實理解其意涵，推敲每個字與字之間、句子與句子之間的距離，以及每個字的聲音之長短、高低、輕重、強弱。

（二）淺誦

試一試將每個字字音拉長看看，聲音不要太高地朗誦一下。這個步驟主要在幫助吟誦者能夠順利過渡到下一個腔隨字轉的步驟，初學吟誦者不宜輕易忽略「淺誦」的功夫，但熟悉吟誦方式的人，則可以跳過。

（三）腔隨字轉（字調轉樂調）

將詩歌作品中的每一個字，用唱的方式「讀」出來，而不是像說話一樣唸出來。例如「李登輝」三個字用「2-5-5-」的音歌出來就是。又例如閩南語歌曲〈車站〉「火車已經到車站」或〈雪中紅〉「只有玫瑰雪中紅」等等，其歌唱之旋律處理方式，實際就是依照字調轉成音樂調子，將文字歌唱出來的。

（四）處理泛聲

　　在詩句中語意可以停頓的地方，尤其是韻腳的所在，或者是個人別有體會的重要字詞處，加上修飾性的聲腔，這修飾性的聲腔可長可短、可高可低、可加可不加。（但如果整首詩都沒加任何修飾性的聲腔，全詩將單調呆板、韻味缺如。）例如馬致遠〈天淨沙‧秋思〉曲，第二句「小橋流水人家」的「水」字的尾腔，加上裝飾性的泛聲，就能塑造水波流動的效果，並增加美聽。

（五）調整音階

　　句子與句子、字詞與字詞之間，可以讓聲音升上去或降下來，就像李清照〈武陵春〉這闋詞的第一句「風住塵香花已盡」，「花」字的行腔往上揚的情形，就是突出「花」這個關鍵字。調整音階的依據，來自於詩歌詞句中的空間訊息與情緒訊息，例如「床前明月光，疑是地上霜」，第二句應該比第一句低；又如「山映斜陽天接水」，「水」字的音階應該比「山」或「斜陽」低，這是依據空間訊息而調整；「甚矣吾衰矣」的「甚」字音階較高，以及「風住塵香花已盡」的「花」字就是依據情緒訊息而來。依此類推。

（六）確定節奏

　　節奏往往是影響聲情表現適宜與否的重要關鍵。一首詩歌作品，它的情韻究竟屬於激昂慷慨，還是婉轉低迴，詩句間的快慢變化應該如何，都要靠細膩的節奏調整、顯示出來。就像王維詩〈山居秋暝〉之「王孫自可留」句，速度需逐漸放慢，一方面是慢慢接近尾聲，一方面也正是因為詞句意義上的關係所致。

三、「獨、合、輪、複、疊、襯」團體吟詠技巧的內涵是——

　　獨詠：一個人吟詠，是最基本的技巧，也是最重要的技巧，對於詩句的玩味、讀法的推敲、節奏的掌握、聲情的表現等，要細細斟酌。

合詠：一群人一起吟詠。這一群人可以是五人、十人、二十人或全員。合詠最重要的要求是整齊，不宜有人「放砲」。合詠的人數視情意需求而定。全員一起發聲時，易顯現磅礴的氣勢。

輪詠：一句一句分組（人）輪流吟詠。有兩種情形，分兩種效果。所謂「有兩種情形」，一是不同句子的輪詠，另一是相同句子的重複（重複朗誦相同的句子稱為「**複詠**」），後者往往是為了凸出該句子的重要性；所謂「分兩種效果」，視接句的快或緩而產生不同的趣味，輪詠接得快將塑造緊張、迅捷的效果，接得慢則有舒緩、悠然的味道。因此使用輪詠技巧要看所想塑造的效果或情味是什麼。

疊詠：不同組別輪流吟詠時，聲音有交疊的情形者，謂之「疊」。使用疊詠，與使用「疊誦」一樣，會塑造喧嚷、繁複的感覺，聲音若聽不太清楚，在疊詠前或疊詠後，「獨詠」或「合詠」一次，將有助於聽眾的了解。

襯詠：一組聲音較小者做襯底，另有一較大的聲音是主要的吟詠之聲。做襯底的聲音可以是讀或誦或吟或唱，相對的主要吟詠的聲音也可以是讀或誦或吟或唱。襯詠的聲情效果極為獨特而豐富，往往能夠塑造聲音的立體感。

四、整個教學流程，無論是討論、練習（含自我修正）、發揮創意、發表成果、相互評量、改善成果內容，均以學生的活動為主，身為教師的筆者只是引導者、協助者，學生對於古典詩歌聲情的理解有他們自己的詮釋，各組成員須合作為之、相互溝通學習。不過，在學生建構自己的聲情藝術知識之前，學生仍然需要擁有詩歌聲情的基本概念，也就是說，沒有任何詩歌聲情表現經驗的學生不可能憑空建構其聲情藝術知識，這一部分的學習依舊仰賴教師的專業指導。

伍、示例

接下來，以唐代李白的〈送友人〉與元代姚燧的作品〈寄征衣〉為例，來說明筆者古典詩歌聲情教學的情形：

一、李白〈送友人〉

> 青山橫北郭，白水遶東城。此地一為別，孤蓬萬里征。
> 浮雲遊子意，落日故人情。揮手自茲去，蕭蕭班馬鳴。

筆者初步所演示的吟詠腔調如下（潘麗珠，民 92）：

B♭=1
（散板）

‖ 3 3 26 3 - | 2 6·1 6 2 3 2 - - 0 | 6 2 0 2 2 2 - ‖
青山橫北郭，　白水　　遶東城。　此地　一為別，

| 5 2 2 2 6 3 - - 0 | 2 2 2 2 6 3 26 6 | 2 2 0 2 2 2 - - 0 |
孤蓬　萬里征。　浮雲　遊子意，　　落日　故人情。

‖ 3 6·1 6 6 2 3 2 - | 1 1 0 1 5 6 - - 0 |
揮手　　自茲去，蕭蕭　班馬鳴。

‖ 3 6·1 6 6 2 3 2 - - | 1 1 0 1 5 6 - - - ‖
揮手　　自茲去，蕭蕭　班馬鳴。

學生依據筆者所演示的吟詠腔調所作的改變，大體歸納起來有：（一）「青山」一詞調高音階，成爲「5-5-」的情況；（二）「孤蓬」一詞的「孤」字由「5」變成「3」；（三）「故人情」的「情」字加上泛聲；（四）「揮手」的「手」字拉長音而不是泛聲；（五）「班馬鳴」的「鳴」字尾音加泛聲拖腔；（六）「蕭蕭」一詞複詠；（七）「山、東、爲、人、茲、蕭」字拉長音等等。

　　而無論學生如何調整音階或改變泛聲，由於詩作本身是「送別」的主題，基本節奏不會太快；又因爲李白的個性瀟灑，所以部分詩句的節奏則稍事變化、加快一點點，以相襯於詩仙的情味。

　　然後，學生分組，設計整首詩的吟誦風貌，或夾吟夾誦，或輪詠複疊，錯綜變化、姿采各異。有些組別甚且加上舞蹈動作或搬出古箏、設計隊形，形成極佳的聲色效果。

二、姚燧「越調・憑闌人」〈寄征衣〉

> 欲寄君衣君不還，不寄君衣君又寒。
> 寄與不寄間，妾身千萬難。

　　筆者初步所演示的吟詠腔調如下（潘麗珠，民92）：

$B^b=1$　4/4

欲寄　君衣君不　還，不　寄　君衣君又　寒。

寄與不　寄　間，妾　身千萬　難。千萬　難。

學生依據筆者所演示的吟詠腔調所作的改變，總結歸納起來有：（一）第一個、第二個「君衣」皆拉長音，以示猶豫；（二）「還」字加泛聲；（三）「寒」字加泛聲；（四）「寄與不寄間」複詠一次或加上嘆息聲等等。

由於本曲在於描寫思婦之內心焦慮、左右為難，因此聲情節奏不宜太慢。學生於分組演示時，有的會將故事的前情加進來，使具有完整的戲劇性，既發揮了想像力，也顯示出創意。

無論各組學生的表現為何，令其互評並提出具體的建議，針對他組之意見調整己組的展示方式，是筆者極為重視的評量之一環。此一部分常激發各組的表現慾，提昇學生的學習專注力及興趣，就教學流程而言是極其重要的一個步驟。

陸、結語

總結來說，筆者的古典詩歌教學之課程設計，大抵是依據「筆者吟誦演示→討論以刺激吟詩的興趣→說明吟詠的六個步驟→分組研商詩作的表現方式以確立觀念→練習並加上團詠技巧，再練習→添加不同元

素如動作、音樂或隊形→再練習後上台表現→互評與建議→修整後二度上台」的流程加以運作。從筆者長年的教學中觀察發現，建構並非憑空設想，而是在原來的結構上或先破後立、或發展再造；建構主義的教學主張其實是更適合人文社會學科加以發揮的，畢竟，文科知識比理科知識更易於反映個人主觀經驗之詮釋、意義的認定和群體溝通共識的影響。而就前面所述的建構主義各學派三項共同觀點－－知識是主動建構、知識是個人經驗的合理化、知識有其發展性－－來看，筆者長期以來的古典詩歌聲情教學活動，恰恰為建構主義的教學主張之可行性提供了見證。同時，古典詩歌聲情藝術的教導與傳播，就學生之學習效能與知識建構而言，都呈現正向的結果，無形中增強了筆者的信心，對未來的發展更加充滿期待！

◎參考文獻

黃錦鋐（民 74）。**如何教國文**。國立臺灣師範大學中等教育輔導委員會　　　　　印行

陳品卿（民 75）。**國文教材教法**。台北：台灣中華書局

楊龍立（民 86）。**課程目標的理論研究－－課程目標應否存在的探討**。　　　　　台北：文景書局

黃春貴（民 88）。**國文教學實務精講**。台北：萬卷樓圖書公司

王更生（民 90）。**國文教學面面觀**。台北：五南圖書公司

楊龍立（民 90）。建構主義的批判。台北市立師範學院學報第三十二期。　　　　　67-80

潘麗珠（民 90a）。古典詩歌聲情藝術及其美學義涵。國立臺灣師範大　　　　　學國文學報第三十期。127-162

潘麗珠（民 90b）。**雅歌清韻－－吟詩讀文一起來**。台北：萬卷樓圖書　　　　　公司

何三本（民 91）。**九年一貫語文教育理論與實務**。台北：五南圖書公司

潘麗珠（民 91）。論「詩莊詞媚曲俗」的審美旨趣及文化義涵。國立臺
　　　　灣師範大學國文研究所中國學術年刊第二十三期。
　　　　381-392

潘麗珠（民 92）。**古韻新聲——潘麗珠吟誦教學**。台北：幼獅文化公司

Guba , E. G. , & Lincoln, Y. S.（1994）. Fourth generation:evaluation. In

Husen, T. , &Postlethwaite, T. N. (Eds) The international encyclopedia of

education, 369-2375. England:Elsevier Science Ltd.

Wheatley, G. H. （1991）. Constructivist Perspectives on science and

mathematics

直接和間接教學策略在大學國文教學的應用

虎尾技術學院　沈翠蓮

摘　要

　　教學策略是教學成功不可或缺的重要酵素，善用教學方法可使教學內容深入淺出，變化教學程序可使學習目標層次分明，活用教學技術則可滿足學生求知需求。本文旨在提供大學國文教學有關直接和間接教學策略的理論和實例應用，首先闡釋古今國文教學策略的現場與迷思現象，包括經典記憶相對於各種學習式態，不憤不啟相對於概念獲得，學貴自得相對於創造思考等三種現象差異；其次，論述教學策略的理論基礎；接著，例舉直接教學策略在國文教學範例的應用，提供大學國文教學策略的步驟與實例說明，直接教學策略以教學事件策略為主，間接教學策略包括討論、前導組體、歸納和演繹、正例和反例、創造思考、探究和概念圖等策略，一一例舉教材和教學步驟。國文教學希望能培養學生莊嚴而神聖的上帝式思考，而非俯案短視的狐狸式思考，大學國文教學策略的推動是具有歷史性的神聖任務。

關鍵詞：教學策略、大學國文、直接教學策略、間接教學策略

壹、前言

教學策略（instructional strategies）泛指教師運用提供教材的方法（methods）、程序（procedures）與技術（techniques）。教學上所採用的策略通常是多種方法、程序或技術並用（Oliva, 1992；王文科，1994）。教學策略是教學成功不可或缺的重要酵素，善用教學方法可使教學內容深入淺出，變化教學程序可使學習目標層次分明，活用教學技術則可滿足學生求知需求。

國文是唯一從小學到大學都開設的學科，每位學生必須從簡單的注音符號學習，深究到奧妙恢閎的國學常識、文法、詩詞、古文選等內涵，學習國文其象徵意義深遠，除了擴展宏觀的中國語言、文學、文化、國家意識和民族文化的認識，微觀方面也孕育著學生思想、氣度、器宇、言語表達和信念行為等素質涵養。然而審視國文在不同階段的教學策略，普遍呈現的刻板印象是：小學階段的國語教學傾向活潑導向，舉凡角色扮演、講述教學、討論教學等教學策略經常用得上；中學階段的國文教學則重考試取向，舉凡解釋、背誦、記憶、作業活動、蒐集資料、分析討論，處處圈點畫記要點，考高分是教學效能的指標；到了大學階段的國文教學走入法古取向，取得博士學位的國文教授學養深厚，教學選文偏重講述，在釋義歷程中學生若能潛心研習則多有可喜，反之卻言之諄諄、聽之渺渺。此現象常常造成教授教學國文的繆思，為什麼教授可以吟詠詩詞歌賦，大部分學生卻無法陶融其中。

作為一門高學分的必修科目，「大一國文」常被戲謔稱為「高四國文」（何寄澎，1990；蔡宗陽，1992；梅家玲，1994）。理由無他，即是因為目前各大學的國文教材及教法，並沒有提供剛從升學主義牢籠裡掙脫出來的大學新鮮人一個新的視野，教材仍多停留在名家名文的選讀，

缺乏系統性的理解及新的理念，於是乎，排斥、輕視的態度，便普遍存在於新鮮人心中（何奇澎，1990）。綜觀大學國文教學成效不彰的原因，詹海雲研究指出（1994）包括：1.大學國文的優先性未能把握；2.課程設計不甚理想；3.不注重教學法；4.教師學養不足；5.評鑑不夠客觀嚴謹，學生草草應卯等五個內在因素。以及 1.大學國文與中小學教材連貫不足；2.改進大學、中學聯考國文出題方式，並修改大學學系制為學程；3.增購教學研究用的圖書，加強學術資訊的交流等；4.補助教師編印初版教材並鼓勵發表教學論文，召開教學研討會議，促進教學之切磋等四個外在因素。所以大學國文教學有必要革新，以台灣大學的大一國文教學的變革在課程目標上，已不再強調它是「高中國文課程的延展」，而是：1.經由代表性作品的選讀，使學生對中國人文傳統有深一層的認識。2.經由對於經典性文獻的研討分析過程，使學生熟悉人文思維的程序與方法。3.經由口頭討論與寫作練習，一方面增長學生的思維表達能力，一方面促進學生對於一己生命的自覺，而導向成熟人生觀的建立。另外在教材、課程內容、教學方式作調整，都是有創意的設計（梅家玲，1994）。

　　大學國文教學策略如能多加變化，那麼透過深奧豐饒的古今文選教學歷程，學生才能由接近新舊交融的文學旨趣、義理中，有機會追求古典深邃與現代完美的人文素養。是以，本文將從教學策略觀點，提供大學國文教法有關直接和間接教學策略的實例應用，首先闡釋國文教學策略的迷思，以儒家和道家代表立場，說明古今教學策略實有異曲同工之妙；其次，論述教學策略的理論基礎；接著，例舉直接教學策略在國文教學範例的應用；承上，再例舉間接教學策略在國文教學範例的應用；最後，提出個人在大學國文教學策略應用的感想，作為結語。

貳、大學國文教學策略的現場與迷思

　　孔子是個懂得把做學問當作樂趣的人，也是個懂得作育英才的好老師，論語言：「知之者不如好之者，好之者不如樂之者。」（雍也篇），以及「葉公問孔子於子路，子路不對：子曰：『汝奚不曰，其為人也，發憤忘食，樂以忘憂，不知老之將至云爾！』」（述而篇），據此可以看出孔子對於追求知識充滿熱切的期待與投入，在樂於教學與研究學問的為人師表歷程中，時時思考如何啟發學生獲得學習成長，他以文、性、忠、信四教來教學（述而篇），以詩書禮樂教材教弟子，有三千弟子；身通六藝者七十有二人（史記孔子世家），觀此成果雖有時空差異，但審思孔子能得天下英才而教之如此出色學生，是學生資優？是環境使然？是孔子善用教法、善於為師？頗值得玩味。

　　如果說大學教授是孔子的再傳弟子，從大學國文教學實際場境上可以發現，現今大學國文可使用的教學策略相當多元，然而從教授個人專精學養和從事教育的教育哲學，可能會產生下列多元的教學行為與迷失現象：

一、經典記憶 vs.學習式態

　　大學教授選文多為中國文學經典之作，其中蘊義深遠、辭雅文美，所以教授通常以譯文為授課主體，傳頌優美辭典時再加以賞析。然而，不少學生無法領略經典作品之恢弘，反而會以「高中版國文再回鍋」、「學了國文對我有什麼實際用處」，一筆抹銷國文教授的用心教學。殊不知文學經典傳道千載難逢，流行文化隨時可得，在「教」與「學」的落差之下，使得當今國文教授的豐富學識與學術尊嚴受到極大的挑戰。

　　子曰：「中人以上，可以語上也；中人以下，不可以語上也」（雍也篇），孔子按個性啟發學生學習，熟知師生間的對話是相當重要的。當

教授引經據典話當前時，有的學生聚精會神聽講獲益良多，有的學生自己做白日夢不知所云。探其因素眾多，究其要因，主要在於老師講授國文之際，難以掌握學生的個別差異，無法透過對話，從學生次級文化的流行語言，引出其學習興致，故易致當前大學殿堂中，教授言之諄諄、學生聽之藐藐。

學生的「學習式態」是相當多元的，包括環境的、情緒的、社會的、身體的、心理的各種學習方式和態度。國文教授如能結合經典與現代文化落差的對話，增加學生參與學習機會，融合環境的、情緒的、社會的、身體的、心理的學習式態策略，猶如學記上所言：「善問者，如攻堅木，先其易者，後其節目，及其久也，相說以解；不善問者反此。善待問者，如撞鐘，扣之以小則小鳴，扣之以大則大鳴，待其從容，然後盡其聲；不善問者反此。」教授調整對學生對話內容的式態，對話問答間多接納些觀照社會、環境等可能情境，將有助於化解經典記憶相對於流行文化之間的落差。

孔子是善於觀視學生學習式態的好老師，「視其所以，觀其所由，查其所安；人焉瘦哉！人焉瘦哉？」（為政篇）；「求也退，故進之；由也兼人，故退之」（先進篇），觀視學生的學習動機、起點行為、學習性向、心理傾向、智能資質等學習式態與個別差異來因材施教，是為人師表善用教學策略的首要原則。

二、不憤不啓 vs. 概念獲得

概念（concept）是經由一個字、符號或比喻，對於所提出相似項目分類的個人知覺，假若沒有這種心智結構或想像，人類將無法進行思考、作用或溝通（Lang, Mcbeath, &Hebert, 1995）。學校教學由於缺乏正確概念的定義知識和回饋，導致學生概念的錯誤認知，甚至影響其性情和氣質（Gunter, Estes, & Schwab, 1995）。大學國文教學是奠定與澄清國

文概念最後、也是最重要的關鍵期，從詩經、先秦散文、楚辭選、神話選、史記選、漢魏六朝文選詩選小說選、唐宋文選詩選詞選小說選、元散曲選、明清小品選小說選、中國現當代散文選詩選小說選、台灣日據時期散文選詩選小說選，一直到台灣當代散文選詩選小說選，各朝代選文其間充斥著許多名詞、文法、象徵寓意的概念，縱貫歷史和文學的學術內涵，發展、澄清並建立學生的國文概念，影響著學生就業後語言文字明確表達的成熟度，更深遠的影響到整個社會的文化素養。

孔子認為「不憤不啓，不悱不發；舉一隅不以三隅反，則不復也。」（述而篇），當學生心求通而未得之，口欲言而未能之，意味著學生的概念尚在發展中。從教學策略的觀點，大學教授的「舉一隅」是相當重要的，當教授舉例能涵蓋概念的名稱，概念的定義和原則，概念的屬性特徵，有關概念的相關例子，所教概念和其他概念之間關係時，對於學生啓開心意、達於言辭，善於表達正確概念時，教學言詞是有正面益處。所以，「舉一隅不以三隅反，則不復也。」教師應仔細端詳自己所舉例子是否得當，從學生本位立場而言，教師有責任舉例使學生獲得清楚概念，學生有清楚典型的例子講解或討論，才有能力思考非典型的例子。

三、學貴自得 vs.創造思考

孟子認為學貴在自得，為學而能自得，孟子認為「自得之，則居之安；居之安，則資之深；資之深，則取之左右逢其源」（離婁下）。老子的教育理想是「棄智」、「絕學」、「抱樸」、「守愚」，其人生理想是「無為」、「寡欲」、「柔弱」、「居下」、「不爭」與「主靜」，在教育和人生理想的影響下，老子秉棄外在的逐物知識，轉而注重內在的本心睿智。重視教學者和學習者內心的動澈了悟，得其睿智，則天下事物雖紛繁變化，我亦能自其本源推而知之，不待逐其纖悉條理以求知識。

大學國文教學如何協助學生本心睿智能「自得」？避免教授被定義

爲「講掉」絕大多數時間的人---對著一群被動的學生。Campbell, Campbell, & Dickinson 研究指出語文智慧發展不錯的人具有下列特徵：1.傾聽並回應口語的聲音、節奏、色彩及變化。2.模仿他人的聲音、語言、閱讀及寫作。3.透過傾聽、閱讀、寫作及討論來學習。4.有效地傾聽，能夠理解、釋義、解析、並記得別人所說的。5.有效地閱讀，能夠理解、摘要、分析或解釋、並記得所讀到的。6.能就不同目的對不同的聽眾有效地「說話」，並知道如何因應時機，簡要地、辯護性、有說服性地、或熱情地「說話」。7.有效地「寫作」：對文法規則、拼字、標點能了解並活用，也能運用有效的字彙。8.展現學習其他語言的能力。9.運用聽、說、讀、寫來記憶、溝通、討論、解釋、說服、創造知識、建構意義、以及省思語言本身。10.致力於強化自己的語言運用。11.對新聞雜誌、作詩、講故事、辯論、演說、寫作或編輯等表露興趣。12.創造新的語言型態、原創的著作、或口頭溝通（郭俊賢、陳淑惠，1998）。簡單來說，大學教授自我應具備語文智慧，學生在讀、說、寫、作方面方有創造思考表現，具備現代人應有的語文智慧。

　　要喚醒學生「自得」語文智慧能力，可以採行創造思考教學，創造思考教學的方法很多，例如類比方法中的直接類比、擬人類比、符號類比；問題發現法中的屬性列舉法、型態綜合思考術；新觀念產生法中的腦力激盪術、檢核表法等。大學國文教授如能引導學生聯想或變化思考方向；多應用外在符號、語言或形象，導引新奇思考；善用發問技巧，使問題系統發展；鼓勵學生收集素材、線索及觀念，對於學生擴散思考創意表現定有相當助益。

參、教學策略的理論基礎

一、教學策略連續系統

　　教學策略是以教師本位的直接教學和以學生本位的間接教學所建構出來的連續系統（Frazee ＆ Rudnitski,1995）。Tylor（1950）、Hunter（1981）和 Roberts（1982）等課程專家相信：當教學策略計畫和學生表現成果一致時，學習和成就將逐漸增加。此連續系統如下表 1。

表 1　教學策略連續系統一覽表

教師中心　　　　　　　　　　　　　　　　學生中心

〈〈〈 直接教學…………（連續系統）………間接教學 〉〉〉

教學對象	整個班級	小組	個人
教學方法	講述 示範	合作式學習 討論	學習式態 探究
教學活動	座位作業功課 教科書	角色扮演 學習角落	問題解決 做決定活動

〈〈〈 被動的…………………………………主動的 〉〉〉

資料來源：Frazee and Rudnitski, 1995 , p.204.

　　從表 1 可知教學策略的實施對象包括以整個班級、小組和個人，分別採行不同的教學方法和活動設計。直接教學策略是以教師爲中心，相信學習知識是從教師傳達到學生的教學成果，所以學生處於被動地位，教學的成敗端視教師是否能妥善規劃並進行教學策略；間接教學策略是以學生爲中心，認爲學習是學生認識訊息歷程的能力表現，教師居於協助者角色，教學的成敗端視學生能否主動積極探索處理訊息。直接教學策略和間接教學策略的連結，有賴於單元性質、學生需求和教師選擇三者的配合，方是可行。

二、直接教學策略

　　爲求有效達成教導事實、規則和行動順序的過程稱之直接教學。直接教學的形式，並非只有演講一種，其他形式如編序教本、電腦輔助教學軟體、同儕與跨年齡教導、視聽語言設施、專門化的媒體等均包括在內（王文科，1994）。

　　直接教學策略的講述形式（lecture-recitation format）是多面貌的呈現方式，並非只是大量的語言解釋而已，還包括提問、回答、複習和練習、學生錯誤校正等師生互動活動。更積極的定義講述是指快步調、高度的組織，教師可以控制教學的替換，專注在獲取預先決定事實、原則和行動系列的既定內容上（Borich,1996）。簡言之，講述是教師胸有成竹地預先安排師生互動和解釋教學內容的過程。

　　直接教學策略也重視示範教學（demonstration）的運用，Rosenshine & Stevens （1986）有效能的示範教學應該注意下列要點：

　　1.教師能清楚呈現目標和主要重點：教師上課前能清楚陳述教學目標和行爲目標；每一次至專注在一個重點或方向上；避免離題；避免模糊不清的段落或代名詞。

　　2.教師循序漸進的呈現內容：採取小步驟地提出教材；組織和呈現教材是一部分教材精熟後再呈現另一部分；開始講述，一步一步地引導；當教材太複雜時，呈現大綱。

　　3.教師的態度是明確的和具體的：示範（modeling）技巧或歷程；對於困難的重點給予學生很多詳細的解釋；提供學生具體多樣化的例子。

　　4.教師檢視學生的理解程度：在進入下一進度之前，教師很確定學生已經理解教學內容；向學生提問以監控學生理解教過內容；學生能用自己的話摘要重點；可以透過進一步教學、解釋或小老師同儕教學，

重教學生難以理解的部份教材。

　　直接教學策略也重視學生在座位間的作業活動和教科書的習作活動。因此，對於練習、複習活動相當重視，一般而言，可以採行下列教學步驟：1.每日複習、檢查前一天作業再教學。2.提示結構化的內容。3.引導學生練習。4.回饋與訂正。5.獨立練習。6.週複習和月複習（Borich,1996；Rosenshine & Stevens,1986）。

　　目前大學國文教學在直接教學策略的運用相當普遍，教學時應把握講述、示範、作業活動等原則和要點，才能春風化雨滋潤學生心靈。

三、間接教學策略

　　間接教學是鼓勵學生自我探索為中心的教學策略，採取教學和學習傾向於：1.學習歷程是探究。2.結果是發現。3.學習關聯是一個問題（Borich,1996）。相較於直接教學大部分用於認知、技能、情意學習中較低層次的教學目標部份；間接教學則用於高層次概念、問題解決等認知、技能、情意教學目標，以培養學生對於教學內容做成分析結論和概括化通則，或發現各種關係的型態（王文科，1994）。因此，間接教學策略著重於個人在教學方法中的探究，以解決問題獲得自我統整過後的答案為目標。

　　間接教學是建構主義（constructivism）學者所支持的教學法，這一派的學者認為教師把教材設計好，鼓勵學生使用他們自己的經驗，積極地建構屬於他們自己意義的學習歷程。簡言之，知識成果來自於個體自我觀點的真實感（reality）。學習的發生是在於學生能創造新的原則和假設來解釋他們的觀察，透過班級中的對話、問題解決練習，以及個別方案和作業，學生會在舊知識和新觀察的矛盾和不平衡中，漸漸找到新的規則並形成新假設，建構出新知識。

　　間接教學策略經常運用前導組體（advanced organizer），歸納演繹，

正例反例，探究質問，團體討論等教學策略，運用這些教學策略可以給予學生更多的發現問題、類推答案、形成結論和發現新知，透過知識的自我建構可以轉化知識學習的豐富內涵。大學國文教學在考證、深究賞析的教學可以採行間接教學策略，提供學生建構屬於自己探索的豐富知識。

肆、直接教學策略與國文教學範例

　　直接教學策略適合大班教學，無論是講課、示範、作業活動等方法，都可以引起學生對於知識的事實、規則和行動有直接的參與獲知，直接教學策略重視教學的程序性與內容說明的明確性。以下茲舉直接教學策略最常用的「教學事件」策略（instructional event），輔以國文範例說明之。教學事件是指教師根據學生內在學習歷程所設計的外在教學步驟，由於教師能從學生立場來設計整個學習步驟，學生在連貫性的教學步驟上，較易接受教師的教學內容。以下茲以柳宗元＜始得西山宴遊記＞為例說明之。

一、引起注意

　　教師可舉例說明和書中或生活中事實顯而易見的矛盾，或利用圖表、照片、插圖、模型和影片等看得見的開場白，來引起學生的注意，使學生能專心聽課。

　　例如：秀出＜始得西山宴遊記＞山水風景相關的圖片，讓學生對課文有初步的了解，由貼近生活景象體會山水圖表舒意。

二、告知學習者學習目標

　　即根據學生智慧和語言程度，可以口頭或板書妥善用詞表達學生學習後可獲得作用。例如：教師說明本課目標是希望同學學習本課後，能

了解柳宗元在此課描寫西山之景筆法的高妙之處；並學習柳宗元不懼被貶謫受到挫折打擊的精神。

三、喚起舊記憶

學習非孤立狀態，宜取得相關先備知識，已連結到新學習知識。例如提示先前課程中所獲得的重要關鍵概念，或運用心象圖，由圖形蘊義再搜尋詳細內容。

例如：教師提問下列問題：

（一）黃州快哉亭記、墨池記、岳陽樓記、項脊軒記、醉翁亭記、始得西山宴遊記，以上哪些是寫於貶謫之中的作品？

（二）醉翁亭記、始得西山宴遊記都是文言文，作者的際遇相似，同樣是仕途失意而寄情山水，但人生觀和理想卻有很大差別，為什麼？

四、呈現刺激教材

理想的教材設計是教學呈現的核心部份，重點是能提供學生訊息處理的教材，讓學生有選擇性的知覺，充分思考刺激教材的認知意義。例如：教師可以呈現階層圖來顯示本課教材特點和確實性，並以分組討論下列問題來進行教學：

（一）柳宗元用「始得」有何特別用意？西山美麗怪特之景有哪些？

（二）柳宗元寫作此課有何絃外之音？有何寓意？

（三）本文文體為何？和岳陽樓記、醉翁亭記有何差別？

五、提供學習輔導

學習輔導是指教師提供語意概念編碼作用，協助學生對於學習材料能長期儲存的歷程，教師可以採取提示性的學習指引、圖表或圖解來協助學生學習。例如：教師可以列出下表 2 作一簡單說明。

表2　柳宗元＜始得西山宴遊記＞學習輔導一覽表

篇名	始得西山宴遊記	醉翁亭記	岳陽樓記
作者	柳宗元	歐陽修	范仲淹
主旨	借西山之怪特，記其宏偉之人格。	記遊此亭的佳趣並且與眾同樂之趣。	借敘其勝景，自抒先憂後樂之懷抱，並用以勉勵子京
絃外之音	然後之山之特出不與培樓為類，亦隱喻自己之清高。	自稱「醉翁」實表示天下皆醉我獨醒之意。	不以物喜，不以己悲，先憂後樂，自抒抱負且安慰好友

六、引發表現

即依據教學重點引發學生表現，可以口頭提問或在黑板寫下重點，請學生分組或個別回答。例如口頭提問學生：

「自余為僇人」，「僇人」之義為何？為僇人的心境又為何？

七、提供回饋和評估表現

回饋主要作用在於促進「增強」學生的內在學習歷程，提供回饋是依照學生表現行為結果的對與錯，教師清楚具體提出正確增強的解答和回應，之後提出形成性或總結性測驗，再次以測驗完整地檢視學生理解程度。教師可以肢體語言（點頭、微笑、趨前等）或具有引導性的批評引導進一步學習。

例如：學生對口頭提問的回答為：「僇人是過路的人」。教師的回饋可以是：「我們在課堂中提出柳宗元借西山之怪特，記其宏偉之人格。一個過路人會有這麼深刻的企圖心，想要表現人格清高之處嗎？再想想看，加油」！教師回饋後，可在形成性評量時，再一次提出問題來評估學生理解實況。

八、促進保留與遷移

　　促進保留與遷移旨在增進學生牢固掌握所學內容，培養應用所學知識與技巧來解決新問題的能力，所以教師可以設計創新型作業或問題解決型作業，供學生作答。例如交代作業：1.請學生閱讀分析酈道元＜水經注＞後，說明柳宗元＜永州八記＞受其影響之因果關係，下次上課時需繳交做業。2.請同學分組蒐集旅遊文學一則，下次上課時請同學分組報告。

伍、間接教學策略與國文教學範例

　　間接教學策略是指教師把教材和教法相互搭配好，透過班級中的對話討論、資料分析、問題解決練習，鼓勵學生建構屬於自己的學習歷程，從新舊知識的矛盾和不平衡中，尋找新的規則和假設。以下茲以討論教學、前導組體、正例與反例、創造思考、探究真相、概念圖等間接教學策略，輔以國文實例說明之。

一、討論教學策略

　　大學國文授課經常看到教授話講太多，學生討論少、發言少的現象。教師如能發展傾聽技巧、安排情境、選擇好的討論議題、培養學生提問和回應的能力、激勵學生積極參與並積極回饋、妥善處理僵局，則可使大學國文授課呈現學生多陳述己見，與老師相互討論回應的景象。以下茲以台灣日據時期小說選－楊逵＜春光關不住＞（大學國文新編編審委員會，2003）運用討論教學策略說明之：

　　（一）引起動機

　　1.教師和學生分享現代人的「玫瑰經驗」，紅玫瑰、白玫瑰、黑玫瑰、黃玫瑰等六 W（who、when、where、what、why、how）提問的經

266

驗。

2.教師提出學生舊知識的回憶：「看過楊逵作品＜壓不扁的玫瑰花
＞這一篇文章的請舉手？」請同學述說對楊逵在呈現這篇文章的寫作風
格提出評論。

（二）設計並發下討論題目

教師可就事實性、詮釋性、評鑑性的問題設計討論題目。

1.有人評論楊逵作品風格經常表現對土地、民族、同胞的愛，與對
歷史的追求。在本文中楊逵表現他慣有風格之處在哪些地方？

2.楊逵化身為小學數學林老師在文章中出現，請說出林建文發現的
玫瑰花給他一種「春光關不住」的啟示，他文中的意義和寓意為何？你
是否有睹物思情的人生啟示？

3.本篇小說在什麼情境下提到「黃花缸」，請解釋它與全篇小說有
何關聯？

4.本篇小說運用的主要人物包括小學林老師、吉田中尉、林建文、
林建文姊姊和姐夫；主要景物包括玫瑰花、黃花缸、水泥塊等。你認為
這些人物和景物有無需要敘述，以延展小說的張力，或縮短敘述，修正
論述方向。

5.文中提到：「『你高興這個嗎？』我問。林建文點點頭，但馬上又
掩上了陰影。吉田又來了。」這些敘述在你的生活情境中，有沒有乍乎
歡喜、卻又難過的經驗呢？

（三）說明程序

1.討論題目時間：第一組討論第一題，依此類推。討論時間五分鐘。

2.報告時間：每組三到四分鐘。

3.呈現方式：口頭報告、板書重點、戲劇演出或其他方式均可。

4.增強：最優兩組加平時分數三分。

（四）進行討論與報告

1.教師巡視各組回應學生提問。

2.回應問題的澄清引導：例如第五題學生報告討論結果後，教師可以反問學生：「為什麼會有悲欣交集的深切感受？」、「這和林建文的感受有什麼情境上差異？」如果學生的評論不當，教師可以提示支持性的事件例證，經由重複討論，引導學生從可能答案中建立自信。

3.學生問題的交互討論：教師鼓勵學生在各報告組說明後，擴充思考陳述自己觀點，接納多方見解。

（五）綜合歸納

教師綜觀全文，以樹狀圖歸納討論題目之要義。

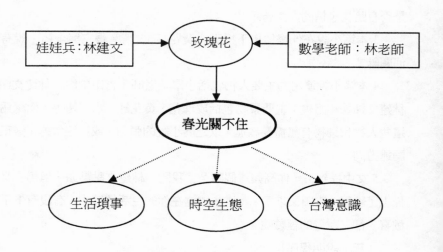

圖 1　　楊逵＜春光關不住＞討論歸納分析圖

（六）總體評估

本文雖寫一株玫瑰花被壓在水泥塊下，寓意著日本軍閥的權威與榨取，是無法抹滅台灣人民的求生意志與不向殖民統治屈服的堅強鬥志，

現在台灣處境充滿挑戰，大家更應思考如何提昇台灣的競爭力。

二、前導組體策略

　　前導組體（advanced organizer）是指銜接新舊教材所設計有組織的材料，透過影片、圖片、幻燈片、多媒體、故事、笑話、例子、提問、諺語等等有組織的體例，讓新知識的學習更為快速容易理解。前導組體教學模式如表 3。

表 3　前導組體教學模式一覽表

第一階段：呈現前導組體	第二階段：提供學習課業或材料	第三階段：增強認知結構
∨呈現本課目的 ∨呈現組體 　1. 鑑別特徵的意義 　2. 舉例 　3. 提供前後脈絡 　4. 重複 ∨喚起學習者知識和經驗的關注	∨呈現材料 ∨保持關注 ∨說明內容的組織 ∨說明學習材料的邏輯順序	∨運用綜合貫通的原則 ∨促進主動的接受學習 ∨喚起批判學科知識的取向∨闡明認知結構

資料來源：Joyce ,Weil & Showers，1992，p.190.

　　以下茲以《山海經》＜精衛填海＞教學全文大意和內容深究時，可以古代＜愚公移山＞或現代＜證嚴上人＞的故事，作為前導組體。其教學程序如下：

　　（一）呈現前導組體：＜愚公移山＞和＜證嚴上人＞

　　1.陳述＜精衛填海＞的題解：這是原載於《山海經‧北山經》。記載炎帝神農氏的小女兒女娃，由東海而溺斃，魂魄變為精衛鳥，銜西山之木石以填東海，立誓將其填平的故事。成功地塑造出一個不畏艱難，立誓征服自然的生動形象（大學國文新編編審委員會，2003）。

269

2.前導組體一：配合動畫講述列子＜愚公移山＞的故事
（http://edu.ocac.gov.tw/culturechinese）。

3.前導組體二：呈現＜證嚴上人＞的故事和相關事蹟圖片
（http://www2.tzuchi.org.tw/master/）。

4.提問：從上述＜愚公移山＞和＜證嚴上人＞兩個故事，你發現故
事和精衛鳥有什麼表現是相似的？

5.學生回應：堅強意志和鍥而不捨的精神。

6.教師歸納：「精衛填海」所表達的正是先民想要征服自然的原始
願望，愚公移山和證嚴上人的精神，亦是想傳達人類對於社會大眾的公
益活動，有願就有力，堅持美好理想的願景。（二）呈現教材新知：

1.本課架構圖：如圖 2。

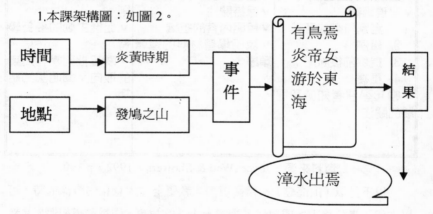

圖2　　＜精衛填海＞全文架構圖

2.闡述本課架構圖之大意。

3.賞析陶淵明「精衛銜微木，將以填滄海」的讚美悲憫之情，與今
人捨己爲人的悲壯情懷。

（三）增強認知結構

1.問題討論與深究：例如《山海經》關於「夸父追日」不只見於一

處，同時在其他先秦古籍中亦有類似的記載，請試將這些資料彙整，重新撰寫一則完整的「夸父追日」的故事。

2.評量。

3.作業：蒐集知識應用服務於社會之具體事例。

三、歸納和演繹策略

歸納推理（inductive reasoning）和演繹推理（deductive reasoning）都是教學概念、組型和抽象觀念等思考的重要策略。歸納推理是指學生能從觀察資料中，找出資料的原理原則；演繹推理是指將原理原則應用於特定的事例上。

歸納推理和演繹推理的教學準備、正式教學和評量要點如下表 4（Eggen & Kauchak, 1988）。

表 4　歸納推理和演繹推理的教學步驟比較

教學進程//教學方法	歸納推理	演繹推理
教學準備	1.確認目標 2.選擇例子	1.確認內容目標 2.發展思考技能 3.引發動機 4.掌握時機
正式教學	1.自由（open-ended）階段：觀察和描述、比較 2.聚斂（convergent）階段：提出問題、複習問題 3.正式結論（closure）階段 4.應用階段	1.提出抽象觀念階段 2.例證的呈現階段 3.學生創造例子階段 4.正式結論階段
評量	1.評量內容結果 2.評量思考技能	1.能區分正例和反例

茲以歸納推理策略教學《史記・項羽本紀》司馬遷＜垓下之困＞，

評價叱吒風雲的項羽，身陷垓下，四面楚歌，慷慨別姬，乃至潰圍、斬將、刈旗，終至烏江自刎的一段歷史性格。教學程序如下：

（一）自由階段：觀看項羽在＜垓下之困＞影片片段。提示學生觀察項羽在霸王別姬、潰圍斬將、烏江自刎三個事件裡，重要表現行為和態度；紀錄項羽的重要談話內容；並比較他和劉邦對話的重要意義。

（二）聚斂階段：小組討論下列問題

1.劉邦善用四面楚歌的攻心戰術，對於楚軍和項羽分別有何重要影響？

2.何以項羽身陷險境，在重重敵兵包圍下「自度不得脫」，在二十八騎殘兵面前，卻自負地說出「必三勝之」，後來又說「天之亡我，非戰之罪」。其心境轉變為何？

3.項羽在絕境之際若聽從烏江亭長建議乘船度江逃脫，本有東山再起一線生機，為何他寧願自刎又道出「吾為若德」這樣的話，他的性格有何特色？如果是你，你會怎麼做？

4.比較項羽和劉邦在面對死亡和失敗時的可能行為和態度。

（三）正式結論階段

司馬遷運用對比烘托手法，刻畫出項羽和劉邦在性格才華的形象差異，特別是項羽的刻畫是反覆兩面，既推崇項羽試軍事其才，稱美他的至情至性；亦揭露項羽對政治的愚昧、迷信武力的不當。

（四）應用階段

1.試述司馬遷將項羽列入《史記》本紀的道理。

2.觀賞楚漢相爭或霸王別姬的影帶之後，評析項羽的歷史性格。

（五）評量

1.可以紙筆評量學生理解教材內容的實際情況。

2.可以戲劇演出部份劇情評量內容以深究的情意感受。

四、正例和反例策略

概念性的思維是需要學習的，概念是建構真實性的創造方式，而舉出例子是老師教學概念的重要策略。透過正例（examples）和反例（nonexamples）的運用，可以擴充與精煉知識來源，產生新穎的想法，增強解決問題的能力。所以，面對學生混淆概念時，老師能適切呈現正例和反例，可以讓學生區分不同屬性的概念特徵差異獲得正確的概念。教師宜善用 Arends（1988）所提出例子的呈現與順序，教學程序可以是：1.定義—例子的策略：即教師先定義概念，再提供正反例，並增強學生理解知識，這種策略適用於學生只有一些或根本沒有先備知識的情況。

2.例子—定義的策略：即教師先提出正反例，然後由學生透過歸納方式去發現或獲得概念，這種策略適用於學生對於概念已有部分了解，而且教學目標在於找出概念的主要屬性，並練習歸納的過程。

茲以古典詩歌包括「古體詩」和「近體詩」舉出正例和反例之教學策略。

（一）古體詩「定義—例子」教學策略

1.呈現古體詩－曹操‧＜短歌行＞

> 對酒當歌，人生幾何？譬如朝露，去日苦多。慨當以慷，憂思難忘，何以解憂？唯有杜康。青青子衿，悠悠我心，但為君故，沈吟至今。呦呦鹿鳴，食野之苹，我有嘉賓，鼓瑟吹笙。明明如月，何時可？憂從中來，不可斷絕。越陌度阡，枉用相存，契闊談讌，心念舊恩。月明星稀，烏鵲南飛，繞樹三？，何枝可依？山不厭高，海不厭深；周公吐哺，天下歸心。

教師教學曹操‧＜短歌行＞這首古體詩，可採「定義—例子」的策

略，因爲對多數大學生而言，古體詩包括四言、五古、七古和雜言長短句等諸多詩選形式，是許多學生一直未能熟知。且古體詩在年代較久遠、作者和詩名較陌生的情況下，實難以了解哪些作品一看即知是古體詩。

2.說明古體詩定義

教師不妨先定義所謂「古體詩」乃指漢魏六朝詩或不定格律之作，接著說明曹操‧<短歌行>的詩歌形式說明屬古體詩四言作品之屬性特徵，且曹操於和其子曹丕、曹植均爲當時文壇領袖，形成建安文學之風，以詩歌的成就最受矚目，其詩歌吸取民歌之長，敘事、抒情皆宜，表現慷慨悲涼之情；到了南北朝，詩風漸趨綺靡，講求華麗之作。

3.闡述古體詩並提出反例

定義古體詩後，學生有一明確概念後，再論述和賞析<短歌行>八個段落，每段落四句，曲折表現「憂思」面對暮年，禮求天下賢士歸附之心情，「樂觀」自比如周公，吐露英雄本質之豪情。如在教學<短歌行>之後，能再以「相關正例」如蔡琰<悲憤詩>和民歌<孔雀東南飛>詩句，輔以提問「反例」如張繼<楓橋夜泊>詩句，由正例、相關正例、反例具體的討論澄清事實歷程，學生方能真正明白古體詩之內涵，而非只是就讀中學時代的非認知式俯案記誦。

（二）近體詩「例子－定義」教學策略

1.呈現近體詩－黃庭堅‧<寄黃幾復>

> 我居北海君南海，寄雁傳書謝不能。桃李春風一杯酒，江湖
> 夜雨十年燈。持家但有四立壁，治病不蘄三折肱。想得讀書
> 頭已白，隔溪猿哭杖溪藤。黃庭堅‧<寄黃幾復>。

教師教學黃庭堅‧<寄黃幾復>這首近體詩，可採「例子—定義」的策略，因爲對多數大學生而言，唐詩的體例較爲簡明常見，教師可以

先提出正反例，讓學生練習歸納近體詩的定義。

2.提出正反例、定義近體詩

例如教師先舉出代表絕句元稹‧＜離思＞，和律詩孟浩然‧＜宿桐盧江繼廣陵舊遊＞兩首詩選，提供學學生舉出字數、句數、押韻、對仗等體制、格律出來。

> 曾經滄海難為水，除卻巫山不是雲。取次花叢懶回顧，半緣修道半緣君。元稹‧＜離思＞
>
> 山鳴聽猿愁，滄江急夜流。風鳴兩岸葉，月照一孤舟。建德非吾土，維揚憶舊遊。還將兩行淚，遙寄海西頭。孟浩然‧＜宿桐盧江繼廣陵舊遊＞

當學生朗誦兩首詩完後，學生依據中學所學國文的舊經驗，分別指出五言、七言、絕句、律詩等體制格律差異之後，教師再定義所謂「近體詩」又名今體詩，包含律詩、絕句、排律；排律亦可稱律詩的一種，亦可獨立。

3.提供反例討論

教師解釋完定義後可再提供反例討論，例如唐詞溫庭筠＜夢江南＞、元曲喬吉＜雁兒落帶得勝令然‧憶別＞，以增強學生對古體詩、近體詩印象。

> 殷勤紅葉詩，冷淡黃花市。清江天水箋，白雁雲煙字。遊子去何之？無處寄新詞。酒醒燈黃昏，窗寒夢覺時。尋思，談笑十年事；嗟咨，風流兩鬢絲。喬吉‧＜雁兒落帶得勝令然‧憶別＞
>
> 千萬恨，恨極在天涯。山月不知心裏事，水風空落眼前花，搖曳碧雲斜。

梳洗罷，獨倚望江樓。過盡千帆皆不是，斜暉脈脈水悠悠，斷腸白蘋州。溫庭筠‧＜夢江南＞

　　整個討論完古體詩和近體詩定義，並說明正例、反例、相關例之後，教師再提供圖 3 學習輔導指引，讓學生了解整個「實例－定義－反例－相關例」的概念。

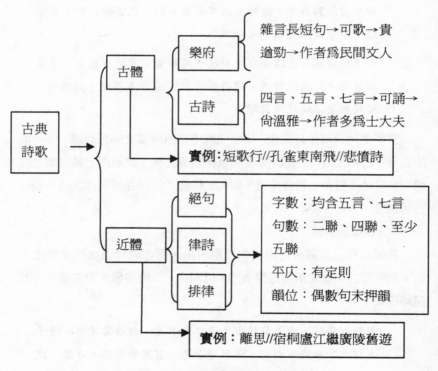

圖 3　　古體詩和近體詩比較圖

五、創造思考

　　創造思考教學是指教師啟發學生探索事物和真理的歷程，透過發展學生流暢、變通、獨創、精密等能力引導表現的教學歷程，達成培養學

生對於學習求知表現，能培養積極參與求新求變的態度。所以，創造思考教學最終目的是要找到實際且真正能解決問題尋求創意之道。以下舉創造思考常用教學策略實例說明。

（一）類比法

類比法包括直接類比、擬人類比和象徵類比，類比目的無非是希望情境投射能產生新奇的事件。

第一步驟：確定類比主題。

第二步驟：線性聯想，從本體→直接聯想→自我聯想→創作組合，整個線性聯想類比的創造思考如下。

本體→直接聯想→自我聯想→創作組合

露珠→冷　　　→眸子　　→是露珠，冷若祈禱的眸子。鄭愁予·＜清明＞

煙霧→長街　　→棉花糖　→是迷濛的煙霧，輕似長街愛玩耍的棉花糖。

第三步驟：多向聯想，即從與本體有關的相同、相反、原因、結果等關聯創造思考。即本體→相同聯想→因果聯想→創作組合，整個多向聯想類比的創造思考如下。

本體→相同聯想→因果聯想→創作組合

火→熄滅→風→我是火，隨時可能熄滅，因為風的緣故。洛夫·＜因為風的緣故＞。

水→流浪→落花→我是水，可能到處流浪，因為落花的呼喚。

（二）屬性列舉法

屬性列舉法（attribute listing）是指教師指導學習者先敏銳觀察作品重要屬性，盡量列舉該作品各種不同的屬性或特徵，再研究創新屬性特徵，創作成為新作品。所以，不少有名新詩體例加以改造，可以賦予許多創新的風格和感受，例如鄭愁予·＜清明＞這首新詩：

是露珠，冷若祈禱的眸子

許多許多眸子，在我的髮上流瞬

我要回歸，梳理滿身滿身的植物

我已回歸，我本是，仰臥的青山一列

可創作相關的＜中秋＞、＜端午＞等新詩，其創作歷程和實例如下圖 4：

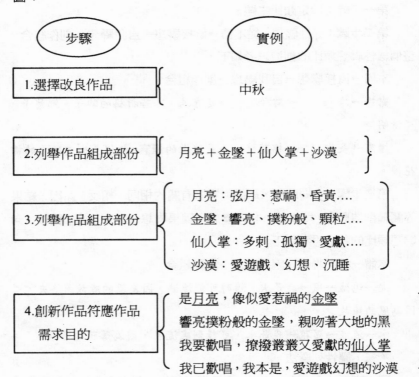

圖 4　　屬性列舉法創作＜中秋＞新詩

（三）型態綜合思考術

型態綜合思考術（morphological synthesis）的要領，是教師先就待改進或解決問題的特質，選擇二至四項做為分析的重點，然後就此變項逐一列舉其特質，再強行排列組合各變項特質之一，而滋生許多方案，最後從其中一一推敲其特性或效用（張玉成，1991；沈翠蓮，2003）。茲以型態綜合思考術，創作一首中秋的新詩。

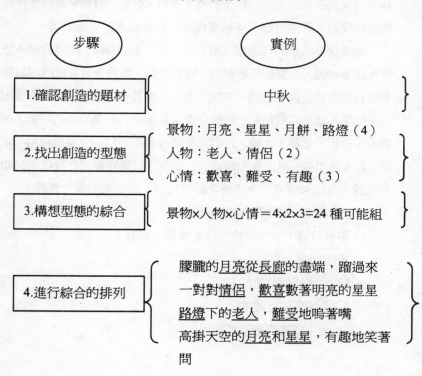

圖5　　型態綜合思考術創作＜中秋＞詩

六、探究真相

探究質問策略可以提供學生從難解或矛盾的問題，去蒐集資料、發展假設形成推測、解釋分析而解決問題。由於學校教學的問題和生活出現的思考問題不大相同，透過探究質問的過程，可以讓學生擴充教科書裡的答案，甚至發現答案並不一定是唯一的。因此，探究質問的教學策略可以養成學生以實際的科學觀察、記錄、分析、歸納、演繹等探究技能來問問題、解決問題，連結學校學習問題和實際生活問題。

倡導探究教學的代表學者蘇克曼（J. R. Suchman）認為教師不斷向學生講解知識，其實都是嘗試性、短暫性的，因為學者專家的理論隨時會因時空而修正創新理論，並無所謂永久性答案，透過探究技能找出歧義，見識各種不同觀點，才能擁有豐富思維增長知識發展的可能。運用觀察、分析、紀錄、比較、歸納、演繹等探究策略，主要是利用「事實單」和「真相單」提供學生觀察分析探究，以獲取屬於自我建構的知識和經驗。茲以＜法老王金字塔之謎＞為例，說明整個探究歷程。

（一）選擇一個問題並進行調查

1.事實敘述：請同學唸出探究事實，如表 5。

2.提出問題：

（1）金字塔何時建的?

（2）金字塔由誰建的?

（3）金字塔的構造及其功用如何?

表 5　<法老王金字塔之謎>探究問題事實

　　　古夫王是斯奈福爾王和霍特普勒絲的兒子，是第一位在基沙台
地上興建金字塔的國王。他的金字塔底部邊長 230 公尺，高 46 公尺，
用了共 260 萬塊，每塊重達二噸半的石頭，堆積而成，是埃及規模
最大的金字塔，象徵國王至高無上的神格化王權。一般人稱這座金
字塔爲大金字塔，目前僅知古夫王在位二十三年（公元前 2543 年至
公元前 2520 年），對他的事蹟，則所知甚少。古夫王金字塔的四周，
特別是南北兩側，整整齊齊地排列著許多第四、五王朝的貴族平頂
石墓，宛如眾星拱月一般，襯托出古夫王金字塔無與倫比的威勢。

　　　古夫王金字塔令人吃驚的地方，可能是方位的測定之準確。底
部四邊幾乎是正北、正南、正東、正西，誤差更少於 1 度。這般準
確的方位絕不是偶然定出來的，考古學家認爲是建築師以右框星爲
指標定出來的。

　　　古夫王金字塔更是巴黎鐵塔未建成前世界上最高的建築物，而
且經歷三次地震依然岷屹立不倒。考古學家在古夫王金字塔中的一
個封閉的坑洞，找到一艘表面斑駁的雪松木船，長 43 公尺，寬 5
公尺，是古夫王的繼承人傑德夫勒王爲他建造，目的是讓它載送古
夫王前往永生世界。

資料來源：http://www.hkba-travel.org/outlook_03.Htm

（二）說明過程與呈現問題

　1.說明過程

　　老師向學生說明到目前爲止，專家對這個情形仍未有一致性的答案
看法，但是他得就這個問題嘗試共同找出可性的答案，同時老師仔細地

說明在嘗試尋求可能性的答案，同時老仔細地說明在嘗試尋求時的所要遵循的過程，同時發給每一位學生有關於剛剛口頭敘述問題的講義，這樣才可以確保學生懂得單字詞彙與基本的問題。

教師解釋學生更多的資料，但是老師只能以「是」或「不是」來回答，如果學生提的問題不能以這樣的方式來回答，將有可能要敘述問題。而且老師會指一個人在黑板上做紀錄，假使老師對學生的問題有正面肯定的回應，就直接寫在黑板上。學生任何時候都可以討論，不過非討論時間是不允許相互交談的。倘若學生假設似乎是問題性答案時，就會被寫在黑板上，讓全班同學可以看著黑板問題，試著來證明或駁斥這項假設。

2.引出問題

老師激勵學生想像自己是事件的考古學家，以及彷彿自己是真正的正進行考古調查來發問問題：「埃及人爲什麼要建造金字塔?誰建造的?怎樣建造的?」。老師同時提供一張真實單，如表 6，用來回答學生提出的問題，老師可以隨時補充其老的資料，但大部分是鼓勵學生利用質問的過程來爲自己找尋資料。

表6　〈法老王金字塔之謎〉探究問題真相單

1. 金字塔中，最大的一座是有「大金字塔」之稱的古夫王金字塔。
2. 古夫王金字塔建於西元前 2550 年左右。
3. 古夫王金字塔是巴黎鐵塔未建成前世界上最高的建築物，而且經歷三次地震依然屹立不倒。
4. 金字塔的底部爲正方形。
5. 金字塔的四角全爲直角。
6. 四個角分別準確地朝向東西南北，而各個斜面皆保持正三角形的形狀。
7. 經過精密設計建造完成的金字塔，其內部結構非常精巧。

8. 古夫王金字塔經過至少二次的變更設計，才成為今日的形狀和
規模。

9. 最近有人利用電磁波等科學方法調查，發現古夫金字塔中除了
以往找到的房間和通道以外，還有其他的空間存在。

10. 古夫王金字塔是凝聚古人對數學和幾何學的知識，每個部位都
具有重大意義。

11. 金字塔是象徵國王至高無上的神格化王權。

（三）經由質問蒐集資料數據

　　一開始蒐集資料過程的時侯，老師應該鼓勵學生仔細想想：「金字塔裡究竟有什麼構造？」，因為這個問題含有很多可能性，它有助於問題著重在一關鍵點上，和引導出以下的對話和互動：

學生：老師，您有沒有看過「神鬼傳奇」這部影片？

老師：有。

學生：金字塔是否是神聖的？

老師：是的。

學生：埃及人是不是都相信金字塔是神聖的？

老師：你應該使問題更明確一點。你所謂的「神聖」是什麼意思？

學生：那與他們的宗教有關嗎？

老師：是的。

學生：是不是所有的木乃伊都在金字塔裡？

老師：不是。

學生：那是不是只有法老王的木乃伊在金字塔裡？

老師：不是。

學生：那是不是皇室成員的木乃伊在金字塔裡？

老師：也許這就是答案，也許只有皇室成員的木乃伊才可以放在金

字塔裡。

（四）發展論點且加以證實

教師此時宜就上述對話找出發展論點，給予小組探究討論並且加以證實。

老師：我們來檢查這個可能的答案吧！就我們所知的事實，有什麼可以證明這個推測呢？你們何不分組討論？討論看看有哪些資料，是你們所需用來測試這項推測的呢？

學生對學生（在小組討論時）：喔……我們應該要判定是不是所有皇室成員的木乃伊都放在金字塔裡。

學生：為什麼只有皇室成員的木乃伊可以放在金字塔裡？

學生對老師：我們可不可以看相關的影片？

老師：可以。

學生：我們可以從影片中獲得大量的資料嗎？

老師：不可以。

學生：那我們除了看影片之外，還需要蒐集更多的資料。

在一問一答往返的過程中，老師提供學生某個探究方向，學生的經驗與問題的困難度，決定老師所提供幫助的多寡。另外，就某一程度的挫折質問的過程，過多的挫折會使學生喪失興趣或是省略掉整個過程，老師應該適時地給予學生協助指引。

（五）說明原則並解釋論點

老師針對學生提出的論點準備了幾個可能性的答案，試著讓學生找出最有可能的原則來說明。

學生：您不是說過皇室成員的木乃伊可以放在金字塔裡嗎？

老師：是的。

學生：那是不是表示木乃伊的放置與身份地位有關？

老師：是的。

　　學生：法老王建造大的金字塔來放置木乃伊，那平民是不是也可以建造小的金字塔來放置他們的木乃伊呢？

　　老師：不是。

　　學生：爲什麼只有法老王的木乃伊可以放在金字塔中？

　　老師：埃及的和諧社會與宗教體制就在法老王的統馭下執行，法老王被視爲總數約爲 2 千個埃及眾神俗世化身，也是太陽神「拉」的直系子嗣。

　　學生：如果以這樣來看，法老王的地位崇高，可以放在金字塔中，又爲什麼法老王的屍體要制成木乃伊放在金字塔？

　　老師：度過了充實且心滿意足的一生後，古埃及人死後的世界較之更是過猶不及。由於抱持人只有死後才能完成全部使命的信念，埃及人會花費長時間準備繁複的喪禮儀式。死者被安置在密封的墳墓裡，裡頭還有放置各個內臟的小罐，以及傢俱、雕像、遊戲器材、食物與其他的冥世間不可或缺的種種器物，富人與貴族通常還會有僕傭與妾侍陪葬。

　　最後，透過推測－探究－討論－推測之後，老師讓學生針對所假定的論點說明其規則，包括：1.埃及社會階級制度分明。2.埃及人重視死後事件以及永生的觀點。

　　（六）分析歷程

　　此步驟可以讓學生清楚明瞭他們是如何達成自己的推測，以及在做探究的過程中，可以明白哪些步驟最爲有效，亦可提醒學生探究的歷程中紀錄資料是可以幫助自己發現更多新奇的事物，如圖 6。

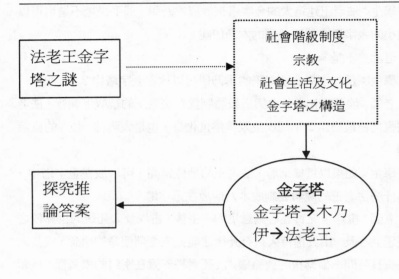

圖 6　＜法老王金字塔之謎＞的真相分析歷程圖

七、概念圖策略

　　概念圖可以提供教師快速利用系統方法處理訊息，圖譜解構教學內容意義；學生亦可透過概念圖譜的圖表、文字、流程圖，迅速建立思考組織學習成果的模式。簡言之，概念圖清楚表達概念間的關係和順序。以下介紹三種可以利用在大學國文教學的概念圖策略。

（一）系統輪

　　系統輪（systems wheel）的基本概念是透過像車子主體和車輪附屬關係，可以發展帶動整個車子動感系統運作的行動思考歷程。綜觀近年來自然與人為系統上所產生的長期衝擊，許多議題顯示出文化、生態、經濟、政治、健康與科技系統等議題之間有相互關聯，經由發展出中概念、小概念等議題間相互思考，得以刺激學生關心自我、他人、社會、世界和宇宙問題的變化和解決問題之道。

　　運用系統輪可以掌握下列程序（郭俊賢、陳淑惠，1998）：1.確認符合上課內容的議題或預測可能的主題。2.腦力激盪可能的影響層面。3.思考延展中概念的關係面。4.擴張中概念為小概念的輪環。5.透過連結線、輪環顏色畫出亟待解決的關係線條。例如，賞析魯迅的＜祝福＞（又題作＜祥林嫂＞）在此篇表達的作品風格，可以下圖7系統輪方式呈現。而系統輪透過課文內容議題論證的開展，可以歸納出魯迅的＜祝福＞有四個學習向度：1.學習溝通觀念。2.學習理性尊重。3.珍視人生存在價值。4.培養處理自我感境遇的豁達態度。

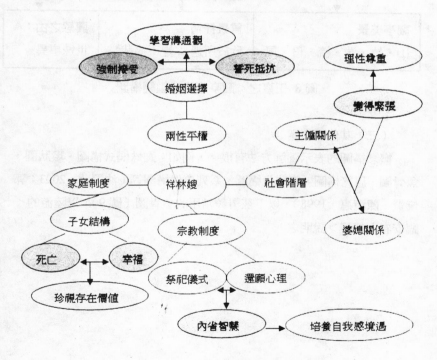

圖7　　魯迅＜祥林嫂＞系統輪圖解

（二）鎖鏈構圖（linkage maps）

　　鎖鏈構圖是以概念和概念之間有連結作用，來表示前面概念引導後面概念步驟的連鎖反應圖，清楚表明先後程序關係，有助於對文體內容的記憶和評論。例如，王羲之的＜蘭亭集序＞即可以下圖 8 敘述之：

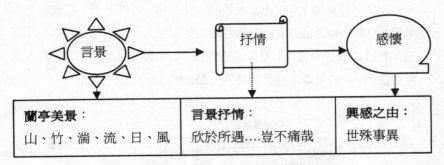

圖 8　王羲之＜蘭亭序集＞鎖鏈構圖

（三）其他概念圖

　　概念構圖的表示圖解方法有很多，例如：蜘蛛網式構圖、環狀圖、魚骨圖、思緒構圖、集群化構圖、系列事件構圖等（沈翠蓮，2003；郭俊賢、陳淑惠，1998），以下茲舉較常用的魚骨圖（圖 9），以陸游的＜臨安春雨初霽＞說明之。

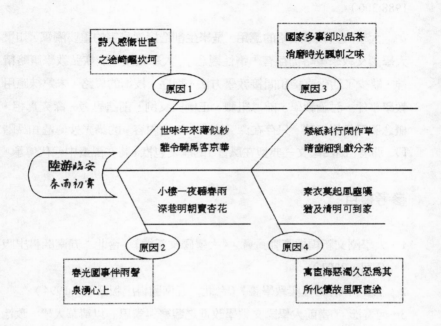

圖 9　陸游＜臨安春雨初霽＞魚骨圖

陸、結語

　　二十世紀著名哲學家懷海德（A. N.Whitehead,1861-1949）曾作一比喻，說中學時代因為是為知識打基礎，所以多半是伏案埋頭苦讀，然而一旦到了大學，即應昂起頭來，挺直胸膛作高瞻遠矚的獨立思考。這種思考，千萬不能淪為賣弄小聰明的「狐狸式思考」（Reason of fox），而應有高尚其志，莊嚴理想的創造性活動和思考，他稱為「上帝式的思考」（Reason of God）。所以，大學教育的唯一大事即在培養創造力，以變化氣質，改變足以使思想僵化及創造力萎縮的「惰性觀念」（馮滬祥，

289

1988:300）。

　　大學國文教學策略的應用，是學生創造探索寰宇的重要觸媒，如果大學國文教學策略仍存有「惰性觀念」，大學教授不能恢弘教學策略精神，缺少了活化直接和間接教學方法、程序、技術的思路，未熟練應用教學事件、討論教學、前導組體、正例與反例、創造思考、探究真相、概念圖等教學策略，只存在深究國文「知識內容」的講光抄傳遞知識階段，那麼「高四國文－典型在夙昔」的歷史包袱，將在風簷中代代傳承。

參考書目

1、大學國文新編編審委員會，《大學國文新編》（台北：五南圖書出版公司，2003）。

2、王文科，《課程與教學論》（台北：五南圖書出版公司，1994）。

3、何寄澎，〈當前大學國文教學改進之觀察與省思—以清華大學、政治大學、台灣大學為例〉，《教育資料集刊》15（1990），頁 185-196。

4、沈翠蓮，《教學原理與設計》（台北：五南圖書出版公司，2003）。

5、夏克非編著，《大學國文精選》，（台南：台灣復文興業有限公司，1992）。

6、郭俊賢、陳淑惠譯，Campbell, Campbell, & Dickinson. Teaching & Learning through Multiple Intelligence. 《多元智慧的教與學》，（台北：遠流出版事業有限公司，1998）。

7、馮滬祥，《哲學與現代世界》，（台北：學生書局，1998）。

8、張玉成。《開發腦中金礦的教學策略》。（台北：心理出版社，1991）。

9、梅家玲，〈台灣大學的大一國文教學現況概述〉，《通識教育季刊》1卷 4 期（1994），頁 119-125。

10、詹海雲，〈大學國文教學的回顧與前瞻〉，《人文及社會學科教學通

訊》5 卷 3 期（1994），頁 45-60。

11、蔡宗陽，〈國文教學面面觀—談國立台灣師範大學國文教學的回顧
與展望〉，《教學與研究》14（1992），頁 115-129。

Arends, R.L. (1988). *Learning to teach.* New York: McGraw-Hill.

Borich, G.D. (1996). *Effective teaching methods.* Englewood Cliffs, New
Jersey:

　Prentice-Hall, Inc.

Eggen, P. D. & Kauchak, D. P. (1988). *Strategies for teachers.* New Jersey:
Prentice

　Hall.

Frazee, B., & Rudnitski, R.A. (1995). *Integrated teaching methods: Theory,
classroom applications, and field-based connections.* Albany, New York:
Dalmar

　Publishers.

Gunter, M. A., Estes, T. H. & Schwab, J. (1995). *Instruction: A Models
Approach.*

　Boston: Allyn and Bacon.

Hunter, M. (1981). *Increasing your teaching effectiveness.* Palo Alto, CA:
Learning

　Institute.

Joyce,B., & Weil,M., Showers, B.(1992) Teaching Model. Boston: Allyn
and Bacon.

Lang, H.R., McBeath, A., & Hebert, J. (1995). *Teaching strategies and
methods for*

　student-centered instruction. New York: Harcourt Brace & Company
Canada,

Ltd.

Oliva, P.E. (1992). *Developing the curriculum* (3rd ed.). White Plains, New York:

　　Harper Collins Publishers.

Roberts, W. K. (1982). Preparing instructional objectives: usefulness revisited.

　　Educational Technology, 22(7), 15-19.

Rosenshine, B., & Stevens, R. (1986). Teaching functions. In M.C. Wittrock (Ed.),

　　Handbook of research on teaching (3rd ed.) (pp.376-391). Englewood Cliffs, NJ:

　　Merrill Prentice Hall.

Tylor, R.W. (1950). *Basic principles of curriculum and instruction.* Chicago:

　　University of   Chicago Press.

文字的歷史記憶—談國文教學的歷史教育價值
—以〈古者庖犧氏章〉為例

南台科技大學　　方中士

摘　要

　　本文從漢字創造初期的社會文化背景，來看作為大學國文教材的先秦文獻，呈獻其中文字所蘊涵的歷史記憶，並由相關字形的串聯看出漢字穿越時空的堅韌生命力。以此觀點作為解說《周易‧繫辭傳上‧古者庖犧氏章》的文字，由字源及相關字義的關聯解析。認為大學國文教學除了經典解題、思想探討之外，也可以從析文解字的方法，讓學生從當前使用的漢字認識文字本身承載的豐富歷史記憶，以培養學生使用文字的慎重態度及歷史感情。

關鍵詞：國文教學、文字學、歷史教育

壹、前言：

　　文字紀錄語言，但經由長期的發展與累積，文字不再只是紀錄語言的工具，不再步步追躡，描摹語言，而成為獨立於語言之外的意義王國。保存了自己的歷史記憶，也反映了造字及使用這些文字者的歷史。

　　文字的王國，邊境不設防，隨時歡迎人們進入學習；只有愚蠢而自外於它的人，讓自己變得庸淺，他從未拒絕謙虛的人成為智者。

　　文字的王國，歷史悠久，國土遼闊，然都出自象形、象意、形聲三大家族，但由於年代久遠，成員之間的血緣身分有時不易辨識，分化出來的眾多家族，經由借用、引申乃至於變粧易容，使後人們看不清楚字型、組構、線條所隱藏的身世密碼，和久遠久遠之前，洪荒蠻昧的文明初胎階段的模糊記憶，以致於難以感受到造字者那令人驚歎的苦心和想像力，因而輕忽了身旁眼前的漢字，看不出它們身上所承載的故事及彼此血緣聯結，於是我們對文字產生不了情感，引不起慎重尊敬的態度，也沒辦法探索文字身上豐富的歷史記憶，甚至自大且無知的以政治威權闖入文字的王國，妄想徹底摧毀這智慧的寶庫，強令其中的成員改頭換面，甚或劓鼻髡首截肢去勢呢[1]？

　　我們應該感謝文字學家，他們像溯溪攀岩的攻擊手，為進入文字王國探索文字的歷史者，確保路徑的正確和安全；也應該感謝如藝品收藏家一般珍愛把玩的文字，如當代作家唐諾以一本《文字的故事》為日漸耽溺於圖像思維的人們開啟另一種觀看文字的門徑，示範了如何以審美的、想像的方式回溯文字的故事；但更該慶幸的是，我們還在使用千年不變的繁體漢字，仍站在隨時可以啟程回溯文字歷史的堅實基礎上，而此地的大學國文教材尚未完全被本土認同的政治角力和強調文字應反映當前學生現實經驗的呼聲沖垮前，仍可藉由大學國文教材的教學，展示漢字的歷史記憶，使得眼前的漢字展現其本身的生命，提供學生另一

---

[1]　前言中對於文字的文化意義，漢字的造字原則特質與發展，政治威權推動的造字及簡化漢字的不智等觀念，概得自於唐諾《文字的故事》(聯合文學，民 90 年)；漢字造字方法分為象形、象意、形聲三種，採用的是許進雄《簡明中國文字學》(學海，民 89 年，緒論 P1-11。)；本文對中國古代社會的理解、甲骨文字的解說、析文解字中所獲得的想像與趣味、漢字的古文字形，除《文字的故事》一書外多取自許進雄所著的《中國古代社會》(商務，民 87 年)，掇拾借用，謹誌於此。另外，有關中共簡化字對漢字字形結構的破壞及影響，請參龔鵬程〈簡化字大論辯〉，文收龔氏《時代邊緣之聲》，P234-244，三民，民 80 年；臧遠侯《期待兩岸書同文》前言 P6-37，時報文化，民 85 年。

種具體「歷史的思考」[2]情境。這便是本文撰寫的動機。

　　本文選擇寫於戰國中晚期的《周易‧繫辭傳上‧古者庖羲氏章》爲討論對象[3]，藉此篇文字追述文明發展的歷程，說明古文字學研究成果如何增進對此篇文字的理解，這是文字學與文明演進史的結合與應用。再者，應用選擇出來解說文明演進史的漢字，作相關字形、組構乃至於其他教材聯結，提供學生對文字產生「歷史的思考」的可能情境。至於《周易》一書的簡介、題解，〈古者庖犧氏章〉中所提到的卦象與文明創建的關係，乃至於《周易》內的象數、占卜、義理等等，在此置而不論。

貳、古文字學與〈古者庖羲氏章〉的文明演進史

　　〈古者庖羲氏章〉，以十二個卦象，講上古社會的文明演進，由文明初胎的用火階段到文字書契的使用先後順序。以下，依照此篇文字的文明發展順序，選出足以呈現文明發展階段的關鍵字：

一、「古者庖羲氏之王天下也」——文明的黎明階段

　　（一）、「古者」，「古」，象意字。十口相傳的遠古傳說，《說文》卷三；「古故也，從十口識前言者也」；此篇文字中所提到的庖羲氏、神農氏、黃帝、堯、舜等人物，都應視爲傳說人物，當作文明演進階段的象

---

[2] 「歷史的思考」一詞，見吳光明著，《歷史的思考》〈聯經，民84年〉，該書第二章思考的歷史性中提出任何思考都必須有歷史發展的情境和邏輯作爲思考的起點，強調歷史意識對思考力的重要性，參該書 P12-15。

[3] 本文分析的〈古者庖犧氏章〉文本，採用幼獅出版之大學國文選所收據南昌府學院元刊末注疏本，民81年。

徵。「庖羲」,「庖」,家居烹煮食物之處,从广包聲。此字可反應遠古時期人類用火的記憶;烹煮法中有石煮法,字从包後起的字有炮、炰、炙,皆與用火或烹煮法有關;石煮法及「者」字的造字由來。煮、諸、儲皆由「者」字來,除了烹煮之意外,亦有諸多之意[4],與「庶」字同源。羲或作犧,皆从羊,象舉羊以祭神。爲上古初民視爲神聖應行之事,義、儀與羲字當出於同源,漢字中从羊之字多有美善之義。

　　庖、羲二字,皆可視爲文明萌芽階段的印記。在歷史記述上,庖羲即伏羲,爲三皇之一;在神話中,伏羲與女媧爲夫妻或爲兄妹,爲漢族的始祖神、婚姻神,兄妹交配以繁衍後代的近親性行爲,雖是文明時代的倫理禁忌,但卻有其他原住民神話的佐證[5]。甲骨文中「不」、「帝」二字的字源也有人從性象徵及性禁忌的方面來解釋,也可以與此合看。不論是用火、烹煮食物、或始祖神話、生殖崇拜、性禁忌,都可以將「古者」二字的年代追溯到文明發展的初期。如果加上女媧的「媧」,从咼;咼,爲禍、過的字源,象人死後朽骨,是上古初民對死亡的畏懼與祈求超克的心理記憶,由此而來的宗教活動記憶及相關文字,如神、鬼、畏、禁等等,可以串聯出上古社會的心靈圖像。若就上古社會對死亡的畏懼與超越言,〈古者庖羲氏〉中,謂:「古之死者,葬之中野,不封不樹,喪期无數;後世聖人易之以棺槨」一段,雖然說的是喪葬儀式的演進和喪葬在文明演進上的道德意義,但人類對於死亡起一種存在自覺,而衍生出宗教、神話和喪葬儀式,其時代必定很久遠,應該和創生始祖神話如伏羲女媧,視爲同源。《周易·賁卦彖傳》:「觀乎人文,以化成天下」,

---

[4]　有關中國上古時代用火和烹煮食物方法反應在甲骨文上的解釋,請參許進雄《中國古代社會》(商務,民八七,P227-255)。

[5]　女媧與伏羲爲兄妹的始祖神話及其原住民神話佐證,參見許進雄《中國古代社會》(商務,民 87,P410-413 頁)。另參王孝廉《中原民族的神話與信仰 》(時報,民 81,P14-35 頁)。袁珂《中國神話史》(時報,民 82,P21-36 頁)。

其中的「文」(見附錄,本文引用或討論到甲骨文字形及其解釋,概取自許進雄《中國古代社會》,以下不再贅述。),像於死人胸前刻劃出的花紋,是一種「放血」儀式[6]。於此,如死、葬、文、歹、殘等字,也可以和庖羲二字併看,視爲文明萌芽初期的歷史記憶。此如「昔」字,是上古社會人民對原古時代大洪水的記憶圖象,洪水滔天,漫淹落日,造字的想像力已近乎魔幻寫實,此字表示久遠之意,「惜」、「醋」二字之右不只是作爲聲符,亦具有久遠之意。另外,「女媧摶黃土作人」的始祖神話,「陶」從「匋」,甲骨文作人摶黃土狀;土,甲骨文作地上一陶土塊狀。因此,「庖羲氏也可以視爲久遠之前的文化創造英雄。

(二)、「仰則觀象於天……以類萬物之情」。此段言文明發展出於人的觀察及抽象思考、符號運用能力。《周易•賁卦象傳》:「觀乎天文,以察時變」,這種觀察力及其運用,創造出輝煌的文明成果,於是上觀「日」「月」「星」「辰」,下察山陵川流,觀地之貧瘠肥腴發展出農耕技術,知飛鳥走獸習性而發展出狩獵與畜牧的技能,進而有了「新石器時代的奇蹟」[7],有了抽象符號跨入「人」的種種精神文明。庖羲氏所代表的就是這樣的文明躍進階段,而「八卦」符號,便可視爲抽象思考的發端,藉此發展出「以通神明之德,以類萬物之情」的符號指示功能。「通神明之德」,是人對大自然的宗教性詮釋;而「以類萬物之情」,則是實用知識的建立,是理性思維的開始。如此,想象的心靈加上理性的

---

[6] 「放血儀式」,初民對死後世界的想像,藉放血使死者靈魂離開身軀,再重返人世。詳參許著《中國上古社會》(商務,民 87,P398-399)。

[7] 「新石器時代的奇蹟」,唐諾在《文字的故事》一書中,藉用法國人類學家李維史陀在「憂鬱的熱帶」中的看法,表達人類文明發展到新石器時代晚期產生了巨大的爆發力量,從甚麼都沒有,有的只是適應環境的生存事實,進而有了文字、宗教、社群組織…,其躍進有如一個謎,有考古學家難以找回的失落環節。詳見《文字的故事》(聯合文學,民 90,P17-18)。

思維，賦予人類推展一切文明的力量。甲骨文中象形字都由初民觀察天地萬物後予以分類、描繪而來。

二、文明的起源—具象的觀察與抽象符號的運用

人類文明起於適應環境的求生技能，但又從幾百萬年的演化中，發展出有別於僅止於求生存的生物本能—抽象思考。

（一）、文明的創制

從庖犧氏仰觀俯察，開啓了知識的累積、抽象思考的思維、宗教的情懷，緊接著〈古者庖犧氏章〉，便是一系列文明創制的介紹。從「作結繩而爲网罟」的漁獵時代，到使用文字，處理繁雜事物的書契使用，與今日對人類文明發展歷史的理解，脗合，此是眾所皆知的常識。但是，若從文字的解析來看此文，則可以加強學生對此篇文字的理解，例如；

「結繩」，編製繩索是早期文明的重要發明，也是上古社會應用廣泛的生活工具；「网」，網的本字；「罟」，從网，捕魚用大網，張網捕鳥，牽罟捕魚，或設陷阱捕獸，都是結繩的應用。既然是生活重要技能，當然也就成爲教導子女後進的重要技能。「學」、「教」、「樊」、「攀」等字，字形中都可看出結繩一事。

進入農耕時代的代表人物是神農氏。「農」，從辰得聲，辰是蜃之省。蜃是大蚌，在新石器晚期，最早的起土工具是大蚌的殼，「農」字即像作手持蜃殼之類的農耕工具狀。「農」從辰，也可說是趁晨涼下田，猶如陶淵明的「晨興理荒穢」（〈歸園田居〉）一樣，南見星辰，未知熟說爲是，然「斲木爲耜，煣木爲耒」應是有銳利工具以砍削木幹的較晚時

期，「方」，甲骨文像起土的工具，後之方姓溯源始祖爲神農氏，或即農字是起於起土工具的原因。

　　隨著人口的增加，生產方式及工具的改變，農耕聚落中的人依附於耕地，逐漸有了交換有無的商業活動需求，進入「日中爲市，至天下之民，具天下之貨，交易而退」的時代。其時，也逐漸由以物易物的行爲進入貨幣交易階段。漢字中从「貝」之字都與值不值得珍藏寶愛有關，即因海貝是先民用以裝飾或用以交易之物的原因，如寶、貨、財、嬰、貸甚至賊、敗都由此意而來。

　　爲擴大耕地，保護水源，解決水患或對抗入侵劫掠者，或爲了維持商業交易的進行，社會組織變由家族而部落，由部落而聚落而城鎮進而走向國家政治時代，故言「神農氏沒，黃帝、堯舜氏作」。至此，文明日進，需求益多，固以「通其變使民不倦；神而化之，使民宜之」，〈古者庖羲氏章〉便以「窮則變，變則通，通則久」總結文明演進的推動力量。

（二）、歷史的開端與文字歷史記憶

　　文中的「黃帝」、「堯」、「舜」，是傳說的聖王，但從析文解字的方法上看，「垂衣裳而天下治」可以不必用「無爲而治」的傳統經義來解釋。「垂衣裳」，代表有了不必親自勞作的統治者。「黃帝」；字的甲骨文作配飾的玉組，黃色是其引申義；「帝」，爲蒂的本字，由「不」字衍生。「不」自花蒂而結果的概念轉爲人類的性禁忌註，其時代可追溯到初民時代的巫文化[8]，後來，「帝」字轉爲「天帝」或「帝王」都是代表一種

---

[8] 　請參許著《中國古代社會》（商務，民 87，P29-31）

禁忌和「宰」制的威權力或統治者，這點可由「縣」字的初義附贈。「黃帝」二字可解為統治者，其實，本文首句的「庖犧氏之王天下也」的「王」字，也是如此。「王」，甲骨文作三片串組成的玉片，佩之於腰間，令舉止有儀度，是統治者身分的表徵。

　　至於「堯、舜」，是繼「黃帝」而起的統治者。「堯」字從土，或是善長治陶的部族；「舜」字，甲骨文作引於壁龕內，身塗燐粉，以鬼魅狀懾伏人的巫者。在屈原的〈涉江〉中，謂「吾與重華遊兮瑤之圃」，「重華」、即舜。另外，《史記•項羽本紀》，太史公曰：「吾聞之周生，舜目蓋重瞳子。羽亦重瞳子，羽豈其苗裔邪？」因此，我們也可推論，舜大概是楚地民眾崇奉的神，而由舜字的甲骨文說解來看，舜的神話應是出於巫者所編造的。另，「無」、「舞」、「夏」字形中也都可以找出巫文化祈禳的線索 。

（三）、文明創制的階段發展與文字的歷史記憶

　　在黃帝、堯、舜等傳說聖王之後，〈古者庖犧氏章〉列舉的一系列的文明創制是：舟楫的發明、牛馬的駕御、盜匪的防禦、穀食的精進、武器的製造、宮室的建築、喪葬的禮俗、書契的運用等。就其中的文字言，像「舟」、「牛」、「馬」、「門」、「疏」(暴)、「臼」、「宮」、「葬」、「書」等字，均可藉由甲骨文字的介紹，加強學生對上古社會生活狀況的理解，並由文字的解析中，看出平常眼熟的漢字的組構意義。如果藉此串聯其他相關文字，加深文字的歷史縱深，便可獲得在字詞解說之外的附加價值。例如：

1、狩獵階段：「觀鳥獸之文」，「鳥」，甲骨文象鳥形；「獸」，像手持網具以補野獸；從犬，蓋甚早便馴犬以助田獵。觀鳥獸之「文」，「文」另

有其本義，但在這裡，可解作鳥獸的足跡。觀之，以便追踪漢字中的
「番」，上從「釆」，與「采」字上半不同，即象鳥獸足跡形。追踪鳥獸，
須細心察看，故「審」字從「番」。

2、學習與教育：「作結繩而爲网罟，以畋以漁」：「罟」，网部；「网」，
網之本字，象網形，從「网」的字，如「眾」，三人爲眾，网而聚之。「畋」，
畋獵；古人焚林燒草以驅獸，或於收穫之後，於田地圍獵。「畋」，從「攵」，
「攵」，手持棍棒狀，從「攵」之字如敏、教、敬、效、牧等等；均有
教誨學習或驅趕之義。另，「結繩」爲重要知識和技能，故「學」字，
即象雙手教導小孩打繩結狀，「教」、「樊」、「爻」等字有關聯。「漁」作
動詞，捕魚。「魯」，從魚，濱東海，該地區以漁獲聞名，故從魚。

3、農業文明的建立與商業活動的開始：「神農氏作…耒耜利，以濟天
下」：「神」字從示，從申。從示之字皆與宗教祭禱有關，如神、祖、祈、
禱、禁、禍等等。「神」，從申，申爲電的本字，象閃電形。古人視閃電
爲神威的象徵，在農耕時代，看天吃飯，祈求風調雨順，故神字從降雨
徵兆的申字。從示，「二」爲小篆上。象天上有神旨下示意。古人又視
自然萬物有靈，先人死後升天能降福禍，故「祖」從示。「禁」，於深林
密處指定禁地，祈福祛災。「祈」字，從斤，斧斤伐木前，對山神樹靈
祭禱，故「祈」字，從斤。

　　以「斧斤」伐木，開闢田地，「焚」林除草，是很吃重的工作，理
應由男性成人擔任。「斧」，從父；「父」字甲骨文作人持斧斤狀；使用
的農具，最早是用蚌殼，故「農」字從辰，仍可看出農具的演進軌迹，
至如「晨」、「薅」、「辱」、「耨」等字皆與農具及農人生活有關。

301

　　平日農田粗活由男性成人擔任，待穀物結穗下垂，則婦女及小孩也下田幫忙；甲骨文「禾」字作穀穗下垂狀；「委」字從女，從禾，象居次之意；「季」，象居末之意。另外，黃河平原農作常苦於乾旱，於春夏之交行祈雨祭，故「夏」字下半為兩腳交錯踏步狀，「無」為舞本字，作巫者著羽飾以舞狀，後借為有無之無意此借用，或因巫者祈雨常不得，思之此意思之轉變可看民社會，由自然信仰轉向以人力控制自然之心理演進後，增「舛」而成舞字。至秋收之後，當免蝗蟲為害，以火焚田，以驅蟲害，故秋字從火；「夏」字下半與「麥」字下半同，麥為外來的穀種，故從來；「稷」字從和，右半之上，形近「鬼」、「畏」之上半，稷為穀物名，又為周民族始祖，或即負責奉農神者；祀奉農神以求豐收，「豐」字上半即象盛有禾穗之品狀，其虔敬之情，可參《詩經·周頌·豐年》一詩。凡此總總均可由文字的解析串聯，增進學生對字形組構的理解。

4、聚落的生活：「重門擊柝，以待暴客」。「虣」，暴的本字；「暴」，象手捧禾穗於日出時曝曬，後借為強暴之暴，乃加日以表本義，而虣字遂不用。「虣」，象以戈刺虎之意，漢字中，「戲」字左半之上為虎之減省，足見上古之時，華北地區仍有屬溫熱地區動物的老虎，此如同漢字中的「象」、「犀」等字，足以反映華北地區氣象的變化。

　　「弧矢之利」，「弧」即弓；「矢」先作為獵獸工具，若繫繩於矢以便收回，謂之「繳」，如《淮南子》謂羿「繳大風於青丘之澤」。大風，即大鳳，大型鳥禽。射鳥用弓矢，射獸亦然。故「彘」亦從矢。矢離弓，其速甚「疾」，故「疾」速之疾從矢；受矢負傷而臥床，故疾病之「疾」亦從矢。有人負傷，則須醫治；醫字上半之右，以矢置方形藥箱內，象醫者所攜帶的刀創藥。

5、由聚落到城鎮：「上棟下宇」，謂「上古穴居而野處，後世聖人易之以宮室，上棟下宇」。穴居，形式爲考古發現的住屋實況。由「宮」、「高」、「京」等字的甲骨文字形，知爲貴族居住或作爲行政中心的高大建築，非一般住所。「家」、「宋」、「字」皆从宀；畜養牲畜爲居家之所，上古有所謂杆欄式建築，上層住人，下層養豬等牲畜，後或因污臭，牲畜改畜養於屋側圈養，古「混」字爲溷，由字形組構可知其意。前段提及的「重門擊柝」的「重門」又如何解釋？一般人之屋室或「門」或「戶」，遠古時期應無四合院，或層層庭院，有前庭大門又有內院之門，故「重門」應爲全村聚落的共同出入之門[9]，與各家住所之室門。从宀之字，「宗」、「字」、「宋」三字可合看。「宗」，爲族人祭神之所，故从示；有子嗣之後，至先祖神靈前爲襁褓中的小孩命名，故「字」从子；祭祀先祖之處爲宋，「宋」字或起於周初殷族後裔之侯國之名。另，由「宰」字从宀从辛來看，「宰」象主持看管奴隸罪犯之官員，因「辛」字本義爲一呈針狀刑具，用以黥面或刺瞎眼睛，漢字中的「黑」、「童」、「瞳」、「奚」、「俘」、「奴」、「僕」、「武」、「伐」、「取」、「馘」、「圉」等字均產生於部落與部落之間的歷史背景。足見「弧矢之利，以威天下」造成爭戰不斷，產生大量俘虜奴隸並衍生管理奴隸的複雜問題[10]。

6、死亡與祭典：「古之葬者」一段；「葬」从茻从死从廾舉。从茻之字，如「暮」字之甲骨文字形爲日沒荒野草叢之中，「葬」是將死者遺體置之荒野，僅「厚衣之以薪」，不入土下葬，故云「不封不樹」。依考古發掘，墓葬儀式可追溯的年代甚早，則不下葬的時代理應更久遠。在《孟

---

[9] 有關中國上古住所情形，干欄式建築，門、戶、高、京等字解釋請參許進雄《中國古代社會》（商務，民 87，P309-343）。

[10] 有關中國古代戰爭所衍生的問題及相關的甲骨文字，請參許進雄《中國古代社會》（商務，民 87，P523-544）。

303

子‧滕文公上》孟子引述傳說，謂：「蓋上古嘗有不葬其親者，其親死，則舉而委之於壑」云云。「壑」字，上半之左从谷从歺，右則从又；又為手形，歺為人之屍骨，谷地為委棄屍骨之處，則孟子所引之傳說當更符合考古學家推測上古初民委棄死者的情況。此段文字，可將「葬」、「壑」、「死」、「屍」等字合看[11]。

7、文字與書契：「上古結繩治事，後世聖人易之以書契」；此謂結繩治事，重點在「治事」。《說文》：「大事結大繩，小事結小繩」，只是粗略的推測。而「書」、「契」二字則是進步到文字書寫與契約的簽定，是有大量繁雜事物需記述不得不然的進展。「書」，从聿，作手持筆蘸墨寫狀。从「聿」之字，如「書」、「建」、「筆」、「律」、「畫」、「劃」等字，都與持筆書寫有關。「契」，上半象以刀刻劃之形，蓋是最早的契約版式。

參、結語：

　　本文藉由＜古者庖羲氏＞章的文明演進。講漢字字形中的歷史記憶，也希望由文字的說解，加深對＜古者庖羲氏章＞一文的歷史背景理解，並在析文解字之後提供學生面對當前熟悉的漢字時產生對漢字的歷史情境。筆者非文字學者，所用材料及說解，概取自時賢成說，加以個人以類相從的聯想組合。之所以獻曝於眾，是想藉此說明大學國文教學除了文義解說之外，也可以藉由漢字本身的深入認識及字形主構相關部份的聯結，使學生獲得一種既熟悉又驚奇的學習效果。比如說，像「微」、「棄」、這兩個字，今由文字學家的解釋，居然讓我們認識到這兩個平

---

[11] 有關中國古代處理死者遺體的方式、信仰與相關的甲骨文字解釋請參許進雄《中國古代社會》（商務，民 87，P397-419）。

時常用的漢字在上古社會的艱辛殘酷生活背景,「微」,是用棍棒打死衰
老而可能牽累家人生活的老人;「棄」,是絞殺或遺棄嬰孩的可怖行為。
「微」字从攵,从攵之字像敏、敬、牧、畋等等相關字形的聯結,可引
導學生更精細辨識漢字的主構。畢竟,漢字仍將是「文化中國」的基礎。

　　相信對文字抱持敬重的態度,是提高學生語文程度的前提,這在廢
筆不用的鍵盤書寫時代尤其重要。增進對文字的認識,也可以作為國文
教學的副目標,可以在引導學生細察:比如「盜」字上半非「次」;「乎」、
「采」之上半與「番」之上半不同,「眾」字从「网」,「染」字从「九」
不是「丸」,「鳳」字从凡,其中的短橫不可缺等等,學生容易弄錯筆劃,
寫成別字的情況,其實也可以藉由這樣的析文解字減少學生的錯誤可
能。而「夬」、「決」、「玦」、「快」、「缺」、「映」、「訣」等字,字典分在
不同部首,但都由有缺口的佩玉而得其義,如《史記‧項羽本記》中,
范增於鴻門宴中舉所佩玉玦以示項羽,其寓意象徵可由字形組構以引導
學生理解「玦」字的歷史記憶,問題,則文字的歷史記憶豈不因此而得
以召喚一二嗎?因之,本文已為經由古文字學與〈古者庖羲氏章〉交相
印證可以有以下幾點教學效益:

　　(一)、藉古文字學增進對先秦文獻的文義解釋。

　　(二)、藉古文字學的解釋使學生對漢字產生歷史感,進而培養認
真仔細看待文字的態度。

　　(三)、經由文字的解析及相關字形的聯結,減少學生使用別字錯
字的可能。

主要參考書目：

唐諾，《文字的故事》，（臺北：聯合文學出版社，2001）

許進雄，《中國古代社會—文字與人類學的透視》，（臺北：臺灣商務，1998）

許進雄，《簡明中國文字學》，（臺北：學海出版社，2000）

吳光明，《歷史與思考》，（臺北：聯經出版社，1995）

大專院校國文教學研討會編，《大學國文選》，（臺北：幼獅出版社，1992）

王孝廉，《中原民族的神話與信仰》（臺北：時報文化出版社，1992）

袁珂《中國神話史》（臺北：時報文化出版社，1993）

附錄：

本文之甲骨文字形及其解釋，取自許進雄《中國古代社會》，相關
字形部份爲筆者增附。

編號	現代　楷書	甲骨文、金文、小篆	相關字組
1	者 象蔬菜諸物在鍋中燒煮之意。		煮、諸、儲、赭、炙
2	庶 象火烤石塊以備放入容器中煮食之意。		遮
3	義 象端部裝飾有鉤的我形儀仗器形。		羊、義、犧、儀
4	不 象花之膨大花胚部分之形。		丕
5	黄 象成組之玉珮形。		
6	王 象裝飾簡單的帽形。		弄、玉、皇

7	帝 象有膨大子房之 花朵形。	性禁忌、蒂、禘
8	文 象屍體胸上刺有 美化喪儀的花紋 之意。	災、咼、骨、葬、 紋、死
9	昔 象大水為患之昔 日意。	古、惜、醋、厝
10	陶 （小篆）	堯、封
11	匋 象蹲坐之人拿陶 拍在陶土上工作 之意。 （小篆）	
12	日 象太陽形。輪廓中 的點可能是填空 白，也可能表示日 斑。	

308

13	旦 象日剛上升，映像於海面之時。		
14	月 象常見的半月形狀。		
15	星 象眾星簇擁之狀。		
16	晶 眾星閃亮如水晶之意。		
17	農 象在林地以蚌殼工具從事除害苗及收割等農耕的工作。		蜃、辰、晨、辱、 蓐、薅
18	方 象頭部有兩齒分歧的耕具形。		
19	貝 象海貝之形。		財、寶、敗、賤、 嬰、賊、貯、貨、 買、賣、賈、賄、 賂、得、質…

20 啇 可能象某種建築 物之形，口形大概 表示地下貯藏室。		
21 市 可能是一種市場 所在的標識。	（金文）	
22 舜 象穿磷衣而藏身 於黑暗神龕中之 神像或神巫之意。	（小篆）	夏、麥、無、舞、 後、舛
23 燐、 象一人身上有磷 光點點閃爍之狀。		同化「米」
24 無		
25 巫 象巫作法之工具 形。		

26	舞 象一人持舞具在跳舞之狀。		
27	夏 可能象舞蹈求雨之巫形，夏常舉行祈雨之祭。	（金文）	
28	秋 象蝗蟲形，或以火驅趕蝗蟲之意。夏秋常有蝗災。		
29	舟 象由多塊木板組合的船形。		
30	牛 象牛之頭形。		牽、牢
31	馬 象馬之形。		
32	象 象長鼻象之形。		

33	虎 象虎形。		
34	羊 象羊之頭形。		善、喜、美、義、 羲、犧
35	鳥 象鳥形。		佳、隻、雙、獲、 鳳、烏
36	佳 象鳥的簡略輪廓 形。		
37	鳳 象鳳鳥之形。或添 加聲符凡。		
38	豕 象肥胖之豬形。		溷、逐、燹、冢、 琢、豢
39	門 象雙扇之門形。		戶、高、宮、享、 京、臺…

40	宮 象一屋頂下有多隔間的高級建築物之意。		
41	書 象手持筆將沾瓶內之墨汁以書寫狀。		聿、律、建、畫、晝、劃
42	弓 象一把弓形，弦或張或弛之狀。		
43	獸 象犬與田網皆為狩獵之用具之意。		彈
44	采 象以手摘取樹上果物之意。		采、審、番
45	田 象規劃整齊之田地形。		畋
46	犬 象犬之形。		獸、器、哭、臭

47	漁 象以不同方法捕 魚之意。		魯
48	魚 象魚形。		
49	魯 象盤上有魚之美 味，可喜之事。		
50	示 象血親神靈所居 的神壇形。		
51	祖 象男子生殖器 形，表示繁殖的根 源。		字、宗、宋、姒、 社、且、神、祈、 禱、祝、福、禍、 祭
52	焚 象以火焚燒樹林 之意。		禁
53	父 象手持石斧，表示 爲成年勞動成員 之意。		斧、斤、斯、析、 匠

54	禾 象某禾類植物之形。		秋、委、季、稷、秦、年
55	委 象女子搬運禾束不勝負荷之意。	（小篆）	萎
56	季 象小孩為最後召集以幫助收割、搬運禾束的人力資源之意。		
57	麥 象根部異於他種禾類之麥子形。		來、年
58	稷 象跪拜於禾神前祈禱狀？為農官之職務。		鬼、畏
59	鬼 象戴巨大面具的鬼神扮像形。		魂、魄、歸、異、魅

60	畏 象戴面具的鬼又 持拿武器，更令人 畏懼之意。		喪
61	戲 象持戈作刺殺高 踞之老虎的遊戲 之意。		劇、虎、虢、登
62	矢 象一枝箭形。		寁、疾、逐、雉
63	醫 以治病工具及藥 (罐中之酒)表示醫 生之職業。	 （小篆）	
64	武 象持戈盾以舞之 樂舞之意。		賦、鹹、威、職、 戍、戊、戌、伐、 戌
65	縣、懸 象樹上懸吊著人 頭之狀。	 （金文）	頁、首
66	寁 象以箭射得之野 豬之意。		

67 疾 象一人淌汗或流血，病臥於床上之意。或象受箭傷之意。		
68 高 象建於高台基的高聳建築物形。		
69 京 象一座在三排木樁上的建築物形。		
70 家 象有屋檐之養豬處即家居之意。		安
71 宋 象廟中之木爲祖先神靈所居之意。		
72 字 象介紹小孩於祖廟，命名而成家族一員之意。	（金文）	子、保
73 戶 象單扇之門形。		

74	宗 象置放神壇的廟堂，為同宗的人們敬拜祖先之處之意。		
75	宰 象屋中有刺紋的工具，掌握宰殺之權威者之意。		辛、黑、童、瞳、黥、奴、俘、奚、妾、僕、圉、執
76	黑 象一人臉上受刺黑墨之黥刑之意。	（金文）	
77	劓 象受鼻子被割下之刑，或又以割下之鼻懸之樹上示眾之意。		
78	童 形聲字，義符作一眼被刺紋的刀刺瞎之奴僕，聲符為東。	（金文）	

79　奚 象成年男子或婦女被繩索捆綁，控制於他人而爲奴僕之意。		
80　孚、俘 象以手抓著小孩，將以之爲奴僕之意。或發生於行道。		
81　僕 象受過刺墨之刑而從事倒垃圾的奴僕之意。		對、業
82　莫、暮 象日已西下，沒入林中之意。		
83　壑 象手撿杇骨的地方爲深谷所在之意。	（小篆）	
84　死 象一人跪於杇骨之旁，哀悼死者之意。象屍體以各種		喪、骨、禍

	不同姿態埋於棺中之狀。		
85	聿 象手持毛筆狀。		
86	建 象手持筆繪畫供行路的建築藍圖之意。		
87	律 象手持筆繪畫行道構築藍圖，修路有一定規格及要求之意。		聿
88	畫 象手持毛筆描畫圖形之意。		
89	鹿 象有歧角之鹿形。		
90	麗 象鹿之兩角可爲美麗的裝飾物之意。		

91	射　象箭在弦上，待射出之狀。		
92	爻　象交叉捆綁之繩索形。		構、遘、冓
93	學　象雙手學習打繩結的技巧之意。		輿、與、舉、興、樊、攀、教
94	育　象嬰兒已滑出子宮之狀。		子、冥、毓、充、流
95	棄　象雙手拿著簸箕拋棄尚帶血水的新生嬰兒狀。有時以雙手拿繩以示絞殺之意。		子
96	微　象手拿棍棒打擊病弱的散髮老人之狀。		死

中國古典詩中視覺意象的媒體再現

—以古辭相和曲的江南一首為例

逢甲大學　　　　　王祥齡

成功大學藝術研究所　劉梅琴

摘　要

　　意象一詞多指一種心靈的圖畫，乃從心靈所產現的東西，亦即客體在主體中所產生的自由形式（圖式）。視覺意象在詩中最容易發生。蓋從「詩」到「意象」到「圖畫」，期間的轉化與呈現，以往均落在創作者的「無方向氛圍」與讀者「自由聯想」的腦海裡，很難具象化地呈現在現實的生活之中。如今拜科技之便，透過多媒體數位化之後，已能將「詩的張力」所呈現的意象，精確地、鮮明地呈現出來，使它活生生地表現在我們讀者的眼前。

　　現今透過多媒體教學，這種表現在我們眼前的意象，必然是鮮活的視覺意象，更有助於對「詩」感受力的增強，加強學生學習動機與理解能力，更能加強對中國文學與中國文化的認同。

　　「傳統文化」必須與現實的生活相結合，以為今日的「文化傳統」。換言之，取之於傳統中國文學，採用現代科技的整合技術，展現的是傳統文學與現代科技結合的成果。

關鍵詞：意象、詩的張力、傳統文化、文化傳統、專業、藝術、技術

323

壹、引言

　　意象一詞多指一種心靈的圖畫，乃從心靈所產現的東西，亦即客體在主體中所產生的自由形式（圖式）。視覺意象在詩中最容易發生。蓋從「詩」到「意象」到「圖畫」（影像），期間的轉化與呈現，以往均落在創作者的「無方向氛圍」與讀者「自由聯想」的腦海裡，很難具象化地呈現在現實的生活之中。如今拜科技之便，透過多媒體數位化之後，已能將「詩的張力」所呈現的意象，精確地、鮮明地呈現出來，使它活生生地表現在我們讀者的眼前。

　　現今透過多媒體教學，這種表現在我們眼前的影像，必然是鮮活的視覺再現（現場視覺），更有助於對「詩」感受力的增強，加強學生學習動機與理解能力，更能加強對中國文學與中國文化的認同。

　　「傳統文化」必須與現實的生活相結合，以爲今日的「文化傳統」。換言之，取之於傳統中國文學，採用現代科技的整合技術，展現的是傳統文學與現代科技結合的成果。

貳、師法自然

　　中國文學本是從自然而來，「師法古人」不如「師法自然」，劉勰《文心雕龍・原道》開宗明義云：

> 文之爲德也大矣，與天地並生者何哉！夫玄黃色雜，方圓體分，
> 日月疊璧，以垂麗天之象；山川煥綺，以鋪理地之形；此蓋道之
> 文也。

劉勰的文學理論是建立在自然之道的基礎上，所謂自然之道，是指萬事

萬物之所以為萬事萬物的理，這個理也就是《莊子‧知北遊》所云：「天地有大美而不言，四時有明法而不識，萬物有成理而不說」的自然之理，亦即萬事萬物的客觀規律。李白亦有詩云：「陽春招我以煙景，大塊假我以文章」。幽默大師林語堂說：「我喜歡採取低姿態，與泥土接近，我的靈魂在泥土沙粒中蠕動時，感到很舒服。」文學如此，繪畫上更是講求「心師造化」[1]、「思侔造化」[2]，元朝趙孟頫更有詩云：「久知圖畫非兒戲，到處雲山是我師」[3]。蓋文人為賦、為詩、為詞、為曲、為文，均宗自然為師，惟今日教學卻要學子以古人為師，坐於室而觀古人之文，似乎阻礙了學生的學習動機與興趣。文學之興既是應景生情，「山性即我性，山情即我情」，通過攝情和寫貌物情，達到興發人思，為情賦文，誘發聯想與想像，使讀者在感情化的「言有盡而意無窮」中，受到感染，領會其「景外意」以至「意外妙」，潛移默化地發揮其審美的教育功能。然為何教學不能「心師造化」，走出戶外，重返創作源頭，倘佯於大自然的花香鳥語之中。果若走出戶外有困難，那何不「山不來我去」，將文學作品中的山水田園，鳥獸蟲魚，搬到課堂上與之共享原初的審美愉悅。西方哲學家黑格爾也曾說：「藝術之所以異於宗教與哲學，在於藝術用感性形式表現最崇高的東西，因此，使這最崇高的東西更接近自然現象，更接近我們的感覺和情感。」[4]

---

[1] 「湘東殿下… 學窮性表，心師造化，非復景行，所能希涉。」見南朝陳‧姚最《續畫品》。
[2] 「顧生思侔造化，得妙悟于神會。」見唐‧李嗣真《續畫品錄》。
[3] 元‧趙孟頫題《蒼林疊岫圖》，見《松雪齋集》。
[4] 黑格爾著‧朱孟實譯：《美學》，台北：里仁書局，P11。

叁、文學的題材與媒體的媒材

　　文學的題材既是以自然為師，媒體的媒材[5]在取材上，自然就能還原文學取材上的原初審美愉悅。唐・劉希夷的〈代白頭吟〉云：「年年歲歲花相似，歲歲年年人不同」，正道出自然就是自然，自古以來「浪濤盡千古風流人物」，但自然依舊如此地清新可愛。蓋不論文學的題材有多麼地久遠，媒體的媒材均能將之重現於當下。這可以說是現今國文教學上最大的優勢，倘不能藉此優勢開展國文教學走向二十一世紀的 e 世代文化，國文教學的存廢問題將會不斷地被提出，這是頗令人擔憂的了。因為，傳統文化的優質性，無法為現代學者轉化為文化傳統，[6]反而使國文教學成為受教者心裡上、生理上與課業上最沈重的負擔。問題是文學的題材與媒體的媒材在選材上的判斷，以及兩者之間的連結是否恰如所述，（原創者與再創者之間）再者就是技術美感的表現。

　　首先談選材的問題。一件文學作品的題材是否能成為媒材，這其間的因素當然很複雜，但不排除某些偶然因素的存在，至少原創者（文學作者）與再創者對於現實的感悟或創作的題旨追求方面所擁有的某種審美趣味，以及那種心心相印的存在感受（呼應）與社會價值或社會關係的興趣。

　　再者，文學題材與媒體媒材的連結。此涉及從文字意象到影像的複雜過程，還存在著文學作品轉換成劇本的編劇與符合影像創作規律的重新把握。若以比較專業的術語來說，就是導演與編劇的藝術結盟關係。然而，今日我們有賴科技之賜，已是一個講求 DIY 的時代，人人都是

---

[5]　在此專指媒體資訊的取材。
[6]　王祥齡・劉梅琴：〈傳統文化與 e 文化的因應之道〉，東吳大學文學院第十八屆系際學術研討會—『e 世代文化的因應』，東吳大學外雙溪校區國際會議廳 2003.04.30

編劇、導演、攝影師、剪輯師。[7]再加上電腦軟體的發達，一台電腦就是一個小小的專業夢工場，每一個人都可以在此編織夢想，創造二十一世紀的現代神話。[8]因此，每一位教授國文的「專業」老師，[9]只要會使用電腦他都可能成為一個專業的編輯、導演、攝影、剪輯師，已無須外製、外包給別的人製作你想教授的課程影片。蓋從小說、詩、詞、曲、賦轉換成影像頗為漫長的艱辛歷程，編、導、攝、剪所可能顯示作用的比例，便不再是特別需要專業分工的問題了。

為此之故，文學題材與媒材的把握，只要教授者認同的，無論是作

---

[7] 王祥齡・劉梅琴：〈傳統文化與 e 文化的因應之道〉，東吳大學文學院第十八屆系際學術研討會—『e 世代文化的因應』，東吳大學外雙溪校區國際會議廳 2003.04.30

[8] 李子寧譯・Joseph Campbell 著：《神話的智慧：時空變遷中的神話》，台北：立緒文化事對於神話的研究裡，我們越來越明白，族知識與文化價值的傳承與創造上所佔的關鍵性地位。一個缺乏神話的民族就好像一位不會作夢的個人，終而會因創意的斲喪而枯耗至死。」另見王祥齡：〈宗教與藝術—藝術創作中「性」與「宗教」的神話結構分析〉，《真保亨先生古希紀念論文集》，東京勉誠出版社，2002 年 5 月，PP246-260。

[9] 目前國內各大學國文教學最嚴重的問題，一是中文系普遍認為教授大一國文必須是中文系畢業的才夠「專業」；二是在中文系的專任老師，如果開不成中文系裡的「專業課程」，就以「非專業課程」的大一國文湊鐘點數，保持專任的基本鐘點數；三是同行每每問起「您在中文系開什麼課？」倘不能回答個四、五門的專業課程，您可能就會被認為不夠「專業」；四是大一國文課往往也被用來人情應酬與博士生蛻變成助理教授或副教授的實習課。因此，在某些學校有些中文系的專任老師，根本不教授大一國文，一學期除基本鐘點加上超鐘點的最大上限，可以開個六到七門的中文專業科目。甚至中部某大學中文系所某位專任教師，四年之內在中文系所開了十八門專業課程，被譽為「十八般武藝樣樣精通的專家學者」。《御風而上》的作者嚴長壽說得好：「我們常常以為的『專業』，總是將它定義在『技術面』上，而忽略了專業的『態度』其實比『技術』更為重要。」他在〈贏得信賴是專業態度的第一步〉中說：「我非常敬重的和信醫院院長黃達夫教授就曾說：當醫生面對病人的時候，你看到的不光是『病』，還要面對那個『人』。我對醫科同學們演講的時候，第一個要學習的工作便是贏得病人對你的信任。醫術高明只是『技術』，而博得信任才是專業的『態度』，兩方面都要具備了，才能算是真正的專業。」國文教學又何嘗不是如此，學問好只是「技術」—被人稱做的「教書匠」，能透過國文教學啟發人性，引導人生的方向，就非得靠人師身體力行，知行合一的人生「態度」了。北部有某位國立大學教授，至退休前都堅持每年必教授兩班大一國文，他始終認為，大一國文除了是國家語言的重要性外，更是大學新生進入大學殿堂的敲門磚，倘能在一進入大學時就給予學生正確的指引與生命氣象的擴充，對學生日後立身處事都會有決定性的引響與人生智慧的啟發。今日各中文系主其事者與各專任教師，倘仍沒此共識，今後的國文教學更是被人詬病。嚴長壽：《御風而上》，台北：寶瓶文化事業有限公司，2003.1.20，PP119-121。

品蘊含的情思因素，還是藝術表現手法的各種設想，或是視覺傳達的體現方式，都可以在教授者的全部創作過程中一次完成，而無須再經由導演的再創作、編劇的再創作、攝影師的再創作、剪輯師的再創作。簡言之，省略了文學藝術樣式抵達影像藝術樣式的多重審美跨越，直接由講授者直接達成目標藝術。

　　最後，技術美感的表現則有賴於創作者審美態度與使用工具的熟練和中文修辭學的運用與表達了。以往滔滔不絕「會叫（教）的野獸（授）」的表現形式，只不過換一種全新的影像來詮釋文學作品，除了悅耳悅目的感官之知，還達到悅心悅意的感性之知，進而提昇到悅神悅志—「用志不分，乃凝於神」《莊子・達生》的審美愉悅。然而創作出一個美的教學視覺影像，「最好的工具，就是密集重複的訓練。」[10]而技術與藝術的差異，就在藝術是技術的熟練與執著，技術則是態度的僵化與鬆散。

肆、古辭〈江南〉的藝術表現形式

　　〈江南〉屬《相和歌辭・相和曲》，是一首描寫江南民間採蓮時快樂情景的民歌。今全文摘錄如下：

　　　江南可採蓮，蓮葉何田田。魚戲蓮葉東，魚戲蓮葉西，魚戲蓮葉南，魚戲蓮葉北。[11]

---

[10] 于紹樂：《西點軍校》—菁英訓練課程，台北：海鴿文化，2002.10，P113。
[11] 楊家駱主編：《宋本樂府詩集》（中）卷二十六，中國學術名著歷代詩文總集第五冊，世界書局，民國五十年十一月初版。另參見宋郭茂倩編次：《樂府詩集》收錄在王雲五主編：《國學基本叢書四百種》，台灣商務印書館，民國 57 年 9 月台一版。《文淵閣四庫全書》集部二八六，總第一三四七冊，台灣商務印書館。王運熙・王國安評注：《漢魏六朝樂府詩評注》，山東：齊魯書社，2000 年 10 月，PP44-45。王運熙・王國安著：《樂府詩集導讀》，收錄在《中華文化要籍導讀叢書》，成都：巴蜀書社，1999 年 8 月，PP181-182。

全詩沒有直接描寫人，但卻以蓮葉茂盛挺出水面，魚兒在飽滿鮮碧而勁秀的蓮葉間四面游動，穿來穿去，游戲作樂，暗喻採蓮的人數眾多。尤以一個「可」字，先將江南水鄉澤國，鄉間採蓮熱鬧有趣而令人神往的生活畫面隱隱點出。再以「何田田」，形象化荷葉圓碧飽滿，層層疊疊，轉喻果實累累豐收富庶的生活景象。最後以「魚戲蓮葉東□西□南□北」反復吟詠，一寫魚穿梭蓮葉間游動飄忽，一寫採蓮人與自然相摩相盪，融融相凝，和樂融融。[12]在此詩中，首先體現了真，描述的事物與表達情景與實際的生活相符合的，並且與在此中的人對該生活場景所共有的理解相符合。因此江南民間的這種生活形態，體現了真實生活情境的客觀規律；其次，現實生活的真也同時體現了善，真與善往往是一體兩面，一發現同時發現。因爲採蓮所表現的民間生活的自由自在與和樂融融，是現實生活中人與人之間最自然的情感交流與感覺，這就是善；再則，真與善在實踐中的形象體現也就是美。[13]因爲，美不是在真與善之外附加上去的東西，而是真、善在實踐中所顯現的生動形象。[14]詩中所描繪的民間採蓮愉快的情景，茂盛飽滿鮮碧的蓮葉，魚兒穿梭遊戲作樂，暗喻著明朗的天空，採蓮的人數眾多與豐收的愉悅，這些生動的形象組成了一幅美的生活畫面。並透過重複的藝術形式原理，將採蓮時的歡樂情景和廣闊的場面層層展開。這種美的生活畫面的產生，即所謂藝術的張力，而藝術的張力，即由生動鮮明的形象直接引起美感。在此正符合了

---

[12] 王運熙‧王國安評注：《漢魏六朝樂府詩評注》，P45。王運熙‧王國安著：《樂府詩集導讀》，P182。

[13] 楊辛‧甘霖著：《美學原理》，台北：曉園出版社，1991 年 5 月一版，PP74-75。

[14] 車氏提出「美是生活」的論點，他說：「美包含著一種可愛的、爲我們的心所寶貴的東西… 在人覺得可愛的一切東西中最有一般性的，他覺得世界上最可愛的，就是生活…所以，這樣一個定義：『美是生活』。任何事物，凡是我們在那裡面看得見依照我們的理解應當如此的生活，那就是美的；任何東西，凡是顯示出生活或使我們想起生活的，那就是美的，…」車爾尼雪夫斯基著：《生活與美學》，人民文學出版社，P6。「在通常的概念中，主要的是觀念；在我們的概念中，主要的是生活；就審美範圍而言，別人把生活了解爲僅僅是觀念的表現，而我們確認爲生活就是美的本質。」P64。

前面黑格爾所述：「藝術用感性形式表現最崇高的東西，因此，使這最崇高的東西更接近自然現象，更接近我們的感覺和情感。」

　　藝術的形式原理，是規範形式美感的基本法則，也是組織畫面和創造美感的基本原則。這些基本法則都是根據美的原理而來的形式，不同的形式在表面看來都有其不同的特性和作用，但在實際的運用上是互動的、相互依存的。〈江南〉這首採取的是重複的形式，全首詩的藝術表現形式，各部分對象之間有完全相同的面目，分不出主體與客體的關係。但在藝術的效果上說，相同的重複，形式歸於統一；每一句相似的單元重複，可以使統一中產生適度的變化；而相異單元的重複，又創造出變化中求統一的效果。整首詩歌雖然採取美的形式原理中最基本的一種—「重複」，但卻很鮮明的表現了秩序、平衡、和諧與韻律的主題意象—江南富裕和樂的景象。況且整首詩又呈現規律性的變化，便創造出藝術形式感覺上微妙的層漸效果。

　　黃永武教授曾以「幾何的圖形」來表現詩中的視覺意象。黃先生認為：「『田田』二字用來形容蓮葉的鮮碧，本身就有一大塊一大塊綠色的趣味，魚在其中戲樂，忽東忽西，忽南忽北，比只形容魚『在藻、依浦』要靈活多了！所以能這樣靈活，乃是得力於曲末四句，可見這曲末四句的作用，不只是一人唱重人和的音樂效果而已，曲末的疊句能將魚兒與蓮葉的關係，表現得有些幾何的圖形了，蓮葉的疊翠跳珠、游魚的掉尾矜鱗，一派江南水鄉的景象，呈現在我們眼前。假若跳脫傳統詩行的直線進行方式以求表現，最先的印象是：

蓮

蓮　魚　蓮

蓮

　　再則是：

魚

魚　蓮　魚

魚

最後則是在一片吳歌聲中，荷葉田田，蓮香陣陣，數不清的魚，戲不盡
的蓮，在蓮戲萍開的湖塘中，那整幅優游的江南景象：

…………蓮…………

……蓮　魚　蓮……

蓮　魚　蓮　魚　蓮

……蓮　魚　蓮……

…………蓮…………

　　本來畫的表現媒介為空間，畫只能表現物體在空間中的某一刻，詩
能表現物體進行中的長短過程。但上列的印象，則幾乎想要呈現魚在游
進中的空間畫面，蓮也構成了菱形的『田』，加深『田田』的圖案趣味。
所以讀本詩時，若只把重複的曲尾解釋為『和聲』，而忘卻詩畫交互的
可能性，則甚為可惜。」[15]所謂：「詩體時間長，畫現空間廣」[16]就是詩
中所呈現的視覺意象的這個道理。

　　以下即以現代的科技重現本詩的原初審美體驗。以供各位專家學者
指教。

伍、媒體製作方式

一、使用工具
（一）SONY DCR-TRV900NTSC　攝錄放影機
（二）Apple 733MHz Power PCG4

---

[15] 黃永武：《詩與美》，台北：洪範書店，民國七十三年初版，PP96-98。
[16] 詩歌是通過語言和聲音，描述所欲表達的那些持續於時間的動作；繪畫本身是造形藝
　　術，主要是摹寫那些同時並列空間的事物，正所謂「咫尺有萬里之勢」。

二、使用軟體

（一）Mac OS X10.2

（二）iTunes,

（三）iMovie 3

（四）iDVD

三、製作過程

（一）首先利用數位攝影機拍攝荷葉與蓮花畫面，以及魚兒穿梭飄忽的影象。

（二）啓動 iMovie，按兩下點選。

（三）將數位攝影機用具有 FireWire 連接埠的聯上 Power G4，讀取影片。

（四）按輸入將所讀入影片其中的一個畫面存放在暫置架區。

（五）點選想播放的剪下（Clip）的影片。

（六）點選播放鈕，即可播放讀入的影片。

（七）按一下 Clip 或是影片就會停止。並以同樣的方法，試著播放其他影片。

（八）暫置架區的 Clip 或影片準備就緒以後，就可以將這些 Clip 或影片順著自己需要的情節連接起來。若要連接或穿插 Clip 或影片時，必須將 Clip 或影片拖曳至剪輯片段檢視器中才行。

（九）按一下播放鈕 Clip 或影片就會播放。

（十）開啓過場效果選盤，加上特殊效果的畫面切換，可使影片畫面產生驚人特殊的效果。

（十一）選擇過場效果的種類，將所想產生的特效拖曳到所想製作的 Clip 或影片中間，然後設定時間。（可自行決定時間長短）

（十二）加入過場效果後，就會開始透視，紅色的部份顯示透視的狀況。

（十三）按一下播放鈕，透視完成就會播放過場效果。

（十四）設定標題，可以使用 Clip 內最精彩的片段製作背景。將使用在標題背景中 Clip 的一個畫面，以靜態圖像的方式儲存。

（十五）將播放磁頭移動至預定播放標題的位置，然後儲存影格在暫置架上。

（十六）打開在暫置架區上已儲存的影格，然後設定所需顯示的時間。

（十七）加入音效及背景音樂，可使影片更精彩。按一下音訊，執行音軌的編輯。

（十八）將所需音效拖曳至所想產生音效的位置。

（十九）將播放磁頭拖曳至音效的前面，按一下播放，以確認音效可播放。

（二十）在影片中加入音樂，將播放磁頭移到影片的最前端，開啓音樂，即可輸入背景音樂。

（二十一）將完成後的影片輸出成檔案，輸出至 iDVD，然後燒錄 DVD 光碟。

（二十二）最後將影片儲存在編輯狀態，下一次開啓電腦，就會出現最後的編輯狀態，並且可以隨時修改。

陸、結論

　　誠如上述：「整首詩又呈現規律性的變化，便創造出藝術形式感覺上微妙的層漸效果。」所以，當文學作品中所描繪的生活圖景和表現的思想感情融合一致而形成的一種藝術境界，頗能使讀者通過想像和聯想，彷彿身入其境，在思想情感上受到感染而產生視覺意象。

　　然而，視覺意象畢竟是主觀的，科技的再造主要是將作者的審美體驗和審美情感相結合的審美境界再現，提供給學者一個比較客觀的藝術原理。進而培養學生認識能力與理性的審美趣味。因為，任何藉助外部表現的藝術感性形式不過是理性的顯現，[17]仍然根源於人類內在理性的

---

[17] 黑格爾：前引書，PP49-50。

光輝與需要。[18]

　　最後套一首白居易的詩作結：「心態身寧教國概（文），專業何必（獨）在哲學。」

　　　　蓮
　　蓮　魚　蓮
　　　　蓮
　　　　魚
　　魚　蓮　魚
　　　　魚
………蓮………
……蓮　魚　蓮……
蓮　魚　蓮　魚　蓮
……蓮　魚　蓮……
………蓮………

　　　　　　魚
　　　魚　蓮　魚
　　　　　魚

　　　　　蓮
　　　蓮　魚　蓮
　　　　　蓮

[18] 黑格爾：前引書，P42。

```
         …魚…
        …魚 蓮 魚…
     …魚 蓮 魚 蓮 魚…
        … 魚 蓮 魚…
           …魚…
    ………… 蓮 ………
     …… 蓮 魚 蓮 ……
  … 蓮 魚 蓮 魚 蓮 …
     …… 蓮 魚 蓮 ……
        …… 蓮 ……


   ………… 魚 …………
     ……… 魚 蓮 魚 ………
    …… 魚 蓮 魚 蓮 魚 ……
  … 魚 蓮 魚 蓮 魚 蓮 魚 …
    …… 魚 蓮 魚 蓮 魚 ……
     ……… 魚 蓮 魚 ………
        ……… 魚 ………


～～～～～～～ 蓮 ～～～～～～～
～～～～～ 蓮 魚 蓮 ～～～～～
～～～ 蓮 魚 蓮 魚 蓮 ～～～
～ 蓮 魚 蓮 魚 蓮 魚 蓮 ～
～～～ 蓮 魚 蓮 魚 蓮 ～～～
～～～～～ 蓮 魚 蓮 ～～～～～
～～～～～～～ 蓮 ～～～～～～～
```

文字學導向學習系統網站建置與學習成效影響之評估

馬偕護專　胡明強

學甲國中　李美蓉

高雄師範大學　周虎林

摘　要

　　近來，學生日常文字的誤用、文章內錯別字增加，社會對國文科教學成效存有疑問之聲。探究其因，未能明瞭文字的起源、用法及形體結構和網際網路發達，是重要因素。本研究擬利用資訊網路、多媒體技術與文字學知識相結合，建構以國文科文字學為導向的學習系統網站，提供互動的整合式學習環境。

　　本研究包括：（一）、文字學資料庫網站之建置：將蒐集的文字學概念性知識、常用文字和學生錯別字資料，輸入資料庫網站，提供學習者隨時閱讀、查詢，建立學生對文字用法的正確認識。（二）、學習成效之評估：透過學生對文字的學習新、舊經驗調查，瞭解使用者的實際需要與困難，並利用實驗研究法來確立適用性的文字資料庫，以符合使用者的需求。實驗結果顯示本網站的建構模式，可提昇國文教師資訊素養、分享教學經驗、學生學習方式多元化、學習意願的增強，達成提昇國文科教學品質的最終目的。

關鍵詞：錯別字、文字學、學習成效、資料庫網站、資訊素養。

壹、前言

　　文字是紀錄語言的書寫符號，它使語言突破時空限制，亦是歷史文化傳承的重要工具。我國文字一種表意體系的文字，字的形體與字義密切相關，要了解它，首先就要掌握字形結構的特點與規律。但從另一方面來看，它也是一種方塊文字，字形繁複、筆劃錯綜，加上我國文字淵源久遠，文字繁衍不息，錯亂日多，積非成是的情況層出不窮，更容易造成使用者的誤寫、誤讀與誤用，稍有疏忽，極容易造成「錯別字」。現今，我國大專學生在高等教育普及的情形下，在量方面得到大幅提昇，在質的方面，未並受到社會認同，尤其是大專學生對於中文文字誤讀、誤寫、誤用的情況，更有與日俱增的趨勢。在大專學生直接以紙筆所繕寫的文章中，不難發現，學生經常對日常文字誤用，或是文章的內容錯字百出，不禁令人搖頭嘆息，導致社會大眾對大專國文科教學成效存有疑問之聲。仔細探究分析造成我國大專學生錯別字的出現原因，大致上可區分爲四大因素：一、我國文字同音異字眾多，加上筆劃錯綜複雜，一不小心極容易寫成錯別字。二、現在資訊網際網路發達，電腦自動選字的便利性，使得學生缺乏思考空間。三、網路上的錯別字造成流行，讓人遺忘正確字體。四、未能明瞭文字的起源、用法及形體結構，則是造成錯別字最主要的原因。

　　另一方面，因網路媒體無遠弗屆，電腦資訊一日千里，以網際網路（Internet）爲主軸的資訊科技技術，正蓬勃發展、不斷創新，有別於往日的傳統口述教學，對傳統教學影響層面也逐漸加深。如能利用資訊電腦網路與多媒體技術的成熟技術，配合教師原有的專業素養，以傳統學習教學模式爲基石，資訊科技爲輔助資源的情況下，相互結合，創造出新的教學創意、課程活動等，定能營造教師教學模式改進的新動力，創

造出適合學生學習的新環境。

　　本文將利用傳統的國文學科文字學中的知識和新世代的資訊科技網站相結合，建構出一套新的教學風貌，利用網站來說明文字學概念性知識、文字結構與造字原理、字義、詞義。此外，透過學生對文字的學習新、舊經驗調查，瞭解使用者的實際需要與困難，並利用實驗研究法來確立適用性的文字資料庫，作爲學生學習成效的評估基石，不斷地修正網站的正確性與適切性，以符合使用者的需求。此方式不但使教學增加趣味，也提高學生的學習動機與成效，對於訂正大專學生的錯別字的目的，能達到事半功倍的效果。

　　本文第一節先說明文字學導向學習系統網站建置與學習成效影響之評估的背景與動機及研究目的，第二節則爲文獻探討，第三節則闡述本文所提出的文字學導向學習系統網站建置模式，學習成效影響評估的研究方法，第四節則爲研究實驗結果，第五節爲結論。

貳、文獻探討

　　本節透過相關文獻的探討，期以獲得理論與實證之基礎。現今有許多書籍、期刊論文、學位論文、及網頁上的資料，都和文字學、錯別字或文字教學有所相關，以下就針對相關方面，對各文獻提出探討及分析其優缺點。

一、文字學相關書籍與網站方面研究

　　我國漢字發展歷史悠久，文字學範圍之廣，相關資料繁多，現今網際網路發達，文獻資料的查詢與獲取，更具便利性，資訊融入教學的實

行，也是現今與未來教育的發展重點。

(一)、書籍部份

　　研究文字學相關書籍眾多，本文僅就一般概論性的書籍，大專學生可優先吸取的文字學知識為主，作為本文的參考文獻。

　　在文字的起源傳說方面，眾多書籍如：《文字學概說》、《文字學纂要》、《中國古文字起源》、《中國漢字源流》等書，大多提及有倉頡造字、八卦符號、結繩記事、河圖洛書、刻畫文字、刻畫符號、圖畫文字……等可能，而根據現今考古學家的發現，部分的學者(如郭沫若、于省吾)認同陶器上的刻畫的符號為原始文字，而部分學者則認為文字的起源應是圖畫文字。

　　在六書概說中，本文採用大多數書籍出現的六書名稱：象形、指事、會意、形聲、轉注、假借。「象形、指事、會意、形聲」四項是造字的基本法則，稱為「造字之法」，因為可產生新字；而「轉注、假借」兩項是文字使用的法則，稱為「用字之法」，不能產生新字。

　　「象形」，就是把實物的外形輪廓勾畫出來，文字像實物的形狀，以形體表示意義，使人一看就知道它表示什麼，如：日（⊙）、月（𝄐）。「指事」字則是畫人或物的動作、狀態或位置的，是抽象的描繪，表示的是抽象的「事」，也就是用記號表示出一件事情，如：上（⌐）、下（⌐）。「會意」字就是把兩個或兩個以上的字合併成一個新的字，也就是「會合其意」的意思，如：分（分）、林（林）。「形聲」字是由「形符」、「聲符」兩部分結合而成的，具有表聲和表意的功

能，如：漁（　）、問（　）。而「轉注」是因語言產生變化所致，一個詞讀音變化了，或是因各地方音不同，爲了在字形上反應這種變化

或不同，因而給本字加注或改變聲符，如：老（　）、考（　）。「假借」字是當某個新事物出現之後，在口語裡已經有了這個詞的音，也有這個音所代表的「義」，但卻沒有代表它的字，需要借用和它的名稱聲音相同且已有的字（依聲），把我們所要寫出來的事物，寄託在借

來的字形裏（托事），如：自（　）、其（　）。

　　而在漢字形體演變方面，根據考古和文獻記載說明，至少在四、五千年之前，中國的文字——漢字，可能已經誕生並日趨成熟了。基於目前考古資料而言，漢字的正式文字自甲骨文字開始，漢字字體演變過程可以概括爲：甲骨文→金文→篆書→隸書→楷書，這可說是漢字的主要字形，而草書、行書可說是輔助性字形。

（二）網站、網頁方面

　　相關於文字學方面的網站、網頁極多，絕大部分都是簡單的介紹六書、探討文字起源、或漢字字形演變的網頁，例如：「光華新聞文化中心」[1]中，專門替國外觀光客介紹中華文化的網頁，有一部份談到中國文字，簡單介紹六書、部首等。在「中國科普博覽--印刷博物館網頁」[2]、「甲骨文化」[3]、「後甲國中國文園地」[4]、「文字的故事」[5]、「中

---

[1] 光華新聞文化中心—文字網頁，http://www.taiwaninfo.org/info/culture_c/aei014.html
[2] 中國科普博覽--印刷博物館網頁
　http://www.kepu.com.cn/big5/technology/printing/evolve/evl132.html

國文字的介紹」[6]「中國文字起源及書體發展」[7]等網頁，則談到了漢字的起源與發展或簡介漢字字形的演變等。以上所提到數個網頁，大多是屬於概括性或片段性的知識，針對大眾或學生而設計，內容簡單明瞭，對於國文科文字教學，能建立普遍性的概念。

　　至於文字學專業知識教學網頁，則在台大網路非同步教學課程網站中，徐富昌教授在台灣大學授課文字學的上課講義[8]，對於文字學有非常精闢介紹，第一講是對文字學做一概述介紹，第二講則是關於說文解字一書及相關資料，第三講提到文字的定義，第四講談到世界文字的起源，第五講說明中國文字的起源，第六、七、八講為中國文字由商朝至西周春秋的演變，其他的部分則未置於網頁上。此網頁為中文系所學生和學習文字學課程提供專精的知識，然而如果針對一般大專學生的文字學習，則太過於艱深。

二、錯別字文獻相關研究

（一）、書籍部份

　　將音同、音近、形似字編輯成冊，再加以說明者，例如：教育部國語推行委員會編《常用國字辨似》、章武宣《常用標準國字辨解》、齊驄邨《別字辨正手冊》、《報章常見的錯別字》、《又見錯別字》、《

---

[3] 甲骨文化 http://www.anyang-window.com.cn/jiagu/
[4] 後甲國中國文園地 http://163.26.9.12/noise/teacher/noise/noise-2.htm
[5] 文字的故事 http://163.23.9.80:8080/calligrapher/07_stories/default.htm
[6] 中國文字的介紹
　　http://content.edu.tw/junior/chinese/ks_wg/chinese/content/common/common01/word/outlinec.htm
[7] 中國文字起源及書體發展 http://www.geocities.com/tsang2000_hk/
[8] 台大網路非同步教學課程網站 http://ceiba.cc.ntu.edu.tw/Character-Lecture/ch1.html 至
　　http://ceiba.cc.ntu.edu.tw/Character-Lecture/ch8.html

再見錯別字》、方遠堯《辨字探源》、左靈秀《錯別字辨正》、張崑輝《錯字大全》、顧雄藻《字辨》……等，以上書籍所蒐集的錯別字資料眾多，對於學生頗有幫助，但錯別字文字的演變、文字的構造，則較少說明。

　　將錯別字加以分類，並探討原因者，例如：趙克勤《錯別字例釋》、賴慶雄編《正字指南》、董桂先《常見的錯字》……等書，內容分類太過簡要，呈現方式嚴肅，不容易引發學生學習動機。

（二）、期刊論文

　　期刊論文在錯別字的研究上眾多，如：林昌炫〈國中學生作文錯別字分析〉、李俊英〈從國中生作文看錯別字問題〉、曾榮汾〈用心可免錯別字〉、竺家寧〈我不再讀錯字〉、林葉〈錯別字造成混亂〉……等，這些研究成果，有些將錯別字進行統計分析，但所舉誤用的例子過少；有些提出解決方法，但不實用；有些錯別字例子過於簡易、對象不同，並不適用於大專生的錯別字訂正。

（三）、學位論文

　　廖傑隆〈國小六年級學生錯別字研究〉，則以近年來心理學界的研究結果，找出學童在漢字辨識方面的幾個主要變項：字的筆劃、字的形體結構、出現頻率、以及表音線索，再加上性別因子為組間變項，以實證的方式觀察這些變項與錯別字之間的關係。

　　王鴻儒〈高中職學生作文錯別字研究——以高雄市高中職學生作文為例〉，則以問卷調查方式，蒐集高雄市高中、職學生作文錯別字，透過資料統計、分析，並提出解決之道，以降低高中、職學生書寫錯別字之頻率。

　　以上兩篇學位論文，研究對象為國小、高中、職生，對大專生錯別

字的研究則目前尚停留於起步階段。

三、文字教學網站資料

　　關於專門網路文字教學的學習網站，以下列出一些教學網站並作簡易的介紹：

　　「造字學堂」[9]學習網，爲一個簡單介紹象形、指事、會意、形聲的學習網站，目前象形字的演變部份已有動畫，其餘則爲圖片介紹字形的由來，爲所舉的文字例子並不多，全部共二十三字，適合國小學生學習，對於大專學生文字學知識或錯別字的訂正效果有限。

　　「六書知識庫」網站[10]，簡易的介紹六書，並說明其優點特性及侷限，每一項則有四至五個字輔助說明，另外銘基書院網站中，有一個六書介紹網頁[11]，並有一至二圖片及文字輔助說明之，此二網頁適合向學生介紹六書時使用。

　　在「禿鷹教育網」網站中，有「說文解字」[12]單元，由劉豪老師針對一些學生的錯別字提出說明，至今已十九期，共四十一個易錯的字、詞，網頁採文字敘述，內容極爲精闢，非常適合於學生及大眾閱讀，然而錯別字數量還不多，爲其美中不足之處。

　　在「韓城的作文天地」中，有一是李文忠老師主筆的「語文趣談」[13]網頁，內容包含文字學、文法、寫作等，將學生常常遇到的語文問題，及我國文字的源流與演化，讓學生以深入淺出的方式，輕鬆明白其中

---

[9]　造字學堂　http://sylvia.imsam.com/
[10]　六書知識庫網站　http://hk.geocities.com/barry6232000/lok_yeung1.htm
[11]　六書的名稱　http://cccmkc.edu.hk/~kei-pyh/index.htm
[12]　禿鷹教育網--說文解字　http://www.twowin.com.tw/teacher/china_word.php
[13]　韓城的作文天地--語文趣談　http://netcity7.web.hinet.net/UserData/h59575/lee/

的含意，並且能進一步體會出中國文字的特色與趣味，而此網頁主要是針對增進小學生語文能力而寫，對於大專學生錯別字的訂正則少有影響力。

「文字屋」[14]此網站中有文字天地、歷史館、趣味閣、成語廊和遊樂等五大主題，「文字天地」顧名思義，即簡單地介紹漢字的結構、特點、六書。「歷史館」中談到漢字的演變，「趣味閣」則簡易談到一些文字學專有名詞，如說文解字、籀文、六書、形聲字等，另外也包含一些歇後語及成語，「成語廊」中有一些成語故事及成語詞典，「遊樂」則有填字遊戲、成語謎、問答遊戲、趣味字謎，不過這些遊戲尚不能做線上評量，極為可惜。此網站內容淺顯易懂，對於國小生增進語文能力很適合。

「漢文書屋」[15]此網站，由中華基金會與大學學者、文化界、兒童出版界、傳播界及資訊科技專家合作，為香港小學教育服務的文化網站，網站內容為詩歌天地、認識漢字、百家姓、語文趣談四大部分。其中「認識漢字」單元中，為小朋友介紹二十四個漢字的由來，如：明、國、絲、醫……等，除舉出其他相似字作為比較，另外還有筆順教導，可重複觀看，對於筆順教學，極有幫助。此網站透過活潑生動的動畫，可吸引小朋友注意力，很適合國小生瀏覽。其內容對初等識字教學能有所助益，然而畢竟所教導字數有限，加上所選字為簡易常用字，學生寫錯的比例並不高，因此並不適宜用來訂正學生錯別字。

「現龍中文字詞學習系統」[16]，此網站為一個整合性網站，內容包含中、小學的中國語文電腦輔助教學軟件，包含筆順練習、構形（筆畫

---

[14] 文字屋 http://www.geocities.com/xiu2002hk/
[15] 漢文書屋 http://www.chinalane.org/life012/bookstore/
[16] 現龍中文字詞學習系統 http://www.dragonwise.hku.hk/dragon2/index.html

、部件）、部件砌字、觀字、形符聲符練習、觀字遊戲及文字由來動畫，以及教師教導識字教學相關教材。此網站對於識字教學非常適合，尤其透過動畫、聲音、遊戲等方式，讓學童對於文字的由來，有深刻的認識。然其主要針對香港中、小學學生識字語文課程設計，因此對於一般大專生不適合，主題亦非針對錯別字的教學。

「華文字句搜尋網」[17]爲讀者製作一個龐大書籍、詩詞、法律、流行歌詞、成語、對聯……等內容的資料庫，可在線上閱讀內容或搜尋字句所出現的文章原文。另外還有普通話（國語）發音系統，只要輸入一段文字，即可以聽到普通話發音的文句，提供大眾學習華語的一個好工具。而最受大眾矚目的，是網站中的「別字擂台」，進入遊戲系統後，每次出現兩組詞句，一組正確，一組含有錯別字，點選正確者則可以獲得分數，加上時間限制，給予讀者強大挑戰性，可說是寓教於樂，頗獲好評，由於錯別字詞組數相當可觀，每次出現題目不同，適用程度、年齡不限，很適合大眾挑戰。

四、線上中文電子辭典

「教育部國語辭典簡編本」網站[18]，乃將「國語辭典簡編本」國語文工具書改以網際網路的方式呈現。總計收字六千五百字，收詞四萬五千。另外，爲配合釋義解說，附有一千多張的插圖，在網際網路上的辭典內容，除了文字、圖片呈現，也作了內文錄音。而讀者除利用傳統的字詞檢索方法外，也可利用圖片進入詞條內文。此網站方便地提供教學識字者查詢有疑問的字詞、讀音、圖片，爲一方便的電子辭典，因著重

---

[17] 華文字句搜尋網 http://www.cbooks.org/main.asp
[18] 教育部國語辭典簡編本網站 http://140.111.1.22/clc/jdict/main/cover/main.htm

點於大眾化辭典，因此並沒有提供文字的由來、演變，對於錯別字的訂正仍為不足。

「常用國字辨似」[19]網站，以「常用國字辨似」書本為內容，以注音順序編排連結，整理出常見辨似字組一千餘條，並加以解說，以辨析正確的用法。此網站內容簡單明瞭，非常適合搜尋正確用字時使用。

歸納上述網站研究，望眼觀之，或過於簡易者、或無說明者、或無完整性，針對大專生錯別字相關研究者，可說是付之闕如。而利用網際網路與國文錯別字教學結合者，則尚在起步階段。有鑑於此，本研究擬提出利用資訊網路、多媒體技術與文字學知識相結合教學新模式，建構以國文科文字學為導向的學習系統網站，提供互動的整合式學習環境，讓國文教師能利用資訊科技來引發學生自我學習動機，成為對學生錯別字改進的輔助工具。達成提昇國文教師資訊素養，分享彼此教學經驗；而學生在學習方式邁向多元化、增強大專學生自我學習意願，讓國文科教學品質能受肯定的最終目的。

叁、研究方法

設計文字學導向學習系統網站建置概況，及學習成效影響的研究方法，可分為以下幾階段來設計，其研究架構流程圖，如圖一所示。

一、研究對象

本研究以馬偕護理專科學校二專一年級四個班級學生為樣本，四個

---

[19] 常用國字辨似網站 http://rs.edu.tw/mandr/clc/dict/htm/biansz/start.htm

班皆由研究者所任教，以避免教師不同對實驗效果造成影響。選擇二專學生原因是，學生已具備電腦操作技巧與能力。在線上教學及測驗處理上，採隨機的方式，並未刻意安排。教學處理之有效樣本數合計 158 人。

二、研究方法和學習成效統計

本研究在學習成效統計方面，採多數學者所建議之異質分組，在人數上，以電腦教學慣用分組方式，以九十一學年度基本學力測驗，國文科入學成績為依據，將研究對象依成績排名，分成高能力、中高能力、中低能力、低能力四組，分別從高能力組與中低能力中隨機抽取組成異質小組，依同樣方式，在中高能力組與低能力組中隨機各抽取組成異質小組，利用透過學生對常用文字運用的學習新、舊經驗調查，瞭解使用者的實際需要與困難，並利用實驗研究法統計學習成效，建立適用性的常用文字資料庫，以符合大專學生的實際需求。

三、文字學教學學習系統

本文所建置的系統為一個可提供學生自我學習環境，學生可以依據所學過的國文基礎，選擇想學習的單元，了解文字起源及六書簡介、漢字形體演變、文字運用時的正確用法，瀏覽常用錯別字題庫，線上測驗練習題目，及提供文字學新知的交換空間，經此學習歷程以提供學生思考問題、解決問題及練習問題的機會，降低文字的誤用，提昇國文學科學習成效。此系統由研究者在完成初步可行性評估後，以雛形模式進行的網路平台建置工作，之後不斷地測試與修正，使更符合文字學導向學習環境與網路科技設計之原理。茲將各主要功能之使用方式，介紹如下

：

（一）、文字的起源傳說單元

此單元整理出前人書中對於漢字起源的種種傳說與可能，一方面利用一些小故事增加趣味性，另一方面蒐集傳說中的相關人物或圖片，提昇學生學習興趣，並藉此單元引發學生對文字起源的可能性，提出懷疑或看法。（見圖二）

（二）、六書介紹單元

針對改進大專學生錯別字教學當中，六書介紹不可少，在國、高中已有的文字學基礎下，本單元除了對六書有了深一層的介紹之外，也透過分類與表格方式，針對學生易判斷錯誤者加以比較，所舉實例則加上甲骨文或金文古文字，讓學生能在清晰且易懂的學習平台中，奠定對文字基本認識應有的能力。（見圖三）

（三）、漢字的形體演變單元

目前大專學生對於電腦印刷字體，可說是如數家珍，但對於我國的漢字字形演變，卻常摸不著頭緒，殊不知許多電腦印刷字體乃由古代漢字形體為基礎而創造。基於這個原因，漢字的形體演變單元構想由此而生。漢字字體演變過程可以概括為：甲骨文→金文→篆書→隸書→楷書，這可說是漢字的主要字形，而草書、行書則是輔助性字形，本單元（請見圖四）即介紹此七種書體，並蒐集相關圖片，以具體的圖片取代抽象的敘述，提供學生作為學習參考。

（四）、漢字形體解析和用字說明單元

大專學生在文字學網站單元中，可依自己需要選擇自己想認識的常用字，隨即出現該字的相關說明表單（請見圖五）。表單內提供說明常

用錯別字、字號（依據《常用國字標準字體表》一書之字號）、《說文
》解析、參考文獻資料、錯別字詞、正確字詞、說明以及文字動態圖片
檔案（請見圖六），以提供瀏覽者及練習者作爲錯別字改正參考依據。

（五）、錯別字測驗題庫練習

　　學生選擇題目範圍及題數，按下自我測試習題庫後，即出現待測驗
的題目（見圖七－八）。此時學生可以選擇題目的排列方式，目前共有
四種方式供學習者選擇，說明如下：（1）隨機排列：題目以隨機的排
列方式出現，此爲系統預設態。（2）可自行選擇欲測驗之題目範圍和
希望測驗的題數。目前題庫有三百題錯別字選擇題目，學生可以根據題
目內容，開始自我測驗。

（六）、成績計算、題目解答及題目難易度顯示

　　本系統之練習題目及測驗題目爲選擇題，學生填答完畢後，系統會
顯示出學生答案及正確答案，供學生參考並計算成績。

　　學生按下「送出考卷」後，即可看到考卷題目完整內容（見圖九）
。包括：題目、選項、正確答案、解析、全體受測學生答對率。若學生
於複習題目時，發現有錯誤或疑問，可利用 E-mail 信箱或留言版公告通
知教師，提供其他同學討論和研究者建議。

（七）、個人表現之公告

　　當學生登入後，系統會主動呈現個人表現視窗，學生可以藉此瞭解
自己在本單元測驗的歷程與目前狀況，包括登入測驗次數和時間、學習
歷程、答題分數比較等，藉此可了解自己學習進步與否。（見圖十）

（八）、個人資料

　　學生除了在登入時可看到系統公告的個人表現外，也可進一步藉由「個人資料」功能查得帳號、姓名、上線次數、出題數、評估次數、通過評估、需要修改、積分、E-mail、上次登入住址、時間及總共使用時間，提供學生個人表現資料，讓學生瞭解自己的表現。

（九）、成績排名網頁

　　此系統可以列出所有參加線上測驗者或班級成績，可依照學號、班級座號、或平均成績等方式選擇，來加以排列，因此教師可依照所需要的排列方式，將成績容易地計算、排列出來，縮短成績輸入與計算的時間。而學生也可藉此統計表，了解自己在班上的學習成績排名。（見圖十一）

（十）、統計之公告網頁

　　全體受測學生部分，包括平均登入次數、平均測驗題分數、平均通過題數、平均受測驗次數、及平均通過評估等，並可選擇為直方圖或是圓形圖的統計方式呈現結果。學生可根據以上數據，瞭解自己在全體受測學生當中的錯別字的學習優劣改況，教師也可由圖表分析學生學習程度與狀況。（見圖十二）

（十一）、系統資訊

　　可使研究者了解，線上有哪些使用者及目前題庫狀態，包括各單元常用錯別字修正記錄，常用錯別字線上題庫總題數，及全體受測學生前、後測評比結果，已使用過測驗或有學有興趣復習過之題型單元，等統計單元……供國文教師及研究修訂、補正更新文字學網站資料之參考。

（十二）、文字學討論區園地

提供學生提出問題、同儕交換心得、師生互動討論的專區，作爲文字學知識交換的新園地、讓文字學的珍貴文獻資料得以妥善保存及討論。

肆、研究實驗結果

一、實施流程

本研究的實施程序可分爲四個階段，即準備階段、試驗階段、實驗階段、資料分析與撰寫報告階段，茲以簡要描述實驗教學進行過程。

（一）、準備階段

蒐集閱覽國學常識、常用錯別字等相關文獻，擬定研究計畫，常用錯別字資料之選定與文字學資料之統整，選定研究對象及建置文字學教學暨常用錯別字線上測驗網站。

正式研究前，由研究者針對系統進行系統測試並修正程式後，利用一班二年級 45 位同學進行爲期一個月共四節課，每節四十分鐘的系統預試，觀察學生使用情況，及系統在整班同時上線時的運作狀況與發生的問題，作爲系統修改、研究設計的依據。

（二）、試驗階段

進行實驗教學研究事宜之準備工作，包括以下工作項目：

選定以四班二年級同學共 158 人爲實驗對象。

確認學生能力，包括電腦基本操作能力及打字能力。

建立帳號與密碼，以作爲系統帳號密碼建檔依據，並公布給受測同學。

　　異質分組：以九十一學年度基本學力測驗，國文科入學成績爲依據，將研究對象依成績排名，分成高能力、中高能力、中低能力、低能力四組，再進一步修正系統及研究計畫。

　　讓學生瞭解自我學習的實驗情境、系統的使用情形和實施程序。

（三）、實驗階段

1、進行實驗前測評量。

2、互動式文字學導向學習系統網站建置。

3、大專學生文字學網路討論區之成立。

4、學生自我線上學習訓練。

5、文字學教學網站系統的資料動態更新及系統修正。

6、學生線上學習情境的觀察及追蹤。

7、進行後測學習評量。

（四）、資料分析與撰寫報告階段

　　根據所搜集的資料，針對本文實驗所建置文字學導向學習系統網站對大專學生錯別字改善成效，加以統計與分析，最後完成報告之評估。

二、實驗結果

（一）、文字學網站及研究實驗樣本

　　本研究文字學教學網站網址爲 http://www.vmnc.mjcn.edu.tw （見圖十三）。研究對象爲馬偕護理專科學校，二專一年級四個班級學生爲樣本，在線上教學及測驗處理上，採隨機的方式，並未刻意安排。教學處理之有效樣本數合計 158 人。

（二）、學習成效統計

利用電腦教學慣用分組方式，以九十一學年度基本學力測驗國文科入學成績爲基準，將研究對象依成績排名，分成高能力、中高能力、中低能力、低能力四組。另從高能力組與中低能力中隨機抽取組成異質小組；依同樣方式，在中高能力組與低能力組中，隨機各抽取組成異質小組，利用透過學生對常用文字運用的學習新、舊經驗調查，作爲研究變項，利用實驗研究法統計學習成效，統計軟體爲 SPSS，信賴區間爲單側考驗 95%。

實驗結果顯示，實驗學生接受前、後測錯別字的成績，除高能力組外，其餘三組均有顯著差異（請見表一）。探究其原因爲高能力組的受測學生，所具備的錯別字誤用辨識基本能力原本較高，故實驗結果無顯著的差異，但本網站對中高能力、中低能力及低能力的學生，可有效改善學生對錯別字的誤用現象，符合預期建置網站的目標。

三、實驗結果對文字學教學及錯別字改進之建議

（一）、藉由多元化教學方式提高學生學習意願

藉由電腦輔助教學媒體設備，慎密教材規劃與活動設計，使得國文科教學能結合文字、影像、圖片、動畫、音效等動態教學方式，來建立更生動、活潑的國文科文字教學模式，並達成國文課程多元化及多樣化的學習目標，進而提高學生對文字教學課程的學習意願及動機，增進學生對國文科的學習成效。

（二）、融合資訊科技從文字學基礎著手

從研究實驗結果顯示，文字學教學網站能對讓學生明瞭文字的起源、用法及形體結構，詳加說明字義、詞義，以比較深入的探討與解析，

在「知其然，亦知其所以然」的情況下，使大專學生在運用文字方面能
力自然能夠更精準。且因爲利用資訊科技，學生可反覆學習，不受時間
，空間的限制，構成學生自我學習意願，更是造成誤用錯別字減少的原
因。

（三）、善用網路資訊系統，讓教學更具有效性與便利性

　　文字網路教學網站擴充性高，國文科教師可善用資料庫易保存，查
詢，更新和不佔空間特性，將文字教學的珍貴文獻資料作妥善保存，達
成保存完整文獻的目標。教師如能配合網路出題測驗系統，建立隨機出
題題庫，學生在學習過程中會留下記錄，學生常犯文字運用的錯誤，教
師都能掌握，給予進一步的輔導，對於訂正學生的錯別字，能達到事半
功倍的效果。除此之外，更可利用出現題目難易程度，適用程度，分析
出學生對國文科的素養，採記成爲評量學生學習成就的參考依據。

伍、結論

　　大專學生對日常文字在運用時，經常發生誤用，或文章內錯別字百
出的情形，使社會對國文科教學成效存有疑問之聲。探究其因，未能明
瞭文字的起源、用法及形體結構和網際網路發達，是重要因素。爲解決
此一問題，本研究成功的利用資訊網路、多媒體技術與文字學知識相結
合，建構以國文科文字學爲導向的學習系統網站，提供學生互動的整合
式學習環境，提供一套新的教學新風貌。

　　從研究結果所得的實證，本網站的建置達成以下幾項目的：

　　一、改進大專學生錯別字的誤用情況，能達到事半功倍的效果。

　　二、提升國文教師資訊素養，分享及傳播本身經驗。

　　三、改進大專學生國文科學習方式，學生學習意願、學力的顯著提升。

　　四、分析出學生對國文科的素養，採記成爲評量學生學習成就的參考依據。

　　五、提供文字學知識交換的新園地。

　　六、讓文字學的珍貴文獻資料得妥善保存等目的。

　　簡而言之，即意味著將古典的國文學科和新世代的資訊科技相結合，確能達成提昇國文科教學成效的最終目的。

● 　參考文獻

一、書籍類

字辨　顧雄藻著　台北　文光圖書有限公司　1969 年 9 月

說文通訓定聲　（清）朱駿聲著　台北　藝文印書館　1971 年 9 月

常見的錯字　董桂先著　台北　五洲出版社　1971 年 9 月

文字學纂要　正中書局編審委員會　台北　正中書局　1972 年 10 月

辨字探源　方遠堯著　黎明文化事業　1973 年 7 月

錯字大全　張崑輝著　台北　名人出版社　1979 年 3 月

別字辨正手冊　齊騁邨著　台北　武陵出版社　1984 年 5 月

漢字例話　左民安著　北京　中國青年出版社　1990 年 5 月

中國字例　高鴻縉著　台北　三民書局　1992 年 10 月

古文字學初階　李學勤著　台北　萬卷樓出版社　1993 年 4 月

常用標準國字辨解　章武宣著　台北　大中國圖書公司印行　1994 年　　　5 月

說文解字注　（漢）許慎撰　（清）段玉裁注　民國魯實先正補　台北

　　　黎明文化事業公司　1994 年 7 月

文字學概說　林尹編著　台北　正中書局　1994 年 11 月

報章常見的錯別字　齊騁邨著　台北　商務印書館　1995 年 7 月

正字指南（上、下）　賴慶雄編著　台北　國語日報社　1997 年 3 月

字裡乾坤——漢字形體源流　王宏源著　台北　文津出版社　1998 年
　　　10 月

中國漢字源流　董琨　北京　商務印書館　1998 年 12 月

錯別字例釋　趙克勤著　北京　商務印書館　1998 年 8 月

常用國字辨似　教育部國語推行委員會編著　台北　教育部 1998 年 12
　　　月

常用國字標準字體表　教育部編　台北　正中書局　2000 年 7 月

部首字形演變淺說　王志成、葉紘宙著　台北　文史哲出版社　2000
　　　年 8 月

漢字演變五百例續編　李樂毅著　北京　北京語言文化大學出版社
　　　2000 年 7 月

文字學簡編　許錟輝著　台北　萬卷樓出版社　2000 年 10 月

中國古文字的起源　牟作武　上海　上海人民出版社　2000 年 12 月

文字學概要　裘錫圭著　北京　商務印書館　2001 年 7 月

常用字探源（一）（二）　曾忠華著　台北　五南圖書出版公司　2001
　　　年 7 月

文字的故事　李梵編著　台中　好讀出版社　2004 年 4 月

誰還在寫錯字　司馬特著　台北　商周出版社　2002 年 8 月

同音字大不同　字解文說工作室著　台北　商周出版社　2002 年 10 月

二、字典類

常用古文字字典　王延林著　台北　文史哲出版社　1993 年 3 月

正中形音義綜合大字典　高樹藩編　台北　正中書局　1993 年 12 月

國語活用辭典　周何總主編　台北　五南圖書出版公司　1998 年 10 月

漢語字源字典　謝光輝主編　北京　北京大學出版社　2000 年 8 月

三、期刊論文類

國中學生作文錯別字分析　林昌炫著　中國語文　第 267 期　1979 年 9
　　月

從國中生作文看錯別字問題　李俊英著　中國語文　第 275 期　1980
　　年 5 月

我不再讀錯字　竺家寧著　國文天地　第 7 期　1985 年 12 月

用心可免錯別字　曾榮汾著　國文天地　第 8 期　1986 年 1 月

錯別字造成混亂　林葉著　國文天地　二卷 8 期　1987 年 1 月

四、學位論文類

國小六年級學生錯別字研究　廖傑隆著　新竹　新竹師院國民教育研
　　究所碩士論文　1999 年 3 月

高中職學生作文錯別字研究——以高雄市高中職學生作文為例　王鴻
　　儒著　高雄　高雄師範大學國文教學研究所碩士論文　2003 年 1
　　月

五、網頁類

文字的故事，2003 年 8 月 30 日擷取自
http://163.23.9.80:8080/calligrapher/07_stories/default.htm。

文字屋，2003 年 8 月 30 日擷取自
http://www.geocities.com/xiu2002hk/。

六書知識庫網站，2003 年 8 月 30 日擷取自
http://hk.geocities.com/barry6232000/lok_yeung1.htm。

六書的名稱，2003 年 8 月 30 日擷取自
http://cccmkc.edu.hk/~kei-pyh/index.htm。

中國科普博覽--印刷博物館網頁，2003 年 8 月 30 日擷取自
http://www.kepu.com.cn/big5/technology/printing/evolve/evl132.html。
中國文字的介紹，2003 年 8 月 30 日擷取自
http://content.edu.tw/junior/chinese/ks_wg/chinese/content/common/comm
on01/word/outlinec.htm
中國文字起源及書體發展，2003 年 8 月 30 日擷取自
http://www.geocities.com/tsang2000_hk/
台大網路非同步教學課程網站　，2003 年 8 月 30 日擷取自
http://ceiba.cc.ntu.edu.tw/Character-Lecture/ch1.html 至
http://ceiba.cc.ntu.edu.tw/Character-Lecture/ch8.html
甲骨文化，2003 年 8 月 30 日擷取自
http://www.anyang-window.com.cn/jiagu/
光華新聞文化中心—文字網頁，2003 年 8 月 30 日擷取自
http://www.taiwaninfo.org/info/culture_c/aei014.html。
禿鷹教育網--說文解字，2003 年 8 月 30 日擷取自
http://www.twowin.com.tw/teacher/china_word.php。
後甲國中國文園地，2003 年 8 月 30 日擷取自
http://163.26.9.12/noise/teacher/noise/noise-2.htm
造字學堂，2003 年 8 月 30 日擷取自 http://sylvia.imsam.com/。
常用國字辨似網站，2003 年 8 月 30 日擷取自
http://rs.edu.tw/mandr/clc/dict/htm/biansz/start.htm。
現龍中文字詞學習系統，2003 年 8 月 30 日擷取自
http://www.dragonwise.hku.hk/dragon2/index.html。
教育部國語辭典簡編本，2003 年 8 月 30 日擷取自
http://140.111.1.22/clc/jdict/main/cover/main.htm。
華文字句搜尋網，2003 年 8 月 30 日擷取自
http://www.cbooks.org/main.asp。
漢文書屋，2003 年 8 月 30 日擷取自
http://www.chinalane.org/life012/bookstore/。

韓城的作文天地--語文趣談，2003 年 8 月 30 日擷取自
http://netcity7.web.hinet.net/UserData/h59575/lee/。

● **附錄**

表一　研究對象依成績排名能力分組及實驗結果顯示

組別	高能力	中高能力	中低能力	低能力
實驗樣本人數	39	40	40	39
前、後差異	不顯著	顯著	顯著	顯著

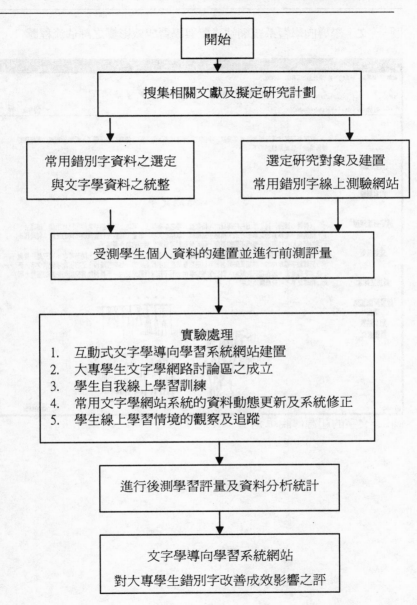

圖一 文字學導向學習系統網站建置與學習成效影響之評估流程圖

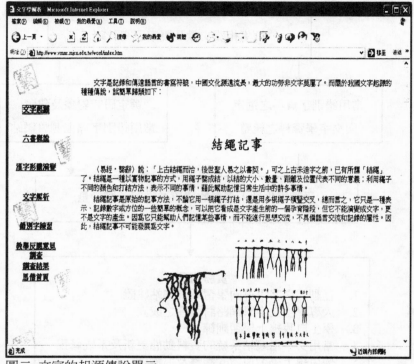

圖二 文字的起源傳說單元

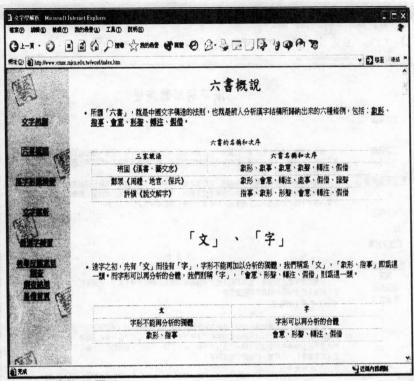

圖三　六書概說單元

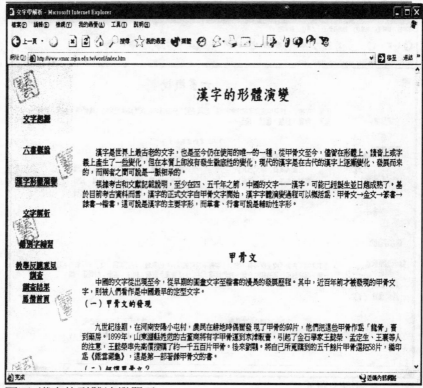

圖四　漢字的形體演變單元

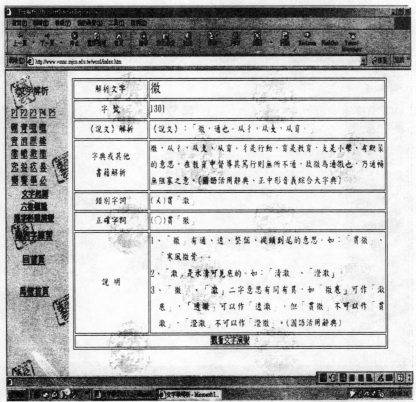

圖五　漢字形體解析和用字說明

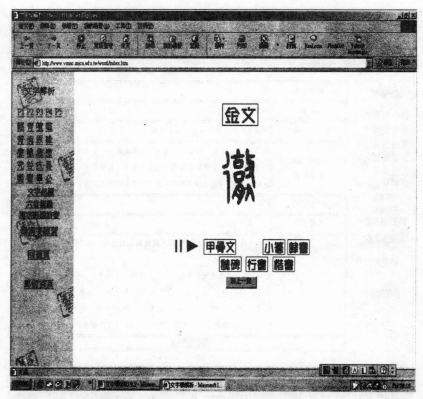

圖六　文字動態圖片

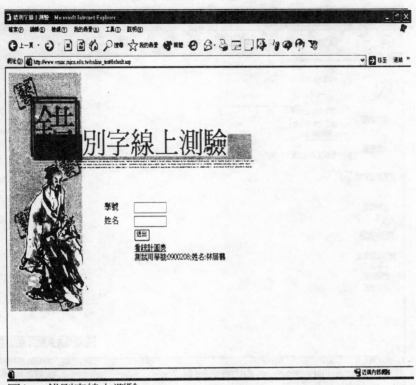

圖七　錯別字線上測驗

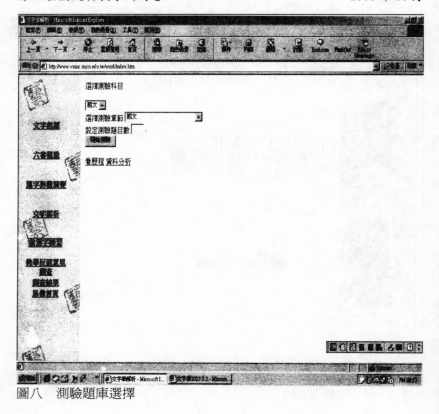

圖八　測驗題庫選擇

圖九　成績計算、題目解答及題目難易度顯示

369

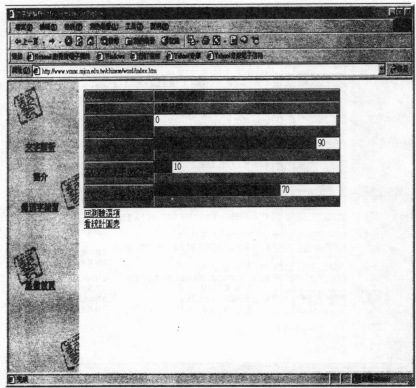

圖十　個人表現之公告網頁示意圖

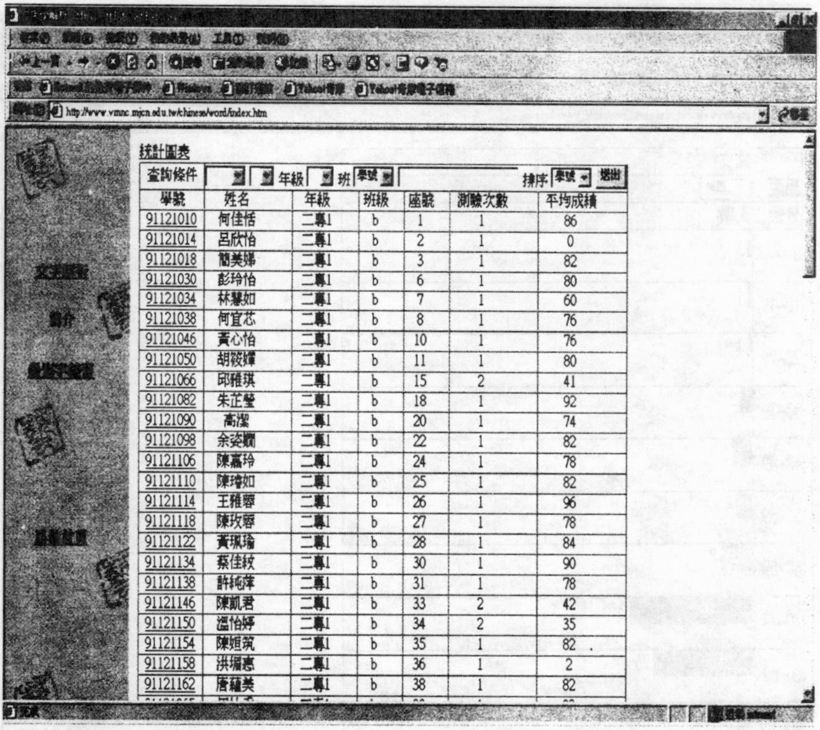

統計圖表

查詢條件　▼　▼ 年級　▼ 班　學號 ▼　　　　　　　　排序 學號 ▼ 遞增

學號	姓名	年級	班級	座號	測驗次數	平均成績
91121010	何佳恬	二專1	b	1	1	86
91121014	呂欣怡	二專1	b	2	1	0
91121018	簡美娣	二專1	b	3	1	82
91121030	彭玲怡	二專1	b	6	1	80
91121034	林馨如	二專1	b	7	1	60
91121038	何宜芯	二專1	b	8	1	76
91121046	黃心怡	二專1	b	10	1	76
91121050	胡筱嬋	二專1	b	11	1	80
91121066	邱稚琪	二專1	b	15	2	41
91121082	朱芷瑩	二專1	b	18	1	92
91121090	高潔	二專1	b	20	1	74
91121098	余姿嫻	二專1	b	22	1	82
91121106	陳嘉玲	二專1	b	24	1	78
91121110	陳琦如	二專1	b	25	1	82
91121114	王雅寧	二專1	b	26	1	96
91121118	陳玫寧	二專1	b	27	1	78
91121122	黃珮瑜	二專1	b	28	1	84
91121134	蔡佳妏	二專1	b	30	1	90
91121138	許純萍	二專1	b	31	1	78
91121146	陳凱君	二專1	b	33	2	42
91121150	溫怡婷	二專1	b	34	2	35
91121154	陳姮筑	二專1	b	35	1	82
91121158	洪瑀惠	二專1	b	36	1	2
91121162	唐薇美	二專1	b	38	1	82

圖十一　成績排名網頁示意圖

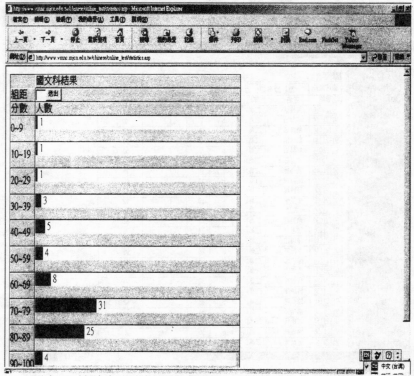

圖十二 統計之公告網頁示意圖

圖十三　文字學教學網站

大一國文〈學記〉「學學半」新證

育達商業技術學院　　邱德修

壹、前言

　　大一國文教學是一種藝術，也是一種哲學，我們要給新鮮人什麼東西？那種價值觀，何類人生觀，往往對一個大學生而言，具有一輩子的影響力。因此，很多大一國文課本都會選《禮記》中的〈學記〉[1]來誘發學子奮發向上，努力學習的精神。唯該篇課文引到〈兌命〉「學學半」一語，坊間各種本子也好，古人注疏也好，都沒有令人滿意的答案。遂不揣固陋，將個人淺見，艸成此文，以就教於學者方家。惟才疏學淺，孤陋寡聞，其中不周之處，固知難免，諸希國內鴻儒，海外碩彥，糾謬批謬，不吝指教，則幸甚幸甚！

貳、坊間大一國文對「學學半」的注解

　　坊間大一國文多半收有〈學記〉一文，而其注解也互有參差，例如：五南版《師院國文選》於「兌命曰：『學學半』」句下注云：

　　　　學學半　上字音ㄒㄧㄠˋ，義為教。教人為學，自己也會有

　　　　所進步，即教學相長之義。[2]

考用雜誌社，陳賓先編著《大學國文選》於此句下注云：

> 　　學學半——謂教人為學可以益己之學半。僞〈說命〉作「斅
> 學半」。斅，音「效」，教也。[3]

又如精準出版社，台大博士・江世民編著《國文金榜》於此句作注解時
云：

> 　　學學半：《尚書・說命篇》作「斅學半」。斅，音ㄒㄧㄠˋ，
> 教也。[4]

以以上三書為例，可知一般坊本的大一國文取材中，罕有觸及何以「學
學半」有教學相長的意思。此其一。頂多只是引用傳本《尚書》（即僞
古文書）上「學」字從攴作「斅」字而已。至於何以可音「ㄒㄧㄠˋ」，
而有「教」義，亦無說也。此其二。由此可見，注解大一國文並非容易，
而且欲進而論說其所以然，尤非易事。此其二。基此二因，正是本論文
之所以作的動機。

叁、注疏家對「學學半」的注解

　　〈兌命篇〉傳本《尚書》作〈說命篇〉[5]，此篇之所以得名之由來，

---

[2] 《師院國文選》，師院國文編輯委員會編著，五南圖書出版公司排印本。
[3] 陳賓先編著《大學國文選》，考用雜誌社排印本。
[4] 江世民編著《金榜國文》，精準出版社排印本。
[5] 注疏本《尚書》卷十，頁1、頁3下、頁6下。

〈書序〉有云：

> 高宗夢得說，使百工營求諸野，得諸傳巖，作〈說命〉三篇。[6]

偽《孔氏傳》注解云：

> 盤庚弟，小乙子，名武丁，德高可尊，故號「高宗」。夢得賢相，其名曰「說」。[7]

關於篇名的「說」字，陸氏《尚書音義》云：

> 說　本又作「兌」，音「悅」，注及下篇同。[8]

由知今本《禮記》作「兌」，傳本《尚書》作「說」，均各有所本。此其一。以彼律此，由知〈學記〉之「兌命」即傳本《尚書》之「說命」[9]。此其二。綜此二理，〈學記〉「兌命曰：學學半」[10]；而傳本《尚書·說命》作「斅學半」[11]，是可以彼此對應的。益可知今本《禮記》所引〈兌命〉之文，係源自真古文《尚書》而來的。此其三。綜此三理，欲了解〈學記〉所引〈兌命〉之文，必先看看傳本《尚書·說命》的原文，其言曰：

---

[6]　《尚書釋義》附錄二〈書序〉，頁167。

[7]　注疏本《尚書》卷十，頁1。

[8]　陸德明著《尚書音義》卷上，頁16。

[9]　注疏本《尚書》卷十，頁7下。

[10]　《禮記·鄭注》卷十一，頁1下。

[11]　注疏本《尚書》卷十，頁7；又《尚書釋義》，頁181。

　　惟斅學半，念終始典于學。[12]

偽《孔氏傳》釋之云：「斅，教也。教然後知所困，是學之半。終始常念學，則其德之脩，無能自覺。」[13]《孔疏》[14] 云：「教人然後知困，知困必將自強，惟教人乃是學之半。言其功半於學也。於學之法，念終念始，常在於學，則其德之脩，漸漸進益，無能自覺其進。言曰：有所益不能自知也。」[15] 此《尚書》家之說也。

　　至於《禮記》注疏家對「學學半」又作何解呢？首先看鄭玄《注》，其言曰：

　　　　言學人乃益己之學半。[16]

其次，陸氏《禮記音義》云：「學學，上胡孝反，下如字。言學人，胡孝反。又音『教』。」[17] 又次，《孔疏》[18] 云：

　　　　〈兌命〉曰此一節，明教學相益。……故曰「教學相長也」
　　　　者，謂教能長益於善教學之時，然後知己困而乃強之。是教
　　　　能長學善也。學則道業成就，於教益善，是學能相長也。但
　　　　此禮本明教之長學。[19]

此疏明教學相益之道理。至若「學學半者」，《孔疏》亦有說，其言曰：

---

[12] 同注 11。

[13] 注疏本《尚書》卷十，頁 7 下。

[14] 《孔疏》為「唐・孔穎達疏」之省稱。

[15] 注疏本《尚書》卷十，頁 7 下。

[16] 《禮記・鄭注》卷十一，頁 1 下。

[17] 《經典釋文》卷十三《禮記音義》之三，頁 1。

[18] 《孔疏》即「唐・孔穎達疏」之省稱。

[19] 注疏本《禮記》卷三六，頁 3 下--頁 3 上。

〈兌命〉曰：「學學半」者，上「學」為「教」，音「教」；下學者，謂習也，謂學習也。言教人乃是益己學之半也。〈說命〉所云，其此之謂乎？言學習不可暫廢，故引〈說命〉以證之，言恆思念從始至終，習禮典于學也。[20]

《孔疏》直接點明「學學半」的上「學」為「教」，音「教」。這是孔氏高明之處正在此也。此《禮記》家之說也。

最後，清儒・段玉裁亦曾作詮釋；他說：

〈學記〉曰：「學，然後知不足……；知不足，然後能自反也」；按「知不足」，所謂「覺悟也」。〈記〉又曰：「教，然後知困；知困，然後能自強也，故曰：教學相長也。」〈兌命〉曰：「學學半」，其此之謂乎？按：〈兌命〉上「學」字，謂教，言教人乃益己之學半。教人謂之學者：學，所以自覺，下之效也；教人，所以覺人，上之施也。故古統謂之「學」也。枚頤偽《尚書・說命》上字作「斅」，下字作「學」，乃已下同《玉篇》之分別矣。[21]

段氏點出枚氏（亦作「梅氏」）作偽之蹟，彼為區別二「學」字，遂一從攴作，一不從攴作者，係仿自梁顧野王《玉篇》耳。唯「學」何以作「教」讀，作「教」解邪？則《疏》則無說，而《段注》亦無說，甚為可惜。

---

[20] 同注[19]，頁3。
[21] 段氏《說文解字注》三篇下，頁41，「斅」字條下注解。

肆、古文字「學」與「教」形同義反說

　　今想要說解《孔疏》讀「學」為「教」，必須利用古文字學和訓詁學的知識才能解決這個問題。首先，先談談訓詁學上的「反訓」乙事。訓詁學的「反訓」不是漫無制約性，如果漫無制約性，則嫌對「反訓」過寬；若論訓詁學中無「反訓」，則又失之誣。「反訓」必須在具備「一體兩面，同時存在」的條件下，才能成立。例如「亂」字，左半上下均從手作（上所從為「手爪」，「手爪」亦手也；下所從「又」，「又」即手也），表示所有操持，中間從 ⌐ ，係古人治絲器，而在 ⌐ 中央置 𠂤，而此 𠂤 即「絲」字之省，謂人用雙手持 ⌐ 治絲也；右半所從則是以 乀 表示絲之紛擾。同一「亂」字，站在用雙手治絲而言，自有「治」義；站在「絲」而言，原本紛擾不堪，固有「亂」義。同一「亂」字，而同時兼具「治」、「亂」二義者，即是反訓。[22]

　　又如「受」字，其上從「爪」，其下從「又」，與「亂」字所從正同，表示人之雙手。中間象盤形。人以手授盤（言施）而另一人以手受之（言受）。站在授予「盤子」者而言，自然有「給」（施）義；站在接受「盤子」者而言，固有「被給」（受）義。同一「受」字，同時兼具「給」（施）與「被給」（受）二義，即是「受」字的反訓義。[23]

　　有了訓詁學「反訓」的知識為基礎，再回過頭來討論「學學半」的問題。第一個問題是何以《孔疏》可讀上「學」字為「教」呢？且明白地指陳出來，就是「音教」呢？第二個問題是假設「教」與「學」在古代原就是「反訓」的話，如何證明它呢？為了解決這兩個問題，我們就不得不利用古文字學的知識來加以突破，找出答案。

---

22 詳拙著《新訓詁學》，第七章，頁 251-253。
23 同注 22。

　　在利用古文字學之前，先介紹一下《說文》收有「教」、「斅」、孝三字。於〈子部〉云：

　　　　孝，放也。从子，爻聲。[24]

《段注》云：「『放』各本譌作『效』，今依朱刻及《集韻》正。『放』、『仿』古通用。許云：『放，逐也』；『仿，相似也』。孝訓『放』者，謂隨之依之也。今人則專用『仿』矣。『教』字、『學』字皆以孝會意。教者，與人以可放也；學者，放而像之也；故分兩切。[25]」[26]又於〈教部〉云：

　　　　教，上所施下所效也。从攴孝。
　　　　𤕝，古文教；
　　　　𢼡，亦古文教。[27]

《段注》釋字所以「从攴孝」之由曰：「孝，見〈子部〉，效也。上施，故從『父』；下效，故從『孝』。」[28]同部，許君又云：

　　　　斅，覺悟也。从教冂；冂，尚朦也，𦥑聲。
　　　　學，篆文「斅」省。[29]

據此可知，《說文》所收有「教」與「學」之字體即有：孝、「教」、

---

[24] 段注本《說文》一四篇下，頁 26。
[25] 段氏所云「分兩切」，即謂「斅」，胡孝切；「學」，胡覺切。詳下文。
[26] 同注 24。
[27] 段注本《說文》三篇下，頁 41。
[28] 同注 27。
[29] 段注本《說文》三篇下，頁 41。

「𣪊」、「𣪊」、「𢼰」、「學」諸形，不能不謂多矣。唯如此區分者，原本是爲了區別「教者」（施）與「受教者」（受）二義而已。相同的現象，即可上溯至三千年前的甲骨文時代，關於甲文「教」與「學」二字的問題，姚孝遂交待得最清楚；他說：

> 按：卜辭 ✕、✕、✕、✕、✕、✕、✕ 同字。《說文》歧爲「爻」、「𢼰」二字，說契諸家惑於許慎之說解，明知其用法無別，而以通假言之，殊誤。

> 自其形體分析之，初形作 ✕，變體作 ✕ 或 ✕；進一步復於此數形之基礎上增 ✕ 或 ✕ 爲意符。說契諸家均公認 ✕、✕、✕ 爲「𢼰」字，則不應歧「✕」、「✕」爲二字。

> 自其用法言之，卜辭「✕ 戊」爲祭祀之對象，陳夢家以「爻」爲私名，「戊」爲官名（《綜述》三六五）。而「✕」字或作上列諸地其它形體，通用無別。尤以下列辭例，更爲明證：

> 其 ✕ 不冓雨。　　　　　　　　　　　　　　　《契》五〇一
> 王其 ✕ 不冓（雨）。　　　　　　　　　　　　《寧》三·九五
> 王其（ ✕ ）衣不冓雨，之日王 ✕ 允衣不冓雨。《存下》二五六

> 自甲體文至小篆，已累經孳乳衍化，當據甲骨文以探求文字之初形，若爲許慎說解所局囿，勢必形成錯誤之認識。卦象之系統化，時當晚周，商代不可能具有反映此種觀念之文字。李孝定《集釋》引卜辭謂有「六爻」，該片亦見《續》六·一九·四、《戩》四二·二、《佚》一二〇，當讀作「入✕」，「✕」爲地名，卜辭累見《甲》三五三三有「……入……」可參證。至於《拾》一〇·六，文辭已殘，「✕ 馬」

不能連讀，假「⿱」為「駁」之說，不可據。

于省吾《說文職墨》謂：「許說斅字為⿰聲，蓋誤。當云从教从⿰，从冂，冂尚朦也，教亦聲。〈子部〉⿱从子、爻聲，當為此字之古文。蓋先有孝字，後有教字，又因教字而有斅字，又省斅字為學字，孝、教、斅、學四字實止一字。《小戴記·學記》引〈兌命〉曰：「學學半，學學半者，教學半也。是古教、學不別」，其說近是。徐灝《說文解字注箋》謂：「疑先有學而後加攴為斅」，可以補正于說。林義光《文源》亦謂「教」即「學斅之或體，古教學同字」。苗夔《說文聲訂》亦謂「⿰非聲」，諸說均可參考。

古文字「施」、「受」無別，故受物於人，謂之「受」，以物授人，亦謂之「受」。「授」為後世孳乳字。教人者，謂之斅；

受教者，亦謂之斅。據甲骨文，不僅孝、⿰、學、斅同字，

而且其最初之形體為「⿱」、為「⿰」，其演化當如下：

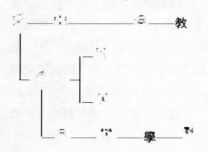

《合》四三九有辭云：

丁巳卜，⿰貞，王⿰眾⿰于⿰方受⿱又；
丁巳卜，⿰貞，王⿰⿰眾（伐）⿱方弗其受⿱又。

「伐」字原為漏刻，今據對貞刻辭補足。孫海波讀為教是對

383

的（《文編》三‧二八）。[30]

姚氏主張「教」與「學」原本就是一字，最是通達的說法，而其殘存痕
迹就是保存在今本《禮記‧學記》所引〈兌命〉曰：「（學學半）的文
字上面。不過，「教」也好，「學」也好，其中所從的「𠭳」若「乂」是
象何物呢？徐中舒以爲就是《說文》訓「交也」的「爻」字；他說：

> 甲骨文均不從「攴」，且省「子」或又省作「乂」。據卜辭之
> 「乂」或作「𠁥」、「𠁥」、「𠁥」本爲一人，故「斅」
> 當從「乂」取義兼聲。《說文》：「爻，交也。」「教」與
> 「學」乃思想之交流，故「教」从孝，孝从爻，爻亦教也，
> 放（仿）也。[31]

其說不可從。蓋古者維生以紡織爲最重要，此其中又以織網爲要務，所
以「教」、「學」二字所從「乂」者係象織網時經緯線交織形，與許君
訓「交也」的「乂」字無涉。此字之結構剛好與「知」若「智」字類
似。古者「知」與「智」原本即是一字，而均从「矢」作，古人生活以
田獵爲生，如何傳授「知識」，即以造矢製弓爲首要，此所以「知」若
「智」字悉從「矢」作故也。「教」與「學」的主體目標，即教子女織
網，站在長者之立場而言，即爲「教」；站在子女的立場而言，即爲「學」；
事實上，一字同時兼具「教」（施）、「學」（受）二義，就是「一體
兩面，同時存在」的「反訓」了。

　　總之，「教」也好，「學」也好，就如同「亂」與「受」，皆爲反
訓之字，都是同時兼具「一體兩面，同時存在」的文字了。正因爲如此，

---

[30] 《甲骨文字詁林》冊四，頁 3262-3263。
[31] 《甲骨文字典》卷三，頁.348。

所以反映在《尚書‧兌命》即寫成了「學學半」；至若僞古文《尚書》的作者枚（梅）頤受到顧野王《玉篇》的影響，於是爲區別「教」與「學」二字而改「學學半」的上「學」字作「斅學半」，不改還好，如此一改就留下作僞時所不可磨滅的痕迹了。

伍、結語

我們透過「科際整合」，將《禮記》、《尚書》、《說文》與《訓詁學》、《古文字學》諸門學問的知識融合在一起，解決了大一國文〈學記〉「學學半」的問題，原本在古文字學裡，「教」與「學」原本是一字不可區分，而後人爲了分別主從，又爲了分別「施」與「受」，一方面用聲韻在區隔它，於是就成爲「胡孝反」與「胡覺反」二切[32]，遂成爲二讀。後來又爲區隔其音義，文字形體遂分化成爲：

　　△ 敦＿＿輶＿＿役
　　△ 斅＿＿＿＿＿學

竟然成爲二字二系了。我們既已覈實了「教」與「學」的不同，反過來看〈學記〉中「學學半」也就反而覺得怪怪的，不太能夠接受了。如今我們利用訓詁學的「反訓」原理與古文的知識加以還原，終於知道了在《說文》以前的古文字「教」與「學」原本就是一個字，不必區別其形體，而且同時具備反訓，亦是同時兼具「教」義與「學」義二者兼存並現了。而那個痕迹，就像今本《禮記‧學記》所呈現出來的「學學半」那樣。人們既然習慣了「教」與「學」的區別，當然也就不容易理解「教」

---

[32] 《段注》云：「後人分別：『斅』，胡孝切；『學』，胡覺切。」（三篇下，頁40。）

與「學」的合一現象，到了唐代孔疏《禮記》才會把「學學半」的上「學」字，讀作「教」，在告訴老早已習慣「教」與「學」必分的人們說，這個「學」字音「教」，整句宜正讀作「教學半」，如此一來也就文意通暢，題旨彰顯；也就將過去謎團一掃而光，譬若深多，水若石出，真相大白於世了。

　　茲將上文所論「反訓」之「亂」、「受」、「學」三字表列如下，以清眉目，俾供參考，並作結束：

```
       ╱即手治絲言——治
  △亂
       ╲即絲紛然言——亂


       ╱即施者言——授
  △受
       ╲即受者言——受


       ╱即施教者言——教
  △學
       ╲即受教者言——學
```

□引用書目□

△禮記鄭注　西漢・戴聖編　東漢・鄭玄注　學海出版社景印宋紹熙建
安余氏萬卷堂校刊本　一九七九年五月

△師院國文選　師院國文編輯委員會編著　五南圖書出版公司排印本
一九八九年十月再版

△大學國文選　陳實先編著　考用雜誌社排印本　一九九一年十一月
再修訂本

△金榜國文　江世民編著　精準出版社排印本　一九九二年三月

△注疏本《尚書》　舊題漢・孔安國傳　晉・梅頤奏獻　唐・孔穎達疏
藝文印書館景印清・阮氏重刊宋本　一九七一年六月

△經典釋文　唐・陸德明著　鼎文書局景印通志堂刊本　一九七五年三
月再版

△尚書釋義　屈萬里先生著　華岡出版部排印本　一九七二年四月增
訂版

△注疏本《禮記》　東漢・鄭玄注　唐・孔穎達疏　藝文印書館景印清・
阮氏重刊宋本　一九七一年六月

△說文解字注　漢・許慎著　清・段玉裁注　洪葉文化公司景印經韻樓
藏版　一九九八年十月

△甲骨文字詁林（精四冊）　于省吾主編　姚孝遂按語　中華書局（北
京）景印本　一九九六年五月

△甲骨文字典　徐中舒主編　四川辭書出版社景印本　一九八八年十
一月

△新訓詁學　邱德修編著　五南圖書出版公司排印本　二〇〇〇年八月

△禮記集解　西漢・戴聖編　清・孫希旦集解　蘭臺書局景印本　一九
七一年五月

現代文化情境國文教學的思考

－以輔英科技大學「中國語文能力」教材為例

輔英科技大學　傅正玲

摘　要

　　國文課程在現今的文化處境中，最大的困結似乎是它的內容與現代化的生活處境出現掛離，這樣的掛離使學生在參與它的歷程中，難以產生呼應與共鳴，難以開啟主動性學習的態度，教師在授課時，也難以切入具體人生轉化成生命的涵養與潤化，反而在形式上進行外在知識的灌輸、分數的操控，所有對國文課的批評幾乎也都因此發生。

　　這掛離的現象，主要來自文化發展歷程中，傳統與現代被誤導走入斷裂的局面，在這個文化趨勢中，中國的學問知識乃被置入「國學」的框套中，傳統國文課程即是這個框套的其中一環。本文即透過歷史的探索，指出在此框套下的國文教材與教學，難以擺脫古董式的知識認知以接應現代生活的具體處境。並指出立足於具體生命感受與時代處境，導引人文傳統與之相融合，目的不只在避免國文教學與現代生活的掛離，更重要的是讓現代人的感受與思惟獲得人文傳統的潤澤與啟發，不只是文化活的傳承，更提供一個各專業知識的共通性基礎。

關鍵詞：國文教學、現代文化、國學、詮釋學、中國語文能力

壹、前言

　　輔英科技大學的國文課程，列入大一必修學分，不同於傳統的「大一國文」，在於其定位爲大學生應有的基本能力之一[1]，導引師生在面對此一課程時，不在知識性的的傳授與獲得，而在能力的涵養提升，換句話說，其不以教師的專業知識爲主體，而以學生的具體生命爲主體，課堂的進行是引導學生在表達中逐步開發、成長自我的能力。

　　雖然這門課將焦點放在語文能力的提昇，但我們發現學生在進行表達學習的過程中，中國語文對他們而言並不僅具有傳送意念的功能，同時也是思惟能力與感受能力的開啓動源，他們也因此具有文學創作的可能。原來「中國語文能力」不同於外國語文的學習，關鍵就在我們彼此生活在以中文語彙爲主的文化環境中，不僅運用中國語文來溝通與表達，它更是我們進行思惟與抒發感受的憑依，換句話說，學習外國語文時，可以將它當作溝通與表達的工具，目標在於熟練使用，但學習中國語文卻有不同的面向須開發出來，當我們在思考、感受都離不開中國語文的時候，它便脫離了工具性的定位，而具有文化主體的意義，在生命的活動中，透過中文我們呈現了自我，也因爲自我的生命呈現，中國語文多了一份獨特的精神氣韻。

　　當我們運用中文來開啓自我、參與世界，透過這個繁複的符號體系，我們與人間有了血肉相繫的關聯，生存其中，我們被這套符號所涵養塑造，也運用這套符號來創造改變世界。因而，中國語文的學習，對現今的學生而言，必然是一份文化的傳承，是具體人生的呼應，也同時

---

[1] 輔英科技大學的「共同核心課程」分爲「基本能力」與「博雅涵養」兩個區域，基本能力課程包涵：「中國語文能力」、「外國語文能力」、「資訊能力」、「邏輯與創意思考能力」、「健康能力」五個部份，除了建立一個大學生應有的能力基礎，也在形成共同的涵養背景。

蘊涵著開啓未來的意義。

　　當我們將這門課進行這樣的定位時，教材的編選與課堂的設計，便不斷地考驗我們的能力，同時也讓我們對傳統的國文課程產生反省。國文課程在現今的文化處境中，最大的困結似乎是它的內容與現代化的生活處境出現掛離，這樣的掛離使學生在參與它的歷程中，難以產生呼應與共鳴，難以開啓主動性學習的態度，教師在授課時，也難以切入具體人生轉化成生命的涵養與潤化，反而在形式上進行外在知識的灌輸、分數的操控，所有對國文課的批評幾乎也都因此發生。

　　這掛離的現象，主要來自文化發展歷程中，傳統與現代被誤導走入斷裂的局面，在這個文化趨勢中，中國的學問知識乃被置入「國學」的框套中，傳統國文課程即是這個框套的其中一環。這個格套本身有其因文化處境、教育機制等複雜因素相互填補而成，當大專國文長時間以來被認爲是應該進行改革的課程之一，如此格套的繼承與打破，恐怕都是我們應該用心省察的關鍵。在一份由謝大寧教授所主持，名爲「國內各大學院校大一國文教材與國語文能力培養之關係」的研究報告書中[2]，分析大法官釋憲取消部定必修課程之後，各校處理大一國文的作法大致有兩種，其一是打破統一教材，任課教師依據自己的專長，在國學中任擇一主題開課；另一個作法則保留原課程，重編統一教材，根據報告書的收集與分析，大多數的教材仍在傳統的格套中陳陳相因，並無真正的突破。

　　任課教師依據自己的學術專長開課，不同科系的學生修習不同的國學課程，不僅使人文涵養的共通性背景破碎，同時也易形成更爲專業性、知識性的授課內容，和國文課程提昇語文能力、涵養文學欣賞，及陶冶文化精神的目標，反更爲遙遠。但沿襲傳統框套而產生與現代文化

---

[2]　「教育部大一國文教學改善規劃案」，由中正大學謝大寧教授主持，見
http://www.ccunix.ccu.edu.tw

情境掛離的問題又該如何解開？也許回溯整個文化歷程，探尋此一格套的形成，從中分析出背謬於其理想目標的陳因，會有助於進行課程改革時，有一損益的參酌依據。

貳、民初以來的國學傳承與國文課的定位

　　現今我們對國文一課所形成的概念，主要得自二十世紀二０年代後期出現的「國學」討論，在此之前，清末的新式教育、五四的白話文運動，乃至「全盤西化」的主張，與學界以科學方法整理國故的風潮，這一連串的文化改造趨勢，已逐漸讓中國的傳統學問收束成一與現代文化相區隔的處境中，二０年代後期「國粹」與「國渣」的爭辯不休，最後以一較為中立性的名稱「國學」收場，胡適、梁啓超等人紛紛提出「國學必讀書目」，這已是在現代與傳統斷裂的狀況下，對過去式知識的一種回顧，問題也許不在以文言文書寫的一切知識是否無用現代文明，因為傳承在我們手上的文化資產有沒有用？取決於當世人的取用態度，換句話說，傳統學問與現代文化的掛離，問題出在這種「回顧式」的面對眼光，而這種文化心態的形成正有其時代的趨動因素。

　　清朝末年，中國面對由西方所掀動的現代化浪潮，「變法以救國」，是當時文人的主要課題，但在「變局」中，中國文化本身無法產生自我改革的動力，引西方外力來撞擊中國傳統的政治社會結構，遂成為主調，在這個撞擊的過程中，也立即引發國族認同的危機感，維護傳統與全盤西化乃相激成為對立的兩方。

　　先是梁啓超提出「新民說」，在進化論的觀點中，認為中國已是落後的民族，應以西方文明為座標來更新傳統文化，接著胡適等人乃更進一步主張「全盤西化」，認為傳統文化阻礙了中國走向民主、科學，掀

起批判傳統的浪潮，從清末張之洞「中學爲體，西學爲用」主張以傳統爲主體來融合西學，到康有爲、梁啓超提出以西學爲坐標來改造傳統，再到胡適、陳獨秀等，否定、摧毀傳統乃被認爲是中國走向現代化的必經之路。

　清末以來傳統禮樂教化快速流喪，國族將亡的危迫感也激發出另一股保守勢力，如康有爲在當時大力鼓吹孔教運動，1913 年其弟子陳煥章、嚴復、梁啓超等人上書參眾兩院，請願將孔教列爲國教，寫進民國憲法。他們獲得袁世凱的支持，同時也染上袁氏復辟帝制的色彩。於是以《新青年》雜誌爲主要論壇的新派學者乃群起攻之，陳獨秀、蔡元培及胡適等人主要的論點在於孔子思想是舊社會的結構意識，不符合現代生活，反孔子幾乎是和反權威、反一元化思想與反專制的立場相一致。康有爲努力於克服國族認同的危機，從傳統中擷取菁華，並衡諸西方社會形勢，想在西潮中重建新傳統，但卻反而在標舉孔子爲教主時，異化了儒家的面目，使最珍貴的傳統成爲箭靶，加速了傳統的崩落。林安梧乃形容康有爲是「傳統的瓦解者」，他本意在維護傳統，但卻用一個「抽象而空洞的理想，將傳統以一種僞形的方式徹底掏空了」，他說：

> 當一個傳統產生了嚴重的自我異化時，他不但沒辦法自我調節，反而會產生自我吞噬的情形；康有爲於中國近代思想史上的意義，正是筆者這裡所謂的「自我吞噬者」。就此「自我吞噬者」而言，我們與其說康有爲是傳統的維護者，毋寧說他是傳統的瓦解者；與其說他是傳統的接續者，毋寧說他是傳統的斷裂者。[3]

五四時期，中國傳統文化的危機，與其說是胡適等人所主張的「全盤西

---

[3] 同上，頁 219

化」，無寧說是在面對挾著武力的西方強勢文化時，傳統派的文人用自我異化的模式來發聲，徒然加強國族文化瀕於滅絕的形勢，而無能釋放出參與到現代情境裡的力量。錢穆先生對此有痛切的批判，他說：

> 康氏之尊孔，并不以孔子之真相，乃自以所震驚於西俗者尊
> 之，特曰西俗之所有，孔子亦有之而已。是長素尊孔特其貌，
> 其裡則亦如彼〈不忍〉諸論所識之無恥媚外而已耳。[4]

　　康有為奉孔子為教主，以為西方富強得諸於基督教的力量，以為孔子托古改制指示了民主政治的原則，其實並不是立足於儒家經典的精神內涵，反而是移植西方的政治宗教理想，掛上孔子的招牌，表面上尊孔，事實上對孔子的思想並無自信，中國歷史一貫「化夷入華」的立場，至此走向「化華入夷」的路上。從清末民初以來，標舉傳統主義者，在面對西方強勢的現代化潮流時，常很難避免康有為這樣的錯亂，傳統文化也因此偽型的面目，蒙受現代人更多的誤解，於是越是強調傳統文化的重要，越是掏空其文化的具體內涵，而標舉一抽象而空洞的門面，便越加深其失落的危機。

　　西方爆發第一次世界大戰，曾引發中國知識份子的反思，除了辨明中西文化的異質性，也感觸中國文化有補於西方的限制，但傳統文化反應現代局勢而自發的調節力量始終出不來，因為不管是西化派還是傳統派，西式文明仍被認為是中國現代化的路向[5]。在九一八事變後，日本侵華的壓力來臨，在民族意識的強化下，回歸傳統之議興起，國民政府乃隨之標舉「中國本位的文化建設」，但在教育措施中，新式教育與白

---

[4] 錢穆，《中國近三百年學術史》，（臺北：商務印書館，1964），頁 704。

[5] 林毓生認為民初知識份子不管是反傳統還是傳統主義者，都受一元論及整體觀的思惟模式所限定，這種深受傳統社會影響的思惟模式，導使他們在面對時代變局時，無法恰當的導引中國傳統或者西方文化。參考《思想與文化》，（臺北：聯經出版社，2001）。

話文運動持續發展，白話文以「國語」之勢全面取代文言成為正統教科書，以文言書寫的經史子集各部傳統知識乃因之成為「國故」，至此，傳統文化不是作用於具體生活情境，而是在民族意識下淪入成為被保護的古董。

台灣的教育架構主要還是延續蔡元培、胡適等人所主張的新式教育，他們從西方而來的學科化、知識化觀點，將傳統的教育結構取消，在新式教育的主軸中，國語政策強力推行，白話文取代了文言文的教本，新文學接續了西方翻譯而來的作品，與傳統形成斷裂，現代主要的知識學科都取自西方的學術傳統，中國傳統不分經史子集，只要是文言文書寫的文字，皆稱之「國學」，歸之中文系。

面對中國傳統學問，民初最盛行的一種研究態度，即是胡適所倡導，以「科學的方法」來整理國故，這並不是立足於中國文化主體的位置，藉西方文學觀念或方法的吸收，來開發傳統的意義與價值，反而是趨於西化的文化立場，有明顯的傳統與現代二元化的劃分，認為現代中國應努力朝著西方進化，因此，中國的作品遂成為過去的歷史遺跡，研究角度是以「古董保存」為方向的，「國故」的研究不是開出豐盈的意蘊參與到當代文化脈流中，而是將之「過去化」，送入博物館。

傳統的國學孤懸在中文系之下，中文系成為傳統知識的唯一守護者，不僅在學術領域上，中文系與其它學科發生難以跨越的鴻溝，傳統文化的看守者立場亦使中文系傾古而不入今，形成保守的性格，這樣的處境與性格乃形諸於大學中的國文課程，拘限了教材與教法的發展。

叁、現階段國文教學的困境

國文教學一般都被賦予三大任務，提昇語文能力、涵養文學欣賞，

及陶冶文化精神，衡諸一個文化體的語文教育並無差失，但就大學的國文教學來看，是否能有效的達到這樣的目標？似乎一直是教學者與受教者同聲質疑的，〈國文天地〉曾邀請多位學者對國文教學的困境進行全面性的反省，他們匯整出大一國文教育的十大疑難雜症，這些疑難雜症與中文系的養成教育有密切關聯，文刊如下：

1、 關節炎：與高中課程的教材重複，形成整體國文教育嚴重脫節、各自為政的現象。

2、 精神分裂：大學國文的教學理念模糊不清。。或說是語文訓練，或說是文學修養、文化傳承；眾說紛紜，莫衷一是。形成教學上糾結矛盾，不知所措的弊病。

3、 白內障：不論教材、教法皆只重文言文，忽視白話文，學生興趣缺缺，無法由此提高白話文寫作能力。

4、 愛「史」病：延續傳統教材、教法，數十年如一日。老師授以一成不變的泛黃講義，學生則紛紛以考古題僥倖過關。教學不相長，有其師必有其徒。

5、 富貴手：中文系普遍存在「眼高手低」的心態。老師疏於研究進修，學生怠於練習寫作；一提筆，不得了，「富貴手」就發作！

6、 高血壓：國文教材中道德集民族精神教育的比重太大，已有淪為公民課本之嫌。既未能適度啟發學生性靈，甚至適得其反，學生嗤之以鼻。

7、 高山症：仰之彌高，鑽之不堅。面對一篇篇講授未見精闢的古文，學生一知半解，深感痛苦。

8、 消化不良：死背死記，不知活用，食古而不化。空有滿腹經綸，亦無益於己，無利於事。

9、 膽結石：教材、教法、師資問題重重，缺乏排除萬難，格故鼎新，向傳統挑戰的膽識與擔當。

10、多「錄」聯「本」：校園影印文化盛行不衰。教法僅硬呆版，缺乏
　　創造性、思考性，學生得過且過，形成惡性循環。[6]

　　省察國文教學的困境，主要是集中在教材與教法上，而這兩方面的
問題又與國文教學在中國現代文化處境裡的定位相關聯，中國文化的傳
承一直是國文課自認應該擔負的使命，尤其是現代文化處境中，不管是
自然科學還是教育、歷史、藝術等等人文領域，也皆以西方知識爲主導，
生活情境中形式上西方文化的影響超過傳統文化，國文課成了傳遞固有
文化的單一窗口。在五四的白話文運動之後，以文言文作爲主要書寫模
式的傳統文化也隨之步上與現代人日漸疏離的命運，在以白話文舖成主
要文化情境的現代社會，文言文的閱讀全收束於國文課程，而文言文是
閱讀傳統文化的主要通道，遂成了國文課程主要進行的教學內容，內容
上不僅包舉經史子集各種範疇，也橫跨先秦到明清幾千前的時間，而偏
偏文言文所對應的情境對現代人而言都已是過時的歷史，這些狀況都造
成國文教學上的困結。

　　柯慶明先生即認爲整個中文系的設計原本就是一種文化的錯置，他
感慨的說：

> 中國思想、中國歷史、中國語文等等系所的未能設立，而一
> 體全部堆擠在一個名不符實的「中國文學系」的名下，……
> 於是中國的思想教育不成期爲思想教育，歷史教育不成其爲
> 歷史教育，語文教育不成其爲語文教育，當然文學教育更不
> 是「文學」教育了，一切只是蜻蜓點水的常識，一切只是霧
> 裡看花的概論，因爲任何性質的知識都未能得到充分必要的
> 基本訓練。經、史、子、集皆要兼通，事實上除了文獻訓詁

---

[6] 引自〈國文教育診斷書—誰來根治十大疑難雜症〉，《國文天地》，2：3（1986）。另關
　　於大一國文教育的探討，亦可參考《國文天地》，4：7（1988）。

的皮毛，又能傳授任何思想、歷史、文學、甚至語文的，針
對其學問性質之要求的必要的專業訓練呢？就是有亦僅能
是淺嘗輒止；一切只是模糊影響的常識性介紹，又如何能夠
真正擔負起文化傳統的繼承與開創的重大使命呢？因而，中
國人文學術之沒落，中國文學創造之偏離，中國社會在文化
上的中心無主，流盪無一，除了一味崇洋媚外，無復他求，
真的是其來有自，其害也有因，因為弊端就肇始於我們的教
育系統與學術規範的錯誤設計之中！[7]

中文系的格局遂導引了國文教學，由於現代文化與傳統文化的斷
裂，整個傳統文化知識縮束在國文一科，於是在課程的比重上始終是文
言文重於白話文，而文言文的閱讀與學生的日常書寫並未能通貫，於
是，對應具體生活的書寫能力未能有效提昇，而古文的閱讀也始終停留
在依賴翻譯，兩邊同時失落。[8]

再者，以現代受西方知識分類所影響的角度來看中國古典學術，包
舉經史子集等思想、歷史、語文、文學的龐大知識內涵，反而不成體系，
於是，從五四胡適等提出「國學必讀書目」以來，受其導引而壓縮成一
個封閉性的框架，從先秦到明清，從論孟老莊、詩詞古文到戲劇小說，
一套標準的範文觀念成形，不管國中、高中還是大學，都在這套範本中
選取教材，於是學生還分不清唐詩宋詞就已經跳到古文小說，而教師的
教學不管教的是詩還是古文，是莊子還是史記，教法全都一樣，學生只
是在許多作品的皮毛上滑過，感受尚且未能具體，遑論閱讀能力的養

---

[7] 柯慶明，〈中文系格局下的文學教育〉，《大學人文教育教學研討會論文集》，（臺北：國
立臺灣大學中文系，1992），頁 226-227。
[8] 前文提及〈國文教育診斷書〉中有十大疑難雜症，這是「白內障」、「富貴手」二症的
產生緣由。

成；而更糟的是，在這一套標準化的選文裡，同樣的教材高中讀過，上了大學又要讀一遍，教師延續傳統教材，在教學上也流於反覆的惰性。[9]文言文的教學除了希望學生能了解傳統人文的精隨，也以培養學生閱讀古文的語文能力為目標，但在國文教材卻始終在瑣碎、重複、零亂的死結中，難得恰當的成效。

　　文化傳承的理想最有效的做法是渾化於具體的生活情境，未能渾化於無形，反而形成一個目標，只是突顯出傳統文化瀕臨斷絕的命運，而國文教學以此為目標，便套上了沉重的負軛了，事實上文化傳承是所有知識領域、所有學科在發展上共同依循的脈動，而今孤懸於國文一科，既不正常，但又是國文教學不能棄絕的使命。但將文化傳承走成國學資產的護守，使得國文課的教育內容固守在一形式化的框架下，表面上它包舉了經史子集的學術傳統，事實上卻無法恰當地過度到現代社會中，於是，文言文中所閱讀的文章很難與學生所熟悉的生活相呼應，難以喚起生命共鳴的感受，導始教學上易於以考試控制學生，形成被動式的學習，偏於文學、文化知識的背誦記憶，而教法上往往重白話翻譯與文章講解，不重啓發涵養。不管是文化的涵養還是文學欣賞，都不在古代文化知識的記憶與文章辭意的講解上，而在生命感受的對應與引發，處境的認知與思考的開啓，國文教學擔負過於龐大的文化遺產，反而不能切中人文教育的根本，不能以現代具體的生活處境為基底，來引申傳統文化，反而以傳統文化為框架，尋不出對應現代生活的教學，遂使傳統的人文資糧不僅不能調解、昇華現代人的生活，反在記憶、翻譯與考試的模式中，形成一種生命的壓力。[10]

9　這是產生「關節炎」、「愛史病」、「高山症」、「膽結石」等症狀的原因。
10　這是「疑難雜症」中，「精神分裂」、「高血壓」、「腸阻塞」、「消化不良」、「多錄聯苯」
　　等症的來由。

肆、現代文化情境的相融與型構

　　五四以來面對中國的人文傳統，先是批判否定，再對之進行保存，傳統文化的保存心態，正使之產生封閉性，不能隨著具體生活情境一起活動生長，因而現代人對之常是形式化的認知，無法發生相互對應的關聯。但所謂人文傳統的繼承，不在這形式化的反覆認知，而在傳統通貫於具體生活，不僅對應人的生命情境，同時也不斷作用於現代文化的發展歷程中。

　　換句話說，傳統人文之意義與價值的彰顯，正是其對當前文化處境的滋養與開創，五四以來研究中國傳統學問的學者，曾因西化的衝擊而產生救亡圖存的焦慮感，乃有「如何使傳統現代化」的研究路線，但用現代西方的學術觀點與方法重新包裝古典作品，不僅不能使古典作品「活化」，反使之在現代的生活處境中被古董化，傳統與現代的二元觀點可能是一種迷思，而由此認為中國文化與西方文化分屬傳統與現代的二元，更可能導致文化發展上的錯謬。中國傳統的內涵事實上也一直影響著現代華人的思惟、感受與行為，當我們與人文傳統產生疏離，亦使得這些思惟感受無法獲得恰當的理解與自覺，應該的走向是如何釋放出人文傳統的意涵，以參與對應當代人的具體生活情境。

　　對傳統文化的體解是不可能在掛離具體生活情境的狀態下進行，從詮釋學的觀點來說，在具體處境中的應用實踐才是理解傳統的構成條件，高達美在《真理與方法》一書中，即如此詮說：

> 詮釋者在處理傳統文獻時，總要應用到他自身上。但這並不意謂著對他來說文獻是普遍的，他理解到此普遍性後再予以應用。而是，詮釋者要的就是去理解此文獻－普遍之物；亦

即，去理解此傳統之文獻說些什麼，構成此文獻的意義與重
要性為何。為了理解那文獻，他不得忽略他自己與他的特定
詮釋處境。如果他想要有真正的理解，他就必須將文獻關聯
到其處境。[11]

傳統與現代形成「視域交融」，我們從具體的生活處境中向傳統文獻叩
問，而傳統文獻也在應答的歷程中釋放出新的意義，文化乃之因向前開
展。國文教學定位在傳統人文的涵養，就不可能不深入當代整體生活情
境，於是，以往從古至今包舉經史子集的國學框套可以解開，教材編選
的方式不是考量與現代相對的傳統作品編選的完整性，而是以學生的具
體生命感受與具體時代處境為著眼點，再因之對傳統的作品進行相應的
選文，這樣的選文將可透顯人文傳統對現代文化而言不是包袱、不是使
命，而是助成發展的重要力量。

　　古典的作品能夠跨越時空對不同文化處境的人發生影響，產生對話
的可能，常是在其形式的背後，具有某種深入普遍人性的永恆性，也就
是這樣的永恆性，使古典作品能夠對應不同的文化處境，讓不同時空的
人共同閱讀，從詮釋學的觀點而言，這是建立在典籍與讀者間所擁有「一
個意義共體」，狄爾泰認為「這是一個精神去把握另一個精神的過程，
一個人在他人之中重新發現他自己。」[12]於是，當代人對古典作品的閱
讀，不僅能契近人類精神中的某種永恆性，在具體的共鳴感受中，更使
特殊時空中的個體存在有所確定，而這份確定正是其觀照自身所存在的
文化處境並開啓未來的重要起點。

---

[11] 林鎮國，〈詮釋與批判—嘉達美與哈柏瑪斯論辯的文化反思〉，《詮釋與創造》，（臺北：
聯合報系文化基金會，1995），頁 429。
[12] 引文見翁文嫺，〈接近那創作的契機—中國現代詮釋學初探〉一文，作者對此亦有進一
步的詮說：「傑出的文藝作品，並不在於表現作者，而在於表現人類共有的生命本身，....
因此，文藝的詮釋行為，有相當大的客觀精神，因為雙方都需回到共同的生命實體之
中。」收於《創作的契機》（臺北：唐山出版社，1998），頁 104。

　　立足於具體生命感受與時代處境，導引人文傳統與之相融合，目的不只在避免國文教學與現代生活的掛離，更重要的是讓現代人的感受與思惟獲得人文傳統的潤澤與啓發，不只是文化活的傳承，更提供一個各專業知識的共通性基礎，這是大專院校的國文教育不能喪失的功能，而共通性文化的形塑，從縱軸而言，人性、人情有其普遍而恆永的發展面向，如親情、愛情、友情這些人際體驗，無分古今，都是人類共通的情感類型，可以依此爲主題編選古今教材，以涵養生命內涵、培厚情意感受爲主導；再從橫軸而言，每個時代都有其特殊社會處境與所需面對的課題，對現代人來說，環保問題、全球化問題、生命科技所觸發的倫理問題、本土化問題、情欲問題等等，從時代的議題帶入國文的教學，乃能喚起學生對自身的生存處境產生關懷，由此關懷而開啓的人文學習，當更爲切合。不管是生命感還是時代感的涵養，教學者都是立足於具體的時空背景，面對特殊的學生個體，從此來詮釋傳統或者現代的作品，才有共通性的人文背景型塑的可能。

伍、結語：輔英科技大學「中國語文能力」的教材設計

　　技職體系國文課程的規劃方向，專業性與共通性須並軌發展，以輔英科技大學院爲例，國文教學分屬於「基本能力」與「博雅涵養」兩個方向，「中國語文能力」爲大學部學生的共同必修課程，乃以共通性背景的涵養爲主，在整體規劃上，我們循不同的思惟模式與感物模式來進行安排，設計爲四個領域：抒情文、論說文、記敘文與應用文，這四個領域正好扣準生命流露的不同面向：情、理、意、技。當我們往不同的思惟與感受來對應眼前事物，就會有不同的語言表達出來，抒情文是直抒感性的悲喜之情，需叩著主客交融的具體情境，乃以「私領域」的事

物爲主調，但在個人具體而特殊的情感內涵中，卻具有古今人性相共鳴的普遍性，所以在選文上抒情文的部份以對應親情、愛情乃至世情等人性不變的感性層面爲主題。論說文乃是客觀化的理性思惟，其語涉不止於個人，而是眾人；不止是好惡之情而同時是是非的價值判斷，因其具有普遍性與判斷性的面向，所以一般論及的內容以「公領域」爲主，乃著重在對應時代課題的思考，有關切法律、環保、人性與臺灣文化的課題。抒情文與論說文相互對應，期盼培養學生在面對公共事物時具有理性思惟的客觀態度，面對個人情感則具真誠流暢的感受能力。

記敘文此一文類和抒情文、論說文相較，有時在分辨上會出現模糊地帶，這是因爲其既可以兼容情感與理性，也可以同時涉及主觀與客觀的抒寫，大體上而言，記敘文是將所要抒寫的人、事、物看作一獨立對象，以意念進行掌握，並依此意念進行表達。選文上爲擴大學生對生活面向的觀察與體驗，乃依描寫的題材設計爲記人、記事、記物、記景、記遊五個主題。

應用文則被放在「技」的層次，主要是將它定位在工具性的運用，在一個社會中，人與人或者團體與團體之間，形成各種不同的關係網絡，彼此來往遂有一約定俗成的「遊戲規則」，語文在此是以符合關係定位的溝通與表達爲主，教材內容進行公文、書信、便條、名片與履歷、自傳的學習。統整而言，記敘文與應用文較屬於綜合性的語文運用。

此外，對現代讀者而言，跨離時代有限的框架，去體會人類永恆的聲音，最好的辦法便是去閱讀古人的作品，爲使四個領域的教材安排同時具有文化上的深度，古典的文章乃爲編選重心。因爲古代的文言語脈不同於現代的白話語脈，爲利於現代人理解，將文言語脈翻譯爲白話文的教學普遍存在，但我們認爲這是閱讀古代作品最糟的一種方式，因爲，古今不同的語脈，各形成不同的文章美感，被翻譯爲白話的古典作品，很難保有原來內具的美感意涵，所以，我們不以文句的理解爲先，

而以內容的感知與領會爲主，在教材的編選上，進行古今情感、思考與題材的呼應設計，使古今形成對話的可能，期盼先導引學生的共鳴，再深入文言語脈的解析。而抒情文與論說文則按中國文學的發展與脈絡設計，從先秦到明清，希望透過各種類型的選文，能呈現出各時代裡不同的思惟、感物特質，以期建立文學史觀。

　　此外，每一篇文章皆依照學生的生命處境與時代課題，設計思考題與習作題，這一部份乃立足於當代的具體情境向古典或者現代文章提出扣問，提供作品與閱讀者之間互動的各種可能，在彼此刺激的歷程裡，越是深刻廣大，則閱讀者的成長越豐碩，而一篇作品的意蘊也因此開發而更顯精采。

　　「中國語文能力」的教材編選事實上仍在往理想邁進的實踐路程中，尤其在習作題與思考題的設計、文學史美感脈絡的掌握，與古典現代文章的呼應上，都還有待改進，因而，編選小組的成員乃在教學的實務經驗中進行檢證，並保持每兩年進行一次改版的原則，期能使之趨於成熟。

數位學習的發展趨勢

弘光科技大學　藍日昌

摘　要

　　數位學習是一種特別的教學模式，其平台全在電腦網路上，隨著網路通訊技術的進步，這種學習的模式也引起眾多人的興趣。連政府也積極地想推動數位學習的國家型科技計畫，可知其魅力所在。

　　數位學習課程的設計有別於一般傳統的課程規畫，由於是以網路為師生溝通的平台，所以對於網路的特性須有更多的了解，同時對於影像剪輯的技術也需精通，所以這是一種結合了電腦技術與教學創意的新教學模式。

　　目前大專院校也在積極地開設數位學習的課程，但是一切都在摸索的階段，所以尚未發現成功的個案，這一篇文章主要的目的即是觀察這種新教學模式，其特色何在，以及對未來的影響作出個人的評估。

關鍵詞：數位學習、非同步教學、e-learning、教學模式

壹、前言

　　行政院國科會甫於九一年通過一項名為「數位學習國家型科技計畫」的政策，據預估將於五年之內投入四十億元來執行此項計畫，預估

要達成七項目標:「全民數位學習」、「縮減數位落差」、「行動學習載具
與輔具一多功能電子書包」、「數位學習網路科學園區」、「前瞻數位學習
技術研發」、「數位學習之學習與認知基礎研究」、「政策引導與人才培育」
[1]，透過學界及產業界的研究，希望能夠帶動台灣數位學習的環境，對
於數位學習的教材發展及數位學習環境的養成皆有正面的作用。

　　數位學習的特性在於學習的無時空限制上，及教學內容或過程可重
覆回溯，所以理論上對於學習的內容可以無限地重覆閱讀或觀看，以增
加學習上方便性及提高教學的效率。

　　在這種對未來透過網路學習一片看好的情況形下，學產業界競相投
入數位學習的軟體及教材的開發上，不少大專院校也陸續開設數位學習
的相關課程（把傳統課程藉由數位學習的方式呈現），就在這種形勢看
好的情形下，今年卻傳出數位學習看好不看座的狀況，產業界在這方面
的投資有趨緩的情形。

　　數位學習的極致化，您可以把它想像成 HBO 的電視播放模式，或
是付費頻道的選播模式，假設課程量夠多的話，師生之間透過網路的教
學模式不出這二種，所謂 HBO 的模式，即是把課程置放於網路上，按
時輪流播放課程，課程的播放也會有重覆出現的情形，學生只要能知道
課程播放的時間，不管在什麼地方，就可以隨時收播課程；另一種模式
則是把既有的課程都置放在網路上，任憑學生隨意點選課程（VIEDO
ON DEMAND）。這二種模式的差別在於前一種是在同一時間內只有一
種課程在網路上播放，第二種則是隨著學生的點播課程不同，造成同一
時間可能有十餘種課程同時播放，這種模式將造成頻寬上極大的壓力。

　　理想上，如果數位學習的環境成熟，將帶動知識經濟產業的發展，
而更大的影響恐怕是教育資源的分配將趨公平且合理化，同時對未來的

---

[1] 九一年一月十五日通過此計畫，對於此計畫的詳細內容可參考其網站
　http://elnp.ncu.edu.tw/

教學模式會產生劇變。我們回想廿年前的狀況，當第四台尚未開放時，欲突破三台節目的方法即是架設小耳朵以接收衛星節目，而小耳朵即形成知識訊息的落差，而如今資訊網路也形成了知識資源使用上的城鄉落差，而數位學習的環境如果成熟，將預期降低這種學習資源的落差，這就是為什麼要推動數位學習的原因[2]。

　　同時最近由於 SARS 事件的衝擊，導致不少學校的教學活動遭致中斷，教育部也希望學校單位利用數位學習的方法以彌補學生學習的中斷課程，數位學習的便利性再度引起大家的關注，對於數位學習對未來教學活動的影響實未可小看。

貳、輔助教學或主體教學

　　如果按照一般的說法的話，教學模式不妨分為同步教學及非同步教學兩種，這之間的分別就在於師生的授學互動之間是同步進行與否了。依此，傳統的教學模式皆可歸納在同步教學模式之下，因為師生的授與學的進行都在固定的時間及空間下，師生的互動皆可面對面溝通。教學的情形最常見的是老師口頭講授，頂多是播放錄音帶或錄影帶以充作輔助教學，這方面通常是老師單向決定課程的內容及進度，學生只能配合地吸收的內容。

　　這種的教學模式有其缺點存在，主要原因是師生皆須在固定的時間及空間下進行活動，而一切講授的過程都是稍縱即逝，過程及內容無法再回覆。在這種情形下，缺曠課即是一種嚴重的學習中斷，因為學生無

---

[2] 關於資訊科技對人類未人文與環境的影響，謝清俊先生「資訊、資訊科技及其應用」一文是很好的切入點，文收於《資訊科技對人文、社會的衝擊與影響》第二章，此為經建會委託中研院資訊科學研究所的研究計畫，完成於八十六年六月廿日。

法重新聽到講課的內容，也無法在課後就上課內容重聽一下。為了彌補這種教學的不足，自然就發展出函授課程，然而函授課程一般是在商業課程上使用-補習班自然是此類課程使用的大宗了。

空中大學則是另一種同步教學的例子，利用發展已成熟的電視頻道，可以讓一般沒有機會進入學校就學的社會人士，利用此種模式進行再學習的機會，這自然也是開了一道門，給有心學習的民眾多了一個管道，由於課程內容雖會重播，但學生也須在固定的時間下收視，雖然空間是自由了，時間上仍是同步的，只是教學的媒介改由電傳視訊以進行課程學習了。

由空中大學的教模式再往前一步則是遠距教學，這離數位學習更近了，透過網路視訊的傳輸，打破空間的限制，同一時間內，一位教師可以同時對不同空間下的學生授課，與空大不同的是教師透過網路視訊的傳播，師生可以有某種程度面對面地進行問答，這在教學上不能不說是一大突破，同時對教學資源來說也是頗為經濟的。

然而不管是空大或遠距教學的模式，雖然一者打破時間的限制，一者打破空間的限制，都只能是傳統教學模式的沿申，都是同步教學的範圍之內，教學的主體仍是教師，教師決定一切的內容，而學生則只能被動的學習，同時雖然各別打破了的時空的限制，但卻也造成了師生互動的不足。

而數位學習呢？理論上，數位學習的設計可以達到無時空的限制，老師可以把上課的內容用影像檔或把文件結合聲音、圖片，置放於數位學習的網站，學生則隨時可以上網瀏覽，由於這是現場教學的重現，如此一來，凡是因事故未能隨時上課的學生則有完整瀏覽課程的機會，或則學生想隨時複習上過的課程，也有機會了。

但如此一來，到底是學生被動地吸收老師所放的課程呢？還是老師必須想辦法吸引學生來選課？如果內容枯躁乏味時，在傳統教室還可講

講笑話帶動氣氛，但把課程置於網路上，可就不是那麼一回事了，課程冗長則枯躁，無法吸引學生上網瀏覽，則花時間設計的課程就白費了，如果課程加入笑話，稍有不得體，則將永無法遮飾，個中的拿捏是不好掌握的。而學生則可決定什麼時間學習，什麼地點學習，學生的學習呈現未曾有過的彈性。同時學生可能藉機曠課，反正總有機會複習的，而在學習的評核及成績的審核上，也增加了困難度。

　　如此說來，數位學習的環境中，既已全藉用網路來傳播視訊，同時打破時空的限制，那麼這種教學模式仍然是以老師爲主體呢？還是連這一層也一齊打破了？

叁、數位學習的理念及其特性

　　數位學習的模式是一種新的趨勢，其特色在於教學的進行主要依憑著爲網路的視訊傳輸，這又可分爲二種，其一爲行之多年的遠距教學，其一爲正欲發展中的 E－LEARNING。遠距教學已行之多年，所以其成效與優缺點，大家比較能掌握，因爲遠距教學雖主要透過網路的視訊傳輸，可以使教師一人傳授在不同空間的學生，但由於仍須在固定的時間及空間下進行教學，仍可透過視訊畫面而「面對面」討論，因此屬於同步教學的範疇，講課內容的成效，講者仍可把握，雖然有時須因視訊因傳輸品質的變動而導致視訊的中斷，不過這有專業人員處理，講者並不須負責硬體上的問題，所以一般而言，這與傳統的上課方式變異不大。

　　然而 E-LEARNING 的教學模式就與遠距教學截然不同，雖然二者同樣架構在網路的視訊傳輸上，但 E-LEARNING 比較像是在做節目，課程的設計比較像是在規畫節目的企畫。E-LEARNING 的理念是把上課的內容或上課進行的過程，以數位攝影機錄製後，把內容置於網路

上，理論上，學生可以在課後反覆地觀看上課的內容，這樣可以達到課後再重新復習的效果，而因事缺課的同學，也有補上的機會，這樣可以達到學習的時間及空間皆具備彈性。但是相對而言，越具彈性的課程設計也越具變異，也越具不可知性。

目前國內正欲發展的數位學習正是以 E-LEARNING 爲主，而商業軟體公司所欲開發的教材及作業系統也是以後者爲主，因爲遠距教學也不過是藉助網路來進行傳統教學而已，其操控端都在學校上，商業利基不大，而 E-LEARNING 則涉及作業系統、教材的開發、人員訓練及軟體的更新，同時其使用層面擴及公私相關機構，其利基之巨早吸引廠商投入開發了。商業軟體開發最力的當屬 LOTUS 的 LEARNING SPACE。[3]

E-LEARNING 在教學上的架構通常可以表列如下：透過網路將伺服器端、系統管理、學習者、講師及教材製作者結合，其中，講師與教材製作者可以是同一組或分屬不同組也可以，廠商所欲開發者正屬伺服器端、系統管理及教材製作這三組，此中有較大的利潤可言，目前市面上也有相關的作業系統及教材光碟出現了。但真正與教學有關者仍屬學習者與講師這二組，這才是教學活動進行時的主從關係。學習者當指學生或付費學習者而言，教師這一端則是指教師把相關的課程內容置諸這作業系統的網頁上，以進行教與學的活動，當然還涉及作業的收發及成績的評核而言。所有的教學活動的設計都必須考量這一切都是置放在網路上，網路上的特性諸如頻寬的大小、穩定性、擁擠性甚或區域性都必須加以考慮，這樣在設計教學活動時才不會產生預料不到的困境。

與學習者有關的議題是學習的場所決定在那兒的問題，是在固定的網路教室？在一般傳統的教室？家中？亦或隨意的場所皆可瀏覽觀看

---

[3] 此外如 Cisco 的 IP/TV，Oracle 的 Oracle Video Server，IBM 的 Video Charger 也是頗負盛名的專業軟體。

課程內容？不同的學習場所決定了頻寬的規畫，也決定了課程設計的難易程度，不過這部份通常屬於硬體的規畫，講師或教材製作者無法決定，只能隨著硬體環境的變動而規畫自己的課程內容。

　　既然如此，與我們有關的當然是在講師或教材製作這二類了，講師有可能是就是教材製作者，或至少是教材選擇的決定者，課程內容既然是要置放在網路上，那就不能夠像傳統的教學法，靠著麥克風加上投影片或幻燈片就能應付了。

　　E-LEARNING 課程的設計有可能是一組團隊，但也有可能是講師要負責基礎的設計，或則說也可能是任一位教師都可包辦所有程，因此了解一下軟體的需求及特性是需要的。

肆、一些技術上的問題

　　數位學習既是一種全新的教學模式，其考慮進行的方式自與傳統的教學模式不同，就因這是一種全然不同以往的教學模式，自是難免令人困擾，然而把教學建構在網路上，仍有一些技術需要克服的。

　　我們要把什麼資料放在網路上呢？無非是文字、圖片、影像、聲音的結合吧，如果只是文字、圖片，則問題並不困難，因為這些檔案並不大，然如果僅止於此，那也沒什麼稀奇了，一般的網頁設計不就是文字與圖片結合！雖然有些網站只是把文字說明與圖片的串連也稱之為數位學習，但這顯然是不夠的。

　　數位學習的重點當然是以影像與聲音為主了，您可以這麼設想吧，架設一台簡單的投影機（Ｖ8、Ｈ8 或Ｄ8），把上課的內容通通錄製下來，最後用電腦剪輯出您認為要適合放在網路上的影音檔，這過程涉及對錄影的操作技巧及電腦的剪輯技術的功力，最後決定那種格式最適合

您的需要。錄製的地點可能是課堂上，或者是自己的工作室。

影音的檔案通常都很大，約略來說，一個小時的影像檔約有六百MB，而一門課當然不只一小時而已，可以想像如果把課程全程以影音的方式呈現的話，整個課程的檔案將對網路造成無可比言喻的壓力，而網路的頻寬目前卻無以負荷如此繁重的影音交流，如何把影音檔縮小至頻寬可以接受而品質仍能接受，這就是技術上要克服的地方了。

當我們要規畫數位學習的課程時，首先須明確知道這課程放在網路上，而同學是在什麼地方觀看課程，是在教室中？校園的特定教室？在學生宿舍中？在校園外？或在台灣任何地區皆可進入觀看課程？不同的空間觀看時對網路頻寬的要求也不同，雖然這是工程人員所須注意的事，不過，課程規畫者瞭解頻寬上的限制，比較能夠清楚所規畫的課程可以達到什麼樣的品質。

軟體的操作也是須熟悉的，我們是不可能把拍攝完成的檔案沒有轉檔就直接放在網路上－雖然看過很多的網站是如此操作，一部一小時的vcd 約有六百 MB 之大，這在網路上，要下載的話就得花上數天的時間才有辦法下載完，如此一來，勢必不可能達成教學的目的，而即使將之轉檔縮小，最多僅得一半，也仍有三百 MB 之多，因此透過軟體加以分段分章，再加以轉檔，即使如此，直接把檔案置於網路上，對使用者而言，仍是一大負擔，必須再把檔案轉換成串流的模式，才能在一面下載，一面收訊，不用等到全部部下載後才能收視。

如此說來，基本的電腦軟硬體常識是必須的。通常在前置作業上並不難作，無非就是透過錄影機或數位錄影機或網路攝影機也可以，將所想要播放的課程說明錄成影像再轉錄成電腦可以接受的檔案格式，然後再把文字說明與圖片、影音檔結合，整個過程就如同製作網頁一般，通常操作幾次就熟悉過程了。

有問題的地方通常是影音檔再轉成網路能接受的的格式，每種軟體

只能轉成特定的格式，這部份就須決定用何種軟體，目前最常見的轉檔軟體是微軟所出的 WINDOWS MEDIA 及 REALSYSTEM，前者是免費的，而後者在大量使用時則是需付費，通常轉檔出來的品質差距不大，但 REALSYSTEM 的格式卻可隨著使用者的頻寬不同而有彈性的呈現效果，所以雖然是付費商業軟體，但使用者卻也不少，然而以目前觀察所得，國內大專院校所採用的幾乎都是 WINDOWS MEDIA，考慮的重點應是免費吧。[4]

　　依目前觀察所得，如果有設數位學習的網站，或者已經在嘗試著把演講內容轉檔後置放於網路上的學校，仍然未曾考慮到觀賞者的頻寬的問題，也就是說把一小時演講的內容轉檔後仍可得到約三百 MB 的大小，就直接把這檔案置放在網路上供下載或參考了，而這種觀賞的方式是須把檔案下載完畢之後才能打開觀賞的，我曾嘗試下載了幾個檔案試試，但電腦卻告訴我，約二百小時可下載完畢，而我已經在使用寬頻系統了，我想即使二十分鐘的延後都將造成觀賞者的不便，何況是二百小時，即使快到二小時，學習者也馬上就放棄了。

　　這裡的問題在於從事這部份工作者並不是專業的電腦人員，所以並不清楚這之間的問題該如何解決，而通常學校單位的資訊人員是主管硬體的維修，並不願意涉入這部分的軟體工作，而如果硬體維修人員涉入軟體工作的話，通常也會造成他們極大的負擔，因為這是非常繁瑣的工作，轉檔的時間通常是與原檔案的時間等量，甚或須二倍以上的時間，而轉檔出來後的品質卻不一定合於理想。

　　這裡就涉及到須要了解串流（STREAM）的觀念[5]，所謂串流即謂

---

[4] 除了 Real System 與 Windows Media 之外，Apple 的 Quick time 也是網路上使用者頗多的軟體。

[5] 希望對串流技術進一步了解的話,馮寶坤《數位影音串流寶典》一書是相當精實的參考書。

影音檔案不須下載完畢才能觀看，下載到某部份即可觀看，一邊下載一邊觀看，這即是串流檔案的觀念，以目前寬頻網路的環境下尚可接受。這種方式在很多的商業網站已行之多年，並不難製作，只是要懂得如何操作吧了。REAL NETWORKS 的 REALSYSTEM 即是此中最享盛名的軟體。

也就是說數位學習的製作在前端作業上，首須熟悉錄影及影像剪輯，後端作業上則須了解整個電腦的操作流程，所有的過程都與電腦有關係，所以有興趣把開課內容轉化為數位學習的教師，須對這二部份都很清楚。然而這僅是技術部份，課程如何呈現？如何吸引學習者的興趣？則是事關開課者的創意了，而創意是無法學習的，那已是天份的問題了。很可能設計規劃了大半天，效果卻不見得比傳統教學來得有效也說不定。

伍、參考的範例

由上說來，數位學習其實是比較適合於短暫而重複的課程，尤其是技術性的操作更合適，或則是把演講的內容置放於網路上，這些內容都是由於短小重複性高之故。而一般以學期為主的正規課程呢？是否有合適的範例可供參考呢？我們不妨舉以下的例子為例：

一、　清華大學的非同步遠距教學

http://elearn.cc.nthu.edu.tw/sys/class_index.php

在此系統下的設計以非同步遠距等同於數位學習，原則上說也是對的，分析網頁中所設的課程，只能說仍以正規課程為主，但仍以理工學門為主，與人文課程有關者只有憲法或英文之類為主，

中文課程則付之缺如，同時仔細深入探查的話，當中頂多只有文件資料（pdf）格式，影音資料一應缺如，同時大多的學門只是掛上課程名稱，詳細內容則仍未見。

二、　台灣師大年代學習網 http://ntnu.idtv.tv/qa01.asp

這是年代的數位學習網與台灣師大的推廣部合作的例子，推出時頗為風動，這是結合了師大的教師與年代在各地的數位學習中心的例子，但在目前也只有開設英文寫作加強班的課程，純然是是商業的課程，上課的地點是則各地的網路上課中心，這其實是類似英文補習班加上網路的噱頭而已，離數位學習的設計仍有一大段路呢。

三、　逢甲大學數位學習網

http://elearning.lib.fcu.edu.tw/sys/class_index.php

逢甲大學的數位學習網站的狀況同於清華大學，只是把這一、二年課程名稱置於此學習網站中，大多連內容都未建立，另有一些演講內容做成影音串流檔，供人下載，不過必須完全下載完才能觀看。

四、　弘光科技大學 E-LEARING 線上學習系統

http://elearning.hk.edu.tw/sys/class_index.php

這是個人服務的學校，情形與上大同小異，課程的內容也以理工為主，只是通識中心也參與了這計畫，所以與其他學校相較之下，有要比較多的人文課程，只是也尚未見有完整的課程內容，但已有比較完整的影音檔了。不過由於近年來弘光科技大學致力於人文課程在質量上的提昇，所以有較多的關於人文方面的演講記

錄，這些演講內容都已置放在數位學習的網站中，與其他大學相比，在量上比較多，同時也比較完整。附錄附上弘光的線上學習的課程以供參考。

依目前觀察所得，大學院校標榜以數位學習或線上學習的為其特色的學校有漸增的趨勢，但網頁內容其實都大同小異，就連網頁的格式都差不多，這大概已被統一了吧，但內容呢？內容部份通常都是空白的，或則僅止於把課程綱要置放上去而已，至於影音檔則一概缺如，如果只是的內容的話，傳統的網頁就可以設計出來了，而且不乏高質量的網站。又這種窘境不僅是發生在文史的課程上，就連對電腦精通的理工學群所開出的課程也是面臨相同的狀況。

大概只能這麼說吧，數位學習仍是一種新的教學模式，整個大環境尚未成熟，所有的參與的教師也都在摸索之中，所以才會發生空有課程而乏精實的內容的情形。

然而從這些標榜數位學習的網站看到什麼呢？首先是所有的網站的內容都尚未建構齊全，通常只有課程名稱而無實際內容，大部份只置入課程大綱，其次則是課程以理工為多，人文最少，這大概是因理工的課程較容易結合網路吧，其次，如有影片的話也是以演講內容為主的短片，但也是極難下載觀看。到目前為止，仍未見有完整課程的數位內容。

總而言之，以目前的狀況而言，並未有成功的範例可供參考。

陸、結論

以目前觀察所得，約略可以歸納如下：

一、 網路上標榜數位學習的網站日漸趨多，論其內容格式皆不統一，

或有的只把文字說明放在網頁上，或有加入圖片、聲音（詩詞者居多）也稱之為數位學習，或有者加入以 FLASH 製作的簡易動畫也稱之為數位學習，也有的確是以課程的學習為規畫的主要內容，內容格式的不整齊代表的是這是一種新的學習趨勢，大家都仍在摸索的階段。

二、 大專院校的數位學習課程在量的方面也日趨增多，但大多是只有課程綱要而已，甚至有的只有課程名稱，連內容都一概缺如。不管是理工或文史學群的狀況都差不多。這代表著教師們雖然也認知到數位學習是未來的趨勢潮流，但對教師們而言，這是全新的領域，大家都在摸索或觀望中。

三、 硬體上的困境其實在不久的將來會突破的，但課程的設計部份涉及到對電腦要有非常清楚的認知，再加上創意才是課程設計成功的關鍵。

四、 數位課程的影音檔案真的是非常龐大，如果大量的課程全化為數位化呈現時，對所有的伺服器都是沈重的壓力，不管是硬體或軟體都要仔細重新的規畫，個人不以為以目前大學的網路頻寬的條件能承受的了。

從事教學工作的教授們要反思我們能給學生什麼課程內容，學生可從這裡獲得什麼？這是一們創意與科技結合的新興之學，對所有教授來說都是一種嚴峻的挑戰。

以台灣目前的網路傳輸品質而言，要達到全民數位學習恐怕是很困難的，即使把學習對象縮小到學生為範圍，但一般大專院校的網路是架構在教育部的學術網路之下，使用者眾，要達到理想的傳輸品質，也是有待努力的。

但是硬體方面總是可以解決的，雖然可能很難達到全民數位學習的

境界，但可能吸引出更多的學習者以及創造出新的教學模式。而重點在於從事教學工作者的教師們準備好了沒有，這是一種全新的教學模式，在觀念與做法皆與傳統的教學模式不同，通常都需要自己處理教材製作的事項，而這涉及對電腦網路特性的理解，以及精熟幾項軟體的操作，簡言之，可以類比為節目製作了，這些大部份都是以往未曾接觸過的領域，從事國文教學的教授是要花心力去了解的。

　　個人認為數位學習對年紀較大的學者實是一大負擔，但對年輕的學者而言可能代表著一種新的挑戰，但重點是這種新的教學模式除了效率之外，果真比得上傳統教學的師生互動來得好嗎？還是這只是吃力不討好的工作呢？目前網路上充斥著大量空有課程名稱而缺乏精實內容的線上學習網，實是耐人尋味的現像。

參考資料：

張義東譯　　　　虛擬入侵－網際空間與科技對現實之衝擊　　　　遠流
1998

馬力歐　　　　　數位教材製作完全攻略　　　　　　　　　　　上奇
2001.11

王元綱編　　　　數位視訊剪輯最前線-Media Studio Pro 6 的
　　　　　　　　使用藝術　　　　　　　　　　　　　　　　　博碩
2000.07

何月華譯　　　　資訊高速公路-多媒體革命　　　　　　　　　正中
1995.11

廖祥雄　　　　　多媒體爭霸戰-二十一世紀的資訊世界　　　　正中
1997.05

馮寶坤、陳子鴻　數位影音串流寶典　　　　　　　　　　　　金禾
資訊 2002

附錄：

這是個人服務單位規畫的線上學習的內容，課程量很多，內容則有待加強，這是目前很多學校的共同現象。

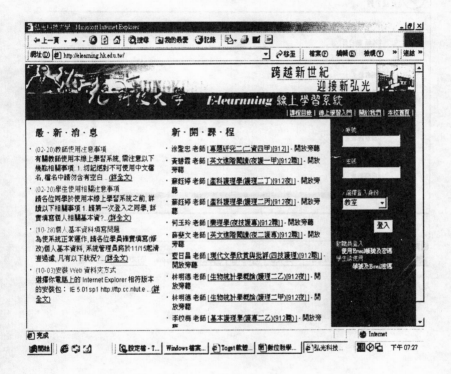

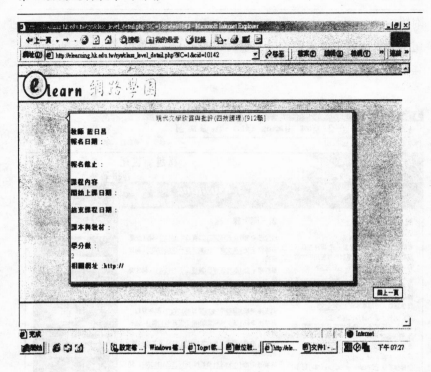

附錄一

第二屆國文科教學研討會
主持人名單

（依姓名筆劃順序）

姓　　　名	服　務　機　構　與　職　稱
王三慶	成功大學中國文學系教授
江建俊	成功大學中國文學系主任
陳昌明	成功大學中國文學系教授
張高評	成功大學中國文學系教授
廖國棟	成功大學中國文學系教授
廖美玉	成功大學中國文學系教授

主講人名單及論文題目

（依姓名筆劃順序）

編號	姓　名	服　務　單　位	論　文　題　目
1	王祥齡	逢甲大學中文系副教授	中國古典詩中視覺意象的媒體再現—以古辭相和曲的江南一首為例
2	仇小屏	成功大學中文系助理教授	論「時間」章法在新詩中的應用—兼論其教學
3	方中士	南台科技大學通識教育中心講師	文字的歷史記憶—以先秦文獻古者庖羲氏章為例，談國文教學的歷史教育價值

編號	姓　名	服　務　單　位	論　文　題　目
4	李玲珠	高雄醫學大學助理教授	國文教學的人本化與通識化
5	李壽菊	德明技術學院通識教育中心副教授	「大一國文」的定位與教學策略──鳥瞰格局教學法
6	沈翠蓮	虎尾技術學院通識中心及教育學程中心主任	直接和間接教學策略在大學國文教學的應用
7	邱德修	育達技術學院應中系系主任	大一國文〈學記〉「學學半」新證
8	胡明強	馬偕護理專科學校電子計算機中心主任	文字學導向學習系統網站建置與學習成效影響之評估
9	姚振黎	清雲科技大學人文學院院長	知識管理之國文創意教學析論
10	許長謨	成功大學中文系副教授	神髓莫輕忽──大學國文之詞構與語法問題
11	傅正玲	輔英科技大學人文教育中心副教授	在現代文化情境國文教學的思考──以輔英科技大學「中國語文能力」教材為例
12	陳永瑢	南亞技術學院通識中心講師	改變學生學習文學觀念的一堂課──以《文心雕龍》〈神思〉篇教學設計為例

編號	姓　名	服　務　單　位	論　文　題　目
13	張娣明	台北商業技術學院講師	尋找國文科教學在 E 世代的生命力
14	潘麗珠	台灣師範大學國文系教授	古典詩歌教學之課程設計—以聲情教學為主
15	劉滌凡	高雄餐旅學院通識教育中心副教授	創造與批判的思維在小說教學上的運用
16	劉梅琴	成功大學藝術研究所副教授兼所長	中國古典詩中視覺意象的媒體再現—以古辭相和曲的江南一首為例
17	藍日昌	弘光科技大學通識教育中心講師	數位教學的發展趨勢

專題演講

姓　　　名	服　務　機　構　與　職　稱
羅鳳珠	元智大學中國語文學系講師

第二屆國文科教學研討會議程
地點：國立成功大學光復校區中國文學系系館
時間：二〇〇三年十月四日、五日

十月四日（星期六）		
時　間	議　　　程	地　　　點
13:00~13:30	報到（領取資料）	中國文學系系館
開幕式		
時　間	主持人	文學院院長任世雍先生　　　致辭
13:30~14:00	張高評	中國文學系系主任江建俊先生
第一場研討		
時　間	主持人	主講人	論　文　題　目
14:00~15:20	廖美玉	許長謨	神髓莫輕忽—大學國文教學之詞構與語法問題
		張娣明	尋找國文科教學在E世代的生命力
		陳永瑢	改變學生學習文學觀念的一堂課—以《文心雕龍》〈神思篇〉為教學設計為例
		綜合討論	
15:20~15:40	茶　敘		
第二場研討		
時　間	主持人	主講人	論　文　題　目

15:40~17:00	張高評	劉滌凡	創造與批判的思維在小說教學上的運用
		李壽菊	「大一國文」的定位與教學策略—鳥瞰格局教學法
		姚振黎	知識管理之國文創意教學析論
		綜合討論	
17:00~17:10	休　　息		
第三場研討			
時　間	主持人	主講人	論　文　題　目
17:10~18:10	江建俊	李玲珠	國文教學的人本化與通識化
		仇小屏	論「時間」章法在新詩中的應用—兼論其教學
		綜合討論	
晚　　餐			

第二屆國文科教學研討會議程
地點：國立成功大學光復校區中國文學系系館
時間：二〇〇三年十月四日、五日

十月五日（星期日）			
第四場研討			
時　間	主持人	主講人	論 文 題 目
9:00~10:20	陳昌明	潘麗珠	古典詩歌教學之課程設計—以聲情教學為主
		沈翠蓮	直接和間接教學策略在大學國文教學的應用
		方中士	文字的歷史記憶—談國文教學的歷史教育價值，以〈古者庖羲氏章〉為例
	綜合討論		
10:20~10:40	茶　　敘		
第五場研討			
時　間	主持人	主講人	論 文 題 目
10:40~12:00	張高評	羅鳳珠	以人物為主軸的歷史文化網數位資料庫設計—以蘇軾為例
12:00~13:20	午　　餐		

13:20~14:40	廖國棟	王祥齡 劉梅琴	中國古典詩中視覺意象的媒體再現—以古辭相和曲的江南一首為例
		胡明強	文字學導向學習系統網站建置與學習成效影響之評估
		邱德修	大一國文〈學記〉「學學半」新證
		綜合討論	
14:40~15:00	休　　息		
第六場研討			
時　間	主持人	主講人	論　文　題　目
15:00~16:00	王三慶	傅正玲	現代文化情境國文教學的思考—以輔英科技大學「中國語文能力」教材為例
		藍日昌	數位教學的發展趨勢
		綜合討論	
16:00	閉　幕　式		
16:20	賦　　歸		

附錄二

第二屆國文科教學研討會

工作人員名單

總召集人：張高評

王三慶

江建俊

招待組：詹雅雯、謝依婷、陳逸珊、郭于菁

議事組：陳玟璇、曾琮琇、辜贈燕、鍾佳璇、陳英梅

事務組：林瑞鸞、蔡佩吟、蔡佳文、陳志緯

會計組：陳錕鍵、鄭琇文、宋敏菁

現場錄音、錄影：蔡佳文、陳英梅、胡紫雲

現場電腦技術人員：詹閔傑

編輯組：林瑞鸞、蔡佳文、宋敏菁

封面美工：詹閔傑

國家圖書館出版品預行編目資料

國文科教學研討會論文集. 第二屆 ／張高評主
編. -- 初版. -- 臺北市：萬卷樓， 2004[民
93]
面； 公分

ISBN 957－739－467－1(平裝)

1.中國文學－教學法－論文,講詞等

820.3   93000336

第二屆國文科教學研討會論文集

主　　　編：張高評
發 行 人：楊愛民
出 版 者：萬卷樓圖書股份有限公司
　　　　　　臺北市羅斯福路二段 41 號 6 樓之 3
　　　　　　電話(02)23216565‧23952992
　　　　　　傳真(02)23944113
　　　　　　劃撥帳號 15624015
出版登記證：新聞局局版臺業字第 5655 號
網　　　址：http://www.wanjuan.com.tw
E－mail　：wanjuan@tpts5.seed.net.tw
經 銷 代 理：紅螞蟻圖書有限公司
　　　　　　臺北市內湖區舊宗路二段 121 巷 28 號 4F
　　　　　　電話(02)27953656(代表號)　傳真(02)27954100
E－mail　：red0511@ms51.hinet.net
承 印 廠 商：晟齊實業有限公司
定　　　價：420 元
出 版 日 期：2004 年 2 月初版